मैं अंग्रेज़ों का जासूस था

ब्रिटिश सैन्य-गुप्तचरी का रोमांचक, तथ्यपूर्ण, प्रामाणिक दस्तावेज़

मैं अंग्रेज़ों का जासूस था

[ब्रिटिश सैन्य-गुप्तचरी का रोमांचक, तथ्यपूर्ण, प्रामाणिक दस्तावेज़]

धर्मेन्द्र गौड़

प्रकाशक

भगत सिंह विचार मंच

दिल्ली

वितरक

साक्षी प्रकाशन

एस-16, नवीन शाहदरा,

दिल्ली-110032

क्रांतिकारी लेखक श्री हंसराज रहबर की
अन्य ऐतिहासिक एवं विचारोत्तेजक पुस्तकें:

- राष्ट्रनायक गुरुगोविन्द सिंह
- भगतसिंह : एक ज्वलन्त इतिहास
- ग़ालिब : हकीकत के आईने में
- योद्धा संन्यासी विवेकानन्द

ISBN : 81-86265-48-1

संशोधित संस्करण : 2024

प्रस्तुतकर्ता : भगतसिंह विचार मंच
नवीन शाहदरा, दिल्ली-110032

प्रकाशक : साक्षी प्रकाशन
एस-16, नवीन शाहदरा, दिल्ली-110032
फोन : 011-22324833, 09810461412

email : goelbooks@rediffmail.com

मुद्रक : शर्मा प्रिन्टर्स, दिल्ली

टाईप सेटिंग : आकृति ग्राफिक्स, दिल्ली-110032

MAIN ANGREZON KA JASOOS THA
by Dharmendra Gaur

समर्पण

सादर समर्पित
द्वितीय विश्व-युद्ध की विभीषिकाओं में
कर्त्तव्य के लिए प्राणार्पण करने वाले
'फ़ोर्स वन-थ्री-सिक्स' के
उन अनेक
ज्ञात और अज्ञात गुप्तचरों को,
जिनके साहस और शौर्य की
सराहना करने वाला,
जिनकी अन्तिम घड़ी पर आंसू बहाने वाला
सिवा मौत के
अन्य कोई न था।

दो शब्द

'मैं अंग्रेजों का जासूस था' पुस्तक लिखने के लिए ही सम्भवतः कुछ ऐसा ईश्वरीय संकेत हुआ हो कि भारतीय गुप्तचर विभाग से मैंने 30 वर्ष सेवा करने के तुरन्त बाद ही सेवानिवृत्ति प्राप्त कर ली। वहां और अधिक समय तक रहना श्रेयस्कर न समझा। द्वितीय विश्वयुद्ध के दौरान लगभग तीन वर्षों तक पूर्वी युद्ध-क्षेत्र में ब्रिटिश इंटेलिजेन्स के 'फोर्स वन-थ्री-सिक्स' अथवा 'मिनिस्ट्री ऑफ़ इकॉनॉमिक वॉरफ़यर लाइज़न, आफ़िस में मैं कार्यरत रहा। एक तो महत्त्वपूर्ण 'एस्कोर्ट ड्यूटी' के कारण, दूसरे, विशिष्ट गुप्तचर अभियानों में भी आला अंग्रेज अफसरान के साथ सक्रिय सहयोग देने का अवसर मिलने से मुझे इस 'सुपर सीक्रेट सर्विस' के विषय में ज़्यादा से ज़्यादा जानकारी हासिल हो सकी। वरना, दूसरे तो उतना ही जान पाते हैं, जितना काम वे स्वयं करते, अथवा संस्था उन्हें ज्ञात कराना चाहती। उससे अधिक जानने की कोशिश करना ही मौत को दावत देना था।

मैं यू. पी., सी. आई. डी., स्पेशल ब्रांच में कार्यरत पहला भारतीय था जिसे 'फ़ोर्स वन-थ्री-सिक्स, में सेवार्थ लॉर्ड कॉली ने स्वीकार किया। मैं यह दावा करने की स्थिति में हूं, कि भारतीय गुप्तचर विभाग का मैं प्रथम सेवानिवृत्त अधिकारी हूं, जिसने सैनिक गुप्तचर सेवा कर अपने संस्मरण लिख कर उन्हें पुस्तक रूप देने का साहस किया। संसार में कदाचित मैं प्रथम व्यक्ति हूं, जिसने 'फ़ोर्स वन-थ्री-सिक्स' जैसी ब्रिटिश गुप्तचर संस्था की रूपरेखा जनता के सामने पेश की। सेवाकाल में ही समय-समय पर कुछ दस्तावेज, कुछ नोट्स, कुछ चित्र अनायास ही जमा होते रहे मेरे पास और पुस्तक का रूप ले बैठे। इस बात का दावा मैं क़तई नहीं करता कि जो कुछ इस पुस्तक में है वही सम्पूर्ण है। हां, मेरा यह दावा अवश्य है कि जितना मैंने लिखा है उससे ज़्यादा जानकारी न तो इस संस्था में काम करने वाले किसी दूसरे भारतीय को है, न ही किसी अन्य देश के नागरिक को। पूरी जानकारी तो बस तत्कालीन ब्रिटिश प्रधानमंत्री, विंस्टन चर्चिल तथा अन्य विशिष्ट अंग्रेज़ अधिकारियों को ही थी जिनका पुस्तक में उल्लेख हुआ है।

'फ़ोर्स वन-थ्री-सिक्स' से गुप्तचर विभाग में वापस लौटने पर न्याय न मिलने के कारण मैंने सेवाकाल में ही सेवानिवृत्ति स्वीकार कर स्वाभिमान की रक्षा की। मेरे अग्रज-तुल्य एवं पथ-प्रदर्शक आदरणीय पं. अमृतलाल नागर ने इन शब्दों में मुझे ढाढ़स देते हुए लिखा था "··· तुम्हारे स्वाभिमान को मैं सदा से जानता हूं। स्वाभिमानी व्यक्ति का संघर्ष भी भुक्तभोगी होने के नाते जानता हूं। भगवान से यही प्रार्थना करता हूं कि वे तुम्हें संकटों को झेलकर ऊपर उठने की शक्ति बराबर देते रहें।" मुझे उन्होंने फिर लिखा, "··· समय की बलिहारी

है। चिन्ता न करो चिन्तन करो। उसी से राह खुलेगी। यथार्थ बोध होगा। मन की पीड़ा भी मिटेगी।"

श्रद्धेय नागर जी ने मुझे गुरुमन्त्र दे दिया, साथ ही "लिख डालो कुछ जन-हित तथा राष्ट्र-हित में" का इशारा भी किया। बस, इसे ही सम्बल मानकर मैंने कलम उठा ली। फिर तो हिन्दी-अंग्रेजी की लगभग सभी सम्मानित मासिक, पाक्षिक, साप्ताहिक, पत्रिकाओं और दैनिक समाचार-पत्रों में मुझे ससम्मान स्थान मिलता ही गया। देश-विदेश से सद्भावनाएं भी प्राप्त हुईं। नागर जी फूले न समाए। इन सबका मैं आभारी हूं।

इस पुस्तक के प्रकाशक महोदय श्री विजय गोयल जी के लिए मैं हृदय से आभार प्रकट करता हूं जिन्होंने असुविधाओं के इस युग में इस अनोखी पुस्तक को सुन्दर कलेवर प्रदान कर प्रकाशित करने का दायित्व निर्वाह किया।*

—धर्मेन्द्र गौड़

रुंगटा बिल्डिंग,
गोरखपुर-2730001

---

* हमें हार्दिक दुःख है कि यह पुस्तक श्री धर्मेन्द्र गौड़ के निधन के उपरान्त ही प्रकशित हो पाई। ईश्वर की इच्छा के आगे हम नत-मस्तक हैं। —प्रकाशक

आभार

श्रीयुत धर्मेन्द्र गौड़ हमारे अनुरोध पर अपनी इस अति महत्वपूर्ण और महत्वाकांक्षी पुस्तक 'मैं अंग्रेज़ों का जासूस था' की संबर्धित पांडुलिपि तैयार कर रहे थे। उन्होंने इसे लगभग तैयार भी कर लिया था कि काल के विकराल हाथों ने उन्हें हमारे बीच से उठा लिया।

इस की पांडुलिपि हमें श्रीयुत धर्मेन्द्र गौड़ के निधन के उपरान्त उनकी धर्मपत्नी श्रीमती शांति गौड़ के माध्यम से प्राप्त हो पाई। हमें हार्दिक दुःख है कि इस पुस्तक के कलेवर को लेकर जो विश्वास श्री गौड़ ने हम पर व्यक्त किया था, उसे देखने के लिए वे हमारे बीच नहीं रहे। ईश्वर की इच्छा के आगे नत-मस्तक हम उस महान् आत्मा की इस कालजयी गौरवशाली कृति को आपके समक्ष प्रस्तुत कर रहे हैं। हमें आशा और पूर्ण विश्वास है कि यह कृति इतिहास, राजनीति, सैन्य-गुप्तचरी जैसे रोमांचक विषयों में रुचि रखने वाले हमारे सुधी पाठकों को विशेष रूप से पसन्द आयेगी। पति द्वारा प्रारम्भ किए गये इस पुनीत कार्य को पूर्ण करके उनकी धर्मपत्नी ने निःसन्देह प्रशंसनीय व वंदनीय कार्य किया है। हम हृदय से उनके आभारी हैं।

अन्त में परमतत्व में विलीन गुप्तचर धर्मेन्द्र गौड़ की पवित्र-आत्मा को शतशः नमन् !

–प्रकाशक

अनुक्रम

ट्रोम्पीटा

एक सितम्बर, 1939 को नात्सी जरमनी द्वारा पोलैण्ड पर आक्रमण होते ही द्वितीय विश्व युद्ध आरम्भ हो गया। ब्रिटेन और फ्रांस ने चेतावनी दी, मगर हिटलर पर कोई असर न हुआ। उस समय नेविले चेम्बरलेन ब्रिटेन के प्रधानमंत्री थे। इस घोषणा के चार सप्ताह बाद 2 अक्टूबर, 1939 को उन्होंने ब्रिटिश केबिनेट की एक गुप्त सभा की, जिसमें सैनिक और सिविल अफ़सरों की एक मिलीजुली गुप्तचर संस्था के गठन का निर्णय लिया गया। इसका कार्यक्षेत्र केवल यूरोप था। संस्था का नाम रखा गया 'पाई फ़ोर्स', 'फ़ोर्स वन-थ्री-थ्री', अथवा 'जी॰ एस॰ आई॰ (के)'। इस नई संस्था को सौंपी गई कुछ और भी ख़तरनाक काम करने की ज़िम्मेदारी।

10 मई, 1940 को चेम्बरलेन ने अपने पद से इस्तीफ़ा दिया और उसी दिन विंस्टन चर्चिल ने उनका कार्यभार संभाला। 10 जून, 1940 को इटली ने भी ब्रिटेन और फ्रांस के ख़िलाफ़ युद्ध घोषित कर दिया। 14 जून, 1940 को फ्रांस की पराजय के बाद चेम्बरलेन द्वारा बनाई गई गुप्तचर संस्था को अमली जामा पहनाकर उसे 'मिनिस्ट्री ऑफ़ इकॉनॉमिक वॉरफ़ेयर' से जोड़ दिया गया।

पूर्वी युद्ध-क्षेत्र के सुदूर पूर्व भारत, बर्मा, श्रीलंका सहित दक्षिण-पूर्व एशिया में गुप्तचरी, प्रति-गुप्तचरी का जाल फैलाने की ग़रज़ से 1 जनवरी, 1942 को इस संस्था का जन्म हुआ भारत में। नाम दिया गया 'फ़ोर्स वन-थ्री-सिक्स'। मैं प्रथम भारतीय गुप्तचर था, जिसे इस महती गुप्तचर संस्था में नियुक्ति का दुर्लभ अवसर प्रदान किया गया।

वाइसराय लार्ड लिनलिथगो से सलाह-मशविरा करके मेरठ छावनी के तीन बड़े बंगलों—143, 144 और 145, नार्थ रो, में हेडक्वार्टर्स स्थापित किया गया। नाम रखा गया 'जी॰ एस॰ आई॰ (के)', 'फ़ोर्स वन-थ्री-सिक्स', अथवा 'मिनिस्ट्री ऑफ़ इकॉनॉमिक वॉरफेयर-लाइज़न ऑफ़िस'। टेलीफोन नं॰ 485, तार का पता 'लोम्यू', और डाक का ऑफ़िसर कमांडिंग, फ़ोर्स वन-थ्री-सिक्स, मेरठ। पूरा कार्य सौंपा गया समान रूप से दाहिने पैर से लंगड़े सर कॉलिन हरक्यूलीज़ मिकेन्ज़ी तथा हृष्ट-पुष्ट सर गाल्विन वी॰ स्टुअर्ट को। मिकेन्ज़ी का दाहिना पैर लकड़ी का था। थे दोनों ही अंग्रेज़।

मिकेन्ज़ी की आयु 60 वर्ष के आसपास थी और लहीम-शहीम स्टुअर्ट होंगे 55 वर्ष के लगभग। मिकेन्ज़ी कलकत्ता की जहाज़ बनाने वाली एक कम्पनी 'मेकिंटन एण्ड मिकेन्ज़ी' के मालिक थे और स्टुअर्ट कलकत्ता की ही 'स्टुअर्ट एण्ड सन' के। संस्था के अन्य आला हाकिम थे—लार्ड जॉन लिनार्ड कॉली, चार्ल्स ओ'नील, बैरट स्मिथसन। इन्हें आदेश देने वाले

एकमात्र थे ब्रिटिश कंज़रवेटिव पार्टी के प्रधानमंत्री विंस्टन चर्चिल।

कुछ समय तो लग ही गया संस्था को अपनी शाखाएं और प्रशिक्षण केन्द्र खोलने में। काफी समझ-बूझ लगाई गई इन्हें इन स्थानों पर खोलने में—कलकत्ता, बम्बई (मुंबई), मद्रास (चेन्नई) बैंगलूर, जबलपुर, पुणे, खड़गवासला, खड़की, देहू रोड, चकलाला (रावलपिंडी), बनाना रिज (कलकत्ता से लगभग 30 किलोमीटर दूर शिमुराली रेलवे स्टेशन के निकट), मनमाड, नासिक रोड, केण्डी, माउण्ट लवीनिया, अंगुलाना, होरोना, बालापिटिया, कोलम्बो फ़ोर्ट, ट्रिंकोमाली, कराची, पेशावर, फ़ीरोज़पुर, कोमिल्ला, केनिंग, चांदपुर, खुलना, नारायणगंज, ढाका, थारावा, रंगून, हेनज़ाडा, सिंगापुर, चुंकिंग, कनमिंग, नानकिंग। फिर भरती किए गए उच्च कोटि के एजेंट। उन्हें ट्रेनिंग दी गई अंग्रेज़ अफ़सरों द्वारा जो जासूसी के किसी-न-किसी दांव-पेच में दक्ष थे। संस्था के सभी आला अफ़सरान अंग्रेज़ थे। भारत के वाइसराय, सभी प्रान्तों के गवर्नरों, केन्द्रीय और प्रान्तीय गुप्तचर विभागों से उनके सीधे सम्पर्क थे।

उन दिनों भारत में अंग्रेज़ी राज था, मगर पश्चिमी तट के गोवा, दमन और द्यू इलाक़े पुर्तगाल सरकार के अधीन थे। इस युद्ध में पुर्तगाल की भूमिका एक तटस्थ देश की थी। वह न तो मित्र-राष्ट्रों की ओर था, न ही जरमनी, जापान की तरफ़। ताहम उनके जासूस तो थे ही सक्रिय भारत और गोवा में। इस हद तक कि जरमन पनडुब्बियां चुपके-चुपके औसतन एक-एक महीने में मित्र राष्ट्रों के चालीस-चालीस जहाज़ तक अरब सागर के अतल तल में पहुंचा रही थीं।

ब्रिटिश प्रधानमंत्री चर्चिल बेतहाशा भयभीत थे। उन्होंने दुश्मन के एजेंटों का सफाया करके उनको इस कार्रवाई को तुरन्त रोकने के आदेश मिकेंज़ी को दे दिए। लेकिन यह काम इतना सरल नहीं था। सक्रिय जरमन जासूसों को समूल नष्ट करना बच्चों का खेल नहीं था। अतः यह बड़ी ज़िम्मेदारी स्टुअर्ट ने स्वयं अपने कंधों पर ली। वे मेरठ छोड़कर सीधे पहुंचे कलकत्ता और पूर्वी क्षेत्र का मुख्यालय स्थापित किया—207 ए, रासबिहारी एवेन्यू, बालीगंज की दोमंज़िली कोठी में। इसके अलावा सैकड़ों बंगले, मकान, फ्लैट भी विभिन्न बस्तियों में ऊंचे किराए पर ले लिए। इनमें युद्ध के विभिन्न विषयों पर एजेंटों को प्रशिक्षित किया जाने लगा अपने-अपने क्षेत्र में माहिर ब्रिटिश अफ़सरों द्वारा।

उन दिनों गोवा में रॉबर्ट कोच नामक नात्सी जरमनी का कौंसल नियुक्त था। वह और उसकी पत्नी ग्रीटा दोनों जरमन जासूस थे। उनका आवास था राजधानी पांजिम (वर्तमान पणजी) की सबसे सुन्दर बस्ती 'एल्टिन हो' के एक बड़े बंगले में। गोवानी और भारतीय एजेंटों के ज़रिए उन्होंने अपनी जासूसी का जाल बखूबी फैला रखा था। लेकिन, यह सब हुआ बिल्कुल ख़ामोशी से, चुपचाप।

'ट्रोम्पीटा' के छद्मवेश में रॉबर्ट कोच मार्मगोवा बन्दरगाह के निकट अरब सागर में मुस्तैद जरमन पनडुब्बियों को ब्रिटिश जहाज़ों के आवागमन की ख़बरें अपने ट्रांसमीटरों द्वारा निरन्तर देता रहता था। उसने ये सभी ट्रांसमीटर अलग-अलग स्थानों पर छिपा रखे थे, जिनमें एक था राजधानी पांजिम (पणजी) डाकघर के निकट जूता-पालिश बनाने के कारख़ाने में। सामरिक महत्त्व की दमदार ख़बरें हासिल करने के लिए उसके पास उच्च कोटि के सूत्र थे। उनमें एक था रामदास गुप्ता, अलीगढ़ विश्वविद्यालय से निकाल बाहर किया गया राष्ट्रवादी

छात्र। अब वह बम्बई (मुंबई) में रहने लगा था। उसकी मकान मालकिन अक्सर ही गोवा पहुंचाने के लिए उसे एक सीलबन्द लिफ़ाफ़ा दिया करती थी। गोवा पहुंचकर पूर्व-निश्चित समय और स्थान पर, जो अक्सर एक रेस्टोरेंट होता था, गुप्ता वह लिफ़ाफ़ा सुपुर्द करता था 'ट्रोम्पीटा' को। इस कारगुज़ारी के एवज़ में 'ट्रोम्पीटा' उसके हवाले करता था अच्छी-ख़ासी रक़म। इस बीच वे बोलते क़तई नहीं थे।

चालीस वर्षीय 'ट्रोम्पीटा' अपने अन्य नात्सी भाइयों की तरह निहायत चतुर, चालाक, कठोर व्यक्ति था। वह बख़ूबी जानता था कि उसके पड़ोस में रहने वाला ब्रिटिश कौंसल तथा कुछ गोवानी और भारतीय गुप्तचर भी उसकी गतिविधियां जानने की फ़िराक़ में होंगे। छोटी जगह होने के कारण पणजी में उसका 'शैडो' (पीछा) करना भी मुश्किल नहीं था। लेकिन, उसका पीछा करने के बावजूद जो भी सूचना मिलती, उसमें अंग्रेज़ों के मतलब का शायद ही कुछ होता। 'ट्रोम्पीटा' की ख़ुफ़िया कारगुज़ारियां तो बस 'एहरनफ़ैल्स' नामक जरमन जहाज़ तक ही महदूद थीं जो ब्रिटिश कौंसल की पहुंच के बाहर था।

'एहरनफ़ैल्स' का कप्तान रोफ़र निहायत तजुर्बेकार, हिम्मतवाला जरमन था। 'ट्रोम्पीटा' द्वारा 'ट्रांसमिट' की गई ख़बरें उसी के पास पहुंचती थीं, मार्मगोवा बन्दरगाह में लंगर डाले उसके जहाज़ पर। फिर वह मतलबभर का सन्देश भेजता था पास ही ठहरी 'यू-181' पनडुब्बी के कमाण्डर लेफ़्टिनेंट वुल्फ़गैंग लुथ को। तत्पश्चात्, उसकी पनडुब्बी आगे बढ़ती ब्रिटिश या मित्र राष्ट्र के जहाज़ की टोह लेने और रेन्ज में आते ही उस पर 'टारपीडो' की मार करती। मित्र-राष्ट्र का वह जहाज़ मिनटों में खण्ड-खण्ड हो धू-धू कर जल उठता। इसी प्रकार पांच हज़ार टन के ब्रिटिश जहाज़ 'डोरिंग्टन कोर्ट' को निशाना बनाया गया था तथा उसी से मिलते-जुलते सात जहाज़ और भी थे। इस प्रकार मित्र-राष्ट्रों के औसतन चालीस जहाज़ हर महीने अरब सागर में डुबोए जा रहे थे, जिनमें लदी होती थी युद्ध-सामग्री के अलावा यूरोप से लाई जा रहीं और भी क़ीमती वस्तुएं।

अपने 'मानीटरिंग' स्टेशनों द्वारा पता लगा लिए जाने पर कि दुश्मन को गुप्त भाषा में संकेत गोवा से ही भेजे जाते हैं, 'ट्रोम्पीटा' की गतिविधियां जानने के लिए मुंबई सी॰ आई॰ डी॰ के गोवानी इंस्पेक्टर डि'सूज़ा को स्पेशल ड्यूटी पर गोवा में तैनात कर दिया गया। यह सन् 1942 के मध्य की बात है। उसने 'ट्रोम्पीटा' का पता लगा लिया। लेकिन डि'सूज़ा और 'ट्रोम्पीटा' के सूत्र तो लगभग एक ही थे, जो दोनों के लिए समान रूप से काम करते थे। 'ट्रोम्पीटा' एक अच्छा नात्सी था। होशियार भी बहुत था। अतः बजाय अनेक सूत्रों का सहारा लेने के उसने अपने आप पर ही भरोसा किया और अपने सभी गुप्त कार्य खुद ही करने लगा।

अंग्रेज़ ऐसी कोई भी हरकत करना नहीं चाहते थे, जिससे उनके और पुर्तगाल के सर्वेसर्वा सालाज़ार के रिश्तों में बिगाड़ पैदा हो। यह इसलिए कि गोवा पुर्तगालियों की सबसे पुरानी 'कालोनी' थी और पुर्तगाल था ब्रिटेन का सबसे पुराना मित्र-देश। ताहम गोवा से जरमन जासूसों का पूरी तरह सफ़ाया तो करना ही था, किन्तु बहुत ही सावधानी बरतते हुए। यही कारण था कि महत्त्वपूर्ण कार्य का दायित्व सर गाल्विन वी॰ स्टुअर्ट ने स्वयं अपनी इच्छा से स्वीकार किया। अपनी सहायता के लिए अलबत्ता 35 वर्षीय कर्नल ल्यूस पग को साथ

ले लिया और निकल पड़े मेरठ से प्रति-गुप्तचरी के कठिन अभियान पर।

सर गाल्विन 'फ़ोर्स वन-थ्री-सिक्स' के 'एस. ओ. ई.' (स्पेशल ऑपरेशन्स एक्ज़ीक्यूटिव) थे। उन्हीं के आदेश से विशेष गुप्तचर अभियानों का आयोजन होता था। उन्होंने संस्था के रेडियो मानीटरिंग से भारत में ही जानकारी हासिल कर ली थी कि हंसा लाइन्स के 7752 टनर जरमन जहाज़ 'एहरनफ़ैल्स' को गुप्त संकेतों द्वारा सूचनाएं 'ट्रोम्पीटा' ही मार्मगोवा से भेजता था। इस अवसर पर स्टुअर्ट ने अपने एक भारतीय एजेंट को बन्दरगाह में आग बुझाने वाले के छद्मवेश में उस जहाज़ पर तैनात किया था। उसने लौटकर अपनी रिपोर्ट पेश की, "बजाय लकड़ी के 'एहरनफ़ैल्स' की पूरी डेक सख़्त लोहे की बनी है, जिसके भीतर छिपी हैं तोपें और मशीनगनें। दो छह सिलेण्डर वाले दो स्टोक मेन इंजन हैं, जिनकी रफ़्तार 18 से 20 नॉट है। इस गति को किसी भी समय दो-गुना किया जा सकता है।" इसी से मिलता-जुलता जहाज़ था 'कैंडिलफ़ैल्स', जिसने गोवा में ही मित्र-राष्ट्रों के 28 जहाज़ डुबोए थे।

'एहरनफ़ैल्स' का निहायत चुस्तोचालाक कप्तान रोफ़र भांप गया 'फ़ोर्स वन-थ्री-सिक्स' का छिपा इरादा कि कहीं उसे डायमण्ड हार्बर (कलकत्ता) में ही न क़ैद कर लिया जाए। फिर तो बिना पायलट जहाज़ के ही वह हुगली नदी से जहाज़ को सकुशल निकाल ले गया।

वह सीधा पहुंचा मार्मगोवा बन्दरगाह और 'एहरनफ़ैल्स' का लंगर डाल दिया। कुछ दिनों बाद इटली का झण्डा फहराते हुए लॉयड ट्रीस्टिनो का 5452 टन वाला जहाज़ 'अनफ़ोरा' भी 'एहरनफ़ैल्स' से जा मिला। फिर पीछे-पीछे हंसा लाइन्स के दो और जरमन जहाज़—6342 टनर 'ड्रैकिनफ़ैल्स' और 7847 टनर 'ब्रौनफ़ैल्स'। सबने वहीं लंगर डालकर शरण ली।

इस मामले में 'फ़ोर्स वन-थ्री-सिक्स' की अनेक समस्याएं थीं। मित्र-राष्ट्रों के जहाज़ नष्ट करने के लिए सिगनल हमेशा 'एहरनफ़ैल्स' से ही भेजे जाते थे। यह भी मुमकिन था कि 'एहरनफ़ैल्स' वहां से हटकर कहीं सिंगापुर न चला जाए जापानियों का साथ देने। यदि मार्मगोवा में लंगर डाले 'एहरनफ़ैल्स' पर जल्दबाज़ी में क़ब्ज़ा कर भी लिया, तो पुर्तगाल से सम्बन्ध बिगड़ जाने का ख़तरा था। वहां का सर्वेसर्वा सालाज़ार हिटलर का भी साथ दे सकता था, क्योंकि आधिकारिक रूप से निहत्था होने के अलावा 'एहरनफ़ैल्स' पर किसी किस्म का कोई हथियार नहीं था। क्यों न उसके कमाण्डर रोफ़र को ही बीस से तीस हज़ार पौण्ड की रिश्वत देकर पटाया जाए कि वह अपना जहाज़ मार्मगोवा से तीन मील दूर ले जाए। ऐसा होते ही ब्रिटिश नेवी उस पर क़ब्ज़ा कर लेगी और रोफ़र तथा उसके 'क्रू' को गोवा छोड़कर जहां भी जाना चाहेंगे, स्वेच्छा से जाने देगी। लेकिन, इस योजना में भी कोई दम नहीं था, अतः टाल दी गई।

स्टुअर्ट को यक़ीन था कि यदि जरमन कौंसल कोच और उसकी पत्नी ग्रीटा का सफ़ाया कर दिया जाए, तो इस समस्या से अंग्रेज़ों को पूरी तरह छुटकारा मिल जाएगा। इसी आधार पर कलकत्ता स्थित 'फ़ोर्जरी सेक्शन' (जालसाज़ी कक्ष) में तैयार किए गए अपने तथा कर्नल पग के जाली पासपोर्ट और असली पुर्तगाली करेंसी नोट हासिल किए। ग्राइस नामक एक अंग्रेज़ व्यापारी कर्नल पग का दोस्त था। गोवा में उसके बहुत-से मिलनेवाले थे। पग के अनुरोध पर ग्राइस ने उन्हें एक गोवानी शिपिंग एजेंट के नाम परिचय-पत्र दे दिया। इस

सामग्री के साथ स्टुअर्ट और पग ने एक पुरानी 'फोर्ड वी-एट' मोटरकार पर सवार होकर गोवा के लिए प्रस्थान किया। वहां पहुंचकर वे पणजी में सचिवालय के सामने सबसे शानदार होटल 'पैलेसियो' में ठहरे। कुछ जरमन जासूसों का अड्डा भी वहीं था।

अपने गुप्तचरों द्वारा स्टुअर्ट को पता चल ही गया था कि नौ बजे से पहले जरमन कौंसल कोच किसी से भी नहीं मिलता। अतः पग के साथ वे आठ बजे से पहले ही उसके बंगले पर जा धमके। स्टुअर्ट ने बाहर से ही जरमन भाषा में आवाज़ लगाई। बन्द दरवाज़े के पीछे से कोच ने उत्तर तो दिया, लेकिन दरवाज़ा खोलने से साफ़ इनकार कर दिया। स्टुअर्ट ने जरमन भाषा में न जाने क्या-क्या कह डाला, जिसने उसे दरवाज़ा खोलने के लिए मजबूर कर दिया।

अन्दर दाख़िल होते ही स्टुअर्ट ने अपनी 32 बोर 'कोल्ट' ऑटोमेटिक पिस्तौल निकाल कर उसकी पसलियों से भिड़ा दी। फिर उसे आदेश दिया दोनों हाथों के पंजे सिर के पीछे भिड़ाकर बंगले से बाहर चलने का, जहां 'फ़ोर्ड वी-एट' स्टेशन वैगन उसे और उसकी पत्नी को ले जाने के लिए तैयार खड़ी थी। ग्रीटा ने भागने की कोशिश तो की, लेकिन लहीम-शहीम स्टुअर्ट ने उसे दोनों हाथों के बीच वहीं धर दबोचा और उसका मुंह बन्द कर दिया, जिससे खून बह रहा था। फिर ले जाकर उसे पटक दिया गाड़ी की पिछली सीट पर। कोच ने अपना पिण्ड छुड़ाने की कोशिश तो बहुत की, मगर स्टुअर्ट ने अपनी पिस्तौल की 'बट' उसके सिर पर दे मारी। वह वहीं सीट पर बेहोश हो गया। चलती कार में ही दोनों को 'पेन्टोथल' इंजेक्शन का एक-एक डोज़ दे दिया गया।

"क्या तुम हमें मार डालना चाहते हो ?" ग्रीटा ने पूछा। उसकी आंखें बता रही थीं कि वह तनिक भी भयभीत नहीं है।

"नहीं, कुछ देर तक बेहोश रखने के लिए," कर्नल पग ने टका-सा जवाब दिया।

'ट्रोम्पीटा' और उसकी पत्नी को भारत (बेलगांव) लाया गया। वहीं दोनों से कसकर पूछताछ की गई। 'इंटेरोगेशन' इतना सख़्त था कि अन्ततः उन्हें अपने भारतीय जासूस रामदास गुप्ता का नाम-पता बताना ही पड़ा। अन्त में गुप्ता और उसकी मकान मालकिन को मुंबई में धर दबोचा गया। उनसे भी गहरी पूछताछ के बाद सब-कुछ उगलवा लिया गया। फिर उन्हें भी मौत के हवाले कर दिया गया।

'ट्रोम्पीटा' की मौत के बाद उसका अभियान जारी रखा उसी के एक गोवानी सहयोगी ने जो पुर्तगाल मेडिकल कोर में कर्नल था। वह मार्मगोवा की विपरीत दिशा में डोना पौला पहाड़ी पर एक ख़ास जगह तक मोटरकार से जाता और वहां से 'सेमाफ़ोर सिगनल' (दोनों हाथों में झंडियां लेकर पूर्व-निश्चित इशारे) भेजता था। जरमन जहाज़ 'एहरनफ़ैल्स' इन संकेतों को अपने 'कोड' में तब्दील करके बर्लिन ट्रांसमिट कर दिया करता था। फिर उसे आदेश मिलता था जरमनी से, जिसे बह बेतार द्वारा पनडुब्बी के हवाले करता था उचित कार्रवाई के लिए।

इसका मतलब ही था कि स्टुअर्ट और पग के सामने एक और गुप्त अभियान मुंह बाए खड़ा था। वे हेडक्वार्टर्स मेरठ से फिर पहुंचे कलकत्ता और इस काम के लिए 18 वालेंटियर फ़िट किए। सभी अंग्रेज़ नौजवान थे—14 लाइट हाउस के और 4 कलकत्ता स्कॉटिश के।

प्रमुख थे—कर्नल बिल ग्राइस, हेरी स्क्वायर, बिल मैनर्स। उन्हें साफ़-साफ़ बता दिया गया कि कामयाबी मिलने पर मैडल नहीं मिलेंगे। हां, पकड़े जाने पर यह भी नहीं कहा जाएगा कि ये हमारे आदमी हैं। लेकिन, उन्हें वह गुप्त अभियान तो बताया ही नहीं गया। उसकी जानकारी तो केवल कलकत्ता लाइट हाउस के कमाण्डर कर्नल बिल ग्राइस को ही थी। ग्राइस ने बस उनसे इतना ही कहा कि वे अपनी-अपनी पत्नी को बता दें कि उन्हें कुछ दिनों के लिए ड्रिल सीखने रांची जाना है।

कर्नल पग ने कलकत्ता पोर्ट ट्रस्ट कमिश्नर से सन् 1912 में बनी पुराने क़िस्म की एक बड़ी-सी नाव हासिल की, जिसकी लम्बाई 206 फुट और चौड़ाई 38 फ़ुट थी। इसके अन्दर दो तहख़ाने भी थे। इसे 'फ़ोब' के नाम से जाना जाता था। अपने आप को छिपाने की गरज़ से इसके बीचों-बीच एक बड़ा-सा 'फ़नल' लगा दिया गया, जिससे देखने वाले इसे तेल ले जाने वाली नौका समझें। इसी में बैठकर सीखे-सिखाए अठारह ब्रिटिश कमाण्डोज़ को कलकत्ता से मार्मगोवा जाना था बंगाल की खाड़ी और अरब सागर के तटों से लगे-लगे। फिर उन्हें मार्मगोवा में जरमनी और इटली के लिए जासूसी करने वाले जहाज़ों पर क़ब्ज़ा करके उन्हें अरब सागर में ही किनारे से तीन मील दूर ले जाकर 'इंटरनेशनल वाटर्स' में नेस्तनाबूद करना था।

किसी प्रकार के शक़-शुबहे से बचने के लिए 'बार्ज' को कोचीन बन्दरगाह तक भारतीय लश्करों द्वारा ले जाना था। फिर उन्हें वहीं उतारकर उसमें ब्रिटिश कमांडोज़ को सवार कराके 'बार्ज' को मार्मगोवा की ओर आगे बढ़ना था।

इन्हीं अंग्रेज़ों में एक था जैक कार्टराइट नामधारी दिल का मरीज़। उसने कई बार अनेक अभियानों में अपना नाम दिया था, मगर उसे लिया कभी नहीं गया। इस बार एक स्काउट की हैसियत से उसे गोवा भेजा गया। उसके लड़के को जापानियों ने पकड़ रखा था और वह किसी प्रकार उनसे बदला लेने पर आमादा था। उसका काम था यह देखना कि गोवा में जरमन और इतालवी प्रभाव कम-से-कम रहे। उसे यह ज़िम्मेदारी भी सौंपी गई थी कि वास्तविक ब्रिटिश कमांडो आक्रमण के समय अधिक-से-अधिक जरमन और इतालवी नाविक अपने जहाज़ों पर न रहें। इसके लिए 'फ़ोर्स वन-थ्री-सिक्स' ने एक निहायत शानदार स्कीम तैयार की थी। जैक कार्टराइट के नाम पांजिम के लिस्बन बैंक में लाखों पौण्ड की मुद्रा जमा करा दी गई थी। बताया यह गया था कि कार्टराइट मूलतः गोवा-निवासी है, जिसने भारत में व्यापार करके करोड़ों रुपए कमाए थे। अभी तक तो उसका बेटा लापता था, मगर अब पता चला है कि वह बर्मा में जापानियों का क़ैदी है। वह एक-न-एक दिन तो घर लौटेगा ही। यही वह ख़ुशी थी जिसे वह गोवा जाकर अपने मित्रों में बांटना चाहता है। पैसा तो उसने कमाया ही है अनाप-शनाप।

गोवा में सभी पुर्तगाली और गोवानी ईसाई स्त्री-पुरुषों के लिए धार्मिक उपवास (लैण्ट) रखने के बाद कार्निवल खेलों द्वारा खुशियां, मौज-मस्ती मनाने के थे ये तीन दिन। इन दिनों किसी पर कोई पाबन्दी नहीं रहती थी। वे जो चाहें करें। कार्टराइट ने अपने गोवानी सूत्र द्वारा लगातार तीन दिन-रात कार्निवल खेलों, नाच-गाने, खाने-पीने का प्रबन्ध किया था और वह भी बिल्कुल मुफ़्त। इस बीच दो पुर्तगाली जहाज़ों ने भी मार्मगोवा बन्दरगाह में आकर

लंगर डाले। उनमें सफ़र कर रहे थे उनके 1800 सैनिक। उन्हें सुदूर पूर्व जाना था, मकाओ और तिमोर नामक पुर्तगाली द्वीपों की जापानी आक्रमण से रक्षा करने के लिए। उस समय मार्मगोवा में जितने भी जहाज़ थे, सभी के अफ़सरों को कार्निवल में मुफ़्त पीने-पिलाने और नाच-रंग मनाने की दावत दे दी गई थी। एक दलाल के ज़रिए सभी नौसैनिकों के लिए वास्कोडिगामा के बैना इलाक़े में वेश्याओं का भी बिना पैसे इन्तज़ाम कर दिया गया था।

इतना सब प्रबन्ध करने के बाद कार्टराइट अपने होटल वापस आ गया। वहां उसे भारत से अपनी पत्नी का फ़ोन मिला कि उनका बेटा युद्ध-बन्दी की हैसियत से एक बर्मी कैम्प में सुरक्षित है।

चालीस आदमियों की कमाण्डो-पार्टी कलकत्ता से आगे-पीछे रवाना हुई कोचीन के लिए—कुछ ट्रेन से, बाक़ी 'फ़ोब' में सवार होकर समुद्र के किनारे-किनारे। कोचीन पहुंचने पर रेलगाड़ी से आए व्यक्ति 'फ़ोब' में जा बैठे और 'फ़ोब' से आए भारतीयों को वहीं उतार कर कलकत्ता वापस भेज दिया गया। इस प्रकार गोवा जाने वालों में केवल अंग्रेज़ ही थे। इनमें एक आंख से काना बिल मैनर्स भी था, हाकी का शानदार खिलाड़ी—निहायत दिलेर, हंसमुख।

जरमन जहाज़ 'एहरनफ़ैल्स' के कप्तान रोफ़र को जरमन कौंसल रॉबर्ट कोच की मृत्यु के बाद ऐसा लगा कि कुछ और भी अनर्थ होने वाला है। उसने इतालवी जहाज़ के कप्तान गेरीबाल्डी, जरमन जहाज़ों 'ड्रैकिनफ़ैल्स' और 'ब्रौनफ़ैल्स' के कप्तानों—क्रमशः शिमिट तथा जोहन बीट से गुप्त मंत्रणा की।

कैप्टेन रोफ़र ने इन सभी जहाज़ों द्वारा लाए गए साज़ो-सामान का चार्ज ले लिया। 'ड्रैकिनफ़ैल्स' लाया था दो हज़ार बोरे बारूद लोहे की खानें उड़ाने के लिए। 'अनफ़ोरा' में लदी थीं टिन और अल्यूमिनियम की चादरें, संगमरमर के स्लैब और गेहूं का आटा। 'ब्रौनफ़ैल्स' में भरी थीं फ़िनलैण्ड ले जाने के लिए जानवरों को खिलाने के वास्ते खली और मोटरकार की बैटरियां। रोफ़र ने सभी जहाज़ों को बैटरियों के माध्यम से बारूदख़ाने से जोड़कर आटे और संगमरमर की बोरियों से ढक दिया। वह किसी भी हालत में जहाज़ त्यागने के पक्ष में नहीं था, बल्कि मर जाना बेहतर समझता था।

अपने तयशुदा कार्यक्रम के अनुसार 'फ़ोब' कोचीन से रवाना होकर मार्मगोवा तक आ गया। वे अपने साथ मुरगियों और बकरियों को भी लाए थे। जब मुरगी अंडा देना बन्द कर देती, तो उसे मारकर खा जाते थे। यही हालत बकरियों की हुई दूध देना बन्द हो जाने पर।

9 मार्च, 1943। सूर्योदय से पहले का अंधेरा छाया हुआ था। तभी 'एहरनफ़ैल्स' के निकट 'फ़ोब' न जाने कहां से आ टपका। रोफ़र जानबूझकर कार्निवल का मज़ा लूटने नहीं गया था। वह अपने जहाज़ पर ही रुका रहा। उसने 'फ़ोब' को देख तो लिया था, लेकिन वह उसे तेलवाहक बड़ी नाव समझा। फिर भी उसे शक तो हो ही गया था। सोने के लिए जाने से पहले उसने घंटा बजाकर उसे सतर्क करने का आदेश भी संतरी को दे दिया था। यदि 'फ़ोब' 'एहरनफ़ैल्स' के बहुत ही क़रीब आता, तो चेतावनी का घंटा बजा दिया जाता।

लेकिन, ब्रिटिश कमाण्डोज़ तो मरने-मारने पर आमादा थे। वे इस मामले में पागलपन की किसी भी हद तक जा सकते थे। और उन्होंने बखूबी किया भी ऐसा। स्कॉटलैण्ड-निवासी रैडमैक ने अपनी निःशब्द पिस्तौल की पहली गोली का निशाना बनाया, 'एहरनफ़ैल्स' के संतरी को। पूरे दल में स्टुअर्ट और पग ही तो थे पुराने तजुर्बेकार। वे बांस की सीढ़ी लगाकर 'एहरनफ़ैल्स' के डेक तक जा पहुंचे। वहां नाविकों से जरमन भाषा में बात करके उन्हें गुमराह करते रहे। इस बीच कुछ और कमाण्डो भी उसी सीढ़ी से वहां जा पहुंचे।

उसी समय रोफ़र ने 'एहरनफ़ैल्स' का सायरन बजा दिया। वेश्याओं के यहां गए नाविक जैसे-तैसे वेश्यालयों से दौड़ते हुए निकले। उनके अफ़सर भी कार्निवल में लड़कियों के साथ हो रहे तेज़ नाच-गाने को बीच ही में छोड़कर बाहर दौड़े। इस समय ब्रिटिश कमाण्डोज़ कैप्टेन रोफ़र सहित जहाज़ में उपस्थित सभी नाविकों को मौत के हवाले करके 'फ़ोब' में वापस आ चुके थे। रोफ़र अकेले ही सबसे जूझे थे।

इस घटना से पहले ब्रिटिश कमाण्डोज़ सभी जरमन और इतालवी जहाज़ों के बाजुओं में पानी की सतह से एक मीटर नीचे चुम्बकयुक्त टाइम बम चिपका चुके थे। 'फ़ोब' के हटने के बाद कुछ जरमन और इतालवी नाविक अपने-अपने जहाज़ पर पहुंचे, नशे में धुत। तभी एक के बाद एक उन सभी जहाज़ों में प्रलयंकारी विस्फोट होने लगे और वे सागर के अतल तल में पहुंचते गए। गोवा-निवासी इस गर्जना को समझे कार्निवल में हो रही धूम-धड़ाके की आतिशबाज़ी।

मार्मगोवा बन्दरगाह जरमन और इतालवी नौसैनिकों की लाशों से पटा पड़ा था। समुद्र का पानी बजाय हरे के लाल नज़र आने लगा था। सभी ब्रिटिश कमाण्डो सही-सलामत 'फ़ोब' में बैठकर घटनास्थल से दूर जा चुके थे। बस, दो ही कुछ ज़ख़्मी हुए थे।

कैप्टेन रोफ़र तो जहाज़ में ही मारे जा चुके थे। कैप्टेन शिमिट ने अस्पताल में अपनी दोनों कलाइयां ही तोड़ लीं 'पूछताछ' से बचने के लिए। पुर्तगाल की राजधानी लिस्बन में सालाज़ार की सरकार ने जहाज़ों को तबाहो-बरबाद करने का इलज़ाम जरमन और इतालवी नाविकों पर लगाया, यह कहते हुए कि कार्निवल में मुफ़्त की पीने के बाद वे नशे में ऐसे धुत हुए कि अपने ही जहाज़ों में आग लगा ली।

उधर तीन जरमन और एक इतालवी जहाज़ धू-धू कर जल रहे थे और इधर 'फ़ोब' में सूर्य की पहली किरण के साथ लौट रहे अपने साथियों को कर्नल पग भर-भरकर खुशी के जाम पेश कर रहे थे।

युद्ध के बाद पुर्तगाल सरकार ने गोवा में सभी बचे-खुचे जरमन और इतालवी नाविकों को दस वर्षों तक जेल में डाले रखा।

गोवा में आज भी कोई यह मानने को तैयार नहीं कि यह ख़ौफ़नाक खेल अंग्रेज़ों ने खेला था। यह था हमारी गुप्तचर संस्था 'फ़ोर्स वन-थ्री-सिक्स' का कमाल, जिसने 'ट्रोम्पीटा' को जड़ से उखाड़ फेंकने के बाद ही दम ली।

फ़ोर्स वन-थ्री-सिक्स, म्यूलो अथवा जी॰ एस॰ आई॰ (के)

एक जनवरी, 1942 को भारत में क़दम रखते ही मिकेन्ज़ी ने अपनी इस गुप्तचर संस्था—-'जी॰ एस॰ आई॰ (के)' का पहला कार्यालय स्थापित किया नई दिल्ली में केन्द्रीय सचिवालय के 'नार्थ ब्लॉक' में। कुछ समय बाद उसे वहां से हटाकर ले गए 'साउथ ब्लॉक' के निकट डलहौज़ी रोड की 'हरमेन्ट्स' में। फिर वहां से 'तोशकख़ाना' में, जहां उस समय विदेशी मामलों का महकमा था। ये सब तबदीलियां की गई थीं संस्था की सुरक्षा के लिए ही।

मिकेन्ज़ी और स्टुअर्ट को अपनी इस गुप्तचर संस्था के लिए अपने मनपसन्द कार्यकर्ता चुनने का अधिकार मिल गया था, साथ ही ब्रिटेन तथा भारत दोनों ही सरकारों का पूर्ण सहयोग। संस्था पूरी तरह से उच्च मिलिटरी तथा सिविल अंग्रेज़ अफसरों की ही थी जिसकी पृष्ठभूमि स्कॉटलैण्ड यार्ड (ब्रिटिश खुफ़िया विभाग) से सम्बद्ध थी। इनका मक़सद ही था शत्रु-अधिकृत पूर्वी युद्ध-क्षेत्र में गुप्त रूप से छा जाना और भूमिगत होकर दुश्मन का सफ़ाया करना। इसके लिए उन्हें भली भांति प्रशिक्षित किया गया था।

लगभग छह महीने बाद जून 1942 में भारत के वाइसराय एवं गवर्नर-जनरल लार्ड लिनलिथगो, फ़ील्ड-मार्शल लार्ड वेवल, जनरल सर हैरोल्ड अलेक्ज़ेण्डर, लेफ़्टिनेंट-जनरल सर विलफ़्रेड लिंडसे, के॰ सी॰ बी॰, के॰ बी॰ ई॰, डी॰ एस॰ ओ॰, एम॰ सी॰, लेफ़्टिनेंट-जनरल सर विलियम जे॰ स्लिम, डी॰ एस॰ ओ॰, एम॰ सी॰, पंजाब के गवर्नर सर ग्लेन्सी और सर गाल्विन वी॰ स्टुअर्ट की राय से इस दफ़्तर को दिल्ली से हटाकर मेरठ ले जाया गया।

जुलाई, 1942 तक मिकेन्ज़ी और स्टुअर्ट ने लार्ड लिनलिथगो के अलावा सभी सूबों के गवर्नरों, इंटेलिजेंस ब्यूरो के डायरेक्टर सर जॉन पील्डिच, आई॰ पी॰, पुलिस इंस्पेक्टर-जनरलों, प्रान्तीय सी॰ आई॰ डी॰ के सहायक इंस्पेक्टर जनरलों से ही नहीं, पाकिस्तान के जनक मोहम्मद अली जिन्ना, बंगाल और मुंबई के मुस्लिम लीगी नेता क्रमशः हसन शहीद सोहरावर्दी और सर सुल्तान अहमद चिनॉय, निज़ाम हैदराबाद के क़ानूनी सलाहकार सर वाल्टर मॉक्टन, सर फ्रेडरिक टिनिस, आई॰ सी॰ एस॰, शौत्तेन्द्रो कुमार घोष, आई॰ सी॰ एस॰, बर्मा सीमा पर मुस्तैद ईस्टर्न आर्मी ऑफ़ इण्डिया कमाण्ड के कमाण्डर जनरल एन॰ एम॰ एस॰ इरविन सी॰ बी॰, डी॰ एस॰ ओ॰, एम॰ सी॰, जनरल फ़ैलेक्स विलियम, बर्मा में अमेरिकी और चीनी सैनिकों को छोड़कर ब्रिटिश लैण्ड फ़ोर्सज़ के कमाण्डर जनरल सर जार्ज गिफ़र्ड, जी॰ सी॰ बी॰, डी॰ एस॰

ओ., ए. डी. सी., भारत की चौदहवीं डिवीज़न के मेजर-जनरल डब्ल्यू. एल. लॉयड, सी. बी. ई., डी. एस. ओ., एम. सी., यू. पी. के कमिश्नर नीदरसोल, आई. सी. एस., मिस्टर जस्टिस बॉण्ड, आई. सी. एस., जो गौरीपुर के राजा प्रभात बरुआ के दीवान थे, ढाका के ख़ान बहादुर फ़जलुल करीम, और उनके साहिबज़ादे ए. एफ. एम. करीम, सिंगापुर की मिस बिगविदर, गौरीपुर की राजकुमारी नीहार बरुआ, जो विख्यात सिने-निर्देशक एवं नायक प्रमथेशचन्द्र बरुआ की छोटी बहन थीं, बर्मा का लंगड़ा सुलतान और टैम्बे से भी सम्पर्क स्थापित कर लिए थे।

इससे पहले फ़रवरी, 1942 में चीन के तत्कालीन सर्वेसर्वा मार्शल च्यांग काई-शेक से भी लार्ड लिनलिथगो ने मिकेन्ज़ी और स्टुअर्ट का परिचय करा दिया था। वे सपत्नीक भारत पधारे थे। 9 से 22 फ़रवरी तक भारत सरकार के मेहमान रहे थे। उनकी यात्रा का ख़ास मक़सद था भारत और चीन की सुरक्षा के लिए संयुक्त सैन्य-योजना पर विचार करना। ऐसे समय में भारत की ब्रिटिश सरकार और चीन सरकार में गठबन्धन हो जाना स्वाभाविक ही था। जापान और चीन का संघर्ष काफ़ी अरसे से चल रहा था। अब तो जापान भी इस महायुद्ध में शामिल हो चुका था और उसकी सेनाएं तूफ़ान की तरह भारत की ओर बढ़ रही थीं। भारत पर जापानी आक्रमण का प्रतिरोध करने के लिए चीन की सुरक्षा निहायत ज़रूरी थी।

इसके तुरन्त बाद 'फ़ोर्स वन-थ्री-सिक्स' के दफ़्तर और ट्रेनिंग सेंटर भारत, बर्मा, श्रीलंका और चीन के निम्न स्थानों पर स्थापित कर दिए गए—

भारत

मेरठ

मेरठ छावनी में नॉर्थ रो के तीन बड़े बंगलों—नम्बर 143, 144 और 145 में दक्षिण-पूर्व एशिया के लिए 'फ़ोर्स वन-थ्री-सिक्स' का प्रमुख कार्यालय स्थापित किया गया। इसके सर्वोच्च अधिकारी थे सर कॉलिन हरक्यूलीज़ मिकेन्ज़ी। दक्षिण-पूर्व एशिया, विशेषकर बर्मा, स्याम, मलाया, जावा के एजेंटों द्वारा भेजे गए गुप्त समाचार यहीं आते थे। यहीं से उन्हें आवश्यक आदेश और सुझाव भी दिए जाते थे। इस हैडक्वार्टर्स के दूसरे आला अफ़सरान थे लॉर्ड जॉन लिनार्ड कॉली, चार्ल्स ओ'नील, बैरट स्मिथसन, कर्नल ल्यूइस पग, मिसेज़ नील, कर्नल आईवरी, कर्नल नॉट, मिसेज़ मिचिल, कैप्टेन रोडवे, कैप्टेन एच. एच. गोडार्ड, मिसेज़ फ्राई और कैप्टेन स्मिथ।

कॉली अपनी मां को इतना चाहते थे कि लड़ाई के उन भीषण दिनों में भी वे उन्हें हर हफ़्ते पत्र लिखना न भूलते थे। उनका पता था : लेडी कॉली, 15, रेजिण्डेल रोड, लंदन-एस. डब्ल्यू. 16 । मैंने ऐसे मातृभक्त विरले ही देखे हैं।

करकी रोड पर 189 नम्बर का बंगला मिकेन्ज़ी का निवास-स्थान था। वे अपने एजेंटों, सम्पर्कियों (कटआउट्स) तथा अन्य देशों के फोड़े हुए भेदियों से यहीं मिलते थे। इसके अलावा 132, बैरक स्ट्रीट; 106, ब्रिज स्ट्रीट; 15, गार्डन रोड के अन्य बंगले भी

फ़ोर्सवन-थ्री-सिक्स के क़ब्जे **में थे**। 'एम॰ ई॰ नाइन' यहीं स्थापित था और 'एम॰ ई॰ ट्वन्टी-नाइन' छावनी में। मिकेन्ज़ी या उनका कोई और प्रतिनिधि भारत के वायसराय एवं गवर्नर-जनरल से निहायत ज़रूरी और महागोपनीय (टॉप सीक्रेट) मसलों पर विचार-विमर्श करने के लिए सप्ताह में दो बार अवश्य जाकर मिलते थे।

कलकत्ता

1. 207 ए, रासबिहारी एवेन्यू, बालीगंज

कलकत्ता में फ़ोर्स वन-थ्री-सिक्स का यह पहला दफ़्तर जुलाई, 1942 में इसी दोमंज़िली कोठी में क़ायम किया गया था। इसके पहले अफ़सर इन-चार्ज़ थे जरमन-यहूदी कैप्टेन डी॰ आर॰ एन॰ क्लार्क। शुरू में नियुक्त किए गए अन्य अधिकारी थे—मेजर गोडार्ड, मेजर स्टीयर, कैप्टेन एम॰ टैलन, लेफ़्टिनेंट रोज़ेर, फ़्लाइट-लेफ़्टिनेंट डेनियल, फ़्लाइट-लेफ़्टिनेंट बैनट, टकर, परसर, लोखार्ट, मिसेज़ हम्फ़रीज़, मिसेज़ ब्रिम्स, मिसेज़ लिंडप (एंग्लो-बर्मी), मिस पी॰ नोड, मिस गौर्डन, मिस मिडिलटन। उस समय इस शाखा पर विशेषकर अर्थ-सम्बन्धी तथा अन्य सामान्य व्यवस्थाओं (फ़ाइनेंस एडमिनिस्ट्रेशन तथा जनरल एडमिनिस्ट्रेशन) का ही उत्तरदायित्व था।

मई, 1942 में जब जापानियों ने 800 मील लम्बी बर्मा रोड बन्द कर दी, उस समय इस शाखा ने बड़ा ही शानदार काम किया हवाई जहाज़ों द्वारा जैसोर से कनमिंग (चीन) तक च्यांग काई-शेक को माल भेजने का। फिर वहीं से उसे ख़ुश्की के रास्ते चुंगकिंग भेजा जाता था। बर्मा में तैनात जापानी 'ज़ीरो' लड़ाकू यानों की नज़र बचाकर ही यह सामग्री 'सी-47' यानों द्वारा भेजी जाती रही, जिनकी सुरक्षा में अमेरिकी फ़्लाइंग टाइमर हिमालय पर्वत पर बीस हज़ार फुट उड़ानें लगातार पांच घंटों तक भरते थे। तभी समस्त सामग्री सही-सलामत चीन पहुंच पाती थी। यहां यह जान लेना भी आवश्यक है कि सामग्री सहित इन जहाज़ों को 'एस्कोर्ट' करना फ़ोर्स वन-थ्री-सिक्स के ही ज़िम्मे था, अमेरिकनों के नहीं। कारण जो भी रहा हो।

शुरू-शुरू में जापानियों ने ऐसे सैकड़ों जहाज़ गिरा लिए थे। लेकिन, 19 सितम्बर, 1941 से 4 जनवरी, 1942 तक फ़्लाइंग टाइगर्स ने जापानियों के 297 'ज़ीरो' और 'नाकाज़िमा' विमानों का पूरी तरह सफ़ाया कर दिया, 300 को भारी नुक़सान पहुंचाया और 1500 जापानी सैनिकों को मौत के घाट उतारा। यही कारण था कि जापानी सैनिक चीन को घेरने में असफल रहे।

2. 53 ए, गरियाहाट रोड, बालीगंज

जुलाई, 1943 में फ़ोर्स वन-थ्री-सिक्स का कार्य-विस्तार काफ़ी बढ़ जाने पर यह कार्यालय बालीगंज ट्राम डिपो के निकट एक नवनिर्मित चार-मंज़िला भवन में ले जाया गया। इसका तार का पता था 'म्यूलो-कलकत्ता', और डाक का 'हैडक्वार्टर्स 'ए' ग्रुप', पोस्ट बॉक्स नं॰ 10207, कलकत्ता। लॉर्ड जॉन लिनार्ड कॉली का कलकत्ते का पता था—'हैडक्वार्टर्स फ़ोर्स वन-थ्री-सिक्स', 'ए' ग्रुप, ए॰ बी॰ पी॰ ओ॰।

फ़ोर्स वन-थ्री-सिक्स की अनेक गुप्त सेवाएं इसी कार्यालय से सम्बद्ध थीं। अपने-अपने काम में सभी ख़ामोशी से तल्लीन रहते थे। दख़लंदाज़ी क़तई नहीं थी। कोई किसी पर हावी होने की चेष्टा भी नहीं करता था। गुप्त सूचनाओं के आधार पर विशिष्ट गुप्तचर अभियानों की रूपरेखा यहीं तैयार की जाती थी, जो शत-प्रतिशत सही साबित होती थी। फ़ोर्स वन-थ्री-सिक्स के अफ़सरों की विचार-शक्ति, चिन्तन-शैली अद्‌भुत थी। चौथी मंज़िल पर 'वार रूम' था, जिसे 'इन्फ़ॉरमेशन रूम' भी कहते थे। सर गाल्विन का 'मेन ऑफ़िस' यही था। कैप्टेन के पद से नीचा कोई भी अफ़सर उसमें दाख़िल नहीं हो सकता था—और वह भी अंग्रेज़।

चूंकि 'विंगेट ब्रिगेड' ने जापान-अधिकृत बर्मा में 250 मील अन्दर घुसकर 'लांग-रेन्ज पेनीटरेशन' स्कीम में अत्यन्त गोपनीयता बरतते हुए पूरी कामयाबी हासिल की थी, अतः स्टुअर्ट ने बर्मा आदि पूर्वी देशों में इस संगठन के गुप्त अभियानों का सर्वोच्च कार्यभार कलकत्ता के इसी केन्द्र से संभाला।

इस केन्द्र की अनेक शाखाएं थीं—1. सिक्योरिटी, 2. क्यू पीज़, 3. फ़ॉरवर्ड फ़ील्ड ब्रॉडकॉस्टिंग यूनिट, 4. टेलीप्रिंटर, 5. डाक, 6. फ़ील्डमैप्स, 7. जनरल एडमिनिस्ट्रेशन, 8. आरमरी, 9. ट्रुप्स, 10. स्टोर्स, 11. केटरिंग, 12. पैकिंग, 13. अकाउण्ट्स, 14. फ़ाइनेंस, 15. मेडिकल, 16. मूवमेन्ट्स, 17. साइफ़र्स एण्ड कोड्स, 18. फ़ोर्स 'ए' स्टोर्स, 19. ऑपरेशन्स, 20. कंसीलमेन्ट, 21. फ़ोरजरी एण्ड स्टीलिंग, 22. ट्रिक्स, 23. काउण्टरफ़ीट कॉइन्स (जाली सिक्के) 24. इंटेरोगेशन (पूछताछ), 25. साइलेंट किलिंग (ध्वनिहीन शस्त्रों से दुश्मन का सफ़ाया करना), 26. मैप ड्राइंग (नक्शे बनाना), 27. सीक्रेट इंक्स (गुप्त स्याहियों का प्रयोग), 28. फ़ोटोग्राफ़िक़ फ़ोरजरी (चित्रों द्वारा जालसाज़ी), 29. फ्रांस, 30. इण्डो-चीन, 31. बर्मा कन्ट्री, 32. मलाया कंट्री, 33. स्याम कंट्री 34. चायना रिलेशन्स आदि के अलावा बहुत-से सेक्शन थे, जिनके लिए कलकत्ता की विभिन्न शानदार बस्तियों में बीसियों कोठियां और बंगले किराए पर ले लिए गए थे।

इन सेक्शनों में काम करने वाले अफ़सर थे—ब्रिगेडियर बुल, कर्नल टैनर, लेफ़्टिनेंट-कर्नल स्टीयर, लेफ़्टिनेंट-कर्नल गोडार्ड, लेफ़्टिनेंट-कर्नल एफ़॰ एफ़॰ बीमिस (पहले बर्मा पुलिस में थे), लेफ़्टिनेंट-कर्नल ई॰ ग्रेगरी (पहले इण्डियन पुलिस में थे), लेफ़्टिनेंट-कर्नल गार्डिनर, लेफ़्टिनेंट कर्नल पेन्टन, लेफ़्टिनेंट-कर्नल माउण्टगोमरी, लेफ़्टिनेंट-कर्नल कॉनवे, लेफ़्टिनेंट-कर्नल हेयर, रॉयल इण्डियन नेवी के कमाण्डर टॉड, रॉयल इण्डियन नेवी के लेफ़्टिनेंट-कमाण्डर अमरेन्द्र कुमार मुखर्जी, जो संस्था के 'कोस्टल ऑर्गेनाइज़र' (तटीय संगठनकर्ता) थे, मेजर शिमसन, मेजर विंस, मेजर गुडफ़ैलो, मेजर गर्ट, मेजर कॉसले (अंग्रेज़ शाकाहारी योगी, जिनके फ़ोटो एक समय 'स्टेट्समैन' में योग-प्रदर्शन करते हुए प्रकाशित हुए थे), मेजर वेमिश, मेजर के॰ ई॰ टौश (एण्ड्रूज़ एण्ड यूल्स जूट मिल्स, बजबज, कलकत्ता में सन् 1951 तक देखे गए), मेजर कर्क पेट्रिक स्मिथ, मेजर डब्ल्यू॰ ई॰ एल्वे, मेजर फ़ोरसाइथ, ऑफ़िसर-कमांडिंग, फ्रेंच, इण्डो-चायना सेक्शन, मेजर फ़ॉरिस्टर, मेजर फ़िच और मेजर ड्रेक (इन दोनों ब्रिटिश अफ़सरों ने सर ज़फ़रउल्लाह के सहयोग से 'पोस्ट-क्विट प्लान' (भारत-विभाजन की योजना) तैयार की थी सितम्बर/अक्टूबर, 1944 में), मेजर पीटर फ्लेमिंग, मेजर राव (डॉक्टर थे), मेजर ब्राइन

(कलकत्ता-स्थित 'केमिकल एण्ड बक्टीरियोलौजिकल वारफ़ेयर' (रासायनिक तथा रोगाणु-प्रयोगी युद्ध) के सर्वेसर्वा थे, मेजर डी॰ आर॰ एन॰ क्लार्क, मेजर एम॰ टैलन (इनचार्ज़ चायना-सेक्शन), मेजर मैक'कॉम्बे, मेजर जॉनसन, मेजर बटलर, कैप्टेन सोले, कैप्टेन ब्वाइड, कैप्टेन बॉलबेरी, कैप्टेन हॉलीबोर्न, कैप्टेन मेन्सर, कैप्टेन जे॰ फिस्कन, कैप्टेन प्लॉट, कैप्टेन लो, कैप्टेन मर्फ़ी, कैप्टेन मैक'लिगान, कैप्टेन मैक-क्रिण्डिल, कैप्टेन एवेन्स, कैप्टेन राय (एक समय राजनीतिक क़ैदी थे, उनकी पत्नी अंग्रेज़ थी), कैप्टेन मिलवुड, कैप्टेन रौब, कैप्टेन डेव्स (पैरामिलिटरी फ़ारमेशन के इंस्ट्रक्टर थे और जाली मोहरें, परिचय-पत्र, पासपोर्ट बनाने वाले जालसाज़ी सेक्शन के अध्यक्ष), फ्रंटियर फ़ोर्स राइफ़ल्स, पेशावर के एक खूबसूरत, लम्बे-चौड़े पठान कैप्टेन हुसेन, जिन्होंने बहुत-से पठान एजेंट नियुक्त किए थे, कैप्टेन रोज़ेट, कैप्टेन ऑल्सन (नाव खेने, पानी के अन्दर तैरने और चन्द घंटों में नारियल के तनों से छोटी-छोटी नावें तैयार करने में माहिर थे। उन्होंने इन कामों में अपने एजेंटों को भी ट्रेनिंग देकर दक्ष कर दिया था), रॉयल नेवी के कैप्टन ग्रीन (नक्शे बनाने, 'नेविल वायरलैस सिस्टम' और 'सी माइनिंग' (यानी समुद्र में बारूदी जाल आदि बिछाने में अपना सानी नहीं रखते थे), कैप्टेन पॉवल, कैप्टेन क्रॉनिन, कैप्टेन पीकॉक, कैप्टेन निहाल सेनगुप्ता, फ़्लाइट-लेफ़्टिनेंट डेनियल, फ्लाइट-लेफ़्टिनेंट बैनिट, कम्पनी क्वार्टर-मास्टर सारजेंट लांग (4, विंग्टन टेरिस, कार्निवाल, इंग्लैण्ड-निवासी), सारजेंट हिस्ट, सारजेंट हॉग, सारजेंट शाउलर, सारजेंट केनीवर्दी, सारजेंट डब्स, सारजेंट वाल्टर, प्राइवेट किंग्स, प्राइवेट मैक-क्विन, लोखार्ट, सीसिल, हार्डविक, स्पेशल एस॰ पी॰ टकर, सी॰ सी॰ एडमिन, टॉमस मौरिस, ए॰ ए॰ मोल्ट्री, डॉसन (बर्मा सेक्शन), डेनियल (चीनियों के 'एक्स-कैम्प' के अफ़सर)।

इन चुनिन्दा अफ़सरान को जासूसी या 'कमाण्डो' कार्य के किसी-न-किसी क्षेत्र में कमाल हासिल था। अधिकांशतः तो उन्हें बर्मा आदि दक्षिण-पूर्व एशिया के किसी भी देश में विशिष्ट अभियानों (स्पेशल ऑपरेशन्स) का ही कार्य सौंपा जाता था। वे निहायत ईमानदार, स्वामिभक्त और विश्वसनीय एजेंटों को भर्ती करके उन्हें भारत तथा श्रीलंका के विभिन्न प्रशिक्षण-केन्द्रों में ट्रेनिंग कराते थे। तब कहीं जाकर उन्हें जापान-अधिकृत बर्मा या किसी अन्य देश में विशिष्ट अभियानों के लिए या तो पैराशूटों के ज़रिए गिराया जाता था, या पनडुब्बियों द्वारा पहुंचाया जाता था।

इनमें कुछ प्रमुख एजेंट/मास्टरस्पाई निम्न व्यक्ति थे—

1. **ब्लेयर,** चीफ़ सेक्रेटरी, बंगाल सरकार, कलकत्ता
2. **जेमीसन,** कमिश्नर, चटगांव
3. **जी॰ एच॰ मनोच,** इंस्पेक्टर जनरल ऑफ़ पुलिस, बंगाल, कलकत्ता
4. **शौत्तेन्द्रो कुमार घोष,** आई॰ सी॰ एस॰, सेक्रेटरी, संचार और निर्माण विभाग, बंगाल सरकार, कलकत्ता।
5. **स्टेन,** चीफ़ इंजीनियर, संचार और निर्माण विभाग, बंगाल सरकार, कलकत्ता।
6. **ख़ान बहादुर रे,** डी॰ आई॰ जी॰, सी॰ आई॰ डी॰, बंगाल जो पहले कलकत्ता के पुलिस कमिश्नर थे।
7. **डॉक्टर डनहम,** बंगाल प्रान्त के एक अवकाशप्राप्त आई॰ पी॰ (इण्डियन पुलिस)

अफ़सर, जो उस समय मलाया में व्यापार करते थे। सन् 1912 में भारत के वायसराय एवं गवर्नर-जनरल लार्ड हार्डिंग पर फेंके गए बम की जांच-पड़ताल इन्होंने ही की थी।

8. **डंकन**, एजेंट, बंगाल-नागपुर रेलवे, कलकत्ता
9. **ए॰ एम॰ रॉबर्टसन**, चीफ़ इंजीनियर, बंगाल-नागपुर रेलवे, कलकत्ता
10. **इंस**, भूतपूर्व मेयर, मॉलमीन (बर्मा)
11. **शाह**, सब-डिवीज़नल अफ़सर, कॉक्स बाज़ार,
12. **डॉक्टर**, चौरंगी, कलकत्ता में दन्त-चिकित्सक के छद्मवेश में कार्यरत अंग्रेज़ जिनके ऑफ़िस में टेलीफ़ोन भी था।
13. **हसन शहीद सोहरावर्दी**, भूतपूर्व प्रधानमंत्री, बंगाल, कलकत्ता, ढाका।
14. **डॉक्टर स्किनर**
15. **ख़ान बहादुर अब्दुल करीम**, लोकोमोटिव इंजीनियर, बंगाल-नागपुर रेलवे, खड़गपुर
16. **ख़ान बहादुर फ़ज़लुल करीम**, ढाका
17. **ए॰ एफ॰ एम॰ करीम**, ढाका
18. **चटर्जी**, जिसका निधन जापान-अधिकृत बर्मा के एक गुप्त अभियान में हो गया था।
19. **स्टीविंस लज़ारिस**, जो भारत स्वतंत्र होने के पांच वर्षों बाद भी सन् 1952 में 101/B, रिपन स्ट्रीट, कलकत्ता में दिखाई पड़ जाता था।
20. **क्रॉप**।
21. **ढाका की एक बेगम**, जो टॉलीगंज, कलकत्ता में निवास करती थी
22. **मिस पाम बिगविदर**

इस दफ़्तर में काम करने वाली मुख्य महिलाएं थीं–

1. पाण्डीचेरी की **मिस परेरा**, जो फ्रेंच सेक्शन की अध्यक्ष थीं
2. **मिस मिडिलटन**, सर गाल्विन स्टुअर्ट की प्रेयसी थीं
3. **मिस जेक्सन** (सीनियर)
4. **मिस जेक्सन** (जूनियर)
5. **मिस जेंकिंस**
6. **मिस लूथर**
7. **मिसेज़ बाथविक**
8. **मिसेज डि'मैलो**

आम तौर पर फ़ोर्स वन-थ्री-सिक्स के सदस्य या तो किसी व्यापार-व्यवसाय से सम्बद्ध होते थे, या जीवन के किसी अन्य क्षेत्र में काम करने वाले व्यक्ति। वे वहीं से अपने एजेंटों के माध्यम से 'फ़ोर्स वन-थ्री-सिक्स' का काम करते थे। जहां तक मुमकिन होता था, उपर्युक्त प्रमुख एजेंट/मास्टरस्पाई ऐंग्लो इण्डियन, ईसाई और मुसलमान ही होते थे। मगर अहमियत उन्हीं को दी जाती थी, जो या तो सेना अथवा पुलिस से अवकाशप्राप्त हों, या खिलाड़ी, शिकारी तरह-तरह के हथियार इस्तेमाल करने और अति चतुराई से विध्वंसकारी गुप्तचरी के

कामों की ज़िम्मेदारी ले सकते हों। इनमें कुछ तो अनेक देशों के अवरोध-आन्दोलन (रेज़िस्टेंस मूवमेंट) में सक्रिय भाग ले भी चुके थे। थे भी वे अंग्रेज़ों के लिए पूरी तरह मर-मिटने वाले।

वास्तव में सर गाल्विन वी॰ स्टुअर्ट का सैनिक नाम ही 'जी॰ एस॰ आई॰ (के)' था, जिसके आधार पर इस संस्था का नामकरण किया गया। युद्ध कार्यालय (वार ऑफ़िस) लंदन में, 'सी' विभाग के अन्तर्गत उनका नाम 'एस॰ ओ॰ ई॰' (स्पेशल ऑपरेशन एक्ज़ीक्यूटिव) था। किन्तु वे छद्मवेश में काम कर रहे थे 'मिनिस्ट्री ऑफ़ इकॉनॉमिक वॉरफ़ेयर लाइज़न ऑफ़िस' में। कलकत्ता में उनका निवास-स्थान बालीगंज में मेण्डिविल गार्डन के दो बड़े बंगलों नं॰ 11 और 13 में था। वे बंगले इस हैडक्वार्टर्स से क़रीब 200 गज़ के फ़ासले पर थे।

जापान-अधिकृत देशों में विशिष्ट अभियानों (स्पेशल-ऑपरेशन) में इस्तेमाल के लिए बिना नाम और नम्बर के न जाने कितने हथियार और विस्फोटक पदार्थ आदि बिना लिखा-पढ़ी के ही गुप्त एजेंटों और तोड़-फोड़ करने वालों (सेबोटियर्स) के हवाले कर दिए जाते थे। ये सब चीज़ें या तो सीधे बन्दरगाहों से हासिल की जाती थीं, या फिर उन्हें ऑर्डिनेंस डिपो और आर्सनलों से मंगा लिया जाता था। इन हथियारों को बांटने का काम 'क्यू पीज़' सेक्शन द्वारा ही होता था, जो शत्रु-अधिकृत देशों में स्पेशल ऑपरेशन्स से सम्बद्ध कार्य करने वाली शाखा थी।

'क्यू पीज़' सेक्शन में इन कार्यों के लिए नियुक्त प्रमुख एजेंटों में कुछ थे—

1. गौरीपुर के राजा और सुविख्यात सिने-निर्देशक एवं नायक प्रमथेशचन्द्र बरुआ के पिता प्रभात बरुआ के दीवान मिस्टर जस्टिस ब्रॉण्ड
2. ढाका का रोशन जान पेशावरी
3. बंगाल-नागपुर रेलवे के चीफ़ इंजीनियर ए॰ एम॰ रॉबर्टसन,
4. ढाका और कलकत्ता-निवासी फ़ज़लुल करीम,
5. ढाका-निवासी नायब करीम
6. कलकत्ता-निवासी सेन, और
7. कॉक्स बाज़ार के सब-डिवीज़नल अफ़सर शाह।

3. 54, गरियाहाट रोड, बालीगंज

इस कोठी में बेशुमार अस्त्र-शस्त्र, विस्फोटक सामग्रियां—निःशब्द मार करने वाले हथियार (वैपन्स फ़ॉर साइलेंट किलिंग), डाइनामाइट, फ़ोर सेकिण्ड ग्रिनेड (चार सेकिण्ड में फटकर मार करने वाले हथगोले), टाइम पेन्सिलें, टेप, धारदार लम्बे चाकू (जैक नाइव्ज़) आदि भण्डारों में हर समय भरे रहते थे। जापान-अधिकृत बर्मा में मौजूद विंगेट्स रेडर्स अथवा विंगेट्स चिंडिट्स और हमारे अपने ऐजेंटों को बाँटने के लिए 'वैट ईक्विपेमेंट' भी हर समय तैयार रहते थे। इसी बंगले में मेजर टैलन रहते भी थे।

4. टैगोर विला, बालीगंज

पहले-पहल जुलाई, 1943 में मेजर क्रॉसले ने इस बंगले में 'स्कूल ऑफ़ ईस्टर्न इण्टर-प्रेटर्स (इण्डिया)' खोला था। ये वही शाकाहारी योगी मेजर क्रॉसले थे, जिनके योग-दर्शन के फ़ोटो 'स्टेट्समैन' में प्रकाशित किए गए थे। मेजर क्रॉसले 'ओसवाल्ड मोसले' की 'ब्रिटिश

यूनियन ऑफ़ फासिस्ट' के सदस्य थे। वे ही इस स्कूल के सर्वेसर्वा थे। उनके बाद दूसरे बड़े अधिकारी थे बेंगलूर-निवासी ऐंग्लो-इण्डियन मिस्टर इंस, जो मॉलमीन (बर्मा) के मेयर रह चुके थे। इस सीक्रेट हाउस में ख़ास तालीम दी जाती थी 'इंटेलिजेंस' और 'प्रोपेगेण्डा' की। पहले बैच के प्रशिक्षणार्थी थे बर्मा और ब्रिटिश-चायनीज़। कुछ भारतीय और चीनी एजेंटों को गुप्त स्याहियों से लिखने की ट्रेनिंग भी दी गई थी। इन स्याहियों को फ़ैरस सल्फ़ट, कोबाल्ट क्लोराइड, पायरोगेलिक एसिड, लैड एसीटेट, पोटेशियम डाइक्रोमेट, सल्फ़र डाइ-ऑक्साइड, कोबाल्ट नाइट्रेट, कॉपर क्लोराइड, सोडियम नाइट्रोप्रुसाइड और स्टेनिक क्लोराइड आदि से तैयार किया जाता था।

लू नामक एक लंगड़ा लहीम-शहीम सांवले रंग का चीनी, जिसकी आयु 40 वर्ष के आसपास थी, अक्सर ही यहां आया-जाया करता था। वह बहुत ही ख़तरनाक चीनी एजेंटों का मुखिया था। उसने मेजर क्रॉसले को बर्मा और स्याम के विशेष गुप्तचर-अभियानों में काम करने के लिए काफ़ी तादाद में चीनी एजेंट दिए थे। वास्तव में लू धर्मतल्ला के पास बड़ा बाज़ार की चीनी बस्ती में ब्याज पर रुपए उधार देने का काम करता था। वह देखने में ही डरावना लगता था। आदमी का क़त्ल कर देना तो जैसे उसके बाएं हाथ का काम हो ! चाक़ चलाने में माहिर था। फेंककर जहां मारना चाहता, वहीं लगता था।

फ़रवरी, 1944 में इन चीनी एजेंटों ने मेजर क्रॉसले को सूचित किया कि जून, 1943 में बर्मा में जापानी सैनिकों की चार डिवीज़नें थीं, जिन्हें अब बढ़ाकर सात कर दिया गया है। इसके अलावा सामरिक महत्त्व के हवाई बेड़े को और भी मज़बूत बना दिया गया है। जैसा अनुमान इन खुफ़िया ख़बरों के आधार पर लगाया गया था हुआ भी ठीक वैसा ही। 6 मार्च, 1944 से इम्फ़ाल और कोहिमा में ज़बरदस्त लड़ाई शुरू हुई, जो जुलाई के अन्त तक क़ायम रही। सबसे भयंकर युद्ध तो हुआ मनीपुर के निकट तोंगज़ोंग में। यहां मेजर-जनरल यामामोतो की कमान में शाही जापानी सेना की 33वीं डिवीज़न भीषण मारकाट मचाए हुए थी। ब्रिटिश फ़ौजें उनका मुक़ाबला करने में नाकामयाब रहीं, हालांकि फ़ोर्स वन-थ्री-सिक्स ने इस आने वाले संकट से उनके कमाण्डरों को पहले ही आगाह कर दिया था।

5. दि प्रिंसेस

यह गुप्त भवन विलिंग्टन पुल के पास हुगली नदी के किनारे था। बर्मा भेजे गए एजेंटों द्वारा खुफ़िया तरीक़े से हासिल किए गए और उसी तौर-तरीक़े से कलकत्ता तक लाए गए वहां के तेल-क्षेत्रों, रेलों और सड़कों के पुलों, डाकघरों, बिजलीघरों, औद्योगिक कल-कारख़ानों, रेलवे स्टेशनों, हवाई अड्डों, बन्दरगाहों आदि के छायाचित्रों (फ़ोटोग्राफ़्स) के 'निगेटिव्स' यहीं धोए जाते थे और आवश्यकतानुसार उन्हें बड़ा भी किया जाता था उनके 'पॉज़िटिव्स' निकाल-कर। इसके बाद ही इन तस्वीरों को मिकेन्ज़ी और स्टुअर्ट के सामने पेश किया जाता था। वे उनका भली-भांति अवलोकन करके ही दुश्मन देश के किसी विशेष 'प्रोजेक्ट' को नेस्तनाबूद करने के लिए अन्तिम आदेश देते थे। यह तो उस 'प्रोजेक्ट' की महत्ता पर निर्भर करता था कि उसे उस देश में फैले हुए एजेंटों द्वारा नष्ट-भ्रष्ट कराया जाए, या उसके लिए विशेष अभियान नियोजित किया जाए।

इस सीक्रेट हाउस के प्रमुख अधिकारी मिस्टर राय थे। कुछ समय पहले वे राजनीतिक क़ैदी थे। उनकी पत्नी अंग्रेज़ थी। राय बड़े चतुर, बुद्धिमान, फुरतीले, विशेष सूझबूझ वाले छोटे कद के सांवले जवान थे।

6. दक्षिणेश्वर मन्दिर के निकट एक बंगला

दक्षिणेश्वर मन्दिर के निकट इस बंगले में छायाचित्रों (फ़ोटोग्राफ़्स) सम्बन्धी हर तरह की जालसाज़ी सिखाने के लिए 'दि स्कूल ऑफ़ ईस्टर्न इण्टरप्रेटर्स (इण्डिया)' की एक शाखा स्थापित की गई। 'माइक्रोफ़िल्म' और 'माइन्यूट फ़ोटोग्राफ़ी' की बारीकियां और कलाकारी यहीं सिखाई जाती थी। प्रशिक्षणार्थियों के इम्तहान भी यहीं लिए जाते थे। इस ब्रांच का आर्मी यूनिट नम्बर 'एम॰ ई॰ नाइण्टी-नाइन' था। बैरकपुर-स्थित 15वें कोर हैडक्वार्टर्स से इसका निकट सम्पर्क था, जहां ब्रिटिश फ़ौजी अफ़सर एक बड़े बंगले में रहते थे। पूर्व में भारत के वाइसराय एवं गवर्नर-जनरल लॉर्ड वेलेज़ली का देहात में रहने का बंगला यही था।

7. दि पाम्स

हुगली नदी के किनारे यह दूसरा सीक्रेट हाउस था। कैप्टेन मिलवुड इस ट्रेनिंग सेंटर के अफ़सर इन-चार्ज थे। द्वितीय महायुद्ध शुरू होने से पहले वे चीन में थे। इस सेंटर में गुप्तचरी (एस्पियोनाज) और दुश्मन द्वारा की गई गुप्तचरी को मालूम करने तथा उसे निकम्मा करने के तौर-तरीक़ों (काउण्टर-एस्पियोनाज) की तालीम दी जाती थी। मद्रास रेजिमेंट, अम्बाला, की चौथी बटालियन के मेजर पी॰ भास्करन के साथ मौलमीन (बर्मा) के पूर्व मेयर मिस्टर इंस भी कुछ समय के लिए यहां ठहरे थे। बर्मा पर जापानी क़ब्ज़ा होने के कुछ पहले ही इंस भागकर भारत आए थे। दक्षिण भारत से सुदूर-पूर्व में गुप्तचरी करने के लिए एजेंटों की सख़्त ज़रूरत थी। इंस को एजेंट भर्ती करने के लिए ही फ़ोर्स वन-थ्री-सिक्स में लिया गया था। यही काम मेजर भास्करन को भी करना था। भारत और श्रीलंका के अनेक प्रशिक्षण-केन्द्रों में गुप्तचरी/प्रति-गुप्तचरी की मुकम्मिल ट्रेनिंग हासिल करने के बाद स्टुअर्ट द्वारा व्यक्तिगत रूप से सौंपे गए एक 'स्पेशल असाइनमेंट' को मौलमीन में सम्पन्न करने के लिए इंस अपने प्रस्थान की प्रतीक्षा कर रहे थे।

इस केन्द्र में लिम नामधारी एक चीनी अधेड़ जावानी (जावा-निवासी) और चीनी एजेंटों को मलायी भाषा सिखाता था। मलाया भेजे जाने से पहले उनके लिए उस देश की भाषा जानना निहायत ज़रूरी था।

8. नन्दी कानन

इस ट्रेनिंग सेंटर में गुप्तचरी का एक नया तरीक़ा अपनाया गया था। विशेष कुशलता के साथ जासूसी करने के लिए लोगों को उनके बीवी-बच्चों सहित पूरे परिवार को ट्रेनिंग दी जाती थी। इस क्रिया से भेद खुलने अथवा पकड़े जाने के मौक़े बहुत कम रह जाते थे। मुकम्मिल ट्रेनिंग दिए जाने और उनका पूरा-पूरा इम्तहान लेने के बाद ही उन्हें उस समय के एशिया के सबसे बड़े हवाई अड्डे जैसोर (अब बांग्ला देश में) ले जाया जाता था। फिर वहीं से हवाई जहाज़ों द्वारा जापानियों के अधिकार में आए बर्मा, स्याम आदि देशों में पैराशूटों

के ज़रिए उन्हें उतार दिया जाता था। कभी-कभी इन कामों के लिए पनडुब्बी की सहायता भी लेनी होती थी।

ऐसे कुछ एजेंटों ने नेताजी सुभाषचन्द्र बोस की आज़ाद हिन्द फ़ौज में भी घुसपैठ कर ली थी। वे वहीं से उनकी गतिविधि से फ़ोर्स वन-थ्री-सिक्स को अवगत कराते रहते थे। उन्होंने कई शानदार काम भी किए, मगर मोइरंग (भारत) में नेताजी के सैनिकों ने जो क़हर ब्रिटिश सैनिकों पर ढाया, उस आक्रमण की पूर्व-सूचना देने में वे बुरी तरह विफल रहे।

4 जनवरी, 1944 को नेताजी ने अपना अग्रिम मुख्यालय (एडवांस हैडक्वार्टर्स) रंगून में स्थापित कर लिया था। वे दिन-रात काम में लगे रहते थे। दुश्मन पर धावा बोलने से पहले वे लड़ाई की सभी बारीकियों को भली-भांति सोच-समझ लेते थे। उनकी प्रबल इच्छा थी कि आज़ाद हिन्द फ़ौज ही भारत में सर्वप्रथम प्रवेश करे और भारत की मिट्टी में गिरने वाले खून की पहली बूंद भी आज़ाद हिन्द फ़ौज के जवान की ही हो।

9. बिहेला के निकट 'बानविले हाउस'

यह सीक्रेट हाउस कलकत्ता से लगभग 10 किलोमीटर दूर बिहेला के निकट था। भारत और श्रीलंका के विभिन्न प्रशिक्षण-केन्द्रों में गुप्तचरी की पूरी ट्रेनिंग हासिल कराने के बाद मलायी तथा स्यामी एजेंटों को अन्त में इसी सेंटर में लाया जाता था। वे यहां सात सप्ताह की एक विशेष ट्रेनिंग लेते थे, जिसमें अदृश्य लिखावटों में गुप्त समाचार 'कोड' द्वारा भेजने के बेहतरीन तरीक़े बताए जाते थे। ये देखने में बिल्कुल मामूली लगते थे, मगर इनके अर्थ बड़े गम्भीर होते थे। इन सात हफ़्तों के दरमियान ट्रेनिंग लेने वाले किसी भी एजेंट को इस बंगले से बाहर निकलने की सख़्त मुमानियत थी। यदि कभी किसी को किसी ख़ास काम से बाहर जाना ही हुआ, तो उसके साथ एक अंगरक्षक (शैडो अथवा एसकोर्ट) लगा दिया जाता था, जो एक मिनट के लिए भी उसे आंखों से ओझल नहीं होने देता था। विशेष ध्यान इस बात पर दिया जाता था कि वे किसी के भी सम्पर्क में न आएं, भले ही वह इस संस्था का कोई कर्मचारी क्यों न हो। केवल ज़रूरत पड़ने पर ही वे फ़ोर्स वन-थ्री-सिक्स के दूसरे कर्मचारियों से मिल सकते थे, जिसके लिए पूर्व-अनुमति निहायत ज़रूरी थी। परमीशन न मिलने पर एक-दूसरे से सम्पर्क करने का प्रश्न ही नहीं उठता था।

10. 'सण्डेविला', बिहेला

फ़ोर्स वन-थ्री-सिक्स का सर्वाधिक महत्त्वपूर्ण गुप्त भवन यही था। बर्मा, स्याम, मलाया, जावा, सुमात्रा, बोर्नियो आदि देशों के धर्म-गुरुओं तथा जन-जातियों के नेताओं (ट्राइबल हेड्स) की भर्ती करके उन्हें यहीं लाया जाता था। यहीं उन्हें माकूल प्रशिक्षण भी दिया जाता था। फिर यहीं से उन्हें जापान-अधिकृत देशों में घुसपैठ, प्रचार तथा अन्य विशिष्ट ज़िम्मेदारियों को पूरा करने के लिए हवाई जहाज़ों या पनडुब्बियों द्वारा ले जाया जाता था।

बर्मा और स्याम के कुछ ऐसे भी विशेष धर्म-गुरु थे, जिनके लिए सुरक्षा की दृष्टि से भारत तथा श्रीलंका के अनेक स्थानों में जाकर विभिन्न प्रकार की ट्रेनिंग लेने की आवश्यकता नहीं थी। बल्कि, उनके लिए 'सण्डेविला' में ही हर प्रकार के प्रशिक्षण की सुविधाएं मुहैया कर दी जाती थीं। तत्सम्बन्धी अधिकारीगण स्वयं ही दूसरे प्रशिक्षण-केन्द्रों से उन्हें ट्रेनिंग देने

के लिए यहीं आ जाते थे।

सन् 1943 के अन्त तक बर्मा, मलाया, जावा और सुमात्रा के कुछ चुनिंदा धार्मिक नेता इसी बंगले में प्रशिक्षित किए गए। पूरी ट्रेनिंग के बाद ही सम्पूर्ण 'एलीबाई' ('कवर-स्टोरी' अथवा अपनी वास्तविकता को छिपाने के तौर-तरीक़े) सहित चार-चार की टोलियों में बांटकर उन्हें अपने-अपने देश में खुफ़िया तरीक़े से काम करने की ग़रज़ से 'फ्रेंच-इण्डो-चायना सेक्शन', 'बर्मा कण्ट्री सेक्शन', 'मलाया कण्ट्री सेक्शन', 'स्याम कण्ट्री सेक्शन', 'चायना रिलेशन्स ऑफिस' और 'जावानीज़ ट्रेनिंग सेंटर', कलकत्ता तथा अंगुलाना (श्रीलंका) में सभी बारीकियों को ध्यान में रखते हुए तालीम दी जाती थी। सबसे महत्त्वपूर्ण बात यह थी कि उन्हें उन्हीं की भाषा में विभिन्न प्रशिक्षण केन्द्रों में प्रशिक्षित किया जाता था।

11. नम्बर 8, रुस्तमजी रोड

इस बंगले में 'फ़ोर्स वन-थ्री-सिक्स' का 'फ्रेंच सेक्शन' था। पाण्डिचेरी की मिस परेरा इस शाखा की इन-चार्ज थीं। बर्मा के पश्चिमी तट पर जूझती 'फ़्री फ्रेंच फ़ोर्सेज़' (एफ़॰ एफ़॰ एफ़॰) की फ्रांसीसी सैनिक टुकड़ियों को दुश्मन की गतिविधि के बारे में गुप्त सूचनाएं पहुंचाते रहना ही इस सेंटर का मुख्य मक़सद था। दुबली-पतली सुन्दर-सी मिस परेरा की स्मरण-शक्ति अद्भुत थी। यही इस केन्द्र की कामयाबी का रहस्य था।

12. नम्बर 112, रशा रोड

इस बंगले में फ़ोर्स वन-थ्री-सिक्स का 'चायना रिलेशन्स ऑफ़िस' कार्यरत था। लेफ़्टिनेंट-कर्नल गोडार्ड यहां के अफसर इन-चार्ज थे। मेजर टेलर, मेजर बेमिश, कैप्टेन ऑल्सन (द्वितीय विश्व युद्ध आरम्भ होने से पहले कुछ वर्षों तक चीन में रह चुके थे), फ़्लाइट लेफ़्टिनेंट डेनियल (ये भी कुछ वर्षों तक चीन में रह चुके थे), टकर और परसर लेफ़्टिनेंट-कर्नल गोडार्ड के सहायक थे। इस बंगले में चीनी एजेंटों को विघटन (सेबोटाज), विनाश (डिमोलिशन) और गुप्त भेदों की जानकारी हासिल करने की ट्रेनिंग दी जाती थी।

उन दिनों चीन के जनरलिज़्मो मार्शल च्यांग काई-शेक चुंकिंग में थे। फ़ोर्स वन-थ्री-सिक्स के कुछ उच्च पदाधिकारी उनसे जाकर मिल भी चुके थे, क्योंकि चीनी हमारे (अर्थात् ब्रिटिश-भारत के) मित्र थे। हम चाहते थे कि जनरलिज़्मो जापान-अधिकृत बर्मा में जापानियों पर अन्दर घुसकर मार करने वाले 'चायनीज़ स्ट्राइकिंग फ़ोर्स' की ट्रेनिंग हमारे हवाले कर दें। कारण था, छिपकर मार करने में, छिपकर किए गए वार का मुंहतोड़ जवाब देने में, व्यूह-रचना करने में, अवरोध (रेज़िस्टेंस) करने में, घेरा डालने में, जंगलों और पहाड़ों पर अपने हाथों से सांप-जैसे टेढ़े-मेढ़े रास्ते बनाने और उन्हें फिसलकर पार करने में चीनी अपना सानी नहीं रखते थे। जनरलिज़्मो ने स्वीकृति दे दी।

चीनी सेना के लेफ़्टिनेंट-जनरल जोसिफ स्टिलवैल और चीनी रेजिमेंट के कमाण्डर ब्रिगेडियर-जनरल जॉन पी॰ विली भी इस प्रशिक्षण-केन्द्र में कभी-कभी आते थे। वे चीनी एजेंटों की ट्रेनिंग के बारे में सलाह-मशविरा करते थे। नई-नई तकनीक और जानकारियां सामने आती थीं। फिर उसी हिसाब से ट्रेनिंग में तबदीलियां भी होती रहती थीं।

सन् 1942-43 में बर्मा रोड कट जाने से चीनियों पर घोर संकट के बादल छा गए थे।

हालांकि च्यांग काई-शेक के राष्ट्रवादी और माओ त्से-तुंग के कम्युनिस्ट दोनों ही अपने अकेले शत्रु—जापानियों से भिड़ने के लिए एकमत थे, फिर भी येन्नान (उत्तर पश्चिम चीन) हैडक्वार्टर्स की निकटवर्ती गुफ़ाओं में छिपे चीनी कम्युनिस्ट अपना साथ देने वालों से वादा कर रहे थे कि जापानियों को चीन से खदेड़ देने के बाद उन्हें उनकी अपनी सरकार—जनता-शासन—देंगे। इसके विपरीत च्यांग काई-शेक की सरकार बहुत ही भ्रष्ट और निकम्मी थी। सबकी अपनी-अपनी क़ीमत थी। यहां तक कि सेना के जनरल भी ख़रीदे जा सकते थे।

अमेरिकी पायलट 13 हज़ार चीनियों को कनमिंग से उड़ाकर जैसोर और दीमापुर लाए थे। फिर वहीं से उन्हें रांची से 40 मील दूर रामगढ़ भेजा गया था। यहां फ़ोर्स वन-थ्री-सिक्स के अफ़सर उन चीनियों को जंगल-युद्ध की ट्रेनिंग देते थे।

13. नम्बर 7, थिएटर रोड, चौरंगी के निकट

इस बंगले में 'बर्मीज़ सेक्शन' था, जिसका उत्तरदायित्व मिस्टर डॉसन संभाले हुए थे। उनका एक पैर ख़राब था और वह भी मिकेन्ज़ी की तरह लंगड़ाकर चलते थे। डॉसन ऐंग्लो-बर्मी थे और बर्मा से शरणार्थी के रूप में आए थे। लड़ाई के मैदान में मित्र-राष्ट्रों की सेनाओं द्वारा पकड़े गए बर्मी क़ैदियों से पूछताछ (इंटेरोगेशन) करके उनकी सेना-सम्बन्धी खुफ़िया जानकारी हासिल करना ही इस सेक्शन का ख़ास मक़सद था। भेद मालूम करने के तरीक़े भी अलग-अलग थे। ज़्यादातर बर्मी क़ैदी लाचार होकर या लालच में आकर उत्तरी बर्मा में जापानियों की सेना सम्बन्धी एकाग्रता (कंसेन्ट्रेशन) की महत्त्वपूर्ण जानकारी उगल देते थे। इनमें से अति विश्वसनीय क़ैदियों को फ़ोर्स वन-थ्री-सिक्स में उनके अपने विशिष्ट कार्यों—'प्लेबैक ऑपरेशन' के लिए भर्ती कर लिया जाता था। ट्रेनिंग के बाद चार-चार की पार्टी में उन्हें विभिन्न तरीक़ों से बर्मा वापस भेज दिया जाता था। उनमें कुछ मर जाते थे, कुछ भाग जाते थे, कुछ जापानियों से फिर सम्पर्क स्थापित कर लेते थे। किन्तु, कुछ बड़े काम के साबित होते थे। उन्होंने जापान-अधिकृत बर्मा में रहकर जापानियों को अन्दर से खोखला करने में बेहतरीन कामयाबी हासिल की थी।

14. 'कैम्प एक्स', आलमनगर

बाशाओं (बांस की झोंपड़ियों) के निकट यह बंगला केवल चीनियों के लिए ही था। यहां उन्हें छुरेबाज़ी (डैगर फ़ाइटिंग) और शस्त्र-रहित द्वन्द्व-युद्ध (अनआर्म्ड कॉम्बैट) की ट्रेनिंग दी जाती थी। चुंकिंग, कनमिंग और नानकिंग से भी एजेंट आते रहते थे। डेनियल इस कैम्प के कमाण्डर थे। इसे 'फ़ोर्स एक्स' भी कहा जाता था।

(नोट : 'फ़ोर्स वाई' येन्नान (चीन) में कार्यरत था।)

15. पोर्ट-ट्रस्ट कमिश्नर का बंगला

शाम बाज़ार के निकट इस बंगले में फ़ोर्स वन-थ्री-सिक्स की 'इंस्ट्रक्शनल यूनिट' थी। यहां निःशब्द मार (साइलेंट किलिंग), तुरन्त मार करने वाले हथियारों (इम्प्रोवाइज़्ड वैपन्स) और शस्त्र-विहीन मल्लयुद्ध के विभिन्न तरीक़ों की ट्रेनिंग दी जाती थी।

16. नम्बर 8, लॉर्ड सिन्हा रोड

इस बंगले में केवल रसायन और जीवाणु-प्रयोगी युद्ध (केमिकल एण्ड बक्टीरियोलॉजिकल वॉरफ़ेयर) सम्बन्धी चीज़ें ही सुरक्षित रखी जाती थीं। यह विषैले पदार्थों का विभाग (प्वाइज़नस सब्सटेंस सेक्शन) था। मेजर ब्राइन इसके अफ़सर इन-चार्ज थे। वे पहले जरमनी में फ़ोर्स वन-थ्री-थ्री के ब्रिटिश गुप्तचर की हैसियत से, बिना एक बार भी 'गैस्टवो' (नाज़ी जरमनी की गुप्तचर संस्था) की नज़रों में पड़े हुए, कामयाबी हासिल कर चुके थे। यहां इस्तेमाल में लाए जाने वाले रासायनिक पदार्थ अधिकतर मलाबार हिल (मुंबई) के नीचे पैडर रोड जाते समय पड़ने वाली तत्कालीन 'कैम्प एण्ड कम्पनी' से ही मंगाए जाते थे। चूंकि जीवाणु अस्त्रों (जर्म वैपन्स) की जीवनी-शक्ति अधिक नहीं होती, इसलिए ये हथियार ज़्यादा दिनों तक नहीं टिक पाते थे। इस बात को ध्यान में रखते हुए इनसे बड़े पैमाने पर 'ग्रिनेड' आदि हथियार चन्द घंटों की नोटिस पर पुणे के निकट देहू रोड स्थित 'केमिकल एण्ड बक्टीरियोलॉजिकल वॉरफ़ेयर सेंटर' में तैयार कर लिए जाते थे।

17. नार्थ लाज

यह सीक्रेट हाउस वास्तव में किस जगह था, मैं कभी न जान सका। इसके अफ़सर इन-चार्ज थे एस॰ ई॰ आई॰ की 'पैरामिलिटरी फ़ॉरमेशन' के कैप्टेन डेव्स। उन्होंने हाथों द्वारा की गई जालसाज़ी शाखा (मेनुअल फ़ोरजरी सेक्शन) को विकसित किया। यह जाली मोहरों (फ़ोर्जूड सील्स), जाली परिचय-पत्रों (फ़ोर्जूड आइडेन्टिटी कार्ड्स), जाली सिक्कों (फ़ोर्जूड क्वाइन्स), जाली नोटों (फ़ोर्जूड करेन्सी) आदि बनाने में अपना सानी नहीं रखते थे। हर किसी एजेंट को यह ट्रेनिंग दी भी नहीं जाती थी। मिकेन्ज़ी, स्टुअर्ट या उनके अधीन कार्य करने वाले उच्च अधिकारी ही कुछ चुने हुए एजेंटों की सिफ़ारिश करते थे इस प्रशिक्षण के लिए।

18. नम्बर 7, लॉर्ड सिन्हा रोड

कर्नल वेमिस इस गुप्त कार्यालय के प्रमुख अधिकारी थे। इससे पहले वे 'बर्मा आर्मूड पुलिस' के एक बड़े अफ़सर थे। बर्मा की पराजय के बाद उन्हें फोर्स वन-थ्री-सिक्स में ले लिया गया था। जापान-अधिकृत बर्मा में जन-जन में प्रचार (मैन-टु-मैन-प्रोपेगैण्डा) कराने के लिए उन्होंने बहुत-से बर्मी एजेंटों की भर्ती की थी। इस काम के लिए जापान-अधिकृत क्षेत्रों में कुछ रेडियो सेन्टर्स भी क़ायम किए गए थे। इनके ज़रिए मित्र-राष्ट्रों से मिले समाचार उन तक गुप्त विधियों से 'न्यूज़ शीट्स' द्वारा पहुंचा दिए जाते थे। यहां 'रेडियो रिसीविंग सेट्स' तैयार किए जाते थे और उनमें सुधार करके यहां के स्टोर-रूम में रखा भी जाता था।

19. नम्बर 54, हाज़रा रोड, और नम्बर 22, ए॰ डी॰ रोड

इन दो बंगलों में 'टेलीप्रिंटर ब्रांच' थी, जहां केवल महिलाएं ही काम करती थीं। अंग्रेज़ महिलाओं के अलावा ऐंग्लो-इण्डियन तथा ऐंग्लो-बर्मी भी थीं। कर्नल टैनर यहां के अफ़सर इन-चार्ज थे। दो साइक्लोस्टाइल मशीनें भी थीं यहां। इनसे गिनती करके परचे निकाले जाते

थे, मगर दिखावा यह किया जाता था कि ये परचे 'ग्रीनलीफ़ सोसायटी' नामक एक संस्था से प्राप्त किए जाते हैं। हरे-भरे बंगाल के आधार पर ही इस सोसायटी को 'ग्रीनलीफ़' की संज्ञा दी गई थी। महान् देशप्रेम, जापानियों द्वारा देश पर ज़बरदस्त हमला होने का डर और गोरिल्ला तरीक़ों से हर समय लड़ने के लिए तैयार रहना ही इन परचों का विषय होता था। इन सब कार्यों के लिए मैमनसिंह के एक सुप्रसिद्ध आतंकवादी नेता के नेतृत्व में पहले से ही सुदृढ़ सशस्त्र संगठन क़ायम कर लिया गया था।

20. 'हिन्दुस्तान हाउस', चौरंगी (ग्लोब न्यूज़ एजेंसी)

चौरंगी का यह विशाल भवन स्टुअर्ट की अपनी जागीर थी। इसमें एक बड़ा व्यावसायिक कार्यालय भी था। इस भवन के ऊपर बीचोबीच सीमेंट का एक बड़ा-सा दुनिया का गोला (ग्लोब) बना हुआ था। यही उनकी 'ग्लोब न्यूज एजेंसी' का प्रतीक था। एस॰ ओ॰ ई॰ (स्पेशल ऑपरेशन्स एक्ज़ीक्यूटिव) सर गाल्विन स्टुअर्ट ही इस एजेंसी के सरपरस्त थे। 'ग्लोब न्यूज़ एजेंसी' अखिल विश्व स्तर पर काम करती थी। प्रचार-माध्यम के साथ-साथ यह संस्था एस॰ ओ॰ ई॰ एजेंटों की असलियत को छिपाए रखने के साधन के रूप में भी काम करती थी।

भारत में पदार्पण करने के लगभग दो महीने बाद नवम्बर, 1943 में सैनिकों से मिलने के लिए अर्ल माउण्टबैटन ऑफ़ बर्मा (ल्यूइस फ्रांसिस एलबर्ट विक्टर निकोलस) स्वयं लड़ाई के मैदान में पहुंचे थे। वहां उन्होंने सैनिकों को आश्वासन ही नहीं दिया, बल्कि वादा भी किया कि नए वर्ष (1 जनवरी, 1944) से उनको अपना दैनिक समाचार-पत्र भी वहीं पढ़ने को मिलता रहेगा। उस अख़बार का नाम था 'एस॰ ई॰ ए॰ सी॰ (साउथ-ईस्ट एशिया कमाण्ड)। वह एक अंग्रेज़ी दैनिक था, जिसकी प्रथम प्रति 10 जनवरी, 1944 को प्रकाशित हुई। कलकत्ता के उसी भवन से मुद्रित होकर उसकी प्रतियां पैराशूटों द्वारा लड़ाई के मैदान में पड़े सैनिकों तक पहुंचा दी जाती थीं। पहले ही दिन 'एस॰ ई॰ ए॰ सी॰' ने मुखपृष्ठ पर सुर्ख़ी दी—"ब्रिटिश फ़ोर्सेज़ एडवांस इन अराकान" (ब्रिटिश सेनाएं अराकान में दाख़िल हो गईं)।

नोट : *द्वितीय विश्वयुद्ध समाप्त होने के कुछ वर्षों बाद तक 'ग्लोब न्यूज़ एजेंसी' छिपे-छिपे काम करती रही। यह मुझे 'फ़ोर्स वन-थ्री-थ्री' की मनोवैज्ञानिक युद्धशाखा (साइकोलॉजिकल वॉरफ़ेयर यूनिट) के एक अफ़सर ने बताया था, जो उस समय अलबानिया में कार्यरत था।*

21. चौरंगी के निकट फ़्लैट नम्बर 5, किंग्स कोर्ट

इसका शासन कर्नल गार्डिनर के अधीन था। सारे संगठन की सभी महिला सेक्रेटरियों में सर्वाधिक सुन्दरी मिस पी॰ नोड उनकी सेक्रेटरी थीं। ख़ास लंदन शहर की रहने वाली थीं। उम्र उनकी होगी 22 वर्ष के आसपास। प्याज़ी रंग के फ्रेम का चश्मा उनकी बड़ी-बड़ी नशीली आंखों पर ख़ूब फबता था। बर्मा के प्रभावशाली शरणार्थियों से सम्पर्क स्थापित करके कर्नल गार्डिनर से उनका परिचय कराना ही मिस नोड का ख़ास काम था। तत्पश्चात्, कर्नल गार्डिनर उन्हीं में से वास्तव में काम के लोगों को चुनकर अपना एजेंट बना लेते थे। यथासमय ट्रेनिंग देकर उन्हें जापान-अधिकृत बर्मा में छोड़ दिया जाता था। इनमें से कुछ ने तो जापानी

दस्तावेज़ों को चुरा लाने में बेहतरीन कामयाबी हासिल की थी।

22. चौरंगी के निकट फ़्लैट नम्बर 7, किंग्स कोर्ट

जापान-अधिकृत बैंकॉक में विशेष अभियानों के लिए जाल की तरह फैली हुई गुप्तचरों की यह गुप्ततम यूनिट थी। कर्नल एफ़॰ एफ़॰ बीमिस इसके अफ़सर इन-चार्ज थे। बर्मा के पतन से पहले वे बर्मा पुलिस के एक उच्च अधिकारी थे। अंग्रेज़ों के वहां से हट जाने के बाद भी कर्नल बीमिस का बर्मी जनता पर काफ़ी असर था। बैंकॉक भेजे जाने वाले एजेंटों को पहले ट्रिंकोमाली (श्रीलंका) लाया जाता था। वहीं से पनडुब्बियों के ज़रिए सुमात्रा के निकट नियास नामक द्वीप में भेजा जाता था। फिर वहीं से रबर की छोटी-छोटी नावों पर सवार होकर सुमात्रा पहुंचते थे। अन्त में बनावटी नाम और पेशे अख़्तियार करके गुप्त रूप से आगे बढ़ते हुए ये एजेंट बैंकॉक तक पहुंच जाते थे।

23. किंग एडवर्ड कोर्ट, चौरंगी

संस्था के सर्वेसर्वा सर कॉलिन हरक्यूलीज़ मिकेन्ज़ी के आदेश पर मेजर पीटर फ़्लेमिंग के सरंक्षण में किंग एडवर्ड कोर्ट में ही 'डी फ़ोर्स' खोला गया था। 'डी' का मतलब था 'डिसेप्शन' (छल, कपट, धोखा)। इससे पहले यह यूनिट 'जी॰ एस॰ आई॰ (डी)' के नाम से जानी जाती थी। उस समय यहां ट्रेनिंग हासिल करनेवालों की संख्या बहुत कम थी, किन्तु थे वे सभी अफ़सर।

24. 1/बी, जजेज़ कोट रोड, अलीपुर

फ़ोर्स वन-थ्री-सिक्स की 'फ़ारवर्ड फ़ील्ड ब्रॉडकॉस्टिंग यूनिट' अथवा 'इण्डियन फ़ील्ड ब्रॉडकॉस्टिंग यूनिट' इसी बंगले में थी। लेफ़्टिनेंट-कर्नल स्टीयर इसके अफ़सर इन-चार्ज थे। भारत में उनके सहायक थे—मद्रास सैपर्स एण्ड माइनर्स, बैंगलूर के कैप्टेन राधाकृष्णन तथा ऐंग्लो-बर्मी कैप्टेन रोज़ेर, जो जंगल-युद्ध और 'एफ़॰ एफ़॰ बी॰ यू॰' अथवा 'आई॰ एफ़॰ बी॰ यू॰ ' के अभियानों में माहिर थे। सिक्किम की राजधानी गंगटोक जाने वाली सड़क पर स्थित कालिमपांग से उत्तर की ओर चार मील की दूरी पर कैप्टेन रोज़ेर इस विभाग की एक शाखा चलाते थे।

25. नम्बर 17, किंग एडवर्ड कोर्ट

इस सीक्रेट हाउस का संचालन रॉयल नेवी के कैप्टेन ग्रीन करते थे। वे एक कुशल 'कम्प्यूटर' (गणनाकार) थे। समुद्र में दुश्मन के जहाज़ों को तहस-नहस करने के लिए विस्फोटक सुरंगों (सी माइन्स) का जाल बिछाने और मानचित्र बनाने (मैप ड्राइंग) में अपना सानी नहीं रखते थे। जापान-अधिकृत बर्मा आदि देशों के लिए विशिष्ट गुप्तचर-अभियानों (स्पेशल इंटेलिजेंस ऑपरेशन्स) के नक्शे वे ही तैयार करते थे।

26. पोर्ट-ट्रस्ट कमिश्नर का पुराना बंगला, बनाना रिज़

यह कैम्प शिमुराली रेलवे स्टेशन से क़रीब एक मील और कलकत्ता से लगभग बीस

मील दूर था। खड़गवासला के विशाल ट्रेनिंग सेंटर की यह छोटी यूनिट थी। 'फ़िल्टर वाटर क्रैफ़्ट', 'साइलेंट किलिंग', 'जूडो एक्सरसाइज़िज', 'तोड़फोड़ और विध्वंस-कार्य, नाव चलाना, तैरना आदि छोटे पाठ्यक्रमों की व्यवस्था यहीं की जाती थी। इस कैम्प के इन-चार्ज कर्नल गोडार्ड थे। 'जंगल वॉरफ़ेयर' में विशेष योग्यता रखने वाले कैप्टेन ऑल्सन उनके सहायक थे। उन दिनों बर्मा-युद्ध के विषय में कहा जाने लगा था कि बीहड़ जंगलों ने सैनिकों को हर समय मुठभेड़ के लिए तैयार रहने का आदी बना दिया था।

ब्रैनगन, स्टेनगन, राइफ़लें, हथगोले और सैकड़ों कारतूस रॉयल एयर फ़ोर्स के हवाबाज़ उत्तरी बर्मा के कुछ छितरे हुए आबाद इलाक़ों में पैराशूटों से गिराते थे। यह युद्ध-सामग्री तत्काल इकट्ठी करके छिपा दी जाती थी। फिर उन हथियारों में लगी ग्रीज़ साफ़ की जाती थी और हम दुश्मन से भिड़ने के लिए तैयार हो जाते थे। जापानी टैंकों और सैनिकों को परेशान करके झाड़ियों में छिप जाने की ट्रेनिंग भी हमें यहीं दी जाती थी।

27. टॉलीगंज में ईस्ट इण्डिया फ़िल्म कम्पनी के निकट एक बंगला

कर्नल पेन्टन इस बंगले के अफ़सर इन-चार्ज थे। उनका ख़ास काम था युद्ध के दौरान भारत में अमेरिका के फैले हुए गुप्तचर संगठन 'ओ॰ एस॰ एस॰' (ऑफ़िस ऑफ़ स्ट्रेटिजिक सर्विस) के टॉलीगंज-स्थित हैडक्वार्टर्स 'ओ हाउस' से सम्पर्क बनाए रखना। यह भी उल्लेखनीय है कि 'ओ॰ एस॰ एस॰' का कोई भी अफ़सर या एजेंट फ़ोर्स वन-थ्री-सिक्स के किसी भी दफ़्तर में नहीं जाने पाता था। अंग्रेज़ अफ़सर सदा ही अपनी जासूसी के क्रियाकलाप अमेरिकनों से अलग रखते थे। इंटेलिजेंस के मामले में उन्हें क़तई हिस्सा नहीं बंटाने देते थे। उन्हें केवल वे खबरें ही कर्नल पेन्टन के ज़रिए दी जाती थीं, जिनका सीधा सम्बन्ध या तो अमेरिकनों से होता था, या बर्मा में जापानियों की गतिविधि से।

'ओ॰ एस॰ एस॰' की अनेक शाखाएं थीं। प्रमुख थीं : 'सिनो-अमेरिकन को-ऑपरेटिव आर्गेनाइज़ेशन' (साको)। 'साको' की बहुत ही महत्त्वपूर्ण ब्रांच थी 'डिटेचमेंट 101'। इसके एजेंट केण्डी और ट्रिंकोमाली (श्रीलंका) में प्रशिक्षित किए जाते थे भयंकर तोड़फोड़ के कार्यों में।

इन बंगलों के अलावा भी कलकत्ता के शानदार मोहल्लों और आलीशान होटलों में न जाने कितने बंगले और कमरे फ़ोर्स वन-थ्री-सिक्स द्वारा ऊंचे किराए पर लिए गए थे अपने अफ़सरों के रहने और एजेंटों को ठहराने के लिए। मुख्य थे—34/ए, बालीगंज सरक्यूलर रोड, 7, चक्रबेरिया रोड, 169, लैंसडाउन रोड, बड़ा बाज़ार के कुछ मकान चीनियों के लिए। सर गाल्विन स्टुअर्ट रहते थे मैण्डविल गारडन्स के तीन बड़े बंगलों—नम्बर 7, 9 और 20 में, तथा अपने एजेंटों को टिकाते थे—220, लोअर सरक्यूलर रोड, 70, कराया रोड तथा 303 पी॰ रोड के बंगलों में। फ़ोर्ट विलियम के पूर्वी भाग में भी उनके दो कमरे सदा रिज़र्व रहते थे। यहां तक कि डलहौज़ी स्क्वायर-स्थित गवर्नमेंट हाउस (राजभवन) में भी फ़ोर्स वन-थ्री-सिक्स के लिए एक कमरा सदा रिज़र्व रहता था। यहीं मिकेन्ज़ी, स्टुअर्ट और कॉली बंगाल के गवर्नर सर जॉन हरबर्ट के साथ अति गुप्त मंत्रणा (टॉप सीक्रेट डिसकशन्स) करते थे।

मुंबई

1. मोहम्मद अली जिन्ना का बंगला, 32, लिटिल गिब्स रोड, मलाबार हिल

सन् 1942 के अन्त में 'मिनिस्ट्री ऑफ़ इकॉनॉमिक वॉरफ़ेयर लाइज़न आफ़िस' अथवा 'बॉम्बे डिटेचमेंट फ़ोर्स वन-थ्री-सिक्स' का मुंबई में पहला दफ़्तर पाकिस्तान के जनक क़ायदे-आज़म मोहम्मद अली जिन्ना के पुराने बंगले में खोला गया, जो 32, लिटिल गिब्स रोड, मलाबार हिल पर था। जिन्ना साहब माउण्ट प्लैज़ेन्ट रोड पर अपने नए बंगले में जाकर रहने लगे थे।

इससे पहले जिन्ना इंग्लैण्ड की प्रिवी काउंसिल में वकालत करते थे। लियाक़त अली ख़ां ने ही वहां जाकर उनसे प्रार्थना की थी कि वे मुस्लिम लीग व मुसलमानों की बागडोर संभालें। जिन्ना मुस्लिम लीग में केवल इसलिए आए कि उन्हें गांधीजी समेत अन्य कांग्रेसियों से बदला लेना था, जिन्होंने उनका मज़ाक उड़ाया था।

19 अप्रैल, 1918 को जिन्ना का विवाह रतीबाई पेटिट नामक एक रईस पारसी महिला से हुआ था। उनकी एकमात्र सन्तान थी 'दीना' नामक बेटी (वर्तमान—श्रीमती दीना नेविल वाडिया)। ग्यारह वर्षों में ही उनके वैवाहिक जीवन का अन्त हुआ—20 फ़रवरी, 1929 को रतीबाई के देहावसान पर। जिन्ना की बहन फ़ातिमा जिन्ना अन्त समय तक उनके साथ रहीं।

व्यक्तिगत जीवन में जिन्ना निहायत पाक-साफ़ इंसान थे। सदा ईमानदार और निष्कपट रहे। हददर्जे के सफ़ाई-पसंद थे। कपड़ों और जूतों का विशेष शौक था। अपनी काली 'पैकर्ड' कार पर सवारी करते थे। उन दिनों मुंबई में केवल तीन 'पैकर्ड' कार तो थीं ही। एक जिन्ना की, दूसरी उस ज़माने के सुपर फ़िल्म-स्टार मोतीलाल की सफ़द और नायिका शोभना समर्थ की पीली। जिन्ना को शराब से सख़्त परहेज़ था। हां, हॉलैण्ड-निर्मित 'टरमाइको' सिगार पीने का अलबत्ता शौक था। उस ज़माने में था भी यह दुनिया का बेहतरीन सिगार। बात के धनी थे। बेमिसाल तहज़ीबयाफ़्ता थे। जीवन में शायद ही कभी 'सॉरी' शब्द का इस्तेमाल किया हो। ग़रीब-परवर थे। किसी चीज़ को लाने के लिए नौकर को ज़्यादा दिए गए पैसे कभी वापस नहीं लेते थे। क़सूरवार नौकर को निकालने पर उसे तीन महीने की तनख़्वाह अधिक देते थे।

'बॉम्बे डिटेचमेंट फ़ोर्स वन-थ्री-सिक्स' के पहले अफ़सर इन-चार्ज थे एलबर्ट मार्शल। उन्हें 'टामस कुक एण्ड सन्स लि॰, फ़ोर्ट, मुंबई' से इस गुप्त संस्था में लाया गया था। उनकी उम्र 50 से कुछ ऊपर थी। बुद्धिमान व्यक्ति होने के अलावा सख़्त काम लेने वाले अफ़सर भी थे। उनके व्यक्तित्व की सबसे बुरी बात यही थी कि वे बेहद कंजूस और लालची थे। कहा तो यहां तक जाता था कि उन्होंने इस गुप्त संस्था की कभी भी सरकारी तौर पर ख़र्च की जांच (ऑडिट) न की जाने वाली असीम धनराशि से, जो उनके अपने अधिकार में होती थी, अपनी क़िस्मत ही बदल ली थी।

सन् 1944 में एलबर्ट मार्शल का स्थान ग्रहण किया मेजर जे॰ क्यू॰ वुड ने। वे पहले बर्मा में लकड़ी का कारोबार करते थे। बर्मा-पतन के बाद ही वे अपने एक छोटे बेटे और

पत्नी को लेकर भारत आ गए थे। बर्मा के जंगलों का उन्हें विशेष अनुभव था। इसी आधार पर दस महीने बाद जापान-अधिकृत बर्मा में उन्हें 'विंगेट्स रेडर्स' अथवा 'विंगेट्स चिंडिट्स' की एक गोरिल्ला टुकड़ी के नेतृत्व का महत्त्वपूर्ण कार्य सौंपा गया, जिसका कमाण्ड ब्रिगेडियर लेन्टेग्नि, डी. एस. ओ., कर रहे थे। लेन्टेग्नि 'मिलिटरी जीनियस' मेजर-जनरल सर आर्डे चार्ल्स विंगेट, डी. एस. ओ., के परम विश्वसनीय लेफ़्टिनेंटों में थे। वही विंगेट जो जापान-अधिकृत बर्मा को अन्दर से खोखला करके लौटते समय वायुयान-दुर्घटना में प्राण गंवा बैठे थे।

मेजर वुड के बाद जुलाई, 1945 में मेजर ए. एम. चिज़म नामक एक काने हाइलैण्डर ने उनका उत्तरदायित्व ग्रहण किया। मेजर चिज़म स्वभाव से ही अत्याचारी शासकों की तरह थे। भारत और भारतीयों से सख़्त नफ़रत करते थे। किन्तु थे अपने काम में माहिर। इससे पहले जब तक वे खड़गवासला में कर्नल इंघाम क्लार्क के अधीन एडजुटेंट थे, 'सेवोटाज', 'डिमोलिशन', 'डिस्ट्रक्शन', 'साइलेंट वैपन्स' और 'साइलेंट किलिंग' की बड़ी शानदार ट्रेनिंग देते रहे।

मुंबई में 'फ़ोर्स वन-थ्री-सिक्स' के अन्तिम अधिकारी रहे मेजर पर्सी हावर्थ विस्फोटक पदार्थ (एक्सप्लोसिव्ज़) तैयार करने में माहिर थे। उनके नीचे काम करने वाले दूसरे अधिकारी और कर्मचारी थे—कैप्टेन गोडार्ड (अंग्रेज़), कैप्टेन ब्राउन (ऐंग्लो-बर्मी), कैप्टेन स्मिथ (ऐंग्लो-बर्मी। वे युद्ध के बाद रंगून चले गए थे।), मिसेज़ ए. जी. ओ. चेम्बर्स तथा मिसेज़ एम. ल्यूनन नामक दो अंग्रेज़ महिलाएं भी थीं। जितनी ही मिसेज़ चेम्बर्स शरीफ़ थीं, उतनी ही मिसेज़ ल्यूनन कपटी, चालाक, कंजूस। मिसेज़ चेम्बर्स ताजमहल होटल में रहती थीं और मिसेज़ ल्यूनन ग्रीन होटल में। लड़ाई ख़त्म होने के बाद मिसेज़ ल्यूनन ने एक अमेरिकन से विवाह रचा लिया था और कुछ समय तक मुंबई में रही भी थीं।

मुंबई में फ़ोर्स वन-थ्री-सिक्स के चार गुप्त आवास भी थे—अपोलो बन्दर स्थित 'ऑफ़िसर्स शॉप' की सबसे ऊपर वाली मंज़िल, मैरीन ड्राइव पर 'शान्ति कुटीर' की तीसरी मंज़िल, एक बंगला पैडर रोड पर तथा एक गोदाम परेल में। फ़ोर्ट इलाक़े के 'व्हाइटवे लेडला' और 'आर्मी एण्ड नेवी स्टोर्स' में हमारी महिला एजेंट्स काम करती थीं। ताड़देव-स्थित सेंट्रल स्टूडियोज़ से भी इस संस्था का गहरा सम्पर्क था। यहीं वे अपनी 35 एम. एम. फिल्में धुलवाते, प्रिंट निकलवाते और उनके इनलार्जमेंट भी करवाते थे।

इस डिटेचमेंट के मुख्य एजेंट थे—**1.** ई. वी. आरडा (ऐंग्लो-इण्डियन), 1/14, कमाल मेंशन, आर्थर बन्दर रोड, कोलाबा, मुंबई, **2.** फ़ैनर (ऐंग्लो-इण्डियन), कोलाबा, मुंबई, **3.** डॉक्टर ए. एन. डि'कोटा, 229 हॉर्नबी रोड, मुंबई, **4.** जान ले'कॉक, मुंबई में एक एडवोकेट, **5.** टी. एस. नीव्स, कोलाबा, मुंबई, तथा **6.** ई. आर. कोलम्बोवाला, मुंबई।

2. नम्बर 6, डॉक्टर भण्डारकर रोड, पुणे

सन् 1945 के उत्तरार्ध में आग़ा ख़ां पैलेस, पुणे से रिहा होने के बाद एक डॉक्टर के 'पर्णकुटी' नामक जिस मकान में महात्मा गांधी प्रार्थना सभाएं करते थे, उसके ठीक पीछे साज़ो-सामान से लैस यह बंगला फ़ोर्स वन-थ्री-सिक्स ने किराए पर लिया था। पुणे रेलवे

स्टेशन से भी यह पास पड़ता था। खड़गवासला जाने वाले फ़ोर्स वन-थ्री-सिक्स के सभी अधिकारियों और कर्मचारियों को पहले इसी बंगले में आना होता था। सुरक्षा की ग़रज़ से यहीं उनके 'आइडेंटिटी कार्ड' और 'मूवमेंट ऑर्डर' चैक किए जाते थे। फिर 'पूना 111' नम्बर पर टेलीफ़ोन करके आने वाले व्यक्ति की सूचना दी जाती थी। इसके बाद ही 15-20 किलोमीटर दूर पश्चिमी घाटी की पहाड़ियों पर स्थित खड़गवासला कैम्प जाने के लिए मोटरगाड़ी का इन्तज़ाम किया जाता था। शाम या रात में आने वाले व्यक्तियों को तमाम रात वहीं ठहरना पड़ता था। दूसरे दिन भोर में ही उनके जाने के लिए खड़गवासला से ही गाड़ी भेजी जाती थी। पूरी सुरक्षा बरती जाती थी खड़गवासला जाने के लिए, जिसे 'ईस्टर्न वॉरफ़ेयर स्कूल, पूना', या 'विंगेट गोरिल्ला सेंटर, खड़गवासला' भी कहा जाता था।

3. ईस्टर्न वॉरफ़ेयर स्कूल, पूना अथवा विंगेट गोरिल्ला सेंटर, खड़गवासला

पूर्वी युद्ध-क्षेत्र में अंग्रेज़ों की विजय का अधिकांश श्रेय 'ईस्टर्न वॉरफ़ेयर स्कूल', अथवा 'विंगेट गोरिल्ला सेंटर', खड़गवासला को है। यह स्कूल मेजर-जनरल सर आर्डे चार्ल्स विंगेट, डी॰ एस॰ ओ॰, ने अगस्त, 1942 में क़ायम किया था। वे जनरल सर रेजिनॉल्ड विंगेट के सगे चचेरे भाई थे, जिन्होंने एक समय लॉर्ड वेवल को सैनिक शिक्षा दी थी। यह स्कूल कई वर्ग किलोमीटर के पहाड़ी क्षेत्र में फैला हुआ था। नीचे एक बहुत बड़ी झील भी थी। इस गोरिल्ला सेंटर में ट्रेनिंग के ख़ास विषय थे—गोताख़ोरी, तैराकी, नाव चलाना, पनडुब्बियों का ज्ञान रखना, नक्शों को समझना, जंगल-युद्ध तथा गोरिल्ला-युद्ध की ट्रेनिंग हासिल करना। जापान-अधिकृत बर्मा में विशिष्ट अभियानों में जाने वाले एजेंटों को विघटन, विनाश, विध्वंस के अलावा 'साइलेंट किलिंग' की ट्रेनिंग भी दी जाती थी। एजेंटों को 'मेक-अप'—अनेक प्रकार की वेश-भूषा धारण करने—आदि की शिक्षा देने के लिए मद्रास के कुछ फ़िल्म डायरेक्टर भी नियुक्त कर लिए गए थे।

साइरेनिका और विंचेस्टर के फ़ील्ड-मार्शल वाइकाउण्ट वेवल, जी॰ सी॰ बी॰, सी॰ एम॰ जी॰, एम॰ सी॰, से आर्डे विंगेट की पहली मुलाक़ात सन् 1937 में पैलेस्टाइन में हुई थी। उस समय 34 वर्षीय विंगेट सेना की 'इंटेलिजेंस विंग' में काम कर रहे थे और वेवल ने सेनाध्यक्ष का कार्य-भार ग्रहण किया था। सन् 1940 में वेवल को एक ऐसे नेतृत्व-प्रवीण व्यक्ति की तलाश थी जो अबीसीनिया में विद्रोहियों को उत्साहित करने में प्रयत्नशील कर्नल सैण्डफ़ोर्ड के अभियान को और भी शानदार तरीक़े से आगे बढ़ा सके। उनके इस काम में विंगेट ने पूरी मदद की। गोरिल्ला टुकड़ियों और गुप्त सैनिकों को सुव्यवस्थित किया बड़ी मेहनत और लगन के साथ, जिस काम में अच्छे-अच्छे निरुपाय होकर दैवयोग का बहाना करते हैं। सच तो यह है कि किसी सामरिक अभियान की तरह इस काम में भी सतर्कतापूर्ण पूर्व-नियोजित तैयारियां अपेक्षित थीं और अबीसीनिया में सराहनीय काम करने वाला केवल विंगेट ही इस असलियत को पूरी तरह समझ पाया था।

बर्मा में जापानियों को आगे बढ़ने से रोक पाना ही वेवल के लिए टेढ़ी खीर थी। अंग्रेज़ी सेनाएं जूझ रही थीं, कट रही थीं, लेकिन फिर भी जापानी फ़ौजों का आगे बढ़ना

रोका न जा सका। ऐसे आड़े वक़्त पर वेवल को विंगेट की फिर याद आई। उन्होंने जापानियों की गतिविधि रोकने के लिए छिन्न-भिन्न साधनों को संगठित करने की ज़िम्मेदारी विंगेट को ही सौंपनी चाही। उन्हें केबिल किया गया। मार्च, 1942 में विंगेट भारत आए। लेकिन, उनके आगमन के कुछ दिनों बाद ही जापानियों ने वेवल को बर्मा से खदेड़ बाहर किया। बर्मा होकर भारत की ओर बढ़ती हुई जापानी सेनाओं को रोकने के लिए वेवल को बड़ा संघर्ष करना पड़ा था। विंगेट को यह काम काफ़ी देर से सौंपा गया था। वह कोई साहसिक क़दम उठाने में जल्दबाज़ी नहीं बरत सकते थे। फिर भी अपनी असाधारण सूझ-बूझ के बल पर उन्होंने बर्मा-युद्ध में आने वाली उलझनों और आवश्यकताओं को समझना शुरू कर दिया।

बर्मा से अंग्रेज़ों के हटते ही विंगेट ने जापानियों के यातायात-साधनों (मीन्स ऑफ़ कम्यूनिकेशन) को नेस्तनाबूद करने के लिए 'लांग रेन्ज पेनीटरेशन' स्कीम की रूपरेखा तैयार करके वेवल के सामने रखी, जो उस महान् साहसिक कार्य का विशद चित्र था। वेवल ने उसे तुरन्त ही खुशी-खुशी मंजूर कर लिया। लेकिन उन्हें चुने हुए (पिक्ड-अप) सैनिक न दे सके। उस समय विंगेट केवल 39 वर्ष के थे। सेना में हर श्रेणी के कर्मचारियों के बीच वे मेजर आईस के नाम से सर्वप्रिय हो गए थे। अपने मातहत बड़े-बूढ़ों की पिता-समान इज़्ज़त करते थे।

सबसे पहले विंगेट ने इस सच्चाई को महसूस किया कि भाग्य से अपनी भौगोलिक स्थिति के कारण बर्मा शेष संसार से कितना अलग हो गया है। उत्तर में चीन, दक्षिण में बंगाल की खाड़ी, पश्चिम में भारत से घिरा है। थोड़े-से दक्षिणी हिस्से को छोड़कर शेष भाग में सैनिक आवागमन के लिए ऊंचे-ऊंचे पहाड़, उत्तर में दक्षिण तक तेज़ी से लगातार बहती हुई बड़ी-बड़ी नदियां, मलेरिया से भरे संकरे तटीय प्रदेश, कठिनता से मिलने वाले रास्ते, गम्भीर बाधाएं उपस्थित करते थे। ऐसी मुसीबतों से भरा देश था बर्मा, जिसे जापानियों ने आक्रान्त किया। चीन तक जाने के लिए यही सही मार्ग भी था।

इन सब बातों के अलावा विंगेट ने बर्मा की जनसंख्या पर भी ध्यान दिया, जो उस समय लगभग एक करोड़ साठ लाख थी। प्रोम से माण्डले तक की सूखी, फैली घाटी, इरावदी का डेल्टा प्रदेश और दक्षिण के तटीय भाग की पतली पट्टी में, जो बंगाल की खाड़ी से थाईलैण्ड तक चली गई है, घनी आबादी थी। केवल दो-तिहाई निवासी ही बर्मी थे। शेष थे भारतीय, करेन, शान, काचिन, चिन के अलावा और भी पहाड़ी आदिवासी।

साथ ही, विंगेट ने यह भी ध्यान में रखा कि भारत से बर्मा जाने के लिए कोई वास्तविक सड़क नहीं है। भारत, चीन और बर्मा को जोड़ने वाली 'संसार की छत'—तिब्बत से दक्षिण की ओर आने वाली अराकानयोमा की पर्वतश्रेणियां असम को उत्तरी बर्मा से अलग कर देती हैं। इसी ऊबड़-खाबड़ भूमि वाले देश में विंगेट का साहसपूर्ण अभियान चिण्डविन नदी के उस पार दक्षिण की ओर होना था, और फिर तीन महीने बाद वापसी यात्रा भी इसी रास्ते करनी थी।

बर्मा की इन पर्वतमालाओं के आर-पार जाने वाले ऊंचे-ऊंचे दर्रों से विंगेट ने इन बीहड़ पहाड़ों की सुन्दरता की वास्तविक झांकी स्पष्ट देखी थी। उन्होंने यह भी महसूस कर लिया था कि यातायात में सामान ढोने का काम केवल लद्दू जानवरों से ही, और वह भी बड़ी

मुश्किल से, लिया जा सकता है। मोटरों के ज़रिए तो यह सम्भव ही नहीं था, क्योंकि उत्तर की ओर से चिण्डविन नदी को पार करते हुए आगे बढ़ने का एकमात्र रास्ता भी बहुत ढालू और संकरा था।

इन समस्त भूमिकाओं का व्यक्तिगत अध्ययन करने के बाद ही विंगेट ने गुप्त सैनिकों की एक ब्रिगेड तैयार की। इसे 'विंगेट ब्रिगेड' का नाम दिया गया। प्रत्यक्ष रूप से इसे 77वीं इण्डियन इनफेन्ट्री ब्रिगेड, या तीसरी इण्डियन डिवीज़न भी कहते थे। इसमें किंग्स लिवरपूल रेजिमेंट की 13वीं बटालियन, तीसरी/दूसरी गोरखा राइफ़ल्स, बर्मा राइफ़ल्स की दूसरी बटालियन और 142वीं कमाण्डो कम्पनी शामिल थीं। जंगल-युद्ध की पूरी ट्रेनिंग इन्हें यहीं दी जाने लगी। उस समय विंगेट के सहयोगियों की संख्या बहुत कम थी। केवल कर्नल इंघाम क्लार्क़, मेजर पर्सी हावर्थ, कैप्टेन चिज़म, लेफ़्टिनेंट ऑल्सन और लेफ़्टिनेंट रोज़ेर ही उनके साथ ट्रेनिंग देते थे। किसी-न-किसी सैनिक विद्या में ये सभी पूर्ण दक्ष थे।

पहले बैच के प्रशिक्षणार्थियों की संख्या केवल 16 थी—9 अंग्रेज़, 5 डच और 2 नार्वेजियन। ख़ास तौर पर आवागमन के साधन—सड़कों, रेलगाड़ियों, नदियों के पुलों आदि को उड़ाने की ही ट्रेनिंग इन्हें दी गई थी। कुछ समय बाद ट्रेनिंग में और भी आवश्यक विषय शामिल कर दिए गए, जैसे—फ़िल्टर वाटर क्रैफ्ट, साइलेंट आर्म्स, साइलेंट किलिंग, जूडो एक्सरसाइज़ेज़, गोरिल्ला और जंगल-युद्ध, रासायनिक युद्ध (केमिकल वॉरफ़ेयर), सशस्त्र युद्ध और शस्त्रविहीन भिड़न्त, विनाश और विध्वंस के लिए विस्फोटक पदार्थों का सही-सही इस्तेमाल, नारियल के तनों जैसी आसानी से मिलने वाली चीज़ों से छोटी-छोटी नावें बनाना, हथियार और गोला-बारूद ज़मीन में गाड़कर छिपाना तथा मौक़े पर उसे फिर से निकालना, आदि।

छह महीनों के अन्दर ही एक पूरी ब्रिगेड के सभी अफ़सरों और सैनिकों को बारी-बारी से अलग-अलग टोलियों में ट्रेनिंग देने के बाद विंगेट मय अपने फ़ौज-फाटे के दीमापुर के लिए रवाना हुए। वहां 6 फ़रवरी, 1943 को जापान-अधिकृत बर्मा में अभियान-सम्बन्धी आवश्यक निर्णयों पर पहुंचने के लिए उन्होंने वेवल के साथ दो घंटों तक लगातार सलाह-मशविरे किए।

यह सत्य है कि विंगेट के इस गुप्त गोरिल्ला-अभियान की कोई तयशुदा कार्यविधि नहीं थी। दुश्मन की सभी कोशिशें नाकाम करने के इरादे से देश-काल के अनुसार आने वाली परिस्थितियों में तुरत-बुद्धि से काम लेना था। जब विंगेट ने अपने इस गुप्त गोरिल्ला-अभियान की मौलिक रूप-रेखा तैयार की, तो उसके साथ एक और बड़ी स्कीम सम्बद्ध थी, जिससे उनका यह अभियान एक और ही अत्यंत महत्त्वपूर्ण भूमिका अदा करता, लेकिन कई कारणों से उस महान स्कीम को लागू न किया जा सका। ख़ास वजह थी बर्मा के हाथ से निकल जाने से और एक भी अभियान द्वारा जापानियों की सेना भंग न होने से, जो ज़बरदस्त नुक़सान हुआ था, उसका संतुलन बनाए रखना भी वेवल के लिए निहायत ज़रूरी था। अतः विंगेट के नए प्रयोगों से युक्त योजना की सहायता सम्भव न हो सकी।

जापान-अधिकृत बर्मा में अपने विशिष्ट अभियान को संचालित करने के लिए 7 फ़रवरी, 1943 को प्रातः 4 बजे अपने लश्कर सहित विंगेट इम्फ़ाल के लिए रवाना हुए। फिर वहां से बर्मा-सीमा पर तामू नामक स्थान की ओर बढ़े। उनकी ब्रिगेड में अंग्रेज़, भारतीयों में

राजपूत, सिख, डोगरा, गढ़वाली, नेपालियों में गोरखा, किरात, गुरुंग, थकाली, थारू, सरकी, नगाओं में अंगामी, आओ, चका सांग, चांग, खेम-गोमन, कोनियक, लोठा, फोम, रेंगमा, संगतम, सेमा, यम-चुगर, जलियांग (उस समय नगाओं की कुल आबादी 4 लाख थी। सबकी भाषाएं भी अलग-अलग थीं), पश्चिम अफ़्रीकियों के अलावा बर्मी, स्यामी, गारो, चिन और काचिन भी थे। दो सौ विभिन्न भाषा-भाषी होते हुए भी सब एक साथ काम करते थे। सब-मशीनगन, ब्रैनगन, टॉमीगन, राइफ़ल, ग्रिनेड, पिस्तौल, रिवॉल्वर, धारदार लम्बे चाकू (जैक नाइव्ज़) और खुकरी आदि हथियारों से उन्हें लैस किया गया था। सभी सादी गहरी हरी वर्दी में थे। न शोल्डर-बैज, न स्टार, न क्राउन। ऐसी कोई भी चीज़ धारण करने की सख़्त मुमानियत थी, जिससे उनके विभिन्न ओहदों का पता चलता। बहुत-से तो दाढ़ी भी रखे हुए थे, और बहुतों के साथ थे उनके अल्सेशियन कुत्ते। ये थे विंगेट के 'चिंडिट', जिन्हें 'स्पेशल फ़ोर्स' के व्यक्ति अथवा अन्दर घुसकर मार करने वाले सैनिक भी कहा जाता था।

विंगेट ने इन सैनिकों का नाम 'चिंडिट' रखा था 'चिंथाई' के आधार पर। चिंथाई बर्मी मन्दिरों का रक्षक पौराणिक (जन्तु) देवता है। इसका शरीर और पंजे शेर के समान तथा चोंच और डैने बाज़ पक्षी की तरह माने जाते हैं। वास्तव में यह 'थर्ड इण्डियन डिवीज़न' दुश्मन को धोखे में रखने का साधन थी। सन् 1944 में इसे पूर्व-सैनिक निरीक्षण करने वाली तथा आक्रमण भी करने वाली सेना बना दिया गया था। इसका लक्ष्य था—शत्रु के गुप्तातिगुप्त भेदों को उसके उदर में प्रवेश करके जान लेना। इस सेना के हर व्यक्ति की पीठ पर सत्तर पौण्ड का बोझ लदा था और उनके साथ थे यातायात के अन्य सामान ले चलने के लिए बोझ ढोने वाले टट्टू, बैल, गधे, घोड़े, बकरे—यहां तक कि हाथी भी। अपने चेहरे का गोरा रंग छिपाने की ग़रज़ से अंग्रेज़ मुंह व हाथों पर मिट्टी भी मले हुए थे।

'लांग-रेन्ज पेनीटरेशन' के दो उद्देश्य थे—एक तो शत्रु के गुप्त से गुप्त स्थान तक घुस कर पहुंचने की ताक़त हासिल करना और दूसरा—कठिनाइयों और बाधाओं से भरे जंगलों मे दुश्मन के बीच रह सकना। 7 फ़रवरी, 1943 को आरम्भ होकर विंगेट का गुप्त गोरिल्ला अभियान 110 दिनों बाद मई, 1943 को समाप्त हुआ। इस अभियान में शामिल हर व्यक्ति को बर्मा में मोगांग, इण्डौ, भामो आदि शत्रु-अधिकृत क्षेत्रों के भीतर 250 मील तक गोरिल्ला-युद्ध की क्रम-रहित परिस्थितियों में 750 मील से 1000 मील तक मारते-काटते, सड़कें तोड़ते, पुल उड़ाते पैदल चलना पड़ा था। उन्होंने जापानियों पर लाखों पौण्ड विस्फोटकों की वर्षा की, जो उन्हें नियमित रूप से हवाई जहाज़ों द्वारा मिलती रहती थी। फ़ोर्स वन-थ्री-सिक्स ने उन्हें कभी सेना की साधारण सप्लाई पर आश्रित नहीं रहने दिया। प्रस्तुत सुई-धागे से लेकर भारी-भरकम ट्रांसमीटर और बम तक जबलपुर आर्सनल-स्थित 'एम॰ ई॰ नाइन' अथवा 'मैगज़ीन नम्बर नाइन द्वारा 'गोल कन्टेनर्स' में सावधानी से भरवाकर हवाई जहाज़ों के ज़रिए इन तक पैराशूटों से पहुंचा दिया जाता था।

इन्हीं दिनों सर गाल्विन स्टुअर्ट के नाम विंगेट ने एक 'एस॰ ओ॰ एस॰' (वायरलेस द्वारा अत्यन्त आवश्यक सन्देश) भेजा था—"जंगल की इन विषम परिस्थितियों में सामान की नियमित सप्लाई ही हमारे शरीर की प्रमुख धमनी है, जो टूटनी नहीं चाहिए। जंगल की गोद में आकर हमें मुंह न ताकना पड़े। हमारे लिए सामान उसी तरह पहुंचना चाहिए, जैसे 'फ़ादर

क्रिस्मस' चिमनी के रास्ते सौगात भेजते हैं।"

24 मार्च, 1943 को एक आवश्यक कार्यवश बर्मा से भारत आते समय एक विनाशक हवाई दुर्घटना ने विंगेट जैसे महान सैनिक को संसार से छीन लिया। उनकी ब्रिगेड के संचालन का कार्यभार उनके अत्यधिक विश्वासपात्र ब्रिगेडियर लेन्टेग्नि, डी॰ एस॰ ओ॰ को सौंपा गया। अपनी मृत्यु से केवल एक दिन पहले विंगेट ने अपने नेतृत्व में कार्यरत सैनिकों को सिगनल किया था—"एक दिन आएगा, जब तुम यह कहकर गर्व से भर उठोगे—मैं वहां था।"

जिस शानदार तरीक़े से विंगेट ने इस गुप्त गोरिल्ला-अभियान का नेतृत्व किया, उस पर 'युद्ध-इतिहास में अद्वितीय' की मोहर लग गई। उनका यह अभियान रोमांचक सैनिक रहस्यों से भरा था, जिसे जानने के लिए संसार के अनेक देश आज भी लालायित हैं, क्योंकि यह जंगल के भयंकर बीहड़ परिवेश में गोरिल्ला युद्ध-कला का अनुपम उदाहरण है।

संसार के महान् सेनाध्यक्षों की तरह विंगेट भी सम्यक् और सम्पूर्ण प्रशिक्षण में विश्वास रखते थे। जब विंगेट-ब्रिगेड बर्मा में प्रशंसनीय सफलता अर्जित कर रहा था, वेवल ने ऐसे ही एक और ब्रिगेड को संगठित करने का आदेश दिया। अद्भुत और असामान्य चरित्र था विंगेट। निःसन्देह विंगेट चिंडिट सैनिकों के नेता के रूप में युद्ध-कला में अपूर्व बुद्धिशील व्यक्ति और एक महान् सेनाध्यक्ष थे। उनका व्यक्तित्व उच्च कोटि का था। वाक्शक्ति का उन्हें वरदान प्राप्त था। विंगेट ने विंस्टन चर्चिल, माउण्टबैटन और वेवल जैसे असामान्य व्यक्तियों की आस्था प्राप्त की थी।

4. स्पेशल फ़ोर्सेज़ डेवलपमेंट सेंटर, खड़की

शिवाजी नगर, पुणे के पास सौ वर्ग किलोमीटर में फैला 'एस॰ एफ॰ डी॰ सी॰' इस संगठन का एक बहुत बड़ा सेंटर था। कर्नल बेमिस इसके कमाण्डर थे। मेज़र प्राइस, कैप्टेन पैटर्सन, कैप्टेन स्मिथसन, राय साहब प्रधान (मुंबई सी॰ आई॰ डी॰ के अवकाश-प्राप्त उप-पुलिस अधीक्षक), सी॰क्यू॰एम॰एस॰ लांग उनके सहायक थे। वास्तव में यह सेंटर ही विंगेट के चिंडिटों और 'फ़ोर्स वन-थ्री-सिक्स' के एजेंटों को हथियार तथा गोला-बारूद पहुंचाने का भारत में सबसे बड़ा भण्डार था।

यह वह स्थान था जहां सन् 1817 में ब्रिटिश सेना और मराठों के बीच 'खड़की का युद्ध' हुआ था। पहाड़ियों से घिरा यह पथरीला स्थान अंग्रेज़ों को इतना भाया कि सन् 1869 में उन्होंने यहां हथियार और गोला-बारूद बनाने का कारख़ाना स्थापित किया। सन् 1925 में कलकत्ता के निकट डमडम-स्थित कारख़ाना बन्द हो जाने के बाद तो भारत में यही हथियार, गोला-बारूद बनाने का एकमात्र कारख़ाना रह गया था। सन् 1943 में खमरिया (जबलपुर) में दूसरी 'गन-कैरिज फैक्टरी' स्थापित होने के बाद ही इसका बोझ हल्का हुआ।

5. प्वाइज़नस सब्सटेंस हैडक्वार्टर्स, देहू रोड

पश्चिमी रेलवे की पुणे-मुंबई लाइन पर देहू रोड स्टेशन के चारों ओर का इलाक़ा ब्रिटिश सेना ने अपने क़ब्ज़े में ले लिया था। लगभग सौ वर्ग किलोमीटर का यह क्षेत्र कांटेदार तारों से घेर लिया गया था। इसके अन्दर अन्य विभागों से काफ़ी हटकर छोटा-सा कमरा था।

इसके चारों ओर अपनी '303 बोर राइफ़लों पर संगीने चढ़ाए ब्रिटिश सिक्योरिटी गार्ड चौबीसों घंटे पहरा दिया करते थे। यह फ़ोर्स वन-थ्री-सिक्स का 'कैमिकल एण्ड बक्टीरियोलॉजिकल वॉरफेयर' (रासायनिक और जीवाणुयुद्ध) का हैडक्वार्टर्स था। फ़ॉस्फ़ोरेट विषैले पदार्थ, जैसे—क्लोरीन, फ़ॉसजीन, अनेक प्रकार के तेज़ जलन पैदा करने वाले पदार्थ और 'मस्टर्ड गैस' यहां के भण्डारों में सदा भरे रहते थे। युद्ध की विषैली गैसें दो तरह की थीं—घातक और उत्पीड़क।

घातक गैसें—मस्टर्ड गैस, डिस्टिल्ड मस्टर्ड, लेविसाइट और नाइट्रोमस्टर्ड। जिन ड्रमों में इन्हें रखते हैं, पहचान के लिए उन पर एक सिरे से दूसरे तक हरे रंग की पट्टी पेण्ट कर दी जाती है। ये गैसें आंखों और फेफड़ों को बरबाद करके रख देती हैं। गहरे ज़ख़्मों से शरीर को छलनी बना देती हैं। छोड़ा तो इन्हें तरल रूप में जाता है, मगर बाद में ये गैस की शक्ल में बदल जाती हैं।

साइनोजिन क्लोराइड, हाइड्रोसाइनिक एसिड और आरसाइन के प्रयोग से मृत्यु से पहले चक्कर आते हैं। नींद हराम हो जाती है। उल्टियां आने लगती हैं। पसीना बेहद आता है। इनकी मार से यदि कोई बच भी गया, पागल तो वह अवश्य हो जाएगा।

उत्पीड़क गैसें—क्लोरीन और फ़ासजीन। दोनों ही तरल होती हैं। छोड़े जाने के बाद गैस बन जाती हैं। क्लोरीन पीलापन लिए हल्के हरे रंग की तेज़ गंध वाली होती है, जबकि फ़ासजीन का कोई रंग नहीं होता। वह तेज़ बदबूदार होती है।

6. रॉयल इण्डियन नेवी, लोनावला

फ़ोर्स वन-थी-सिक्स, मुंबई के अफ़सर पश्चिमी रेलवे की मुंबई-पुणे लाइन-स्थित लोनावला जाया करते थे। यह पश्चिमी घाट का शानदार 'हिलरिज़ार्ट' है। वे यहां रॉयल इण्डियन नेवी के ब्रिटिश कमोडोर से मिलते थे और अपने एजेंटों तथा अन्य विश्वस्त सूत्रों से प्राप्त 'नेवल इंटेलिजेंस' (नौसेना की गुप्तचरी) से उन्हें अवगत कराते थे।

7. सिक्योरिटी प्रिंटिंग प्रेस, नासिक रोड

फ़ोर्स वन-थ्री-सिक्स के लिए ऊंची रक़म वाले करेंसी नोट यहां अलग से छापे जाते थे। बाद में सुरक्षित वैगनों में भरकर उन्हें मेरठ छावनी स्टेशन पहुंचाया जाता था। फिर वहीं से फ़ोर्स के अन्य कार्यालयों में वितरण के लिए इन्हें भेज दिया जाता था। सन् 1945 के मध्य तक भारत में मुद्रास्फीति की भयानक स्थिति पैदा करने की ग़रज़ से नोट छापने का यह क्रम काफ़ी तेज़ी से बढ़ा दिया गया था।

8. इण्डियन रिज़र्व सप्लाई डिपो, मनमाड

मुसीबत के समय एक-दूसरे की सहायता करने की ग़रज़ से फ़ोर्स वन-थ्री-सिक्स ने मनमाड के इस डिपो से भी अच्छे सम्बन्ध बनाए रखे। सन् 1943 में एक बार ऐसी नौबत आई भी थी। उस समय फ़ोर्स वन-थ्री-सिक्स हैडक्वार्टर्स, मेरठ कैण्ट से चार विशेष मालगाड़ियां (डेन्जरस गुड्स ट्रेन्स) हथियारों और गोला-बारूद से लदी इनके पास भेजी गई थीं।

मद्रास (वर्तमान चेन्नई)

1. बंगला नम्बर 14, विक्टोरिया क्रीसेन्ट, एग्मोर

मद्रास (चेन्नई) में फ़ोर्स वन-थ्री-सिक्स की इस यूनिट के कमाण्डिंग अफ़सर लेफ़्टिनेंट-कर्नल ओ. ई. विंडिल, ओ.बी. ई., आई. पी. थे। वे अवकाशप्राप्त डी. आई. जी. सी. आई. ई. डी. मद्रास प्रान्त थे। सबके जनप्रिय पुलिस अफ़सर होने के अलावा दक्षिण भारत की सभी भाषाएं धाराप्रवाह बोलते थे। स्थानीय अधिकारियों के अतिरिक्त सुदूर दक्षिण में धनुषकोडि और रामेश्वरम् तक सभी अफ़सरों पर उनका अच्छा प्रभाव था। श्रीलंका जाने वाले फ़ोर्स वन-थ्री-सिक्स के सभी अधिकारियों को विंडिल से सम्पर्क अवश्य स्थापित करना पड़ता था। तभी वे बिना किसी यात्रा-प्रपत्र और पामबन स्टेशन पर बग़ैर टीका लगवाए ही उस देश के लिए रवाना हो सकते थे।

मद्रास सिविल पुलिस का एक दक्षिण भारतीय हैड कांस्टेबिल भी फ़ोर्स वन-थ्री-सिक्स का वेतनभोगी एजेंट था। वह धनुषकोडि (भारत) से तलैमनार पियर (श्रीलंका) तक फ़ैरी स्टीमर से यात्रा करके अपनी ड्यूटी अंजाम देने के अलावा फ़ोर्स वन-थ्री-सिक्स के सभी अधिकारियों, कर्मचारियों और एजेंटों को श्रीलंका के इस बन्दरगाह तक सारी कठिनाइयों और रुकावटों को पार कराते हुए सुरक्षित पहुंचा भी दिया करता था।

सन् 1943 के मध्य लेफ़्टिनेंट-कर्नल विंडिल के स्थान पर कर्नल बाल्डविन की नियुक्ति हुई। विंडिल को एक विशेष काम से कलकत्ता बुला लिया गया था। बाल्डविन के सहायक थे मद्रास रेजिमेंट की चौथी बटालियन में पहले कार्यरत रहे मेजर पी. भास्करन, बेंगलूर छावनी में कार्यरत मद्रास सैपर्स एण्ड माइनर्स के छह-फ़ुटा कैप्टेन राधाकृष्णन्, रॉयल इण्डियन नेवी के कमाण्डर टॉड, लेफ़्टिनेंट-कमाण्डर एल. डब्ल्यू. ल्यूकर, लेफ़्टिनेंट-कमाण्डर अमेरन्द्र कुमार मुखर्जी (पहले विज़गापट्टम के सीनियर एरोड्रोम अफ़सर थे) और मेलर। इन्होंने फ़ोर्स वन-थ्री-सिक्स के लिए सैकड़ों एजेंटों की भर्ती की थी। इन्हीं की देखरेख में उन्हें अलग-अलग ट्रेनिंग भी दी जाती थी। इन एजेंटों में अधिकतर तो मल्लाह और मछुए ही थे। पढ़े-लिखों की भर्ती मेजर भास्करन और मेलर करते थे। इस दफ़्तर का टेलीफ़ोन नम्बर '1301' था।

2. नट-शैल, माउण्ट रोड

सन् 1943 में मेलर को इस सीक्रेट हाउस का इन-चार्ज बना दिया गया था। दक्षिण-भारत से फ़ोर्स वन-थ्री-सिक्स के लिए एजेंटों की भरती करना ही उनका ख़ास काम था। आज़ाद हिन्द फ़ौज के जासूसों को पकड़वाने के लिए वाल्टेयर और विज़गापट्टम पर भी नज़र रखते थे। मद्रास के विभिन्न अफ़सरों द्वारा समय-समय पर भर्ती किए गए कुछ एजेंटों के नाम, जिन्हें मैं जान सका, निम्नलिखित हैं—

1. **रॉनेल्ड ब्रैनडेल,** मद्रास का एक एडवोकेट
2. **जे. मरफ़ी,** 92, यूरोपियन लाइन्स, सेन्ट टॉमस माउण्ट
3. **फ्रैंक मिलिनो,** स्वास्तिक होटल, बेंगलूर
4. **मिस ई. जे. टॉमस,** ऊटी

5. **टॉमस**, कोचीन
6. **जोसेफ़ एल्वाए,** ट्रावनकोर में बांस का एक व्यापारी
7. **मेथ्यू**, अरनाकुलम का एक ईसाई
8. **जैकब**
9. **जी॰ बी॰ मलिन** (ऐंग्लो-इण्डियन), नम्बर 1, पीज़किल रोड, बेंगलूर
10. **विलियम्स**
11. मैसूर-निवासी **आंग बून टक**
12. **डॉक्टर सर्वमूर्ति पिल्लै**, एमीग्रेशन अफ़सर, मलायन रिफ़्यूजी, नागपट्टम
13. मद्रास या मिची-निवासी **पूवादन**
14. **शंकर कुट्टी,** सेन्ट टॉमस, कॉलेज, त्रिचूर
15. **नारायण**, सेन्ट टॉमस कॉलेज, त्रिचूर
16. **कामथ,** मंगलोर कॉलेज, मंगलोर
17. **इलियास**
18. **रामकृष्ण**
19. **कुरिन**
20. मद्रास-निवासी **जी॰ रत्न**
21. **जोसेफ़,** त्रिवेण्द्रम कॉलेज, त्रिवेण्द्रम
22. **एरियन,** सेन्ट टॉमस कॉलेज, त्रिचूर

श्रीलंका

कैण्डी

1. साइकॉलॉजिकल वॉरफेयर यूनिट, कैण्डी

फ़ोर्स वन-थ्री-सिक्स' की 'साइकॉलॉजिक़ल वॉरफ़ेयर यूनिट' कैण्डी की पहाड़ियों के मध्य थी। इसका संचालन कर्नल ग्रेगरी करते थे। एजेंटों को युद्ध की इस प्रणाली का प्रशिक्षण भी यहीं दिया जाता था।

ब्रिटिश प्रधानमंत्री विंस्टन चर्चिल और अमेरिकी प्रेसिडेंट रूज़वेल्ट के बीच आयोजित पहली किव्वेक कान्फ्रेंस 17 से 24 अगस्त, 1943 तक हुई थी। इसे 'क्वाडरेंट' की गुप्त संज्ञा दी गई थी। इसका मक़सद था दक्षिण-पूर्व एशिया कमाण्ड को पुनः संगठित करना और लॉर्ड माउण्टबैटन को 'सुप्रीम अलाईड कमाण्डर' घोषित करना। इस घोषणा के बाद अडमिरल ऑफ़ दि फ्लीट ल्यूइस फ्रांसिस अलबर्ट विक्टर निकोलस माउण्टबैटन, के॰ जी॰ पी॰, पी॰ सी॰, जी॰ सी॰ बी॰, जी॰ सी॰ एस॰ आई॰, जी॰ सी॰ आई॰ ई॰, जी॰ सी॰ वी॰ ओ॰, डी॰ एस॰ ओ॰, ए॰ डी॰ सी॰ ने अपना हैडक्वार्टर्स कैण्डी में स्थापित किया। इसके तुरन्त बाद ही उन्होंने फ़ोर्स वन-थ्री-सिक्स हैडक्वार्टर्स, मेरठ कैण्ट से लॉर्ड जॉन लिनार्ड कॉली को अपने पास बुलवा लिया और गुप्तचरी-प्रतिगुप्तचरी सम्बन्धी पूर्वी क्षेत्र की सारी ज़िम्मेदारी उनके हवाले कर दी। कॉली का पता बदलकर 'कमाण्डेंट, एच॰ क्यू॰, फ़ोर्स वन-थ्री-सिक्स, कैम्प बी॰ 6, कैण्डी, सीलोन',

कर दिया गया।

उसी समय माउण्टबैटन के संरक्षण में इंटेलिजेंस डिवीज़न का इकॉनॉमिक इंटेलिजेंस सेक्शन, एस॰ ए॰ सी॰, एस॰ ई॰ ए॰ साउथ-ईस्ट एशिया कमाण्ड भी खोला गया। कलकत्ता को 'सप्लाई' और 'ट्रेनिंग' क्षेत्र के रूप में प्रशासनिक स्थान बना रहने दिया। माउण्टबैटन ने बर्मा में अभियानों को कार्यान्वित करने के लिए कलकत्ता को विकसित करने का आदेश भारत के कमांडर इन-चीफ़ जनरल सर क्लॉड ऑकिनलेक, जी॰ सी॰ बी॰, सी॰ एस॰ आई॰, जी॰ सी॰ आई॰ ई॰, डी॰ एस॰ ओ॰, ओ॰ बी॰ ई॰ को दिया। इण्डिया कमाण्ड के प्रमुख प्रशासनिक अधिकारी लेफ़्टिनेंट-जनरल सर विलफ़्रेड लिंडसे, के॰ जी॰ बी॰, के॰ बी॰ ई॰, डी॰ एस॰ ओ॰, एम॰ सी॰ को भी फ़ोर्स वन-थ्री-सिक्स से बराबर सम्पर्क बनाए रखने के लिए आदेश दे दिया गया। शत्रु-अधिकृत क्षेत्र में विशेष अभियानों के लिए माउण्टबैटन ने अपनी सुनियमित सेना की अपेक्षा फ़ोर्स वन-थ्री-सिक्स की नियमविरुद्ध तथा क्रमहीन सेना और विंगेट के चिंडिटों पर ही अधिक निर्भर रहना आरम्भ कर दिया।

श्रीलंका का निहायत साफ़-सुथरा, सुन्दर शहर है कैण्डी। कोलम्बो फ़ोर्ट स्टेशन से 110 किलोमीटर दूर उत्तर-पूर्व दिशा में पर्वतश्रेणियों के बीच बसा बौद्ध धर्म का पवित्र स्थान, जहां डलाडा मालीगता मन्दिर में रखा है भगवान बुद्ध का पवित्र 'दाँत'। रेल और सड़क दोनों ही मार्गों से यहां जाया जाता है। दोनों ही रास्तों के दोनों ओर ऊंचे-ऊंचे घने पेड़ और सुन्दर घाटियां हैं। श्रीलंका की सबसे बड़ी नदी महावली गंगा भी निकट ही बहती है। वहीं है नुवास एलिया चाय का मुख्य उत्पादक क्षेत्र। आदम चोटी के निकट है क़ीमती पत्थरों—रूबी, कैट्स-आई, हीरा, मोती का इलाक़ा। कैण्डी-स्थित झील शहर की सुन्दरता में चार चांद लगा देती है। इसे घेरे चारों ओर साफ़-सुथरी सड़क के अलावा लक़ालक़ फुटपाथ भी है, जहां घूमने-फिरने वालों के लिए बेंचें भी पड़ी हैं।

2. एरिया हैडक्वार्टर्स, फ़ोर्स वन-थ्री-सिक्स, माउण्ट लवीनिया

श्रीलंका में फ़ोर्स वन-थ्री-सिक्स के एरिया हैडक्वार्टर्स के अफ़सर इन-चार्ज कर्नल हडसन थे। माउण्ट लवीनिया में गोला-बारूद और हथियारों का यह एक सुदृढ़ केन्द्र था। इसका आर्मी यूनिट नम्बर 'एम॰ ई॰ नाइन' था। दूसरी यूनिट, एम॰ सी॰ एस॰' (मलाया कण्ट्री सेक्शन) के नाम से जानी जाती थी। यहां हर समय ख़ामोशी छाई रहती थी। मिसेज़ क्लार्क कर्नल हडसन की सेक्रेटरी थीं। वे इस संगठन की एक अन्य लावन्यमयी महिला थीं। भारत से आने वाले फ़ोर्स वन थ्री-सिक्स के अधिकारी सबसे पहले उन्हीं से मिलते थे। देशभक्ति का अहसास होने से वे जनरलिज़्मो च्यांग काई-शेक की युन्नानी फ़ौजों के कमाण्डर वेई ली हुआंग के काफ़ी निकट सम्पर्क में आ गई थीं, जो यहां अक्सर आते रहते थे।

यह दफ़्तर बहुत ही साफ़-सुथरे, बड़े बंगले में क़ायम था, जो कोलम्बो फ़ोर्ट रेलवे स्टेशन से लगभग बीस किलोमीटर दूर दक्षिण-पूर्व दिशा में स्थापित था। सबसे पहले इसे बैरिट स्मिथसन ने ही किराए पर लिया था, जो कॉली के स्थान पर मेरठ जा चुके थे।

3. कोड्स एण्ड साइफ़र्स यूनिट, अंगुलाना

अंगुलाना फ़ोर्स वन-थ्री-सिक्स का नाड़ी-केन्द्र था। यह स्थान माउण्ट लवीनिया के

दक्षिण-पूर्व की ओर लगभग दस किलोमीटर आगे और कोलम्बो फ़ोर्ट से क़रीब 25 किलोमीटर दूर था। कई वर्ग किलोमीटर का इलाक़ा था यह। कुछ बंगलों पर तो पहले से ही अफ़सरों और एजेंटों का क़ब्ज़ा था, कुछ नई बैरकें भी बना ली गई थीं। इन्हीं में से एक बंगले में गुप्तचरों को बेतार के तार द्वारा कोड्स गुप्त-भाषा तथा साइफ़र्स गुप्त-लिपि में ख़बरें भेजने और हासिल करने की ट्रेनिंग दी जाती थी। इस यूनिट में ख़ास तौर पर जावानी (जावा-निवासी) एजेंटों को ही प्रशिक्षण दिया जाता था, जो सूरत-शक्ल में बिल्कुल जापानी लगते थे। यह ट्रेनिंग संयुक्त-प्रान्तीय (वर्तमान उत्तर प्रदेश) पुलिस वायरलैस के मेजर ग्रीग दिया करते थे। उनका सर्वाधिक विश्वसनीय एजेंट था अमीरशाह, जिसने शत्रु-अधिकृत बर्मा, मलाया और अण्डमान में बड़ा ही शानदार काम किया था। यह यूनिट भी कर्नल हडसन के अधीन थी। कहा जाता है कि युद्ध समाप्त होने के बाद कर्नल हडसन रंगून चले गए और वहीं विश्वविद्यालय के सामने एक बंगला किराए पर लेकर रहने लगे।

4. डोमीनियन होटल, कोलम्बो फ़ोर्ट

कोलम्बो फ़ोर्ट रेलवे स्टेशन के बाहर लम्बे-चौड़े मैदान के ठीक सामने स्थित है– विशाल डोमीनियन होटल। यह श्रीलंका का सबसे आलीशान होटल है। इसके आधा दर्जन कमरे फ़ोर्स वन-थ्री-सिक्स के लिए स्थायी रूप से रिज़र्व रहते थे। चार कमरे चौथी और दो तीसरी मंज़िल पर। यहीं, आने वाले और यहां से बाहर जाने वाले अफ़सरों, एजेंटों और मार्गरक्षकों (एस्कोर्ट्स) को एक-दो दिनों के लिए ठहराया जाता था, जब तक उन्हें ट्रेन से तलैमन्नार पियर, स्टीमर से धनुषकोडि, और फिर ट्रेन से एग्मोर (चेन्नई) तक पहुंचने के लिए आर॰ टी॰ ओ॰ (रेलवे ट्रांशिपमेंट ऑफ़िसर) यात्रा-वाहनों में स्थान रिज़र्व न करा दे। इसी होटल में फ़ोर्स वन-थ्री-सिक्स का चीफ़ एजेंट एस॰ जे॰ एल्फ्रेड भी रहता था। उसका पता था–'पोस्ट ऑफ़िस बॉक्स नम्बर 230, कोलम्बो'।

5. एम॰ ई॰ ट्वन्टी-फ़ाइव, होरोना

होरोना में फ़ोर्स वन-थ्री-सिक्स की यूनिट 'एम॰ ई॰ ट्वन्टी-फ़ाइव' के नाम से जानी जाती थी। कर्नल ब्राउन इसके अफ़सर इन-चार्ज थे। इस यूनिट में एजेंटों को निम्न विषयों की ट्रेनिंग दी जाती थी–1. शारीरिक योग्यता, 2. गुप्तचरी, 3. हथियारों और गोला-बारूद का इस्तेमाल, 4. समुद्री प्रशिक्षण, 5. शत्रु-अधिकृत क्षेत्रों में प्रचार, 6. पैराशूट से कूदना, 7. गुप्त स्याही का इस्तेमाल और गुप्त सन्देश लिखना, तथा 8. मलायी और जावानी भाषाएं जानना।

ट्रेनिंग देने का मुख्य काम कैप्टेन वाकर के ज़िम्मे था। युद्ध समाप्त होने पर वे लखनऊ में यू॰ पी॰ पुलिस वायरलैस-विभाग में आ गए। फिर वहीं से रिटायर हुए। चायना बाज़ार रोड पर एक बंगले के आधे हिस्से में एक ऐंग्लो-इण्डियन परिवार के साथ रहते थे। अब उनके बारे में कुछ भी पता नहीं।

6. रैकी यूनिट सी ट्रेनिंग स्कूल, बालापिटिया

कैप्टेन आर॰ डब्ल्यू॰ इंग्लिश फ़ोर्स वन-थ्री-सिक्स की इस 'रैकी यूनिट सी ट्रेनिंग स्कूल'

के अफ़सर इन-चार्ज थे। इस यूनिट में सर्वेक्षण और समुद्र-सम्बन्धी विषयों की तालीम दी जाती थी। इसके अलावा संस्था ने यहां दो 'सैल' और खोले। इन्हें 'एस' और 'वाई' कहा जाता था। 'एस' कैम्प में एजेंटों को समुद्र-तटों पर हवाई जहाज़ से कूदने की ट्रेनिंग दी जाती थी और 'वाई' कैम्प केवल वायरलैस तथा निःशब्द मार के प्रशिक्षण के लिए था।

7. ट्रिंकोमाली

संसार के सर्वश्रेष्ठ प्राकृतिक बन्दरगाहों में एक है ट्रिंकोमाली। इसकी कटानों में एक साथ सौ जंगी जहाज़ सुरक्षित खड़े किए जा सकते हैं। फ़ोर्स वन-थ्री-सिक्स के ट्रिंकोमाली-स्थित इस कार्यालय का नाम मैं कभी न जान सका। बर्मा, जावा, सुमात्रा, स्याम, मलाया, सिंगापुर, बोर्नियो, अण्डमान और निकोबार भेजे जाने वाले एजेंटों की 'लास्ट मिनिट-ब्रीफ़िंग' (अन्तिम संक्षेप आदेश) यहीं होती थी। यहीं से उन्हें पनडुब्बियों में रवाना किया जाता था, और जब उनके टारगेट देश थोड़ी दूर रह जाते थे, तो पनडुब्बियां छोड़कर रबर की छोटी-छोटी नावों से उन्हें किनारे तक भेजा जाता था।

ये एजेंट किसी से मिल नहीं पाते थे। केवल डॉक्टर और रसोइए ही उनसे मिल सकते थे, जो उसी संस्था के थे।

भारत और भारत से बाहर फ़ोर्स वन-थ्री-सिक्स की अन्य शाखाएं

इनके अलावा भी फ़ोर्स वन-थ्री-सिक्स का जाल निम्न स्थानों में फैला हुआ था—

वाल्टेयर, विज़गापट्टम (नेताजी सुभाषचन्द्र बोस की इण्डियन नेशनल आर्मी के जासूसों को पकड़ने के लिए) 'प्रतिवा लॉज', दार्जिलिंग (जंगल-जीवन के अभ्यास के लिए), रांची, कालिमपांग, शिलांग, गोपालपुर-ऑन-सी, 'वर्मा विला', राजपुर रोड, देहरादून; 56, डेनिंग रोड, जबलपुर; चकलाला (रावलपिण्डी के निकट यान से कूदने का स्कूल और तकनीकी विकास केन्द्र); 303, पी॰ रोड, चकलाला (फ़ोर्स वन-थ्री-सिक्स का मास्टर स्पाई मैकार्थर यहीं रहता था; लाहौर (306, एम॰ यू॰ हरबंसपुरा); क्वेटा, पेशावर, फ़ीरोज़पुर, कराची कोमिल्ला, केनिंग, चांदपुर, खुलना, नारायणगंज, रंगून, हेनज़ाडा, थारावा और माण्डले (बर्मा), चुंकिंग, नानकिंग, कनमिंग (एम॰ ई॰ 25, चीन), मलाया और सिंगापुर।

युद्ध के बाद हमारे कुछ प्रमुख जासूस रंगून, हेनज़ाडा, थारावा, माण्डले, सिंगापुर और मलाया में जाकर बस गए। चीन के चुंकिंग, कनमिंग और नानकिंग नगरों में संस्था की 'एम॰ ई॰ 85' यूनिट कार्यरत थी। इसके एजेंट वहीं बस गए और उन्होंने चीनी कन्याओं से विवाह भी रचा लिए।

धोबी की सूझबूझ

कभी-कभी ऐसा भी देखा गया है कि एक छोटे-से-छोटा आदमी भी बड़े-से-बड़ा महत्त्वपूर्ण कार्य कर गुज़रता है। आवश्यकता है तो बस सूझबूझ की। ऐसी ही एक घटना हुई थी सन् 1942 के मध्य में, जब एक मामूली-से धोबी की अनोखी सूझबूझ के कारण अपने मुखिया सहित सात जापानी जासूस पकड़े जा सके। उन्हें कलकत्ता-हावड़ा के बीच हुगली नदी पर बने 'हावड़ा ब्रिज' को उड़ाने का काम सौंपा गया था। जापानियों की योजना थी—बंगाल को शेष भारत से काटकर आवागमन ही ठप कर देना। और, यह कठिन कार्य इस पुल को उड़ाकर ही सम्भव हो सकता था।

7 दिसम्बर, 1941 को पर्ल हारबर पर अचानक आक्रमण करके जापान मित्र-राष्ट्रों के ख़िलाफ़ युद्ध में कूद ही चुका था। फिर तो उसकी फ़ौजें अमेरिकनों, फ्रांसीसियों, डचों, अंग्रेज़ों का सफ़ाया करते हुए तूफ़ान की तरह आगे बढ़ती ही गईं और तीन महीने के अन्दर-अन्दर जापानी झण्डे ग्वाम, मिडवे, बेक द्वीप, फ़िलिप्पीन्स, हांगकांग, थाइलैण्ड, जावा, सुमात्रा, बोर्नियो, मलाया, सिंगापुर में लहराने लगे। और, अब बारी थी बर्मा पर आक्रमण करके भारत पर कब्ज़ा करने की। अंग्रेज़ों के लिए यह बड़ी विकट घड़ी थी। बढ़ते हुए बवण्डर की तरह जापानी सैनिकों को रोकने में वे असफल रहे और जापानियों ने 7 मार्च, 1942 को ब्रिटिश फ़ील्ड मार्शल वाइकाउण्ट आर्चिबाल्ड वेवल को बर्मा से खदेड़कर ही दम लिया।

बर्मा में अंग्रेज़ों के प्रबल शत्रु थे कुछ बौद्ध भिक्षु और जनजातियों के अनेक नेता। जापानियों को इनका पूरा-पूरा सहयोग मिला। इन्हीं की कृपा से 'तोकाक्का' नामक जापानी गुप्तचर संस्था में कुछ ख़ास आदमियों को भरती करके उन्हें तोड़-फोड़ के कामों में भली-भांति प्रशिक्षित किया गया। ये प्रशिक्षण-केन्द्र विभिन्न गुप्त स्थानों में थे। अतः एक केन्द्र का गुप्तचर अपने दूसरे केन्द्र के साथी को पहचानता न था। यह व्यवस्था सुरक्षा को ध्यान में रखते हुए ही की गई थी।

बर्मा ख़ाली करते हुए शरणार्थियों की पहली खेप में सात जापानी जासूसों ने भी पैदल ही ऊंचे-ऊंचे दुर्गम पहाड़, घने जंगल, उत्तर से दक्षिण की ओर तेज़ी से बहती नदियां, ऊबड़-खाबड़ नाले पार करके भारत-भूमि में प्रवेश किया। बौद्ध भिक्षुओं के छद्मवेश में कॉक्स बाज़ार, दो हज़ारी, चटगांव, तामू, कलेवा, थौबल, एजल से सबने अलग-अलग सीमा पार की थी। वे एक-दूसरे को पहचानते न थे। गेरुए वस्त्र तो धारण किए हुए ही थे सब, अन्तर केवल इतना था कि उनकी 'सारम' (लुंगियों) की किनारी लाल रंग की थी। बस, एकमात्र इसी संकेत से उन्हें भारत में अपने साथियों को पूर्व-निर्धारित स्थान पर पहचानना था।

शरणार्थियों के वेश में कहीं दुश्मन के भेदिए भी भारत में घुसपैठ न कर बैठें, अतः भारत-बर्मा सीमा पर ही ब्रिटिश गुप्तचरों द्वारा उनकी जांच-पड़ताल कर ली जाती थी। यदि किसी पर तनिक भी सन्देह हुआ, तो इंटेरोगेशन (पूछताछ) के लिए उसे शिलांग, अगरतल्ला, सिलचर, रांची, दीमापुर आदि केन्द्रों में भेज दिया जाता था, जहां 'फ़ोर्स 136' के अंग्रेज़ अफ़सर उसकी कसकर खिंचाई करते थे पूछताछ के विभिन्न तरीके अपनाकर।

कई हज़ार शरणार्थी थे इस पहली खेप में। जिन व्यक्तियों के पास परिचय-पत्र और अंग्रेज़ अफ़सरों की सिफ़ारिशी चिट्ठियां थीं, उन्हें बे-रोकटोक भारत में दाख़िल होने दिया जाता था। कुछ को अनुमति प्राप्त हुई पूछताछ के बाद। शेष को गहरी छानबीन के लिए अन्य पूछताछ केन्द्रों में भेज दिया गया। संयोग तो देखिए—लाल किनारी वाली लुंगियां लपेटे सातों जापानी जासूसों को भी विशेष पूछताछ के लिए इन्हीं केन्द्रों में भेजा गया।

एक दिन की बात है। दीमापुर कैम्प का धोबी अपने अंग्रेज़ अफ़सरों के कपड़े मैदान में सुखा रहा था। निकट ही कुछ शरणार्थियों के कपड़े भी सूख रहे थे, जो उन्होंने स्वयं धोए थे। उसकी नज़र पड़ी गेरुआ रंग की एक लुंगी पर, जिसकी किनारी लाल थी। उसे कुछ अजीब-सा लगा। बौद्ध भिक्षु तो रेशमी वस्त्र धारण करते हैं गेरुआ रंग के, फिर यह लाल किनारी कैसी ? उससे रहा न गया और यह बात उसने अपने साहब के कान में डाल दी।

पूरी छानबीन के बाद पता चला कि दीमापुर शिविर में केवल दो ही बौद्ध भिक्षु ऐसे थे, जिनकी लुंगियों की किनारी लाल थीं। फिर शुरू हुआ दोनों का तगड़ा इंटेरोगेशन। हीला-हवाला तो बहुत किया दोनों ने। अधिकारियों को गुमराह करने की कोशिश भी की, मगर पूछताछ में माहिर अफ़सरों के आगे उनकी एक न चली। अन्त में दोनों ने उगल ही तो दिया कि हावड़ाब्रिज उड़ाने के लिए ही उन्हें भारत भेजा गया था। किन्तु वे अपने अन्य साथियों के बारे में कुछ भी न बता सके। उन्हें पता ही कहां था कि उनके अलावा यह काम किसी और को भी सौंपा गया था।

उसी समय सभी पूछताछ केन्द्रों को 'क्लियर दि लाइन' तार द्वारा सूचित कर दिया गया कि लाल किनारी की लुंगी (सारम) पहने सभी बौद्ध भिक्षुओं को कड़ी निगरानी में तुरन्त दीमापुर रवाना किया जाए। ऐसे लोगों की संख्या पांच निकली। दीमापुर पहुंचने पर जब उनके साथ भी सख़्ती से पेश आया गया, तब तो सभी को अपने जापानी जासूस होने की बात स्वीकार करनी पड़ी। कलकत्ता-स्थित अपने 'मास्टर स्पाई' (प्रमुख गुप्तचर) के बारे में भी बता दिया, जो उन्हें किसी भी मंगलवार की शाम कालीघाट-स्थित काली मन्दिर के प्रांगण में मिलने वाला था। हावड़ा-पुल उड़ाने की समस्त विस्फोटक सामग्री उसी के पास थी। ये सातों तो ख़ाली हाथ थे।

उस 'मास्टर स्पाई' की गिरफ़्तारी के बाद सबको वही सज़ा दी गई, जो युद्ध-काल में दुश्मन के जासूसों को दी जाती है। और, उस ग़रीब धोबी को मिले बहुत-से इनामात, जिसकी अनोखी सूझबूझ से भारत का महान् अहित होने से बच गया।

ऑपरेशन ल्यूसेन्ट

हमारे 'हडसन' यान ने म्यू नदी के ऊपर चक्कर लगाने शुरू कर दिए। विमान में खड़े हम 9 सैनिक गुप्तचर जापानियों द्वारा अधिकृत बर्मा में पैराशूट से कूदने के लिए पूरी तरह तैयार थे। जहाज़ के अन्दर से दूधिया चांदनी में नहाया हुआ सारा जंगल मख़मली क़ालीन-सा लग रहा था। मई, 1943 की उस रात का चन्द्रमा अपनी सम्पूर्ण कलाओं से प्रकाशित था। मानसून आने में अभी देर थी। प्रकृति में था तो बड़ा खिंचाव, किन्तु उधर से ध्यान हटाकर हमने अपने यान की गति पर ही केन्द्रित किया।

उन दिनों शत्रु-अधिकृत भूमि पर गुप्त सैनिक अभियानों के लिए 'हडसन' यान ही उपलब्ध थे। इसी कारणवश रावलपिण्डी के निकट चकलाला हवाई अड्डे पर, जो भारत-विभाजन के बाद पाकिस्तान के हिस्से में आया, जहाज़ से कूदने की ट्रेनिंग में भी तुरन्त तबदीली कर दी गई थी। तभी तो हम लोगों ने 'डोर जम्प' के बजाय 'स्लाइड जम्प' का अच्छा-ख़ासा अभ्यास कर लिया था। पायलट के केबिन के पीछे, जहाज़ के फ़र्श के खुले हिस्से से दोनों पैरों को पास लाकर, सटाकर, कूदना होता था। शेष कार्य तो पृथ्वी की आकर्षणशक्ति के हवाले था। यह कोई कठिन काम नहीं था।

अचानक यान के इंजन की आवाज़ बदल गई। पायलट के जहाज़ नीचे लाते ही अन्दर रोशनी हुई—पहले लाल···फिर हरी। हम सब पहले से ही कूदने को तैयार थे। 'ड्राप···नम्बर वन···गो' सुनते ही हम सब एक के बाद एक कूदते चले गए।

मैंने अपना पैराशूट शीघ्रता से खोला। उसने मुझे तागे से बंधी कठपुतली की भांति झटके दे-देकर दो-एक बार वेग से ऊपर खींचा। फिर तो मैं काफ़ी तेज़ी से नीचे की ओर बहने लगा।

हम लोग म्यू नदी के किनारे गिराए गए थे। ज़मीन पर आने से पहले तक़रीबन सौ फुट की दूरी से ही मैंने दोनों पैर घुटने के बल मोड़ लिए। दोनों कोहनियां बदन से सटा लीं। जैसे ही मेरे पैरों ने पृथ्वी का स्पर्श अनुभव किया, तुरन्त बाईं ओर लुढ़ककर मैंने मुड़े घुटने सीधे किए और धरती पर गिरने के कारण वेगयुक्त धक्के को कंधे तथा कमर के पिछले हिस्से पर झेल लिया। इस प्रकार घिसटने के ख़तरे से बचकर मैं सफलतापूर्वक ज़मीन पर आ गया। जीवन में पहली बार मैंने बर्मा के जापान-अधिकृत क्षेत्र की गरम भूमि का स्पर्श किया। अब वहां के बीहड़ों, घने जंगलों तथा छिपने योग्य स्थानों में मुझे अपनी पूरी पार्टी के साथ पूरे सात या कुछ और अधिक दिन बिताने थे। ट्रेनिंग के दौरान लुका-छिपी के इस अहम क्षेत्र में महारत तो हासिल कर ही ली थी हम सबने।

पैराशूट लपटकर मैंने एक बड़ा-सा गोला बनाया और पास ही एक पेड़ के नीचे दफ़ना दिया। एहतियात इतनी बरती कि उसका कोई भी भाग ऊपर नज़र नहीं आया। भारी-भरकम वायरलेस ट्रांसमीटर के अलावा और भी ज़रूरी सामान 'सरक्यूलर कंटेनर्स' के ज़रिए अन्य पैराशूटों से धरती पर अलग से गिराए गए थे। अब मैं मेजर स्टीयर तथा अपने दूसरे साथियों की ओर बढ़ा। रास्ते में मच्छरों ने मेरे चेहरे और खुले हाथों में सुइयां चुभोनी शुरू कर दीं। अजीब बला थे बर्मा के ये बड़े-बड़े मच्छर, जिन्हें जीवन-भर भुला न सकूंगा।

उत्तरी बर्मा में 'ऑपरेशन ल्यूसेंट' का नेतृत्व अंग्रेज़ अफ़सर मेजर स्टीयर कर रहे थे। उनके बाद दूसरे बड़े अधिकारी थे ऐंग्लो-बर्मी कैप्टेन रोज़ेर। इनके अलावा सारजेंट वाल्टर, प्राइवेट किंग्स (दोनों अंग्रेज़), माँग डॉ, माँग हुआ (दोनों बर्मी), सॉ घॉ (चीनी-बर्मी) और उत्तरी बर्मा का एक करेन भी इस गुप्त अभियान में सहायक थे। बस, अकेला मैं ही भारतीय था।

अन्तिम आक्रमण करने के इरादे से जापानियों ने अपनी फ़ौजें उत्तरी बर्मा में जमा की थीं और कनबालू पर बना रेलवे पुल ही उनके यातायात का सबसे बड़ा साधन था। हमारे इस गुप्त अभियान का लक्ष्य था ऐसे नाज़ुक मौके पर उस पुल को ही उड़ा देना, जिससे जापानियों की सैनिक गतिविधि समाप्त हो जाए।

पुणे के निकट खड़गवासला में अंग्रेज़ कर्नल इंघाम क्लार्क के प्रशिक्षण में हम लोगों ने ऐसे अनेक नक़ली पुल उड़ाए थे। यह काम रॉयल एयरफ़ोर्स से हासिल किए गए 'फ़ोटोग्राफ़्स' के आधार पर किया जाता था। लेकिन, अब तो हमें अपने नक़ली काम को असली जामा पहनाना था। हमें यह पुल नेस्तनाबूद करना था, जो जापानियों के अधिकृत क्षेत्र में कड़े सैनिक संरक्षण में सुरक्षित था।

रात बारह से साढ़े बारह बजे के बीच हमारी पार्टी का हर एक सदस्य म्यू नदी के सूखे तट पर सही-सलामत उतर आया। अब हमारा सबसे पहला और निहायत ज़रूरी काम था अपना-अपना पैराशूट छिपाकर उस स्थान से लगभग दो फ़र्लांग तक चप्पे-चप्पे का निरीक्षण करके यह पता लगाना कि कहीं दुश्मन की निगाह हम पर पड़ तो नहीं रही है। आधा घंटा तो लग ही गया यह सब करने-कराने, देखने-भालने में। कहीं कोई ख़तरा नज़र नहीं आया।

हम सब गहरे हरे लिबास में थे। कहीं कोई सजावट नहीं, स्टार नहीं, क्राउन नहीं। बल्कि सबकी पीठ पर लदा था साठ-साठ पौण्ड का भारी बोझ। साथ में थीं हमारी गोलियां, सब-मशीनगन, टॉमीगन, ब्रैनगन, पिस्तौलें, रिवाल्वर, फ़ोर-सेकण्ड ग्रिनेड (चार सेकण्ड में फटकर मार करने वाले हथगोले), जैक नाइव्ज़ (उस्तरे-जैसी तेज़ धारवाले लम्बे चाकू) वायरलेस सेट, लगभग आठ दिन की खाद्य-सामग्री से भरे टिन, सूखे मेवे, विस्फोटक पदार्थ ट्रिप वायर्स, डेटोनेटर्स। इसके अलावा और जो कुछ भी हमारे लिए ज़रूरी था—यहां तक कि गहरे हरे रंग का धागा और सुई भी। अलग से जूते का एक जोड़ी फ़ीता भी।

मेजर स्टीयर ने अपनी जेब से बर्मा-स्थित उस इलाक़े का नक्शा निकाला। इसे एक इंच बराबर आधा मील पैमाने पर तैयार किया गया था। चांद की रोशनी में एक-दो मिनट तक उस पर नज़र गड़ाई और तब कहा, "अब हम ख़ामोशी के साथ, मगर जल्दी-जल्दी आगे बढ़ें।"

आगे कहीं भी जापानी सैनिकों के छिपे रहने की सम्भावना थी ही, हमने अपने हथियार

संभाले। सॉ घॉ और किंग्स तो स्काउट के रूप में पहले ही हमसे लगभग सौ मीटर आगे रहने के लिए रवाना कर दिए गए थे। हम ऊंचे-नीचे ढालू और सांप-जैसे टेढ़े-मेढ़े बीहड़ रास्ते में एक-एक की लाइन में गुज़र रहे थे। मेजर स्टीयर सबसे आगे थे और कैप्टेन रोज़ेर सबसे पीछे। सूर्य की पहली किरण फूटने से पहले ही इसी प्रकार लगभग सात किलोमीटर तक मार्च करते हुए हमें अंधेरे में ही अपनी मंज़िल, एजेंट के निवास-स्थान, पर पहुंच जाना था। उसका कॉटेज जंगल के एक किनारे पर आबादी से काफ़ी दूर था।

उत्तरी बर्मा में गांव बहुत दूर-दूर बसे थे। एक से दूसरे तक सफ़र करना होता, तो लोग सूर्यास्त के बाद साहस ही नहीं करते थे। इसके अलावा, जिस स्थान पर हम लोग जहाज़ से गिराए गए थे, वहां से चारों ओर तक़रीबन पचास किलोमीटर की दूरी पर जापानी सैनिक चप्पे-चप्पे में छाए हुए थे। उनके लिए यह फ़ासला तय करना कुछ भी नहीं था। ज़रा-सी भी असावधानी बरते जाने पर हम पकड़े जा सकते थे, या हमें गोलियों से भून डाला जा सकता था। इस विचार से तो हम और भी सतर्क होकर जल्दी-जल्दी, मगर ख़ामोशी से, आगे बढ़ने लगे। न तो बर्मा की भीषण गर्मी की चिन्ता थी, न मच्छरों के भयंकर दंश की। वह लम्बी-लम्बी घास भी बाधक न बन सकी, जो खड़खड़ाते हुए हमारे कपड़ों से रगड़ती जाती थी।

उत्तरी बर्मा के इस एजेंट के बारे में न तो हम कुछ जानते थे, न ही सुरक्षा-नियमों के अन्तर्गत हमें जानना चाहिए था। मेजर स्टीयर ने इस बर्मी बौद्ध को बर्मा की पराजय से बहुत पहले ही ब्रिटिश इंटेलिजेंस में एजेंट नियुक्त कर लिया था। वह वाक़या 7 मार्च, 1942 से काफ़ी पहले का है, जब जनरल सर हेरोल्ड अलेक्ज़ेंडर ने रंगून से ब्रिटिश फ़ौजें हटा लेने का आदेश दिया था।

अभी सुबह होने में देर थी और हम गांव के काफ़ी निकट पहुंच गए थे। मेजर स्टीयर ने हमसे वहीं छिपकर इन्तज़ार करने को कहा और वे स्वयं आगे बढ़ गए। वे इस बात की सख़्त हिदायत कर गए थे, कोई वहां से हिले नहीं। "यदि कोई ख़तरा हुआ, तो मेरी पिस्तौल की लगातार दो फ़ायर की आवाज़ सुनकर ही आना, वरना आधे घण्टे के अन्दर मैं स्वयं ही लेने आऊंगा।" इस एहतियात का मक़सद भी 'सुरक्षा' ही था, जिसे हम सर्वोपरि मानकर क़दम बढ़ाते थे।

निश्चित समय के अन्दर ही मेजर स्टीयर लौट आए और हमें एजेंट के निवास-स्थान पर ले गए। तीन कमरों का छोटा-सा लकड़ी का कॉटेज था। उसी में वह बौद्ध अपनी पत्नी और दो छोटी बेटियों के साथ रहता था। उसने अपना भण्डार-घर हमारे लिए ख़ाली कर दिया। उसे हमारे आने की रत्ती-भर भी ख़बर नहीं थी, अतः मेजर स्टीयर को देखते ही वह दंग रह गया। उस भण्डार-घर के दो तरफ़ एक-एक खिड़की थी और एक दरवाज़ा, जो बड़े कमरे में खुलता था। वह कमरा, जिसमें हमें ठहराया गया था, बहुत ही छोटा था। लेकिन, और चारा ही क्या था। सच तो यह है कि शत्रु-अधिकृत उस देश में सिर छिपाने के लिए उस कोठरी को पाकर ही हमने अपने भाग्य सराहे।

मेजर स्टीयर, कैप्टेन रोज़ेर और वह बौद्ध एजेंट बड़े कमरे में चले गए। लगभग 40 मिनट तक उनमें गुपचुप बातें होती रहीं। हमारी चाय हमें कोठरी में ही मिल गई। सारजेंट

वाल्टर ट्रांसमीटर से जूझ रहा था, और वह था कि काम करने से साफ़ इनकार कर रहा था। अपने सुरक्षित आगमन का सन्देश 'म्यूलो' (मिनिस्ट्री ऑफ़ इकॉनॉमिक वॉरफ़ेयर लाइज़न ऑफ़िस), कलकत्ता भेजना निहायत ज़रूरी था। वह उसके दो वाल्व भी बदल चुका था, फिर भी वह रूठा ही रहा। तब तो यही तय किया गया कि इस निकम्मे को रात के अंधेरे में ही गांव के बाहर ज़मीन खोदकर गाड़ दिया जाए। ख़बर तो भेजनी ही थी सही-सलामत पहुंचने की, अतः एक दूसरे ही 'कोड' का प्रयोग कर वह काम स्थानीय इंटेलिजेंस नैट-वर्क द्वारा करा लिया गया।

कलकत्ता-स्थित 'म्यूलो' ने बर्मा में अंग्रेजों की हार से पहले ही वहां के रेलवे और सड़कों के पुलों, नदी-नालों, बड़ी-बड़ी इमारतों, तेल-क्षेत्रों आदि की मुकम्मल जानकारी पी॰ डब्ल्यू॰ डी॰ के लेखपत्रों से हासिल कर ली थी। यह काम मोलमीन पर जापानियों के प्रमुख आक्रमण से पहले ही करा लिया गया था। इसके अलावा कलकत्ता से आगे शिमुराली रेलवे स्टेशन से लगभग एक किलोमीटर दूर 'बनाना रिज़', पुणे के निकट खड़गवासला, कालिमपांग से गंगटोक रोड पर 4 किलोमीटर दूर एक भयानक जंगल में, तथा भारत के अन्य कई स्थानों में हमें विभिन्न प्रकार के पुलों को तोड़ने की पूरी ट्रेनिंग भी दी जाती थी। पूरे आकार में बने बांस के नक़ली पुल होते थे, जिनका 'डाटा' रॉयल एयरफ़ोर्स द्वारा उतारी गई तस्वीरों से हमें मिलता था। आर॰ ए॰ एफ॰ के हवाबाज़ पूरे ख़तरे के साथ उस इलाक़े की उड़ान भरकर ही ये फ़ोटो खींचते थे। बर्मा में होने वाले इस 'स्पेशल ऑपरेशन' से पहले हम ऐसे अनेक मसनवी पुलों को उड़ाकर कई बार रिहर्सल कर चुके थे।

बड़े पैमाने पर बनाए गए ऐसे 'ऑपरेशन्स' की पूरी योजना तैयार करके हमें अध्ययन के लिए दी जाती थी। रॉयल नेवी के कैप्टेन ग्रीन इन मानचित्रों के अच्छे विशेषज्ञ थे। वे 'म्यूलो हैडक्वार्टर्स', कलकत्ता में इस तरह के नक्शे तैयार करते थे। इतनी सतर्कता बरतने पर भी यह मुमकिन नहीं था कि ये नक्शे हमें ठीक लक्ष्य स्थान पर पहुंचा ही देंगे। बाक़ी बहुत कुछ तो हमारी अपनी बुद्धि और विवेक पर निर्भर होता था। इस ऑपरेशन के लिए कलकत्ता के दमदम हवाई अड्डे से जैसोर (वर्तमान बांग्ला देश) हवाई अड्डे के लिए उड़ान भरते समय हमें अन्तिम संक्षिप्त हिदायत (ब्रीफ़िंग) दी गई थी—"वायुयान से 'जम्प' लेने के बाद फ़ौरन 'बेस' बनाओ, जहां से तुम्हें पुल उड़ाना है।"

मेजर ऑर्ड्स के नाम से सुविख्यात मेजर-जनरल सर ऑर्डे चार्ल्स विंगेट, डी॰ एस॰ ओ॰, की ब्रिगेड पहले से ही चिंडविन नदी के उस पार मार्च कर रही थी। अतः बर्मा में अनेक पुलों का विध्वंस किया जाना विशेष दो कारणों से निहायत ज़रूरी हो गया था। पहला यह कि रेलों द्वारा दक्षिण से जापानी सैनिकों के लिए आने वाली रसद और सेना दोनों पर रोक लगा देना, और दूसरा—ऑर्डे विंगेट की चिंडिट गोरिल्ला टुकड़ियों की बिल्ली-चूहे जैसी घातों से जापानियों का ध्यान हटाकर उनकी गतिविधि को नाकामयाब कर देना।

बौद्ध एजेंट ने उस पुल तक सलामती से पहुंचाने के लिए हमें एक गाइड दिया, जिसका नाम था बिया। वह उसी गांव का रहने वाला एक विश्वसनीय युवक था। मुस्कराता चेहरा, गोरा बदन, और उम्र उसकी होगी कोई बीस वर्ष। पेशे से बढ़ई था। पहले माण्डले में एक फ़रनीचर बनाने वाले की दुकान पर काम कर चुका था। बौद्ध एजेंट का उससे कोई रिश्ता

भी था। इसीलिए उस पर उसका अटूट विश्वास था। इस काम के लिए मेजर स्टीयर ने उसे बहुत-सा सोना दिया और कामयाबी हासिल होने पर मालामाल कर देने का वादा भी किया। 'फ़ोर्स 136' वाले हम सभी लोग अपने पथ-प्रदर्शकों और एजेंटों को सोना देकर ही संतुष्ट करते थे। कलकत्ता में यह सोना मिस्टर टकर ख़रीदते थे और मुंबई में मिस्टर परसर तथा मिसेज़ ए. जी. ओ. चैम्बर्स नामक एक वृद्ध ब्रिटिश महिला।

गाइड मिल जाने के बाद तय किया गया कि हम सब उसी रात ठीक ग्यारह बजे वहां से रवाना हो जाएं और रास्ते में पड़ने वाले सभी गांवों से बचकर निकलें। दोपहर और रात का भोजन एजेंट के यहां किया। पूरी टीम में विशुद्ध शाकाहारी केवल मैं ही था, अतः मुझे चाय, दूध, डबलरोटी, बिस्किट, आलू, फलों और सूखे मेवों पर ही गुज़ारा करना पड़ा। अपने खान-पान से मैं प्रसन्न था। बदले में मेजर स्टीयर ने उसे भी बहुत-सा सोना दिया। तमाम दिन हम सब उसी कोठरी में पड़े रहे। नींद आना तो दूर की बात, मारे गर्मी के सब बेहाल थे। किसी ने एक झपकी तक न ली।

बिया ठीक पौने-ग्यारह बजे आ गया। गांव वालों को कानोकान ख़बर तक न हुई। हम सब ठीक ग्यारह बजे कॉटेज से निकल पड़े। गांव के कुछ कुत्तों ने अवश्य भौंकना शुरू कर दिया था, जिन्हें बिया और एजेंट ने शान्त किया। इसके अलावा गांव का रास्ता छोड़कर चलने की वजह से भी उनका भौंकना बन्द हो गया। क़रीब एक किलोमीटर तक एजेंट हमारे साथ ही रहा। बाद में मेजर स्टीयर के कहने पर वापस लौटा।

गांव की सड़क छोड़कर जिस रास्ते से हम जा रहे थे, वह बड़ा बीहड़ था। कहीं ऊंचा, कहीं खड्डों से भरा हुआ। लगातार काफ़ी दूर तक चलने पर भी कहीं समतल भूमि नज़र नहीं आई। अब हम जंगल के रास्ते से गुज़र रहे थे और पीठ पर लदे भारी बोझ से झुके जा रहे थे। सिर पर आकर चलने में बाधा डालने वाली लम्बी-लम्बी जंगली लताओं को बड़े-बड़े चाकुओं से लगातार काटते चले जा रहे थे। इस बार हमारे मार्च करने का तरीक़ा भी बदल गया। एक-दूसरे के पीछे तीन आदमी पहले चले। ये लोग इसी प्रकार चलने वाले दूसरे तीन आदमियों से लगभग 5 मीटर आगे थे। इसी प्रकार अन्तिम तीन व्यक्ति भी बीच वालों से 5 मीटर पीछे चल रहे थे। हर तीन किलोमीटर की दूरी तय कर लेने के बाद हम दसों व्यक्ति दस-दस मिनट का विश्राम ले लिया करते थे। सबसे आगे बिया के साथ मेजर स्टीयर थे और सबसे पीछे कैप्टेन रोज़ेर।

अचानक बिया ने विपरीत दिशा से हमारी ओर आते हुए कुछ लोगों की तरफ़ इशारा किया। हम सब फ़ौरन वहीं रुक गए। फिर तेज़ी से पास ही धान के एक खेत में घुसे और उसकी मेड़ों में छिप गए। उसके ऊपर उगी लम्बी-लम्बी घास ने हमें छिपाने में पूरी सहायता की। हमने अचानक आ पड़ने वाली अज्ञात घटनाओं का सामना करने के लिए फट से अपनी-अपनी पोज़ीशन ले ली। मेजर स्टीयर ने तुरन्त आदेश दिया, "हममें से किसी पर भी उनकी नज़र पड़ते ही सबको भूनकर रख दो।"

मुश्किल से दो मिनट बीते होंगे कि आपस में बातचीत करते हुए वे आठों आदमी वहां से गुज़र गए। हमारे ओठ बन्द थे और नज़रें उनकी ओर। उनमें चार के पास बन्दूकें भी थीं, लेकिन किसी ने हमारी ओर झांका तक नहीं। जब वे हमारे क़रीब से तक़रीबन 100

मीटर आगे निकल गए और उनके जूतों की आहट आनी बन्द हो गई, तब कैप्टेन रोज़ेर ने बताया कि वे स्थानीय बर्मी शिकारी थे और शिकार की ही खोज में उधर से निकले थे। बिया ने भी बताया कि वे पास के गांव के धनी लोग थे।

हम सब खेत से बाहर निकल आए। मेजर स्टीयर को अब एक ऐसी जगह ढूंढ़ निकालने की चिन्ता सवार हुई, जहां दिन-भर छिपकर रहा जा सके। बिया ने फ़ौरन ही लगभग एक किलोमीटर दूर एक घने जंगल की ओर इशारा किया। उस समय ठीक तीन बजे थे और आकाश पर पड़ी रात की झीनी अंधेरी चादर अभी खिसकी नहीं थी। मेजर स्टीयर को बिया का यह सुझाव पसन्द आया। उस जंगल तक पहुंचते-पहुंचते आधा घंटा तो लग ही गया। लम्बी-लम्बी घास और बांसों के झुरमुटों से भरे उस जंगल में क़दम रखते ही जुगनुओं और बड़े-बड़े मच्छरों ने तहेदिल से हमारा स्वागत किया। हम अपने तेज़ धारदार चाकुओं से जंगल साफ़ करने लगे, तो कहीं और ठिकाना ढूंढ़ने की ग़रज़ से सर्पराज भी दौड़-धूप करने लगे।

अपने मतलब-भर की जगह साफ़ कर लेने के बाद हमने अपनी वाटर प्रूफ़ चादरें ज़मीन पर बिछाईं। सुरक्षा की दृष्टि से जगह को चारों ओर 'ट्रिप वायर्स' से घेर लिया। उनके साथ लगे 'डेटोनेटर' हमारे निकट आने वालों की ख़बर देने के लिए पूरी मुस्तैदी से तैयार थे। फिर भी हमें अपनी आंखों और अपने ही कानों पर पूरा भरोसा रखना था। एक-दो घंटे के लिए नींद लेने की कोशिश भी की। बिया को मेजर स्टीयर ने अपने और कैप्टेन रोज़ेर के बीच में सुलाया। पूरी सतर्कता के लिए यह ज़रूरी भी था, वरना थोड़ी-सी भी असावधानी से सब कुछ चौपट हो जाने की सम्भावना थी।

मेजर स्टीयर उन व्यक्तियों में थे, जिन्होंने अपने जासूसों के ज़रिए जापानियों के वह ख़ुफ़िया दस्तावेज़ चुरवा लिए थे, जिनमें जापानी हाई कमाण्ड के 'ऑपरेशन सी' की तजवीज़ थी और उसे अमल में लाना था उनकी 55वीं डिवीज़न के कमाण्डर लेफ़्टिनेंट जनरल सीज़ो सकुराई और कर्नल तानाहाशी को। इसमें जापानियों को अराकान की ओर से आक्रमण करके 10 फ़रवरी, 1943 तक भारत पर क़ब्ज़ा करने की पूरी योजना थी। इस साहसिक कार्य के लिए मेजर स्टीयर की भूरि-भूरि प्रशंसा की गई और ब्रिटिश इंटेलिजेंस ने जापानियों की इस दिलेरी से भरी-पूरी योजना को जड़ से मिटाकर 'पूर्वी क्षेत्र' में लड़ाई का नक्शा ही बदलकर रख दिया। तुरन्त चटगांव में 26वीं इण्डियन डिवीज़न चारों ओर फैल गई और भारत आने वाले रास्ते को घेर लिया। मेजर जनरल एफ़॰ डब्ल्यू॰ फ़ैस्टिंग, डी॰ एस॰ ओ॰, के नेतृत्व में 36वीं इण्डियन डिवीज़न आदेश पाते ही मिनटों में आगे बढ़ने के लिए कलकत्ता में तैनात कर दी गई।

हम लोग नींद का आनन्द ले ही रहे थे कि अचानक शाही जापानी एयर फ़ोर्स के 'ज़ीरो' लड़ाकू यानों की कर्कश आवाज़ ने हमें जगा दिया। वे थोड़ी ही ऊंचाई पर उत्तर दिशा में तेज़ी से उड़े जा रहे थे। सुबह के नौ बजे होंगे। हम सब तुरन्त बांसों के झुरमुट में छिप गए। उनके निरीक्षण के लिए दूरबीनें हमारी आंखों पर आ गईं। हम निश्चल थे और हमारे ओठ निःशब्द। किन्तु, हमारी आंखें और कान पूरी तौर से चौकन्ने थे तथा उंगलियां सब-मशीनगनों पर थीं। 'ज़ीरो' आगे बढ़ गए। कोई अशुभ घटना नहीं घटी। हमारी नींद तो पहले ही हवा हो चुकी थी। मेजर स्टीयर भी क्षण-भर के लिए अपने एजेंट की ईमानदारी

पर सन्देह कर बैठे थे। लेकिन, हमें इसकी चिन्ता इस कारणवश नहीं हुई कि हम तो भयानक-से-भयानक स्थिति का सामना करने के लिए तैयार ही बैठे थे।

गर्मी इतनी अधिक थी कि कहीं से पानी हासिल करके हाथ-मुंह धोने के लिए बेचैन हो रहे थे। बिया और रोज़ेर पानी की तलाश में गए भी, तो घण्टे-भर बाद निराश होकर वापस लौट आए। वैसे, हमारी बोतलों में तो था काफ़ी पानी। चाय बनाने और कुछ खाना गर्म करने की ग़रज़ से घने पेड़ों और बांस के झुरमुटों की आड़ में स्प्रिट के छोटे स्टोव जलाए। थोड़ा-बहुत धुआं होता भी, तो कोई भांप न पाता।

चाय और लंच के बाद अंधेरा होने तक हम सब वहीं आराम करते रहे। बिया ने बताया कि उधर पास में मीलों तक कोई गांव नहीं है। वैसे भी उन दिनों लोग अंधेरा होने के बाद घर से निकलने की हिम्मत ही कहां करते थे ! पिछली रात क़रीब 15 किलोमीटर पैदल चले थे और आधी रात तक इतनी ही दूरी और तय करके आख़िरी मंज़िल तक पहुंचना बाक़ी था। पीठ पर लदे बोझ से झुकते-झुकाते दो-दो की लाइन में आगे बढ़े। हमारे सभी काम—पकाना, खाना, कपड़े धोना, स्नान करना, मार्च करना और यहां तक कि लड़ाई लड़ना भी दो-दो की ही टीम में होते थे। जंगल के रास्ते का तो वही पहले जैसा हाल था। पसीने के मारे कपड़े लथ-पथ हो रहे थे। मच्छरों ने अलबत्ता कुछ मेहरबानी की, लेकिन हम तो उनका स्वागत करने के लिए पहले से ही 'क्यू टेबलेट' खाकर और बदन पर क्रीम मलकर तैयार थे। अतः कोई ख़ास तकलीफ़ महसूस नहीं हुई।

बीच-बीच में थोड़ा आराम करते हुए हम सब लगातार छह घंटे तक मार्च करते रहे। अपनी तीव्र शक्तिशाली युद्ध-क्षेत्र की दूरबीन लगाए मेजर स्टीयर को अब पुल दिखाई देने लगा था। चारों ओर चांदनी छिटकी हुई थी। रात के डेढ़ बजे होंगे। रॉयल एयर फ़ोर्स द्वारा दिए गए 'फ़ोटोग्राफ़िक डाटा' के आधार पर कलकत्ता में कैप्टेन ग्रीन ने नक्शा तैयार किया था, जो बिल्कुल सही साबित हुआ। हम सब वहीं ठहर गए। मेजर स्टीयर ने मुझे और किंग्स को धीरे-धीरे सावधानी से आगे बढ़कर यह पता लगाने के लिए भेजा कि पुल के उस पार कहीं कोई जापानी 'गार्ड पोस्ट' तो नहीं है ? साथ ही यह भी कहा कि जापानियों को हमारी मौजूदगी का लेशमात्र आभास होते ही हम उन्हें भूनकर रख दें।

मैंने और किंग्स ने अपना सारा सामान वहीं छोड़ा। साथ में केवल टॉमीगन, ग्रिनेड्स, धारदार लम्बे चाकू और भरी पिस्तौलें लेकर सावधानी से आगे बढ़े। एक किलोमीटर से कुछ अधिक दूरी रही होगी। आधा फ़ासला तय करने के बाद हमने पेट के बल रेंगना शुरू किया। मैं किंग्स से कुछ मीटर आगे था। पुल के नीचे अंधेरा था। सहसा मुझे लगा कि पुल पर कोई चहलक़दमी कर रहा है। मैंने अपना बायां हाथ किंग्स की ओर फैलाया। वह जहां था, वहीं रुक गया। पुल हमसे अब भी क़रीब दो सौ मीटर दूर था।

मैंने देखा, लोहे के टोपधारी दो जापानी सैनिक पुल पार कर रहे थे। पास ही एक बड़े पेड़ के नीचे 'गार्ड पोस्ट' थी। इस 'गार्ड पोस्ट' की स्थिति देखकर साफ़ पता चलता था कि जापानियों ने अपने दुश्मनों को कितनी बुद्धिमानी से धोखे में रखने का तरीक़ा इस्तेमाल किया था। यही कारण था कि बेचारा रॉयल एयर फ़ोर्स उसका फ़ोटो न ले सका। तभी तो हमें दिए गए नक्शे में इस 'गार्ड पोस्ट' का कहीं कोई नामोनिशान तक न था। 'नक्शा भूल

कर सकता है, पर मेजर स्टीयर नहीं'—मैंने मन ही मन कहा। एक सैनिक गुप्तचर के लिए ऐसे मौक़े बड़े जोशीले होते हैं। मेरी भी कल्पनाएं कुछ कर गुज़रने के लिए कुलांचें भरने लगीं। लेकिन, मेरी मजबूरी थी। पहल करने का आदेश मुझे मिला ही कब था ? ईस्टर्न वारफ़ेयर स्कूल, खड़गवासला, में भी ट्रेनिंग देते समय कर्नल इंघाम क्लार्क ने समयानुकूल विवेक और बुद्धि से ही काम लेने के लिए विशेष रूप से ज़ोर दिया था। यही वह कारण था कि मुझे किंग्स के साथ उसी तरह रेंगते हुए वापस लौटना पड़ा।

हमने जो भी देखा, मेजर स्टीयर को सिलसिलेवार सुना दिया। उन्होंने मुस्कराते हुए कहा, "बहुत ठीक, हम लोग मुठभेड़ के लिए पूरी तरह तैयार हैं।"

हम 'ए', 'बी', 'सी', तीन हिस्सों में बंट गए। खड़गवासला और बनानारिज़ में ऐसा अभ्यास कई बार किया भी था। मेजर स्टीयर, बिया और मैं 'ए' ग्रुप में। कैप्टेन रोज़ेर, प्रिंस और माँग डॉ 'बी' में। सारजेंट वाल्टर, माँग हुआ, सॉ घॉ और वह करेन 'सी' में। जापानी 'गार्ड पोस्ट' की नज़र बचाकर पुल के बीच के तीन खम्भों को उड़ा देना मेजर स्टीयर, कैप्टेन रोज़ेर और सारजेंट वाल्टर का काम था। मेरा काम था मेजर स्टीयर की रक्षा में 'कवरिंग फ़ायर' देना और बिया का काम तमाम करना, यदि उसने भागने की ज़रा-सी भी कोशिश की। किंग्स को कैप्टेन रोज़ेर की तथा माँग डॉ को वाल्टर की रक्षा में गोली चलाने का आदेश था। माँग हुआ और सॉ छॉ का काम था विभिन्न दिशाओं से दुश्मन को अपनी धुआंधार फ़ायरिंग से तंग करके उनका ध्यान बंटाना। पुल के नीचे छिपे हम लोगों की हिफ़ाज़त में ब्रैनगन से अंधाधुंध फ़ायरिंग करते रहने और वहीं से जापानियों का ध्यान बंटाने के लिए उस करेन को नरकुलों में छिपने का आदेश था। अपनी-अपनी ज़िम्मेदारी भली-भांति समझकर हम सब चौकन्ने होकर आगे बढ़े। कुछ देर बाद तो पत्थरों, रेत और कीचड़ में से रेंगते हुए उस पुल के नीचे तक जाना पड़ा।

पुल उड़ाने की सामग्रियों से भरे बण्डल हमारे पास थे। मैंने शीघ्रता से 'रकसैक' का फ़ीता ढीला किया। उसमें से 'टाइम पेंसिलें', 'टेप' और पहले से ही तैयार 'फ़्यूज़ वायर' बाहर निकाले। सब चीज़ें दुरुस्त हैं, यह जानने के लिए दो बार उनकी भली-भांति जांच की। फिर विस्फोटक सामग्री से भरा भारी बण्डल मेजर स्टीयर की ओर बढ़ा दिया। वे मेरे पास ही दाहिनी ओर कीचड़ में लेटे थे। उन्होंने टाइम पेंसिलें और टेप अपनी क़मीज़ की जेब में खिसका लिए।

पन्द्रह पौण्ड वज़न की विस्फोटक सामग्री ऑयल क्लॉथ से निकालकर मेजर स्टीयर ने मैटिल के साथ लगाई। एक हाथ से उसे थामकर दूसरे से उस पर दो-तीन बार मज़बूती से टेप लपेटा। फिर सब तरफ़ से बराबर कर दिया। विध्वंसक सामग्री मुलायम होने के साथ-साथ तीखी दुर्गन्ध से भरी हुई थी। उन्होंने 'गनकॉटन प्राइमर' को उसमें अच्छी तरह दबा दिया और ऊपर से टेप लगा दिया। 'बी' और 'सी' भी इसी प्रकार अपने-अपने काम में मशगूल थे। हम सब 'टीम भावना से' अपनी-अपनी ज़िम्मेदारी संभाल रहे थे। लगभग तीन बजे तक यह काम पूरा हो गया। बीतने वाला एक-एक क्षण हमारी आशंकाओं को बढ़ाता जा रहा था। विस्फोटक लगाने के बाद हमारा वहां से सही-सलामत निकलना भी उतनी ही ख़ामोशी और फुर्ती से होना चाहिए था तथा विस्फोट की आवाज़ के साथ ही

अपना बचाव भी।

अचानक हमें नरकुलों की ओर से गोलियों की आवाज़ सुनाई दी। करेन की ब्रैनगन जापानी गार्ड पोस्ट पर आग उगल रही थी। जापानियों ने भी तुरन्त गोली का जवाब गोली से दिया। 'गार्ड पोस्ट' के पास ऑटोमेटिक चालू हो गई और पुल के ऊपर भी। हमारी समझ से गोली चलाकर करेन ने बड़ी ज़बरदस्त भूल की। वैसे, यह तो वही जान सकता था कि एकाएक उसने ऐसा क्यों किया ? खड़गवासला में ट्रेनिंग के दौरान तो ऐसा कुछ बताया नहीं गया था। मेजर स्टीयर ने भी ऐसा कोई आदेश नहीं दिया था। थोड़ी ही देर में जापानियों ने करेन की ब्रैनगन को ख़ामोश कर दिया और वे पुल की रक्षा के लिए उस ओर बढ़े। इस बीच हम भी वहां से खिसके और तुरन्त ही हमारी टॉमीगन और स्टेनगन बड़े जोशोख़रोश से खखारने लगीं। दुर्गन्ध से मेरी नाक और मुंह जले जा रहे थे।

···और, उसी समय मेजर स्टीयर ने पुल उड़ा दिया। विस्फोट की राक्षसी गर्जना से कान फटने लगे। ज़मीन हिलने लगी। आग की भयंकर लपटें उठने लगीं। वेग से उड़ती बालू की तरंगें आकाश चूमने लगीं। चारों ओर भीषण अग्निकाण्ड का ताण्डव मच गया। बचने पर भी हमारे चेहरे पत्थर के टुकड़ों और रेत के ढेलों की चपेट में आ ही गए। मेरी आंखें बन्द हो गईं और उंगलियां रेत में धंस गईं। उस दृश्य की भयंकरता तो चरम सीमा पर तब पहुंची, जब मलबे के बड़े-बड़े टुकड़े, लोहे की पटरियां, खम्भे और चादरें इधर-उधर उड़ने लगीं। जब मैंने आंखें खोलीं, पुल के बीच की तीनों मेहराबों का नामोनिशान मिट चुका था।

सुनियोजित 'ऑपरेशन ल्यूसेंट' बड़ी कुशलता से पूरा हुआ। नरकुलों में छिपा करेन वहीं मारा गया। सारजेंट वाल्टर और माँग हुआ भी जापानी गार्ड पोस्ट के निकट पुल के नीचे शहीद हुए। गार्ड ड्यूटी पर तैनात सभी सोलहों जापानी मारे गए। तब तक पौ फट चुकी थी और हम वहां से मुंह लटकाए लौट रहे थे अपना बहुत-सा भारी सामान और अपने तीन मृत साथियों को वहीं छोड़कर। उनकी याद हमारा साथ कभी नहीं छोड़ेगी। रोज़ी कमाने का यह भी कैसा न्यायपूर्ण अन्यायमय तरीक़ा था।

मारे डर के बिया का बुरा हाल था। कभी रोता, कभी सिसकता, कभी कांपता। बड़ी मुश्किल से कैप्टेन रोज़ेर उसे उसी की भाषा में समझा पाए कि हमें पुल तक लाने में उसने कोई गुनाह नहीं किया। इस विस्फोट के बारे में उसे पहले से कुछ बताया भी नहीं गया था। सुरक्षा की दृष्टि से हमारा यह क़दम निहायत ज़रूरी भी था। उसका ज़िम्मा तो हमें केवल कनबालू के पुल तक पहुंचाना भर था। मेजर स्टीयर का ध्यान उधर नहीं था। अपनी सफलता पर संतुष्ट होते हुए अपना बायां हाथ मेरे दाहिने कंधे पर रखते-रखते बोले, "फ़ोर्स वन-थ्री-सिक्स को कोई कमाल चाहिए था। लो, हमने दे दिया एक बड़ा पुल !"

अब हमारा सबसे पहला और अहम काम था उस इलाक़े से जल्द-से-जल्द खिसक लेना, क्योंकि शीघ्र ही जापानियों की दूसरी सैनिक टुकड़ी का आ धमकना असम्भव नहीं था। तक़रीबन एक किलोमीटर आगे बढ़ने के बाद हमें दूसरा रास्ता नज़र आया, जो चालू नहीं था। बिया ने उसे बहुत ही ख़तरनाक बताया—ज़हरीले सांपों और सभी प्रकार के कीड़े-मकोड़ों से भरा। उधर से गुज़रने का साहस करते उसने आज तक किसी को देखा नहीं था। मेजर स्टीयर ने संजीदगी से कहा, "अगर यह इतना ही ख़तरनाक है, तब तो सुरक्षा की दृष्टि से

हमें इसी पर चलना चाहिए," और वे ही सबसे आगे चल दिए।

दोनों ओर ऊंची-ऊंची घास से लदा था वह पुराना रास्ता, जो दिन में भी सुरक्षा के लिए बेहतरीन था, हालांकि बड़े-बड़े ज़हरीले मच्छरों के अलावा वहां और भी काटने वाले कीड़ों का साम्राज्य था। हथेली के बराबर पीले और हरे रंग के बिच्छू सर्वप्रथम मैंने यहीं देखे। इनके निहायत ज़हरीले होने का अनुमान सहज ही लगाया जा सकता है।

हमारी आंखें लाल, चेहरे उतरे हुए और तीन दिनों से बिना बनी दाढ़ी ! थकावट के मारे झुके जा रहे थे। कंटीले तारों की तरह कांटेदार लताएं और ऊबड़-खाबड़ झाड़ियां हमारे कपड़े फाड़ने और जांघों, टखनों, कोहनियों को छीलने का काम बदस्तूर किए जा रही थीं। कहीं-कहीं लहू भी झलकने लगा था। पानी की बोतलें ख़ाली हो चुकी थीं और सूखी ज़ुबान को मुंह में हिलना भी गवारा न था। चारों ओर कहीं भी पानी का नामोनिशान तक न था। हम सबका बुरा हाल था।

कुछ दूर और आगे बढ़ने पर खुली जगह में झाड़ियों के बीच एक बहता हुआ चश्मा दिखाई दिया। ख़ुशी के मारे सबके चेहरे खिल उठे। कैप्टेन रोज़ेर ने पहले उस पानी की जांच की, तब हमें पीने दिया। जी भरके पिया सबने। बाद में तो दो-दो करके सबने स्नान भी किया। सुरक्षा के लिए बारी-बारी से दो व्यक्ति तैनात रहे। और"'फिर वही मार्चिंग का सिलसिला!

दोपहर होते-होते एक ऐसे जंगल के क़रीब पहुंचे जहां पाम और अनन्नास के पेड़ पटे पड़े थे। तमाम दिन वहीं बिताकर बाक़ी सफ़र रात में किया जाए, ऐसा निश्चय कर हम उसी जंगल में ठहर गए। सबसे पहले मेजर स्टीयर और कैप्टेन रोज़ेर पूरे चार घंटे के लिए पहरे पर मुस्तैद रहे। हम सब वहीं पेड़ों के नीचे सो गए। चार बजे मैं जागा और किंग्स भी। हम दोनों पहरे पर आ गए। मेजर स्टीयर और कैप्टेन रोज़ेर वहीं ज़मीन पर लेटकर सो गए।

अंधेरा होने लगा। कुछ ही देर बाद हम सब चल पड़े। अज्ञात स्थान से अज्ञात रास्ते पर। यहां स्वागत करने वाले कांटों ने तो कपड़े और भी फाड़कर रख दिए। चांद की रोशनी में पसीने की धारियां ख़ूब नज़र आ रही थीं, जो सूखने पर सफ़ेद पड़ गई थीं। पानी की बोतलें और खाने के टिन आधे रह गए थे, लेकिन हमारे हथियार ठीक हालत में थे और युद्ध-सामग्री की थैलियां भरी हुई थीं। अब तो बिया भी प्रसन्न था। सुबह की तरह उदास और हताश नहीं। वह अनुमान लगाकर हमें रास्ता दिखाता चल रहा था।

7 दिसम्बर, 1941 को प्रातः 7 बजकर 40 मिनट पर प्रशान्त महासागर में पर्ल-हारबर पर अचानक अपने 353 'ज़ीरो' लड़ाकू विमानों, 72 जंगी जहाज़ों, 25 पनडुब्बियों और 16 'डिस्ट्रायर्स' द्वारा आक्रमण करते ही जापान अमेरिकनों के ख़िलाफ़ द्वितीय महायुद्ध में कूद पड़ा। अमेरिका को आनन-फ़ानन में अपने 3,435 सैनिकों और अफ़सरों, 188 हवाई जहाज़ों, 8 जंगी जहाज़ों, 3 विध्वंसक जहाज़ों तथा 4 अन्य जहाजों से हाथ धोने पड़े। यह योजना शाही जापानी नौसेना के कमाण्डर इन-चीफ़ अडमिरल इसोरोकु यामामोतो ने तैयार की थी।

तत्पश्चात्, लगभग 100 दिनों में ही पर्ल-हारबर से सिंगापुर तक अमेरिकनों, अंग्रेज़ों और डचों का सफ़ाया कर दिया। दक्षिण-पश्चिम प्रशान्त महासागर में उनके अधिकृत क्षेत्र भी समाप्त हो गए।

पर्ल-हारबर हथियाने के बाद एक सप्ताह के अन्दर ही फ़रवरी, 1942 में जापानी सेनाएं बर्मा पर टूट पड़ीं और 9 मार्च, 1942 को उस पर पूरा अधिकार कर लिया। कोटाभारू, सिंगोरा, ग्वाम, मिड वे, वेकद्वीप, हांगकांग, इण्डो-चीन, स्याम, जावा, सुमात्रा, बोर्नियो, डच ईस्ट-इण्डीज़, फ़िलिप्पीन्स और सिंगापुर में जापानी झण्डे लहराने लगे। चीन को उसके पश्चिमी देशों से जोड़ने वाली केवल बर्मा रोड बची थी। जापानियों ने उसे भी अपने क़ब्ज़े में कर लिया। 23 मार्च, 1942 को अण्डमान और निकोबार द्वीपसमूहों में भी अपने झण्डे गाड़ दिए। हालांकि फ़रवरी 1943 में भारत को हथियाने की योजना में जापानी कामयाब न हो सके, फिर भी उनकी सशस्त्र सेनाएं एक हज़ार किलोमीटर लम्बी भारत-बर्मा सीमा पर असीम दृढ़ता और पक्के इरादे के साथ अपने देश और नरेश की ख़ातिर युद्ध में जूझती रहीं।

यह सच है कि ब्रिटिश प्रधानमंत्री विंस्टन चर्चिल ने सिंगापुर के लिए जापानी धमकी का बड़ा ग़लत अनुमान लगाया था। वे सिंगापुर को कभी न जीते जा सकने वाले एक क़िले की भांति ही समझते रहे, जो 38 सेंटीमीटरी पांच बड़ी तोपों और बीस हज़ार सैनिकों तथा अधिकारियों द्वारा सुरक्षित था। इसे पचास हज़ार सैनिकों द्वारा ही जीते जा सकने का अनुमान था। उनका यह भी अनुमान था कि पीले सागर की सुरक्षा छोड़कर जापानियों के लिए इतनी बड़ी सेना इतने लम्बे फ़ासले से लाना और उसे क़ायम रखना असम्भव था। उनका यह ग़लत अनुमान ही उन्हें ले डूबा और जापानियों ने असम्भव को सम्भव करके दिखा दिया। बजाय समुद्री रास्ते के उन्होंने खुश्की के रास्ते सिंगापुर पर अधिकार कर लिया अपनी कम सेना द्वारा। अनुपात में यह अंग्रेजों की सिंगापुर-रक्षिणी सेना से कहीं कम थी। बाद में चर्चिल ने स्वयं भी महसूस किया था—"मुझे यह सब जानना चाहिए था। मेरे सुझाव देने वालों को भी यह सब जानना चाहिए था, और मुझे उनसे पूछना भी तो चाहिए था।"

'विंगेट ब्रिगेड' को ज़ाहिराना तौर पर '77वीं इण्डियन इनफ़न्ट्री ब्रिगेड' के नाम से जाना जाता था। 'किंग्सलि वरपूल रेजिमेंट' की 13वीं बटालियन, तीसरी/दूसरी गोरखा राइफ़ल्स और 142वीं कमाण्डो कम्पनी भी इसमें शामिल थीं। जुलाई, 1942 में इसका भारत में गठन हुआ और छिंदवाड़ा तथा महू नामक स्थानों पर, जो अब मध्य प्रदेश में हैं, विस्तृत जंगल ट्रेनिंग ले रहा था। यह प्रशिक्षण विंगेट के अपने निजी अनुभवों और सिद्धान्तों के आधार पर दिया जाता था।

कुछ समय बाद अगस्त, 1942 से यह प्रशिक्षण-कार्य 'विंगेट गोरिल्ला सेंटर', खड़गवासला में दिया जाने लगा। इसे 'ईस्टर्न वॉरफ़ेयर स्कूल, पुणे' (टेलीफ़ोन नम्बर : पुणे-111) के नाम से जाना जाता था। कर्नल इंघाम क्लार्क यहां के कमाण्डर थे। 'विंगेट्स रेडर्स' अथवा 'विंगेट्स चिंडिल्स' अथवा 'विंगेट्स सांभर्स' और 'फ़ोर्स वन-थ्री-सिक्स' के जासूसों को 'फ़िल्टर वाटर क्रैफ़्ट' ट्रेनिंग कैप्टेन ऑल्सन देते थे, विस्फोट करने की मेजर पर्सी हावर्थ, 'साइलेंट आर्मस' तथा 'साइलेंट किलिंग' की मेजर ए. एम. चिज़म नामक एक आंख वाला हाईलैण्डर, गोरिल्ला युद्ध तथा 'जूडो एक्सरसाइज़ेज' और अन्य हथियारों की क्रमशः मेजर जनरल सर ऑर्डे चार्ल्स विंगेट, डी. एस. ओ., तथा कर्नल गोडार्ड। 'केमिकल वैपन्स' की ट्रेनिंग मेजर ब्राइन दिया करते थे, जो इससे पहले 'फ़ोर्स वन-थ्री-थ्री' में जरमनी में ब्रिटिश एजेंट की हैसियत से कामयाबी के साथ, बिना एक बार भी 'गैस्टपो' द्वारा भांपे गए, काम कर चुके थे। 'फ़ोर्स

वन-थ्री-थ्री' का यूरोप में वही काम था, जो 'फ़ोर्स वन-थ्री-सिक्स' का पूर्वी क्षेत्र में।

यह इन्हीं प्रशिक्षण केन्द्रों से प्राप्त ट्रेनिंग का फल था कि हम यहां शत्रु-अधिकृत देश में भयानक-से-भयानक स्थिति का सामना करने के लिए हर समय निर्भीकता से मुस्तैद रहते थे। फिर चाहे बर्मा हो, या पूर्वी युद्ध-क्षेत्र का कोई अन्य देश।

आधी रात के लगभग बिया एक और रास्ता पहचान गया। यहां से गांव बमुश्किल तीन किलोमीटर दूर होगा। मेजर स्टीयर ने वह रास्ता अख़्तियार कर लिया। साथ ही बिया को आगाह भी कर दिया कि गांव आने से एक किलोमीटर पहले ही वह हमें सचेत कर दे। इस अपेक्षाकृत अच्छे रास्ते पर हम चल तो रहे थे, मगर पहले से ज़्यादा चौकन्ने होकर।

गांव से लगभग एक किलोमीटर पहले ही हम धान के एक ऊबड़-खाबड़ खेत में ठहर गए। फिर मेजर स्टीयर, बिया और मैं गांव की ओर बढ़े—चलने वाले रास्ते से दूर-दूर खेतों में होकर। बाक़ी सब कैप्टेन रोज़ेर के अधीन वहीं छोड़ दिए गए। रात में क़रीब पौने दो बजे हम एजेंट के कॉटेज पर पहुंचे। हमें इतनी जल्दी वापस आया देख उसके आश्चर्य की सीमा न रही। मेजर स्टीयर द्वारा बताई गई कुछ हिदायतें उसने अपनी पत्नी को दीं और हमारे साथ हो लिया।

हमें वापस ले जाने वाले विमान के आने में अभी तीन रातें बाक़ी थीं। इस बीच तो जापानी एक घर भी बिना तलाशी लिए छोड़ने वाले नहीं थे। वह हमारा सुराग़ पा जाएं, ऐसा लेशमात्र चिह्न भी मेजर स्टीयर छोड़ना नहीं चाहते थे। इसलिए जब तक हम जापान अधिकृत बर्मा से रवाना नहीं हुए, बिया और एजेंट दोनों को अपने साथ ही रखा।

पूरे चार दिन और तीन रातें जंगल में बितानी थीं। वह निश्चित स्थान भी देखना बाक़ी था, जहां से विमान हमें जैसोर ले जाने के लिए आने वाला था। रॉयल एयर फ़ोर्स ने हमें पहले ही सूचित कर दिया था कि यदि हम निश्चित तारीख़ और समय पर वापस न आ पाए, तो दूसरी दो तारीखें भी तय कर दी गई थीं। यदि हम इन तीनों तारीख़ों पर भी लौटने में असमर्थ रहे, तो रॉयल एयर फ़ोर्स 'मिनिस्ट्री ऑफ़ इकॉनॉमिक वॉरफ़ेयर लाइज़न ऑफ़िस', 207 ए, रास बिहारी एवेन्यू, बालीगंज, कलकत्ता, को 'ऑल डेड' (सब मर गए) ही सूचित करेगा।

अब हमने जंगल की ओर जाने का एक अलग ही रास्ता चुना, जो गांव से काफ़ी हटकर था। जंगल-जंगल सब म्यू नदी की ओर बढ़ने लगे। आगे-आगे मेजर स्टीयर, कैप्टेन रोज़ेर, बिया और एजेंट स्थानीय भाषा में धीमे-धीमे बातें करते जा रहे थे।

भोर होने से पहले ही हम म्यू नदी के किनारे से लगभग एक किलोमीटर की दूरी पर जंगल में जा पहुंचे। यहां छिपने योग्य अच्छी जगह थी। सारा जंगल लम्बे घने वृक्षों, बांस के झुरमुटों, जंगली अंजीर और शरीफ़े के पेड़ों से भरा पड़ा था। मगर, इनके अलावा मच्छर, मक्खी, कीट-पतंगों और जोंकों की भी कमी नहीं थी। हमने धारदार लम्बे चाक़ुओं से अपने लायक़ जगह साफ कर ली। फिर लगभग एक हज़ार मीटर तक चारों ओर चक्कर लगाया, दुश्मन की टोह लेने के लिए। आपत्तिजनक कुछ भी नज़र न आया। फिर घेरा उस स्थान को 'ट्रिप वायर्स' से और सचेत करने के लिए अलार्म भी लगा दिए। हम छहों व्यक्तियों को सबसे बड़ी सावधानी यही बरतनी थी कि बिया और एजेंट को एक मिनट के लिए भी

अकेला न छोड़ा जाए। दोनों पर चौबीसों घंटे हमारी नज़र तो रहे, लेकिन उनको इसका आभास क़तई न होने पाए।

इन चार दिनों और तीन रातों में मेजर स्टीयर और कैप्टेन रोज़ेर ने बिया और एजेंट को सब बातें साफ़-साफ़ समझाकर अच्छी-ख़ासी ब्रीफ़िंग कर दी। यदि जापानियों द्वारा वे पकड़े भी गए, तो 'इंटेरोगेशन' (पूछताछ) के दौरान दिए जाने वाले सभी सम्भावित उत्तर उन्हें रटा दिए गए थे। बर्मा से लौटने के कुछ घंटे पहले उन्हें पूरा आश्वासन दिया और उनसे पूछा भी कि यदि हमारे जाने के बाद उन्हें थोड़ा-सा भी डर महसूस हो, तो वे हमारे साथ भारत चल सकते हैं। किन्तु, उन दोनों ने तो मातृभूमि में रहकर ही ब्रिटिश इंटेलिजेंस के लिए काम करते रहने की इच्छा ज़ाहिर की और यह भी कहा कि वे अंग्रेज़ों के विजयी होकर बर्मा लौटने की प्रार्थना करते रहेंगे।

आख़िरकार, रॉयल एयर फ़ोर्स द्वारा दी गई पहली ही तारीख़ पर बर्मा से रवाना होने का हमारा समय निकट आ गया। रात ठीक ग्यारह बजे हम म्यू नदी की ओर बढ़े। आधे घंटे में वहां पहुंच भी गए। मेरे, मेजर स्टीयर और कैप्टेन रोज़ेर के पास टॉर्चें थीं। मेजर स्टीयर वहीं किनारे पर रुके रहे। मैं और कैप्टेन रोज़ेर विपरीत दिशाओं में मुड़कर 150 क़दम चलने के बाद वहीं रुक गए। चन्द्रमा की रुपहली किरणें चारों ओर फैली हुई थीं। हमें अपने यान की प्रतीक्षा थी। रात ठीक बारह बजे उसकी घरघराहट सुनाई दी। हम तीनों ने तीन तरफ़ से यान को टॉर्च-लाइट दी। हमारा इशारा था कि वह सीधे रोशनियों के बीच त्रिकोण में ही उतरे, जो पूर्णतः सुरक्षित स्थान था। जब उसने हमारे सिर के ऊपर दो बार चक्कर लगाए, तो हमने अपनी टॉर्चों से सिगनल दिया—'डैश, डैश, डैश, डैश, डॉट, डैश', जिसका अर्थ था—'ओके, ओके, ओके' (ठीक है, ठीक है, ठीक है)।

तब हमारे सामने नीचे की ओर झपटता हुआ 'डकोटा' विमान हाज़िर था। जब वह इठलाता हुआ सीधे नदी-तट पर उतर आया, तो मेजर स्टीयर ने टॉर्च की रोशनी पहले यान की नाक पर, फिर पेट पर और अन्त में पूंछ पर डाली। इसका मतलब था—'हम मित्र हैं।' यदि हम ऐसा न करते, तो दुश्मन समझकर वे हमें तुरन्त गोलियों से भून डालते।

मेजर स्टीयर से 'डकोटा' यान क़रीब 10 मीटर के फ़ासले पर था। रोल्स रॉयल इंजन घरघराकर शान्त हो गए। फ़्लाइट-लेफ़्टिनेंट बैनिट जहाज़ से नीचे कूद पड़े। उन्होंने पहले मेजर स्टीयर को सेल्यूट किया, फिर उन्हें गले से लगा लिया। तब हमें सिगरेटें पेश कीं, जो हमने सुरक्षा की चिन्ता किए बग़ैर ही खुले में जला लीं।

मेरी ओर मुड़कर बैनिट ने मुझे बधाइयां दीं। यू॰ पी॰, सी॰ आई॰ डी॰, स्पेशल ब्रांच (राजनीतिक शाखा), लखनऊ से डेप्यूटेशन पर कलकत्ता आकर जिस दिन मैंने इस ब्रिटिश सीक्रेट सर्विस में कार्यभार संभाला, उसी दिन से बैनिट से मेरा अच्छा परिचय हो गया था। कुछ दिनों तक हम एक ही बंगले (205, रासबिहारी एवेन्यू, बालीगंज, कलकत्ता) में रहे भी थे साथ-साथ। पायलट और नेवीगेटर ने जहाज़ में बैठे ही बैठे अंगूठा दिखाकर अभिवादन किया। मेजर स्टीयर ने बौद्ध एजेंट और बिया से स्नेहपूर्वक हाथ मिलाया और बहुत-सा सोना देकर उनसे विदा ली।

मैले-कुचैले, फटे-लटे कपड़ों में लिपटे हम छह व्यक्ति विमान में जा बैठे। बैनिट ने

मेजर स्टीयर से पूछा, "बाकी तीन कहां हैं ?"

"हम उन्हें गंवा बैठे," मेजर स्टीयर का छोटा-सा दुःखपूर्ण उत्तर था।

तभी इंजन घरघरा उठा। मेजर स्टीयर बिया और बौद्ध एजेंट को 'पोर्टहोल' से देख रहे थे, जो अपने घर की ओर जाते-जाते हमारी विदाई में हाथ हिलाते जा रहे थे।

'डकोटा' की गति पल-प्रतिपल बढ़ती जा रही थी। दो बार गोल चक्कर लगाकर वह जैसोर की ओर बढ़ने के लिए काफ़ी तेज़ी से ऊंची उड़ान भरने लगा।

संगठन के गुप्त भेदों की जानकारी

14 मार्च, 1943 को मुझे मिस्टर एच. जे. टॉम, सी. आई. ई., एम. सी., एम. ए. (ऑक्सन), आई. पी., असिस्टेंट इंस्पेक्टर जनरल ऑफ़ पुलिस, सी. आई. डी., यू. पी. लखनऊ, द्वारा भेजा गया टॉप सीक्रेट नोट नम्बर 177/सी. ओ. 43, दिनांक 13 मार्च, 1943 मिला। उन दिनों मैं उनके अधीन सी. आई. डी., स्पेशल ब्रांच (राजनीतिक शाखा), लखनऊ में कार्यरत था। पत्र के आदेशानुसार मुझे बिना हीला-हवाला किए 16 मार्च, 1943, मंगलवार को प्रातः ठीक साढ़े दस बजे मेरठ छावनी पहुंचकर नार्थ रो के बंगला नम्बर 145 में सर कॉलिन हरक्युलीज़ मिकेन्ज़ी को अपनी पहुंच की सूचना देनी थी। टॉम ने मुझे एक टॉपसीक्रेट पद के लिए नामज़द किया था। इस पद के लायक़ समझ लिए जाने के बाद ही मुझे उस सम्बन्ध में पूरी जानकारी दी जाने वाली थी। मुझे 'डेप्यूटेशन' पर जाना था। काम की शर्तें काफ़ी आकर्षक थीं। ये भी मुझे तभी मालूम हो सकती थीं, जब मैं वहां स्वीकार कर लिया जाता।

टॉम ने अपने नोट में यह भी लिखा था कि वे यह भी नहीं जानते कि मुझे यह काम करना स्वीकार है भी या नहीं, जिसे मैं मिकेन्ज़ी या उनके प्रतिनिधि से इन्टरव्यू हो जाने के बाद ही तय कर सकता था। मेरे लिए यह भी आदेश था कि मैं उन्हें इस बात का यक़ीन दिला दूं कि मैं निश्चित समय और तिथि पर साक्षात्कार के लिए मेरठ पहुंच अवश्य रहा हूं।

निश्चित तिथि पर मेरठ पहुंचा। तयशुदा ठीक साढ़े दस बजे लॉर्ड जॉन लिनार्ड कॉली और चार्ल्स ओ'नील ने मेरठ छावनी में नार्थ रो के बंगला नम्बर 145 में मेरा इंटरव्यू लिया। शर्तें बड़ी आकर्षक थीं। मैंने तुरन्त 'मिनिस्ट्री ऑफ़ इकॉनॉमिक वारफ़ेयर लाइज़न ऑफ़िस' में अति गोपनीय कार्यों के लिए 'स्पेशल एस्कोर्ट' (विशेष रक्षक) का पद स्वीकार कर लिया। मुझे कैप्टेन डी. आर. एन. क्लार्क, 207/ए, रासबिहारी एवेन्यू बालीगंज, कलकत्ता के साथ काम करने के लिए नियुक्ति-पत्र मिल गया।

25 मार्च, 1943 को कलकत्ता पहुंचा और अपना कार्यभार ग्रहण किया। पांच दिनों बाद इस कार्य के अलावा संगठन की इंटेलिजेंस विंग (गुप्तचर शाखा) में गुप्तचरी का काम करने का अवसर भी प्रदान किया गया। मैंने इसे भी सहर्ष स्वीकार कर लिया, क्योंकि शर्तें यहां भी कल्पनातीत और आकर्षक थीं।

मुझे रासबिहारी एवेन्यू में ही बग़लवाली दो मंज़िली कोठी नम्बर 205 में ठहराया गया। साथ में दो अंग्रेज़ अफसर और भी रहते थे। एक थे कैप्टेन टैलन और दूसरे फ़्लाइट-लेफ़्टिनेंट बैनिट।

एक दिन सुबह ही मुझे खड़गवासला जाकर ट्रेनिंग हासिल करने का गुप्त आदेश मिला। साथ में एक और 'टॉप सीक्रेट एण्ड पर्सनल' मोहरबन्द लिफ़ाफ़ा था। इस पर कर्नल इंघाम क्लार्क का पता लिखा था। मुंबई होकर पुणे तक जाने के लिए टॉमस कुक एण्ड सन्स लिमिटेड (ट्रैविल एजेंट्स) के कूपनों की एक पुस्तिका भी दी गई। इन कूपनों के आधार पर 'म्यूलो', अथवा 'फ़ोर्स-136' के हम सभी लोग बिना नक़द पैसे दिए हुए ही रेलगाड़ियों में सफ़र करते थे। कहां से कहां, और प्रथम या द्वितीय श्रेणी में जाना है, यह तफ़सील हम स्वयं ही दर्ज करते थे। मेरी बर्थ नागपुर होते हुए मुंबई जाने वाली बॉम्बे मेल की प्रथम श्रेणी में रिज़र्व करा दी गई। जीवन में पहली बार इतना लम्बा सफ़र तय करके ठीक समय पर खड़गवासला पहुंचा।

कर्नल इंघाम क्लार्क ने मुस्कराते हुए हाथ मिलाकर मेरा स्वागत किया और उसी कैम्प में ठहरने का आदेश दिया, जहां पहले से कुछ प्रशिक्षणार्थी ठहरे हुए थे। इन्हें रेलवे और सड़कों के पुलों, रेलों और तेल-क्षेत्रों आदि के विनाश तथा विध्वंस की ट्रेनिंग दी जा रही थी। मैंने भी इन्हीं के साथ चालीस दिनों तक ट्रेनिंग हासिल की और फिर कलकत्ता वापस लौट आया। अब मैं पूरी तरह से विध्वंसकारी बन चुका था। तत्पश्चात्, मई, 1943 में 'ऑपरेशन ल्यूसेंट' में सहायता देने के लिए मुझे भी जापान-अधिकृत बर्मा में दुश्मनों के बीच पैराशूट से गिराया गया था।

'ऑपरेशन ल्यूसेंट' की कामयाबी के बाद मैं कलकत्ता वापस लौट आया। यहां मुझे अच्छे इनामात दिए गए। कुछ दिनों बाद मैं फिर अपनी 'स्पेशल एस्कोर्ट ड्यूटी' अंजाम देने लगा। यह इन्हीं एस्कोर्ट ड्यूटियों की बदौलत था कि मुझे इस अत्यन्त गुप्त संगठन के बारे में ज़्यादा-से-ज़्यादा जानकारी हासिल होने लगी। इन्हीं ड्यूटियों के सिलसिले में मुझे भारत और श्रीलंका स्थित इनके सभी दफ़्तरों और ट्रेनिंग सेंटर्स में जाने के अवसर मिलता रहता था। वरना, और सभी एजेंट और एस्कोर्ट केवल उतना ही जान पाते थे, जितना जानना उनके लिए ज़रूरी समझा जाता था। उससे अधिक कदापि नहीं। ब्रिटिश सीक्रेट सर्विस की कामयाबी का यही तो एक राज़ था कि उनकी सारी व्यवस्था अत्यन्त गोपनीय थी। अतः दूसरों को सौंपे गए कामों के बारे में जानकारी हासिल करना तब तक नामुमकिन था, जब तक कि खुद को भी वही काम साथ-साथ करने का आदेश न प्राप्त हुआ हो।

सन् 1942 के शुरू में ही इस गुप्त संगठन को भारत, श्रीलंका, बर्मा, चीन, मलाया, जावा, सुमात्रा आदि सुदूर पूर्व के देशों में फैला दिया गया था। इस विस्तार का मतलब था इन देशों में एजेंटों की भर्ती करके प्रशिक्षण के लिए उन्हें भारत और श्रीलंका लाना और ट्रेनिंग के बाद जापान-अधिकृत उन्हीं देशों में उन्हें वापस भेजना, अंग्रेज़ों के हित में गुप्तचरी करने के इरादे से। इनका मुख्य काम था—(1) पूर्वी युद्ध-क्षेत्र के शत्रु-अधिकृत देशों में अज्ञात अभियानों को सामूहिक रूप से संयोजित करना और (2) 'स्कॉर्च्ड अर्थ पॉलिसी' (शत्रु को भीतर ही भीतर खोखला करके तबाह करने की नीति) और गोरिल्ला सैनिकों का संगठन, तथा आगे बढ़ते हुए दुश्मन के बीच 'इंटेलिजेंस सोर्सिज़' की व्यवस्था करना।

'स्कॉटलैण्ड यार्ड' की पृष्ठभूमि के आधार पर खोली गई उच्च श्रेणी के ब्रिटिश सैनिक और सिविल अधिकारियों की गुप्ततम गुप्तचर संस्था थी यह। भेदियों की भर्ती करना और

दुश्मन के भेदों को मालूम करने का काम बड़ी कुशलता और सफलता से अंजाम दिया जा रहा था। जासूसी और युद्ध-कला (वार टेकनिक) के साथ ही अन्य राजनीतिक लक्ष्यों की पूर्ति भी की जा रही थी। इनके अभियानों का मक़सद विदेश में रहने वाले भारतीयों के ख़िलाफ़ जासूसी करना तो था ही, साथ ही उनके सक्रिय (ऐक्टिव) या अक्रियाशील (पैसिव) विरोध करने वाले साधनों को भी जुटाना था। वहां की जनता भारतीयों के ख़िलाफ़ कैसी मनोवृत्ति रखती है, इसका अन्दाज़ लगाना भी निहायत ज़रूरी था। मगर, इन सब बातों की ट्रेनिंग भारत में ही दी जाती थी। फिर भारत के बंगाल, असम और मद्रास (चेन्नई) प्रान्तों में जनता के बीच प्रशिक्षित एजेंटों को छोड़कर अभ्यास भी करा दिया जाता था। बुद्धि-परीक्षा (इंटेलिजेंस टैस्ट) गुप्त भेदों को विभिन्न तरीक़ों से मालूम करके वायरलेस के ज़रिए सन्देश भेजना, पैराजम्प, विध्वंस, चोरी-चपाटी, छिपना-छिपाना, हड़ताल और दंगे कराकर अवरोध पैदा करना, गिरफ़्तार किए जाने पर पुलिस या सेना के पूछताछ करने वालों (इंटेरोगेटर्स) को चकमा देकर बेदाग़ बच निकलना, आदि सभी हुनर सिखाए और दिखाए जाते थे।

अपने एजेंटों को दी गई शानदार ट्रेनिंग को ध्यान में रखकर यदि ईमानदारी से कहा जाए तो मानना ही पड़ेगा कि 'फ़ोर्स-136' इतना निर्भीक और शक्तिशाली संगठन बन गया था कि किसी भी देश की कैसी भी सरकार तथा कहीं के कैसे भी राजनीतिक संगठन के ख़िलाफ़ इसका इस्तेमाल कामयाबी से किया जा सकता था। अभ्यास के दौरान भारत में एजेंटों के कारनामे—चोरी करने, जेब काटने, दस्तावेज़ ग़ायब करने, सन्देश भेजने, कलकत्ता, बंगलूर और अहमदाबाद की मिलों में हड़ताल करवाकर अशान्ति पैदा करने तक ही सीमित थे। सन् 1946 में लागू की जाने वाली 'पोस्ट क्विट प्लान' (पी. क्यू. पी., अथवा अंग्रेज़ों के भारत छोड़ने के बाद की योजना) से पहले तो कोई भयानक वारदात या विध्वंस भारत में किया ही नहीं गया।

रुपया तो यहां पानी की तरह बहाया जाता था। रुपए की कमी होने की कभी किसी को शिकायत नहीं करनी पड़ी। यहां तक कि 'फ़ोर्स-136' के जमादार, चपरासी, दरबान, भिश्ती, बावरची भी बजाय इण्टर या तीसरे दरजे में सफ़र करने के रेलगाड़ियों के सेकिण्ड क्लास में यात्रा करते थे। इनके अलावा और सब प्रथम श्रेणी में। एयरकण्डीशण्ड क्लास तो तब था ही नहीं। बॉम्बे सेन्ट्रल से पेशावर (अब पाकिस्तान में) तक दौड़ने वाले फ्रन्टियर मेल में प्रथम श्रेणी के डिब्बों के नीचे बरफ़ की सिलें डालकर उन्हें अलबत्ता ठंडा कर लिया जाता था, क्योंकि उसे राजस्थान की गर्मी का भी सामना करना पड़ता था। यह व्यवस्था मुंबई से दिल्ली और दिल्ली से मुंबई तक ही थी।

'फ़ोर्स-136' के हथियार और गोला-बारूद प्रायः स्थानीय 'एम्यूनिशन डिपो' में ही सुरक्षित रखे रहते थे। जबलपुर और फ़िरोज़पुर इन सामग्रियों के वितरण-केन्द्र थे। क्षण-भर के नोटिस में किसी भी तादाद में हथियार मुहैया हो जाते थे। कलकत्ता में तो 'फ़ोर्स-136' की अपनी 'आर्मरी' भी थी, जहां सभी तरह के अस्त्र-शस्त्रों का विशाल भण्डार था। नया माल भी बराबर आता रहता था। मुंबई में इन्हें सिडड़ी के गोदामों में रखा जाता था। ब्रैनगन, स्टेनगन, टॉमीगन, हवीसगन, पिस्तौल, रिवाल्वर, राइफ़ल, हैण्डग्रिनेड (हथगोले), जैक नाइव्ज़ (धारदार लम्बे चाक़ू), टाइम-बम, टाइम पेंसिलें, डाइनामाइट स्टिक्स, गन कॉटन प्राइमर आदि

के भण्डारों की तो थाह ही नहीं थी।

कलकत्ता में इस सेक्शन के अफ़सर इन-चार्ज थे कर्नल हेयर और मुंबई में सिडड़ी शाखा का इन्तज़ाम कर्नल इंघाम क्लार्क खड़गवासला से करते थे। यह बड़ी महत्त्वपूर्ण बात थी कि इन शस्त्रागारों में केवल सशस्त्र गोरे सैनिक (ब्रिटिश अदर रैंक्स) ही लगातार पहरा देते थे। केवल वही अधिकारी अन्दर जा सकते थे जो कैप्टेन के पद से नीचे न हों, और साथ ही वे अंग्रेज़ भी हों। वैसे, दो-चार को छोड़कर थे भी इस संस्था में सभी अंग्रेज़ अफ़सर।

जबलपुर में 'जी॰ एस॰ आई॰ (के)', अथवा 'फ़ोर्स-136', अथवा 'मिनिस्ट्री ऑफ़ इकॉनॉमिक वारफ़ेयर लाइज़न ऑफ़िस' का दफ़्तर आर्सनल के अन्दर था। मेन गेट से लगभग एक किलोमीटर भीतर चलने के बाद एक निर्जन स्थान पर दो तरफ़ से चट्टानों से घिरा हुआ था। रिग्बी यहां के पहले अफ़सर इन-चार्ज थे। इससे पहले वे स्याम में माइनिंग इंजीनियर थे। सन् 1942 के शुरू में जापानियों का स्याम पर अधिकार होने से पहले ही रिग्बी भारत आ गए थे। वे लगभग एक वर्ष तक जबलपुर में रहे। तत्पश्चात् उनका स्थान ग्रहण किया टी॰ बी॰ हॉकिंस ने। नाना प्रकार के हथियारों की पूरी-पूरी जानकारी रखने वाले हॉकिंस उच्च कोटि के शिकारी थे। ऐंग्लो-इण्डियन थे। जबलपुर के नेपियर टाउन में एक शानदार बंगले में रहते थे। उनके कोई औलाद नहीं थी, किन्तु थे मियां-बीवी दोनों ही गरीबपरवर इंसान। दफ़्तर के सभी कर्मचारियों को अपनी संतान-जैसा ही समझते थे।

इन सभी ख़ूबियों के बावजूद हॉकिंस सरकारी मामले में कुछ बेईमानी की नीयत ज़रूर रखते थे। 'फ़ोर्स-136' की राइफ़लें, पिस्तौल, रिवाल्वर और उनकी गोलियां ई॰ वी॰ आरडा के माध्यम से क्राफ़र्ड मार्केट, मुंबई की असलाह बेचने वाली एम॰ साले एण्ड कम्पनी को बिकवा दिया करते थे। आरडा इसी संस्था के एक ऐंग्लो-इण्डियन कर्मचारी थे। शुरू में स्थानीय ख़रीदफ़रोख़्त के लिए नियुक्त किए गए थे। रहते थे फ़्लैट नम्बर 1/14, कमाल मेन्शन, आर्थर बन्दर रोड, कोलाबा, मुंबई में। सन् 1946 और 47 के साम्प्रदायिक दंगों के समय आरडा और फ़ैनर (ऐंग्लो-इण्डियन कर्मचारी) के पास हथियारों और युद्ध-सामग्रियों के वैगन-के-वैगन गुप्त तरीकों से भेजे जाते थे। अपने एजेंटों द्वारा इन्हें साम्प्रदायिक तत्वों में बंटवाकर सारे देश में ख़ून की होली खेली गई थी।

चुराकर हथियार बेचने के मामले में हॉकिंस पर मेरठ के वरिष्ठ अधिकारियों का शक मज़बूत होता ही गया। अतः सन् 1944 के शुरू से हॉकिंस के स्थान पर जबलपुर कार्यालय का कार्य-भार सौंपा गया मेजर पर्सी हावर्थ को। हथियारों और गोला-बारूद को ज़मीन के अन्दर छिपाने और उसे दूसरे स्थानों को सुरक्षित भेजने की कला में मेजर हावर्थ माहिर थे। कलकत्ता पुलिस के दो भूतपूर्व ऐंग्लो-इण्डियन सारजेंट जे॰ पी॰ मिल्स और प्लाट उनके सहायक थे। दोनों ही कटनी और जबलपुर के आसपास जंगलों का चक्कर लगाते थे। विस्फोटक सामग्री की जांच के लिए विस्फोट करते रहते थे। वे इन्हें 'प्लास्टिक एक्सप्लोसिव्ज़' के नाम से पुकारते थे। सन् 1943 में जबलपुर स्थित 'जी॰ एस॰ आई॰ (के)' का नाम बदलकर 'एम्यूनिशन डिपो, मैगज़ीन नम्बर नाइन', आर्सनल, जबलपुर रख दिया गया। यही इस संगठन की तमाम यूनिटों को हथियार और गोला-बारूद वितरित करने का सेन्ट्रल डिपो था। फ़ीरोजपुर को हथियार-वितरण का सबसे बड़ा सेन्टर बनाया गया।

जबलपुर के इस दफ़्तर का ख़ास काम था जापान-अधिकृत बर्मा में विंगेट के चिंडिटों और 'फ़ोर्स-136' के एजेंटों के लिए हर तरह के युद्ध का साज़ो-सामान भेजना। इन सामग्रियों को टीन की मोटी चादरों से बने भारी-भरकम गोल पीपों (कन्टेनर्स) में बड़ी सावधानी और सुरक्षा बरतते हुए भरवाकर जल्द-से-जल्द एस्कोर्टों द्वारा कलकत्ता पहुंचाया जाता था। फिर वहीं से इन्हें जैसोर हवाई अड्डे पर लाया जाता था। निश्चित तिथि और समय पर ये विमान बर्मा में उस इलाके की उड़ान भरकर इस सामान को वहां पैराशूटों के ज़रिए गिरा दिया करते थे, जहां हमारे एजेंटों को इनकी ज़रूरत होती थी।

दरअसल जबलपुर का यह कार्यालय 'फ़ोर्स-136' का 'ऑल यू नीड स्टोर्स' था। सुई-धागे से लेकर भारी-भरकम बम और ट्रांसमीटर थे यहां। सामानों के सुरक्षित बण्डल बनाने के लिए केवल दो हिन्दुओं को छोड़कर बाक़ी सभी कर्मचारी ऐंग्लो-इण्डियन, ऐंग्लो-बर्मी, ईसाई और बर्मी मुसलमान थे। ये थे एडी रेमर, मलिन, फ़ाक्स, अत्तिया, एस॰ ई॰ के॰ मामसा और पटेल। रेमर (ऐंग्लो-इण्डियन) और फ़ाक्स (ईसाई) जबलपुर-निवासी थे। मलिन (ऐंग्लो-इण्डियन) बंगलूर का रहने वाला था। अत्तिया, मामसा और पटेल रंगून-निवासी बर्मी मुसलमान थे। मेरठ सदर का बालूजा और कराची का ग्रोवर—दोनों हिन्दू भी यहीं काम करते थे। आर्मरी के सभी कारीगर भारतीय मुसलमान थे—अलादीन, अब्दुल मजीद खां और ज़हूर।

पोस्ट इन्वेज़न प्लान

23 दिसम्बर, 1941 को जापानियों ने बर्मा पर ज़ोरदार आक्रमण किया था। 20 फ़रवरी, 1942 को अंग्रेज़ों ने बर्मा की राजधानी रंगून पर देश-परित्याग का झण्डा (एवेक्यूएशन फ़्लैग) फहरा दिया। जनरल हेरोल्ड अलेक्ज़ेण्डर ने रंगून शहर ख़ाली करने का आदेश दे दिया। 7 मार्च, 1942 को बर्मा पूरी तरह जापानियों के क़ब्ज़े में आ गया।

उस समय अनेक सैनिक और अर्ध-सैनिक योजनाएं काम में लाई जा रही थीं। इन्हीं में एक थी 'आक्रमण के बाद की योजना'—'पोस्ट इन्वेज़न प्लान'। इसे 1941 के शुरू में सैनिक अधिकारियों के संरक्षण में ब्रिटिश गुप्तचर संस्था द्वारा लागू किया गया था। इसका मक़सद था शत्रु-अधिकृत सीमाओं में जासूसों के ज़रिए जासूसी क़ायम रखना। इसमें सैनिक महत्त्व के विषय भी शामिल थे, जैसे—दुश्मन की फ़ौजों के स्थिति-स्थान, उनके हथियार, गोला-बारूद, पेट्रोल-भण्डारों के अलावा शत्रु के सुरक्षित केन्द्रों का भी पता लगाना।

सबसे पहले 'पोस्ट इन्वेज़न प्लान' जावा, सुमात्रा, बोर्नियो, मलाया, थाईलैण्ड, बर्मा और श्रीलंका में लागू की गई थी। बाद में इसे मद्रास (चेन्नई), कलकत्ता और मुंबई के तटीय प्रदेशों में लागू किया गया। अन्त में सम्भावित ख़तरे में आने वाले असम, उड़ीसा, बिहार और सेन्ट्रल प्रोविंसेज़ (मध्य प्रदेश) तक इसका विस्तार कर दिया गया।

'पोस्ट इन्वेज़न प्लान' को अमल में लाने का पूरा-पूरा ज़िम्मा प्रान्तीय सी॰ आई॰ डी॰ के डिप्टी-इंस्पेक्टर जनरलों और असिस्टेंट इंस्पेक्टर-जनरलों को दे दिया गया। इन अधिकारियों ने अपने अधीन 'इनवेस्टिगेशन ब्रांच' और 'स्पेशल ब्रांच' के अफ़सरों में यह काम बांट दिया कि वे विशिष्ट प्रशिक्षण-प्राप्त उच्च सेनाधिकारियों के संरक्षण में ही यह योजना लागू करें।

इस योजना के अनुसार यह तय किया गया कि ये उच्च अधिकारी अपने अधीन अन्य सभी अफ़सरों को विभिन्न हथियारों का प्रयोग करने, दुश्मन के हवाई जहाज़ों को पहचानने, उनकी गतिविधि और मनोवृत्तियों की मनोवैज्ञानिक ढंग से जानकारी हासिल करने की ट्रेनिंग दें। इन अफ़सरों के लिए यह भी लाज़िमी था कि वे अपने बनाए एजेंटों को इस तरह तैयार करें कि वे उपलब्ध गुप्त भेदों की सूचना जहां तक मुमकिन हो ऐसे तरीक़ों से भेजें जिनमें कम-से-कम समय लगे।

कुछ एजेंटों को वायरलेस के अलावा और भी अनेक संकेत-साधनों के ज़रिए समाचार भेजने की ट्रेनिंग भारत तथा श्रीलंका के विभिन्न केन्द्रों में दी गई। इन्हीं में कुछ चुने हुए लोगों को गुप्तचरी और तोड़-फ़ोड़ के कामों में भी माहिर किया गया।

बर्मा पर जापानियों का आक्रमण होने से बहुत पहले ही राजशाही के ज़मींदार और

वहां के भूतपूर्व मिलिटरी इंटेलिजेंस अफ़सर लेफ़्टिनेंट-कर्नल कलवर्ट, बर्मा की शान स्टेट में सागौन लकड़ी के व्यापारी कैप्टेन रॉब तथा कैप्टेन निर्मल सेनगुप्ता ने शान स्टेट में एजेंटों की भरती करने के लिए 'वी फ़ोर्स' इस डर से क़ायम किया कि कहीं उस इलाक़े में भी जापानियों का क़ब्ज़ा न हो जाए। इन लोगों ने कॉक्स बाज़ार के शाह नामक एक सब-डिवीज़नल अफ़सर से भी अपनी समस्याओं के सम्बन्ध में राय ली। उस समय शाह वहां यह अफ़वाह फैला रहा था कि अगर अराकानी मुसलमानों ने अंग्रेज़ों की मदद की, तो अराकान बंगाल प्रान्त का हिस्सा तो बना ही लिया जाएगा, साथ ही वह पाकिस्तान का भी हिस्सा बन जाएगा, क्योंकि बंगाल भी निकट भविष्य में स्थापित होने वाले पाकिस्तान में शामिल होने वाला है।

सन् 1943 में जापान-अधिकृत बर्मी क्षेत्रों में गुप्त कार्रवाइयों के लिए घुसपैठ करने वाले इन एजेंटों को गोला-बारूद और हथियार भी काफ़ी तादाद में दिए गए थे। सन् 1943 की ही घटना है। मेजर फ़ारेस्टर के नेतृत्व में चार एजेंट कालादान नदी पर बसे पलेटवा नगर की ओर चुपचाप बढ़ रहे थे। इन लोगों को उस इलाक़े के आर्थिक गुप्त भेद (इकॉनॉमिक इंटेलिजेंस) मालूम करने थे। जापानियों को उनकी पहुंच की बू मिल गई। नतीजा यह हुआ कि उनमें से एक भी सही-सलामत वापस न लौट सका। जापानियों ने तो पहले से ही उस क्षेत्र में अपनी गुप्तचरी फैला रखी थी। इन्हीं गुप्तचरों की बदौलत जापानियों ने अंग्रेज़ों के रॉयल एयर फ़ोर्स के चटगांव, दोहज़ारी, फ़नी, कोमिल्ला आदि हवाई अड्डों पर बम-वर्षा करके उन्हें तहस-नहस कर दिया। दो बार कलकत्ता पर भी हवाई हमला करके वहां के बन्दरगाह को काफ़ी नुक़सान पहुंचाया था।

हमें यामामोतो चाहिए

युद्ध की बड़ी ही नाजुक घड़ी थी। जापानियों ने एक ही झटके में अमरीकी वायुसेना और नौसेना के बड़े-बड़े जंगी जहाज़ी बेड़ों का सफ़ाया कर दिया था। वे उन्हें चुन-चुनकर प्रशान्त महासागर की गहराइयों में पहुंचा रहे थे। बचने का बस एक ही उपाय था—रेडियो पर भेजे जाने वाले जापानियों के 'कोड' और 'साइफ़र' (गुप्त संकेत) तोड़कर दुश्मन के इरादों और उनकी गतिविधियों का पता लगाना। इस विधि से दुश्मन की सभी अन्दरूनी जानकारियां घर बैठे आसानी से मालूम हो सकती थीं।

उन दिनों प्रशान्त महासागर की कमान अमरीकी जनरल डगलस मैकार्थर के हाथों में थी, और उनके दांत खट्टे कर रहे थे शाही जापानी नौसेना के मिले-जुले बेड़े के कमाण्डर इन-चीफ़ एडमिरल यामामोतो इसोरोकु। पर्ल हारबर और मिड वे द्वीपों पर आक्रमण करने की भयंकर योजना उन्हीं ने तैयार की थी और उन क्षेत्रों में अमरीकनों का सफ़ाया करते उन्हें तनिक देर न लगी। अमरीकी कमाण्डर जापानियों से जले-भुने बैठे थे। बदला लेने के लिए रोज़ ही नई-नई योजनाएं बनाते, बिगाड़ते।

तभी बीसियों अमरीकी वायरलेस ऑपरेटरों को रेडियो पर भेजे जाने वाले जापानियों के गुप्त संकेत तोड़ने का कठिन कार्य सौंप दिया गया। उन्हीं में एक था रॉबर्ट, सी॰ आई॰ सी॰ (काउण्टर इंटेलिजेंस कोर) का निहायत क़ाबिल जासूस। वह जापानी भाषा भी जानता था। जब उसके साथी मुश्किल सांकेतिक भाषा के पीछे पड़े थे, वह आसान तरीके ढूंढ़ने में दिन-रात एक कर रहा था।

अचानक शॉर्ट वेव की एक ख़ास फ़्रीक्वेंसी पर लगा उसका वायरलेस रिसीवर घनघनाने लगा। उसने अपने सरल 'कोड' के आधार पर फ़ौरन इस सूचना को 'डिकोड' किया (सांकेतिक भाषा को अमली जामा पहनाया)। फ़ील्ड मार्शल सुगीयामा द्वारा अपने जहाज़ी बेड़े को भेजा जा रहा बहुत ही महत्त्वपूर्ण गुप्त आदेश था। उसने तुरन्त यह सूचना नौसेना के 'कोड' पर अपने हैडक्वार्टर्स भेजी। रॉबर्ट का कहना कहां तक सच है, इस बात की जांच के लिए जापानियों द्वारा भेजी गईं पुरानी ख़बरों को उसी विधि से 'डिकोड' किया गया, तो सभी सूचनाएं एकदम सही निकलीं। रॉबर्ट की सफलता में चार चांद लग गए। फिर तो काफ़ी समय तक इसी आधार पर अमरीकी दस्ते जापानियों को मौत की गोद में सुलाते रहे।

17 अप्रैल, 1943 को इन्हीं ज्ञात गुप्त संकेतों के आधार पर ग्वादलकेनाल में नियुक्त अमरीकी कमाण्डर हेण्डरसन फ़ील्ड को नौसेना सचिव फ़्रैंक नॉक्स का एक रेडियो सन्देश मिला, "18 अप्रैल, 1943 को रबौल से एडमिरल यामामोतो 'मित्सुबिशी' नामक दो इंजनवाले

'ज़ीरो' बॉम्बर यान से दक्षिण-पश्चिम प्रशान्त महासागर में अपने सैनिक अड्डों का दौरा करने जायेंगे। दूसरे जहाज़ में उनका स्टाफ़ होगा। छह 'ज़ीरो' लड़ाकू यान अंगरक्षकों की हैसियत से उनके साथ उड़ेंगे। काहिली हवाई अड्डे पर उनके पहुंचने का समय प्रातः ठीक 9 बजकर 45 मिनट होगा। यामामोतो को मौत की गोद में सुला देने के सभी उपाय किए जाएं। किसी भी क़ीमत पर हमें यामामोतो चाहिए।"

इस साहसिक अभियान की ज़िम्मेदारी सौंपी गई 18वीं सेना के पी 38 'चकाचौंध दस्ते' को। 'ब्रीफिंग' (अन्तिम संक्षिप्त हिदायत) के दौरान अमरीकी हवाबाज़ों को साफ़-साफ़ शब्दों में चेतावनी भी दे दी गई, "एडमिरल यामामोतो समय के बड़े ही पाबन्द हैं। एक सेकिंड के पच्चीसवें भाग की भी चूक नहीं होनी चाहिए।"

फ़ासला, ऊंचाई और रफ़्तार को ध्यान में रखते हुए हेण्डरसन फ़ील्ड हवाई अड्डे से अमरीकी पायलटों ने उड़ान भरी। चार लड़ाकू यान 10 हज़ार फुट की ऊंचाई पर पहुंचे। दस ने उड़ान भरी 20 हज़ार फुट की। उन्होंने दूर से ही 'मित्सुबिशी' को आते देखा, जिसकी सुरक्षा में शाही जापानी वायु सेना के छह 'ज़ीरो' लड़ाकू यान सीना ताने हवा से बातें कर रहे थे। दो आगे, दो पीछे और एक-एक दाएं-बाएं। अमरीकी पायलटों ने वहीं से फ़ौरन 'डाइव' किया और उनकी ओर बाज़ की तरह झपटकर पूरी शक्ति से धावा बोला। अचानक ही हुए इस आक्रमण के लिए जापानी हवाबाज़ तैयार न थे। फिर भी दिलेरी से दुश्मन का मुक़ाबला तो किया ही, जो संख्या में उनसे दो-गुने होने के अलावा आधुनिक हथियारों से भी लैस थे। ऊंचाई पर होने का फ़ायदा अलग से। काफ़ी देर तक डरावनी झड़पें करते हुए वे मौत के साथ खेलते रहे।

अन्त में सभी शाही जापानी लड़ाकू यान मार गिराए गए। 'मित्सुबिशी' के साथ दूसरा बॉम्बर प्लेन भी ध्वस हुआ, जिसमें यामामोतो का स्टाफ़ था। एडमिरल यामामोतो अपनी सीट पर ही निर्जीव बैठे मिले। उनकी 'समुराई' (धार्मिक तलवार) दोनों टांगों के बीच यथावत पाई गई।

हुआ यह कि अपने बचाव के लिए 'मित्सुबिशी' और स्टाफ़ बॉम्बर ने पेड़ की ऊंचाई तक उड़ने का दुस्साहस किया और हल्के कोहरे के बावजूद उनके 'ज़ीरो' लड़ाकू यान अमरीकनों से भिड़ने में लग गए। संतुलन बिगड़ते ही 'मित्सुबिशी' और स्टाफ़ बॉम्बर दोनों ज़मीन से जा टकराए।

एडमिरल यामामोतो के प्राण निकलने पर ही प्रशान्त महासागर **में अमरीकनों का** सिर-दर्द दूर हुआ।

मास्टर-स्पाई राय साहब कपूर

जून, 1943 में दोपहर का एक दिन। बंगाल की सड़ी गर्मी और बारिश थमने का नाम न ले। रासबिहारी एवेन्यू स्थित 205 नम्बर की आलीशान कोठी में आराम से पड़ा सो रहा था। तभी अचानक घंटी की आवाज़ ने जगा दिया। उठकर देखा, तो पठान दरबान अल्लाह बख़्श। बग़ल वाली कोठी नम्बर 207-ए से मेजर डी॰ आर॰ एन॰ क्लार्क ने सलाम भिजवाया था। झटपट हाथ-मुंह धोकर कपड़े बदले और सीधा पहुंचा उनके कमरे में। उन्होंने सामने बैठे एक हट्टे-कट्टे बुज़ुर्ग से परिचय कराया और कुछ दिनों तक उनकी सहायता करते रहने का आदेश दिया।

वह सज्जन थे हमारी गुप्तचर संस्था 'फ़ोर्स-136' के मास्टर-स्पाई—राय साहब भगवान दास कपूर। ऊंचा क़द, गोरा रंग, मज़बूत जिस्म, तीखे नक्श, उम्र लगभग 67 वर्ष। मुकम्मल सूट-बूट में ख़ूब फब रहे थे। रहने वाले थे गुजरांवाला ज़िला के अन्तर्गत हाफ़िज़ाबाद गांव के (अब पाकिस्तान में)। 13 जनवरी, 1942 को इम्पीरियल इंटेलिजेंस ब्यूरो के डिप्टी डायरेक्टर मिस्टर जेन्किंस ने तार द्वारा राय साहब को दिल्ली बुलवाया था। दोनों एक-दूसरे को सन् 1929 से साण्डर्स हत्याकाण्ड के तुरन्त बाद से जानते थे। राय साहब ने सन् 1912 से 1931 तक इंटेलिजेंस ब्यूरो में कार्यरत रहने के उपरांत अवकाश ग्रहण किया था।

14 जनवरी, 1942 को जेन्किंस ने राय साहब का दिल्ली में परिचय कराया सर कॉलिन हरक्युलीज़ मिक़ेन्ज़ी और सर गाल्विन वी॰ स्टुअर्ट से। तत्पश्चात्, चीफ़ एजेंट की हैसियत से एक हज़ार रुपए मासिक वेतन पर राय साहब की नियुक्ति 'फ़ोर्स-136' में हो गई। तनख़्वाह के अलावा उनके दीगर इख़राजात भी ब्रिटिश सरकार के ज़िम्मे रहे। उनकी नियुक्ति का ख़ास मक़सद था फ़ारस (वर्तमान ईरान) और अफ़ग़ानिस्तान में दुश्मन के जासूसों की गतिविधियों को प्रति-गुप्तचरी (काउण्टर एस्प्योनाज़) के माध्यम से असफल करना। इसके लिए पन्द्रह दिनों तक तो वे इंटेलिजेंस ब्यूरो की बीसियों गुप्ततम फ़ाइलों का ही अध्ययन करते रहे, साउथ ब्लॉक के एक अकेले कमरे में।

उन दिनों पंजाब सी॰ आई॰ डी॰ के डिप्टी इंस्पेक्टर-जनरल मिस्टर ई॰ डब्ल्यू॰ सी॰ वेस थे। इंटेलिजेंस ब्यूरो के डायरेक्टर सर जॉन पील्डिच ने राय साहब के बारे में उन्हें एक अति गोपनीय एवं व्यक्तिगत पत्र लिखा। ज़ोर इस बात पर दिया कि चूंकि इस संस्था की सहायता करना निहायत ज़रूरी है, हर सम्भव तरीक़े से राय साहब की सहायता की जाए। इस वर्गीकृत पत्र में लिखा, "···केवल धुरी-राष्ट्रों के पास ही 'फ़िफ़्थ कॉलमिस्ट' (गुप्तचर) नहीं हैं, मित्र-राष्ट्रों की भी अपनी एक संस्था है। इसके उच्चकोटि के व्यक्ति इंग्लैण्ड से भारत आकर कुछ समय

से काम में जुट गए हैं। मुझे आदेश मिला है कि मैं इनकी पूरी-पूरी सहायता करूं और इन्हें आला क़िस्म के कार्यकर्ता दूं। राय साहब को तो आप भली-भांति जानते ही हैं। उनका इस संस्था से परिचय करा दिया गया है। आप कृपया उनकी पूरी-पूरी मदद करें। यह केवल आपकी व्यक्तिगत जानकारी के लिए ही लिख रहा हूं। पत्र पढ़ने के तुरन्त बाद इसे जलाकर राख कर दें।"

लाहौर में वेस से मिलकर 30 जनवरी, 1942 को राय साहब दिल्ली वापस लौट आए। तब तक मिकेन्ज़ी ने नॉर्थ ब्लॉक में 'जी॰ एस॰ आई॰ (के)', अथवा 'म्यूलो', अथवा 'फ़ोर्स-136' का दफ़्तर खोल दिया था। मक़सद था उच्चकोटि की गुप्तचरी, प्रति-गुप्तचरी करके दुश्मन के जासूसी कारनामों को नेस्तनाबूद करना। ब्रीफिंग करते समय मिकेन्ज़ी ने राय साहब से साफ़-साफ़ कह भी दिया था—"इस गुप्तचर संस्था के काम में बाधा पहुंचाने वाले किसी भी व्यक्ति का सफ़ाया कर देने की आपको पूरी छूट है। खुले दिल से पैसा ख़र्च करने पर भी कोई पाबन्दी नहीं। मतलब है काम होने से।"

एक माह बीतने भी न पाया कि राय साहब ने चार एजेंट नियुक्त कर लिए। अन्य निजी ख़र्चों के अलावा उन्हें पांच सौ से एक हज़ार रुपए मासिक वेतन पर रखा गया था। मिकेन्ज़ी और राय साहब के अलावा उनके असली नामों की कभी किसी को हवा तक न लग पाई। इनके 'नोम डि प्ल्यूम' (छद्म नाम) अलबत्ता कुछ ख़ास लोगों को पता थे—अलेक्ज़ेण्डर, नेपोलियन, इण्डस और ग्रेवयार्ड। वे मेरठ हैडक्वार्टर्स को इन्हीं नामों से शॉर्ट वेव पर सन्देश ट्रांसमिट करते थे।

अपने दिल्ली आगमन पर मिकेन्ज़ी सदा सीसिल होटल में ठहरते थे। सन् 1943 के शुरू में उन्होंने राय साहब को वहीं बुलाया और उनके हाथ में थमा दी आठ आदमियों की एक फ़ेहरिस्त (टारगेट लिस्ट), जिनसे उन्हें फ़ारस और अफ़गानिस्तान जाकर सम्पर्क स्थापित करने थे। चार फ़ारस (ईरान) में थे और चार ही अफ़ग़ानिस्तान में। अफ़ग़ानिस्तान की सूची में लिखे तीन अफ़गान थे। एक काबुल, एक जलालाबाद और एक सोवियत सीमा पर गुम्बद दर्रे के आसपास ही कहीं। चौथा जरमन था। वह काबुल में रहता था। काबुल-निवासी पहला व्यक्ति अफ़ग़ान नागरिक था और अफ़ग़ानिस्तान सरकार में मंत्री भी। अन्तिम दोनों व्यक्तियों को ब्रिटिश पक्ष में लाने के लिए मिकेन्ज़ी ज़मीन-आसमान के कुलाबे एक कर रहे थे। फ़ारस की लिस्ट में थे दो भारतीय, एक अफ़ग़ान और एक यूनानी। एक भारतीय तेहरान में रहता था और दूसरा शीराज़ में। अफ़ग़ान इस्फ़हान में और यूनानी तेहरान में।

राय साहब को फिर एक बार स्पष्ट हिदायत दी गई कि उनके काम में अधिक ख़तरा और बाधा पहुंचाने वालों को तुरन्त मौत के घाट उतार दिया जाए और जो कम ख़तरनाक हों उनका शरीर ऐसा विकृत किया जाए कि फिर पहचाने ही न जा सकें।

संसार के सभी देशों में गुप्तचरों का एक नियम-सा बन गया है—कभी किसी पर पूरा भरोसा न करना। इस मामले में जो भी चूका, वही गया। यही वजह थी कि मिकेन्ज़ी ने भी राय साहब पर पूरा भरोसा नहीं किया। फ़ारस और अफ़ग़ानिस्तान में उनके कुछ अपने एजेंट भी कार्यरत थे। वे उच्चकोटि का प्रचार करने में माहिर थे और उन दिनों जनसाधारण के बीच यही अफ़वाह फैलाने में मशगूल थे कि उनकी जरमनी के अनुकूल की गई कार्रवाइयों

से वास्तव में उन्हीं की हानि हो रही है।

फ़ारस और अफ़ग़ानिस्तान में चौकन्ने रहने की एक ख़ास वजह थी। मिकेन्ज़ी को बर्लिन-स्थित 'फ़ोर्स-133' के ब्रिटिश गुप्तचर से इशारा मिल चुका था कि जरमनी का तानाशाह सर अडोल्फ़ हिटलर फ़ारस और अफ़ग़ानिस्तान के रास्ते भारत पर धावा बोलने वाला है। बिलोचिस्तान में छतरी सैनिक उतारने की भी तजवीज़ थी, जिसके अनुसार जरमनी और जापान की फ़ासिस्ट फ़ौजें भारत में ही एक-दूसरे से हाथ मिलातीं। यह योजना फ़रवरी, 1941 में तैयार की गई थी और सितम्बर आते-आते ब्रिटिश गुप्तचरों को इसका पता भी चल गया (कालान्तर में ब्रिटिश सैनिकों के फ़ारस और अफ़ग़ानिस्तान प्रवेश के बाद ही दुश्मन के हौसले पस्त हुए और मध्य-पूर्व होकर मध्य-एशिया में दाखिल होने के उनके सारे ख़्वाब मिट्टी में मिल गए)।

भयंकर तूफ़ान के कारण सक्खर और क्वेटा के बीच मीलों तक रेलवे लाइन उखड़ गई। यातायात पूर्णतः ठप हो गया। यही वजह थी कि एजेंटों को पूर्वी फ़ारस न भेजा जा सका। फिर भी राय साहब अपने पांच एजेंटों को तो क्वेटा के रास्ते पश्चिमी फ़ारस भेजने में सफल हो ही गए। उन दिनों क्वेटा में इम्पीरियल इंटेलिजेंस ब्यूरो के प्रतिनिधि मिस्टर वुड थे। मिकेन्ज़ी के निकट सम्पर्कीय होने से उनसे भी कुछ एजेंट बनाने के लिए कहा गया, जो दक्षिण-पूर्व फ़ारस में धुरी-राष्ट्रों के जासूसों को बेनक़ाब करके, उनकी गतिविधि निष्फल करके, तोड़फोड़ कर सकें।

वुड ने रज़ामन्दी दे दी। फिर कुछ एजेंट भर्ती किए और उन्हें आदेश दिया तेहरान जाकर मेजर फ़िलिप से मिलने का। वे उन दिनों फ़ारस में ब्रिटिश इंटेलिजेंस के प्रमुख गुप्तचर (मास्टर स्पाई) थे। 'कवर' (आवरण) इतना शानदार था उनका कि अंग्रेज़ों के जासूस होने का उन पर कोई शक भी तो नहीं कर सकता था। फ़ारस सरकार में सुरक्षा अधिकारी थे। यह आवरण उनके गुप्त कार्यों में काफ़ी सहायक रहा।

इन एजेंटों को सभी खुफ़िया लवाज़मात के साथ रवाना किया गया था। 'साइलेंट किलिंग' के लिए साइलेंसर लगी पिस्तौल, कई तरह के ज़हर, सोने की गिन्नियां, छोटे ट्रांसमीटर और रिसीवर, अनेक प्रकार की गुप्त स्याहियां, फ़ारस में ही उचित नाप से सिले-सिलाए जनसाधारण जैसे कपड़े आदि। इन एजेंटों ने निहायत शानदार काम किए। हिटलर की गुप्तचर संस्था 'गेस्टपो' के अनेक प्रमुख एजेंटों को बेनक़ाब किया। एक ग्रीक की तो हत्या ही कर डाली। कइयों की बुरी तरह पिटाई करके उनके हाथ-पैर तोड़े।

मई, 1943 में राय साहब को 'एस्कोर्ट' द्वारा एक दस्ती पत्र मिला मिकेन्ज़ी के सैनिक सलाहकार कर्नल ल्यूइस पग का। इस हिदायतनामे में आग्रह था बर्मा और मलाया में बसे सिखों से तुरन्त सम्पर्क करके किसी भी संख्या में एजेंट बनाकर उनकी नियुक्ति 'फ़ोर्स-136' में करने का। तभी तो राय साहब कलकत्ता आए थे अपने मित्रों और परिचितों का सहयोग प्राप्त करने।

उस समय तक कलकत्ता के कार्यालय और प्रशिक्षण-केन्द्र भली भांति विकसित हुए नहीं थे। राय साहब ठहरे थे नम्बर एक किड स्ट्रीट पर 'पैलेस कोर्ट' में। वे मुझे भी अपने साथ वहीं ले गए। चाय-नाश्ते के दौरान कुछ देर तक तो मेरा-उनका विभागीय वार्तालाप

चला, फिर उतर आए घरेलू बातचीत पर, दोपहर बाद हम दोनों पहुंचे मटियाबुर्ज। घण्टों की दौड़धूप के बाद भी जब उनके बंगाली मित्र का पता न चला, तो रात में हारे-थके पहुंचे अपने-अपने डेरे पर। दूसरे दिन सुबह से ही सारे मुहल्ले की ख़ाक छाननी शुरू की। आख़िरकार, उनका दोस्त मिल ही गया। दोनों ने एक-दूसरे का बड़े तपाक से स्वागत किया। उनकी पहली भेंट प्रथम विश्व युद्ध (1914-18) के दौरान 'जरमन-इण्डियन कांसप्रेसी केस' के सिलसिले में सानफ्रांसिस्को में हुई थी। वह उस मामले में सरकारी गवाह था। बर्मा और मलाया में उसके अनेक सिख दोस्त थे, जिन्होंने जापानी क़ब्ज़े के बाद भी भारत में शरण नहीं ली थी। वे वहीं डटे रहे।

उस बंगाली मित्र ने राय साहब को हर तरह का सहयोग देने का वचन दिया। तभी आश्वस्त होने पर उसे गोपनीय प्रयोजन बताया गया कि कुछ सन्देश बैंकॉक (थाईलैण्ड) में एक व्यक्ति के पास पहुंचाने हैं। ऊपर से तो बड़े ही आसान लगते थे ये सन्देश, मगर उनके अर्थ असाधारण रूप से गम्भीर थे। शर्त बस इतनी थी कि इन संकेतयुक्त सन्देशों को केवल स्मृति में ही बांधकर वहां तक ले जाना था। लिखत-पढ़त में लाने की सख़्त मुमानियत थी। इस गुप्त अभियान में राय साहब और उनके बंगाली मित्र को कितनी सफलता हासिल हुई, यह तो मुझे ज्ञात नहीं, किन्तु इतना अवश्य जानता हूं कि अरसे से लापता उस सिख एजेंट ने बैंकॉक, मुआंग नान और च्यांग माई से जापानी सैनिक अड्डों के बारे में बड़ी ही महत्त्वपूर्ण जानकारी भेजी थी।

इस घटना के बाद राय साहब किसी ख़ास काम से गुजरांवाला चले गए। उन्हें वहीं एक अन्य बंगाली सज्जन का सुराग़ मिला, जो झेलम में किसी बीमा कम्पनी का एजेंट था। उसके भी दो सिख मित्र थे, एक रंगून में और दूसरा बैंकॉक में। क्षण-भर का भी विलम्ब किए बग़ैर राय साहब झेलम पहुंचे और उससे मिलकर उसकी सेवाएं एक 'कट-आउट' के रूप में हासिल कीं ('कट-आउट' एक ऐसे विश्वसनीय व्यक्ति को कहते हैं, जो एजेंट और गुप्तचर अधिकारी का मध्यस्थ होकर दोनों के पारस्परिक सन्देशों का आदान-प्रदान करता है। इस क्रिया से दोनों के बार-बार मिलने से उठने वाले सन्देहों की गुंजाइश नहीं रहती)।

कालान्तर में राय साहब के सहयोग से उस बीमा एजेंट को अपने सिख मित्रों से सम्पर्क स्थापित करने में कामयाबी हासिल हुई। फिर उन्हें मिकेन्ज़ी के हवाले कर दिया गया। कुछ समय बाद उन एजेंटो ने अपने-अपने अधिकार-क्षेत्र में बड़ा ही सराहनीय कार्य किया। वे 'फ़ोर्स-136' हैडक्वार्टर्स को जापानी इम्पीरियल एयर फ़ोर्स की आक्रामक (ऑफ़ेन्सिव) और रक्षात्मक (डिफ़ेन्सिव) दोनों प्रकार की गतिविधियों से अवगत कराते रहे। साथ ही उनकी हवाई शक्ति (एयर पावर) के तकनीकी भेदों (टेकनिकल डाटा इलेक्ट्रॉनिक, ट्रांसफ़ार्मर्स, कम्प्यूटर सर्किट, इंजन वग़ैरह) का पता लगाकर ऐसी सूचनाएं भी दीं, जो विशेष अहमियत रखती थीं। बैंकॉक के ही सिख एजेंट ने सर्वप्रथम जापानी गुप्तचर संस्था 'तोकाक्का' के बारे में जानकारी दी, जो उन दिनों मेजर कोबो की देखरेख में थाईलैण्ड के कम्युनिस्टों पर कड़ी निगरानी रख रही थी। इससे पहले इस संस्था को कोई जानता तक न था।

राय साहब के गुजरांवाला रवाना होते ही मुझे भेजा गया था 'बनानारिज़' (शिमुराली) रेलवे स्टेशन के निकट हुगली नदी के किनारे कलकत्ता पोर्ट ट्रस्ट कमिश्नर का पुराना बंगला,

जिस पर 'फोर्स-136' ने क़ब्ज़ा कर रखा था। चूंकि बंगाल के विषय में मेरी भौगोलिक जानकारी नहीं के बराबर थी, कैप्टेन ऑल्सन ने मेरी कसकर ब्रीफ़िंग की। ख़ास तौर पर उस इलाक़े की जहां चन्द दिनों बाद मुझे राय साहब के साथ जाना था। ब्रीफ़िंग के दौरान मुझे नोट्स लिखने की अनुमति भी दी गई थी।

अंग्रेज़ अफ़सर जानते थे कि मेरी जानकारी मुख्यतः इटावा, मैनपुरी, आगरा, मथुरा, बनारस (वाराणसी), नैनीताल और लखनऊ तक ही सीमित है, जहां यातायात के मुख्य साधन रेलें और सड़कें हैं। बंगाल में ठीक यही स्थान नावों का है। झील, दलदल, नदी, नाले और कीचड़-भरे पोखरों के कारण बंगाल में पानी ही सड़क है, पानी ही जीवन है। मई से अक्टूबर तक छह महीने मानसून के ज़बरदस्त थपेड़े। देहातों में बांस और घास-फूस के झोंपड़े। दक्षिण-पूर्व कोने में बर्मा-सीमा पर ऊंचे-ऊंचे पहाड़। जोंकों से भरे बीहड़ जंगल और ख़तरनाक जानवरों से ग्रस्त तेज़ ढलान वाली चटगांव की पहाड़ियां, जो अराकान में जाकर मिलती हैं। यहीं जापानियों से हमारा भीषण युद्ध हो रहा था। यहीं फ़ासिस्टों के ख़िलाफ़ भारत लड़ाई में कूदा था। चारों ओर चायबागानें, पटसन और धान के हरे-भरे खेत। नारियल और सुपारी के झुण्ड के झुण्ड।

दक्षिण में लगभग 300 किलोमीटर लम्बी और 100 किलोमीटर गहरी सुन्दरबन की सपाट पट्टी, जहां न तो हरे-भरे खेत, और न ही आबादी। घने बीहड़ जंगलों से लबरेज़ ख़तरनाक जंगली इलाक़ा। यहां समुद्र गंगा और ब्रह्मपुत्र नदियों को लीलता है। फिर अन्दर घुसकर समुद्र खारे पानी की झीलों में बंट जाता है। पच्चानवें प्रतिशत लोग गांवों में बसते हैं। वे अधिकतर मुसलमान हैं। हिन्दुओं के अलावा अन्य अल्पसंख्यक वे पहाड़ी हैं जो ज़्यादातर चटगांव में बसते हैं। बौद्ध भी मुख्यतः चटगांव-निवासी हैं। उनकी संख्या लगभग 50 हज़ार है। अंग्रेज़ों के प्रति श्रद्धा रखने वालों में विशेषकर जैसोर, खुलना, फ़रीदपुर, ढाका, नारायणगंज, टिपरा (कोमिल्ला), चांदपुर, फ़ेनी, नोआखाली, फ़ाज़िलपुर, नज़ीरहाट, दो हज़ारी, चटगांव और कॉक्स बाज़ार के मुसलमानों को ही बताया गया। चटगांव के कुछ बौद्धों को भी श्वेतमहाप्रभुओं का भक्त कहा गया। अधिक ज़ोर दिया नोआखाली ज़िले में हटिया टापू के मछेरों पर। सुन्दरबन के रास्ते ही तो जापानी घुसपैठ का ज़बरदस्त ख़तरा था। जापानियों का इरादा था ब्रिटिश फ़ौजों को पूर्व की ओर भटकाकर पीछे से कलकत्ता पर आक्रमण करके क़ब्ज़ा करने का। अतः सुन्दरबन के चप्पे-चप्पे पर जासूसों का जाल बिछाना निहायत ज़रूरी था।

आंखों में आंखें डालकर आदमी को पहचानने का नायाब तरीक़ा भी बताया कैप्टेन ऑल्सन ने, जो निम्न आठ प्रकार का था–

1. गहरे भूरे रंग की आंखों वाला आदमी बेरहम और टरकाऊ स्वभाव का होता है।

2. आंखें जितनी ही गहरे काले रंग की होंगी, वह आदमी उतना ही सख़्त तबीयत होगा, और ख़तरे के समय उसकी प्रतिक्रिया उतनी ही विस्फोटक होगी।

3. हरे या हल्के धुएं जैसे रंग की आंखों वाला अफ़सर बहुत ही चालाक, बात को समझने और ध्यान से सुननेवाला तथा सहनशील होता है। उस पर आर्थिक और सामाजिक दबावों का कोई असर नहीं होता।

4. काली आंखों वाला अफ़सर गरम मिज़ाज होता है। ज़रा-सी भी ग़लती करने पर मातहत को तुरन्त डांटता है। मुसीबत का मुक़ाबला डटकर करता है। निर्णय फ़ौरन लेता है, जो सदा सही होता है।

5. नीली आंखों वाले व्यक्ति में असाधारण सहनशक्ति होती है। वे भावुक होते हैं। मूड़ी होते हैं। उन्हें सदा ही कोई-न-कोई शिकायत रहती है।

6. धुएं जैसे रंग की आंखों वाले व्यक्ति ज़िद्दी होने के अलावा बेहद साहसी भी होते हैं।

7. हल्के भूरे रंग की आंखों वाले व्यक्ति शर्मीले, व्यक्तिवादी, असामाजिक होने के कारण अपना ही रोज़गार धंधा करते हैं, नौकरी नहीं।

8. हरे और ललामी लिए भूरे रंग की आंखों वाले व्यक्ति बहुत सुखी रहते हैं। दृढ़-संकल्पी होते हैं। अपनी सीमाओं का अहसास भी रखते हैं।

इस शानदार ब्रीफ़िंग के बाद मैं कलकत्ता वापस आ गया और कुछ दिनों तक विभिन्न एस्कोर्ट ड्यूटियों में लगा रहा। 14 जुलाई, 1943 को गुजरांवाला, झेलम, चकलाला, रावलपिण्डी, लाहौर का चक्कर लगाकर राय साहब भी कलकत्ता वापस आ गए। मुझे उनके साथ फिर नत्थी कर दिया गया। 16 जुलाई, 1943 की रात हम दोनों सूरमा मेल से ढाका के लिए रवाना हुए। सड़क तो थी ही नहीं, वरना 235 किलोमीटर लम्बा सफ़र पांच घंटे में तय कर लेते। रेल के रास्ते 360 किलोमीटर लम्बी यात्रा में चौदह घंटे लग गए, और वह भी मेल ट्रेन से। रात को एक स्टेशन पर उतरकर स्टीमर से नदी पार की, तब कहीं सुबह ढाका पहुंच पाए।

रंगपुर के मिलिटरी इंटेलिजेंस अफ़सर कर्नल ई॰ ग्रेगरी को इत्तिला दी ही जा चुकी थी, अतः वे भी वहीं मौजूद थे। उन्होंने नारायणगंज, टिपरा (कोमिल्ला), चांदपुर, नोआखाली, फ़नी, नज़ीरहाट, दो हज़ारी और चटगांव के कुछ विश्वसनीय व्यक्तियों की फेहरिस्त राय साहब के हवाले की। उन्हीं के माध्यम से 'फ़ोर्स-136' में उनकी नियुक्ति करके उन्हें बर्मा के किसी भी तटीय प्रदेश में जासूसी करने के लिए भेजे जाने की तजवीज़ थी। थे वे सभी निम्न वर्ग के मल्लाह, मछुए, क़साई। केवल चटगांव के ही दो बौद्ध थे। शेष सभी कट्टर मुसलमान।

मानसून ज़ोरों पर था। जनरल गिफ़र्ड ने जनरल इरविन से ईस्टर्न आर्मी के कमाण्डर का चार्ज ले लिया था। बारिश थमते ही अराकान पर ज़बरदस्त हमले की तैयारियां हो रही थीं। 'फ़ोर्स-136' की सिफ़ारिश पर जनरल गिफ़र्ड ने सेना में तीन बातों पर विशेष ध्यान दिया—1. लड़ाई के मैदान में झोंकने से पहले सैनिकों को मुकम्मल तालीम दी जाए, 2. सैनिकों को भूख-प्यास से लड़ने न दिया जाए, और 3. सैनिकों के टूटने से पहले ही नए सैनिक दस्ते मोर्चे पर रवाना किए जाएं।

पांचवीं और सातवीं डिवीज़नें ज़ोरदार हमले की तैयारियां कर रही थीं। छब्बीसवीं और सत्तरहवीं डिवीज़नें रिज़र्व में रखी गईं। सुन्दरबन फ़्लोटिला रसद और गोला-बारूद ढोने में लग गया। न हवाई जहाज़ उपलब्ध थे, न समुद्री जहाज़। इक्यासीवीं पश्चिमी अफ़्रीकी डिवीज़न को भी इस आक्रमण में शामिल कर लिया गया, क्योंकि कालादान नदी के पूर्वी तट पर अलग से घेरा डालना था। उन दिनों ये अफ़्रीकी सैनिक महाबलेश्वर (महाराष्ट्र) की पहाड़ियों

में जंगल-युद्ध का प्रशिक्षण ले रहे थे। बजाय समतल स्थान के इन हबशियों को जंगल ही प्रिय था। सामान ढोने के लिए न तो उनके पास कोई सवारी थी, न जानवर। अपना माल-असबाब, हथियार-गोलियां-ग्रिनेड स्वयं ही ढोने में उन्हें विशेष आनन्द आता था।

बंगाल की सड़ी गर्मी, जानलेवा मच्छर और तूफ़ानी बारिश के बीच राय साहब के साथ मुझे तीन सप्ताह तक नारायणगंज, टिपरा, नोआखाली, फ़ैनी, फ़ाज़िलपुर, नज़ीरहाट, दो-हज़ारी और चटगांव का दौरा करना पड़ा। कहीं रेल से जाते, तो कहीं सड़क, नाव या स्टीमर से। कई बार जोंकों-भरी दलदल भी पैदल पार करने की नौबत आई। इसी अवसर पर मुझे राय साहब की दरियादिली, उनका अदम्य साहस देखने को मिला। इस बुढ़ापे में भी थकान का नाम नहीं। गुप्तचरी, प्रति-गुप्तचरी की बारीकियां, दांव-पेच समझाते न अघाते।

सुन्दरबन की ओर से सम्भावित जापानी ख़तरा था ही, अतः वहीं हरिनघाट, पटुआखाली, वाकरगंज, बारीसाल, भोला, नज़ीरपुर, दौलतख़ाना, सनद्वीप, कुतुबदीया, मेखखेल और कॉक्स बाज़ार में राय साहब ने कुछ एजेंट बनाए। अधिकांशतः स्थानीय मल्लाह और मछुए थे। अपने पेशे के अलावा ये दुश्मन की घुसपैठ से चौकन्ने भी रहते थे। पांच सौ से एक हज़ार रुपए मासिक वेतन पर नौ एजेंट नियुक्त किए गए थे। दो प्रमुख गुप्तचर भी बनाए, जिनके बारे में मुझे कोई जानकारी नहीं। उन नौ एजेंटों के नाम थे—जमील, रशीद, जलील, उस्मान, हलाल, वाचल, ग़फ़्फ़ार, सरवर और सराई। अन्तिम दोनों व्यक्ति पढ़े-लिखे नौजवान थे। सरवर मुसलमान और सराई बौद्ध। थे दोनों ही चटगांव-निवासी। उनके परिवार के लिए दो-दो मास का अन्तिम वेतन देकर, हम दोनों को अपने साथ कलकत्ता ले आए। शेष को अलग से भिजवाया।

एक सप्ताह के अन्दर इन्हें दो दलों में बांटकर ट्रेनिंग के लिए भारत में खड़गवासला, बनानारिज़ और कालिमपांग के निकटवर्ती बीहड़ पहाड़ी जंगलों में तथा श्रीलंका में माउण्ट लवीनिया, अंगुलाना रवाना किया गया। जापान-अधिकृत बर्मा में तोड़फोड़ के लिए प्रशिक्षण निहायत ज़रूरी था। तभी तो उन्हें विस्फोटक पदार्थों और गुप्त स्याहियों का प्रयोग करने, स्थल और नदी-नालों में सुरंगें बिछाने, रेडियो, ट्रांसमीटर से ख़ुफ़िया ख़बरें भेजने की ट्रेनिंग दी गई थी। उन्हें विशेष प्रशिक्षण दिया गया था— 1. एलड्रीन ज़हर को पानी में मिला देने का, जिससे जो भी उसे पिए, मौत को गले लगाता जाए, तथा 2. रेलगाड़ियों को उड़ाने के लिए नाइट्रो-ग्लेसरीन का शक्तिशाली विस्फोटक रेल की पटरियों के बीच बिछाने का।

पहली पार्टी में जमील, रशीद, जलील और उस्मान थे तथा दूसरी में हलाल, वाचल, ग़फ़्फ़ार और सराई। पहले दल का नेता था उस्मान और दूसरे का सरवर। दोनों पार्टियों को अलग-अलग तारीख़ों में क्रमशः कुतुबदीया और कॉक्स बाज़ार से बर्मा के पश्चिमी तट पर किसी ख़ास जगह के लिए नावों पर रवाना किया गया था। दोनों दलों के रामरी द्वीप तक तो सकुशल पहुंचने के सन्देश मिले, फिर बाद में पहले दल का कुछ पता न चला। शायद, जापानियों को उनकी गंध मिल गई थी और उन्हें वहीं भून डाला गया हो !

दूसरी पार्टी के दो एजेंट किसी प्रकार मरते-खपते चेदुबा द्वीप पहुंचने में सफल हुए। कुछ समय बाद तोंगुण, ग्वा होते हुए हेनज़ाडा पहुंचे। बर्मा स्टेट रेलवे का यह एक महत्त्वपूर्ण जंक्शन स्टेशन था। यहीं से रेल, सड़क और नदी के रास्ते जापानियों का फ़ौजी साज़ो-सामान

उत्तरी तथा पश्चिमी सैनिक मोरचों पर भेजा जाता था। यहीं दोनों ने कुलीगीरी का पेशा अपनाया। कुछ दिनों तक तो बड़ी बेफ़िक्री और लगन के साथ अपना छद्मवेश पुख़्ता करने में लगे रहे। फिर फ़ौजी साज़ो-सामान की टोह लेने में लग गए। जापानियों का एक ख़ास नियम था कि वे अपना सामान स्वयं ही वैगनों में लादते थे। सुरक्षा के इस मामले में न तो वे बर्मियों का यक़ीन करते थे, न ही प्रवासी भारतीयों का।

एक दिन दोनों ने एक ऐसे वैगन में विस्फोट, आग लगाने वाली सामग्री लाद दी, जिसे शंटिंग के लिए यार्ड में गोला-बारूद से लदी मालगाड़ी के बग़ल में रुकना था। निर्धारित समय पर इस खुले वैगन में आग लगी और उसकी लपटों ने फ़ौजी वैगनों को भी लपेट में ले लिया। यार्ड समेत पूरी गाड़ी जलकर भस्म हुई। गोला-बारूद फटने से बड़ी ही तबाही आई। सैकड़ों जानें गईं। हज़ारों घर बरबाद हुए। इस विध्वंस से जापानियों के पैर लड़खड़ा गए। इस असाधारण कारगुज़ारी पर सर गाल्विन स्टुअर्ट ने टिप्पणी दी—"सेबोटाज ऑफ़ ए वैरी हाई ऑर्डर" (बहुत ही उच्च श्रेणी का विध्वंस)। राय साहब की शोहरत में चार चांद लग गए।

राय साहब द्वारा नियुक्त किए गए कुछ एजेंटों को कर्नल एफ़॰ एफ़॰ बीमिस ने भी पनडुब्बियों के ज़रिए बैंकॉक भेजा था। उनमें एक था चटर्जी। उसका देहान्त हो चुका है। भारतीय कम्युनिस्ट पार्टी के सदस्यों में बनाए गए 150 एजेंटों में उसका भी नाम था। कइयों की भरती राय साहब ने गहरी छानबीन के बाद ही की थी। इस सिलसिले में यह जानना ज़रूरी है कि साम्यवाद से हिटलर को सख़्त नफ़रत थी। तभी तो एक तीर से दो शिकार करने के उद्देश्य से सोवियत यूनियन पर धावा बोलकर इंग्लैण्ड को कमज़ोर करने की ठानी। 22 जून, 1941 को रूस पर तीन तरफ़ से आक्रमण करके तुरन्त यूक्रेन प्रदेश पर जर्मन प्रभुत्व क़ायम किया। इस अवसर पर भारतीय कम्युनिस्टों को भी गिरगिट की भांति रंग बदलते देर न लगी। तुरन्त उनके महामंत्री पूर्णचन्द्र जोशी ने ब्रिटिश सरकार के होम मेम्बर मिस्टर मैक्सवैल को सन्देश भिजवाया कि इस 'जन-युद्ध' (पीपुल्स वार) में भारतीय कम्युनिस्ट पार्टी उनका पूरा-पूरा समर्थन करती है। आख़िर अब उन्हें जेलों में क्यों सड़ाया जा रहा है।

पोलित ब्यूरो के इस प्रस्ताव दिनांक 15 दिसम्बर, 1941 को अंग्रेज़ों ने मान लिया, क्योंकि सोवियत यूनियन ने इंग्लैण्ड, अमेरिका और फ्रांस की ओर मैत्री का हाथ बढ़ाया था। इसी आधार पर 29 जुलाई, 1942 को अंग्रेज़ों द्वारा लगाए गए सभी बन्धनों से भारतीय कम्युनिस्ट पार्टी को मुक्त कर दिया गया। तभी तो अंग्रेज़ों ने भारतीय कम्युनिस्टों को फ़ासिस्टों के ख़िलाफ़ पूर्वी युद्ध-क्षेत्र की हर 'फ़ील्ड' में जी भर के झोंका। यही कारण था कि उन दिनों न तो कोई विद्यार्थी आन्दोलन हुआ, न मज़दूर संघर्ष। ब्रिटिश सरकार की खाद्य-नीति का भी खुले दिल से समर्थन किया गया। कैसी विडम्बना थी कि जब बंगाल में लाखों-करोड़ों भूख से तड़प-तड़पकर प्राण त्याग रहे थे, नई दिल्ली में भारत सरकार के फ़ूड मेम्बर सर जे. पी. श्रीवास्तव जमुना-तट पर कराए जा रहे यज्ञ में टनों खाद्यान्न और शुद्ध घी स्वाहा कर रहे थे। अभी तक मुस्लिम लीग ही कांग्रेस को गाली देती थी, अब कम्युनिस्टों ने भी उनके सुर-में-सुर मिलाकर कांग्रेस के ख़िलाफ़ ज़हर उगलना शुरू कर दिया। अंग्रेज़ कम्युनिस्टों को आर्थिक सहायता पहुंचाते थे—1. ग्रिण्डले आरबुथनट्स, नई दिल्ली, 2. टॉमस कुक एण्ड

सन, नई दिल्ली, और 3. लॉइड्स बैंक, नई दिल्ली के माध्यम से।

उन 150 एजेंटों में अधिकांश मद्रास और उड़ीसा-निवासी थे, शेष बंगाल के। उन्हें तोड़-फोड़, आगज़नी, फ़ील्ड-क्राफ्ट की मुकम्मल ट्रेनिंग दी गई थी। वे बर्मा या किसी अन्य जापान अधिकृत देश में कितने सफल रहे, इसका मुझे तनिक ज्ञान नहीं। राय साहब से पूछने की हिम्मत भी नहीं हुई। संस्था के सुरक्षा नियमों में जकड़ा जो था।

राय साहब ने मिकेन्ज़ी को अपने केवल अट्ठारह एजेंटों के विषय में ही बताया था। शेष तो उनके अलावा कोई जान ही न पाया। भारत-विभाजन के बाद अन्तिम बार राय साहब से दिल्ली में भेंट हुई थी। उस शाही-तबीयत इंसान को पहली बार झुकी कमर लिए ख़ाली हाथों देखा था। जिस शख़्स ने पैसा सदा पानी की तरह बहाया, वही चांदनी चौक में बनियाइन ख़रीदते वक्त फुटपाथ पर बैठे एक हॉकर से मोल-भाव कर रहा था। सम्भवतः अब वे इस संसार में नहीं हैं। कभी-कभी तो ऐसे ज़िन्दादिल और क़ाबिल 'मास्टर-स्पाई' की याद आ ही जाती है।

ऑपरेशन वुडबाइन

मई, 1943 में 'ऑपरेशन ल्यूसेंट' में मिली सफलता के बाद मेजर स्टीयर की पदोन्नति हुई और उन्हें लेफ़्टिनेंट कर्नल का ओहदा प्रदान किया गया। मुझे भी बहुत-से इनामात दिए गए। मेरी तरक़्क़ी का तो प्रश्न ही नहीं उठता था। सेना में मेरा कोई दर्जा तो था नहीं। मुझे तो यू. पी., सी. आई. डी., स्पेशल ब्रांच, लखनऊ से 'फ़ोर्स-136' में ख़ास तौर से 'डेप्यूटेशन' (प्रति-नियुक्ति) पर भेजा गया था। इसीलिए लॉर्ड जॉन लिनार्ड कॉली ने मेरे बारे में एक प्रशंसा-पत्र यू. पी. पुलिस के इंस्पेक्टर-जनरल सर इंगिल्स को भेजा और उसकी एक प्रति मेरे हवाले की। मैं पूरी तरह संतुष्ट था। टीम के अन्य व्यक्तियों को क्या मिला, इसका मुझे पता नहीं।

अंग्रेज़ों के लिए यह बड़ी विकट घड़ी थी। बर्मा से खदेड़े जाने के बाद फ़ील्ड मार्शल वाइकाउण्ट आर्चिबाल्ड वेवल और उनके अधीन 'रॉयल वेल्स फ़ुज़िलियर्स', 'रॉयल स्कॉट्स', 'रॉयल बर्कशायर', 'रॉयल टैंक रेजिमेंट', 'किंग्स ओन लिंकन्स', 'यॉर्कशायर लाइट इनफ़ैण्ट्री', 'डनहम लाइट इनफ़ैण्ट्री', '10वीं लंकाशायर फ़ुज़िलियर्स', '14वीं इण्डियन डिवीज़न', '47वीं, 55वीं, 88वीं और 123वीं ब्रिगेड', 'पहली, पन्द्रहवीं पंजाब रेजिमेंट', 'सातवीं हिसार', 'चौथी, पांचवीं, सातवीं गोरखा रेजिमेंट', 'राजपूताना राइफ़ल्स', 'केमरोनियंस', 'पांचवां, सातवां आरमर्ड ब्रिगेड', 'फ्रंटियर फ़ोर्स राइफ़ल्स' आदि ब्रिटिश और भारतीय सेनाएं तो युद्ध में जूझ ही रही थीं। ब्रिटिश प्रधानमंत्री विंस्टन चर्चिल के आदेश से 'फ़ोर्स-136' ने भी जापान-अधिकृत बर्मा में विशिष्ट गुप्त अभियान (स्पेशल इंटेलिजेंस ऑपरेशन्स) शुरू कर दिए थे।

जुलाई, 1943 में कर्नल स्टीयर को पी. डब्ल्यू. डिवीज़न के अन्तर्गत 'फ़ारवर्ड फ़ील्ड ब्रॉडकास्टिंग यूनिट' अथवा 'इण्डियन फ़ील्ड ब्रॉडकास्टिंग यूनिट' का कार्यभार सौंप दिया गया था। अब तक वे मुझे चाहने भी बहुत लगे थे और उनकी मंगेतर मिस टकर भी मेरा नाम न लेकर मुझे 'ल्यूसेंट' कहकर पुकारने में ही विशेष स्नेह का अनुभव करने लगी थीं।

एक दिन सितम्बर, 1943 में कर्नल स्टीयर ने मुझे अपने कमरे में बुलाया और पूछा कि क्या मैं जापानियों के साथ कुछ चुहलबाज़ी करना पसन्द करूंगा ? उनकी बात बिना भली-भांति समझे ही मैंने तुरन्त उत्तर दिया, "जी हां, अवश्य !"

"तब अगले सोमवार को मुझसे मिलो," उन्होंने मुस्कराते हुए आदेश दिया।

निश्चित तिथि एवं समय पर नारायणगंज-निवासी ल्यूक, रिचर्ड और सरमन को साथ लेकर मैं कर्नल स्टीयर से मिलने डमडम (कलकत्ता) हवाई अड्डे पर जा पहुंचा। वहां वे हम

सबका पहले से ही इन्तज़ार कर रहे थे। एक छोटा-सा विमान भी हमारी बाट जोह रहा था। हम पांचों उसमें सवार हुए। कुछ देर बाद उसने हमें जैसोर हवाई अड्डे पर जा उतारा, जो द्वितीय विश्वयुद्ध के दौरान एशिया का सबसे बड़ा सैनिक हवाई अड्डा था। बर्मा में जापानी सेना के भीतर घुसकर मार करने वाले 'फ़ोर्स-136' के लगभग सभी स्पेशल इंटेलिजेंस ऑपरेशन्स यहीं से संचालित होते थे।

जैसोर में भी रॉयल एयर फ़ोर्स का एक 'बफ़ैलो' यान हमें लेकर आगे उड़ान भरने के लिए 'रन वे' पर मौजूद था। उसमें लदे थे 'फ़ील्ड ब्रॉडकास्टिंग ईक्विपमेंट', नमक और चीनी की थैलियां, दवाइयां, ज़नाने-मर्दाने सादे कपड़े, बच्चों के लिए रेडीमेड कपड़े, मिठाइयां, टॉफ़ी, लेमनड्राप, चाकलेट और बिस्किट के डिब्बे। इस जहाज़ ने हमें दीमापुर (नागालैण्ड) हवाई अड्डे पर जा उतारा, जो उस समय अमेरिकनों की निगरानी में बनाया जा रहा था।

यहां भी तीन जीप गाड़ियां तहेदिल से हमारा स्वागत करने के लिए पहले से तैयार थीं। वह सब सामान उनमें लाद दिया गया, जो हम अपने साथ कलकत्ता से लाए थे। हमारी तीनों जीपें उस अत्यधिक सामरिक महत्त्व की लम्बी सड़क पर आगे बढ़ने लगीं, जिसे तभी 70 हज़ार मज़दूरों ने बनाकर तैयार किया था। इनमें अधिकांश मज़दूरों को तो असम के चायबागानों से इस निहायत ज़रूरी काम के लिए उनके अंग्रेज़ मालिकों से कुछ अरसे के लिए उधार ले लिया गया था। लम्बाई में तो यह सड़क दीमापुर (नागालैण्ड) से तामू (उत्तरी बर्मा में बर्मा-भारत सीमा पर) तक पूरे मणिपुर राज्य से भी अधिक लम्बी थी।

हमारी जीपें रास्ते में पड़ाव डाले बहुत-से भारतीय, अफ़्रीकी, ब्रिटिश और अमेरिकी सेना की डिवीज़नों को कोहिमा, इम्फ़ाल और उनके बीच पड़ने वाले अनेक पहाड़ी इलाक़ों को पार करती हुई ऊबड़-खाबड़ रास्तों से आगे बढ़ने लगीं। मैं कर्नल स्टीयर के साथ उनकी जीप में था। वही सबसे आगे थी। बाक़ी दो हमारे पीछे कुछ फ़ासले से चल रही थीं। हम सब सादी गहरी हरी वर्दी में थे। न कहीं कोई सजावट, न स्टार, न क्राउन। आगे कई स्थानों पर मित्र-राष्ट्रों के सैनिक हमें टोकते भी, लेकिन हमारी गाड़ियों के सामने बने ख़ास निशान देखते ही हमें आगे बढ़ जाने दिया जाता। शायद, हमारे वहां पहुंचने की सूचना उन्हें उनके उच्च अधिकारियों द्वारा गुप्त रूप से मिल जाती रही हो।

सुरक्षा को ध्यान में रखते हुए हम सबने अपने 'आईडेन्टिटी कार्ड' और 'मूवमेंट ऑर्डर' तो पहले ही दीमापुर ऑफ़िस में जमा करा दिए थे। यदि आगे जाकर हम जापानियों द्वारा पकड़े भी जाते, या मार डाले जाते, तो उन्हें हमारे पास ऐसी कोई चीज़ नहीं मिलनी चाहिए थी, जिससे वे यह जान जाते कि हम 'फोर्स-136' या 'मिनिस्ट्री ऑफ़ इकॉनॉमिक वॉरफ़ेयर लाइजन ऑफ़िस' जैसी किसी गुप्त संस्था से सम्बन्धित हैं। हम हथियारों से भली-भांति लैस थे और 'फ़ोर सेकिण्ड ग्रिनेड' की मालाएं हमारे गले में लटकी हुई थीं। 'जैक नाइव्ज़' भी हमारे पास थे।

रास्ते में पड़ने वाले कई युद्धग्रस्त गांवों में हमारी जीपें रुकीं। वहां के प्रत्येक स्त्री-पुरुष को हमने नमक, चीनी, दवाइयां, कुनेन की गोलियां और कपड़े दिए। उनके बच्चों को मिठाइयां, टॉफ़ी, चाकलेट, लेमनड्राप, बिस्किट बांटे। सभी कुछ मुफ़्त। यह हमारे 'ऑपरेशन वुडबाइन' का प्रथम चरण था। हमने इन ग्रामीणों द्वारा कुछ अफ़वाहें भी वहां आसपास के इलाक़ों में

फैलवाईं, जो जापानियों तक पहुंचने पर उन्हें बेचैन करने के लिए काफ़ी थीं। हमने उनसे जापानियों के ठौर-ठिकानों की जानकारियां भी पर्याप्त मात्रा में हासिल कीं।

यहां हमारा ख़ास मक़सद था जन-जीवन की निहायत ज़रूरी चीज़ें उन्हें मुफ़्त देकर उनकी हमदर्दी हासिल करना। फिर, इसके एवज़ में, बातों ही बातों में, उनसे उस इलाक़े और उसके आसपास की जापानी सैनिक-गतिविधि जानना तथा दुश्मन के बारे में अन्य गोपनीय समाचार इकट्ठे करना। स्थानीय भाषा जानने के कारण ल्यूक, रिचर्ड और सरमन ने यह काम बड़े ही शानदार ढंग से निभाया। कुछ लोगों को सोना तथा महारानी विक्टोरिया, एडवर्ड सप्तम, जार्ज पंचम के भारतीय रुपए दिए जो बर्मा में उस समय भी सरकारी मुद्रा मानी जाती थी। कुछ भरोसे के लोगों को छोटे हथियार भी दिए, जिन पर मेजर स्टीयर को पूर्ण विश्वास था। इस सबके एवज़ में हमने उन्हें इस बात पर राज़ी कर लिया कि वे शत्रु-अधिकृत इलाक़े में जाकर विनाशकारी अफ़वाहें फैलायेंगे—संयुक्त रूप से नहीं, बल्कि 'मैन-टु-मैन' प्रोपेगेण्डा करके। 'फ़ोर्स-136' के 'इकॉनॉमिक विंग' का यह ख़ास मक़सद था, जिसके लिए हमें यहां उन तक जाना पड़ा। एक ने तो हमें सामरिक महत्त्व की लाजवाब सूचना भी दी, जिसे उचित माध्यम से मित्र-राष्ट्रों के सर्वोच्च सेनापति अर्ल माउण्टबैटन ऑफ़ बर्मा को पहुंचाया गया। उसने बताया कि जापानियों के पास आठ दिनों के लिए ही युद्ध एवं खाद्य सामग्री रहती है। यदि किसी प्रकार हम उन्हें आठ दिनों तक रोके रहें और यह 'सप्लाई' भी न मिलने दें, तो उन्हें सहज ही नेस्तनाबूद किया जा सकता है।

उस इलाक़े में मित्र-राष्ट्रों की कुछ फ़ौजें इम्फ़ाल में थीं और कुछ थौबल में, जहां दोनों ओर से घमासान युद्ध हो रहा था। जापानियों ने 'ऑपरेशन 'यू' ' की पूरी तैयारी कर ली थी और उसके लिए उन्होंने मणिपुर राज्य को युद्धभूमि के रूप में चुन भी लिया था। यह उनका बीच की युद्ध-रेखा (सेण्ट्रल फ्रण्ट) के पीछे की ओर बिल्कुल सटा हुआ था। यहां से उन्हें (क) दिलेरी के साथ सीमा पार करके मित्र-राष्ट्रों की सेना के मूल आधार (बेस) को इम्फ़ाल में नेस्तनाबूद करके अपने अधिकार में ले लेना था, (ख) बंगाल-असम रेलवे लाइन को जड़ से उखाड़ फेंकना था, जो मित्र-राष्ट्रों के लिए रसद पहुंचाने का मुख्य साधन बन गई थी, और (ग) असम-स्थित मित्र-राष्ट्रों के सभी हवाई अड्डों पर क़ब्ज़ा करना।

कितना भयंकर और कैसी लालसा से भरा दिलेरी का परिचायक था जापानियों का यह 'ऑपरेशन 'यू' ' जिसके लिए शाही जापानी सेना के एक लाख तेज़ मार करने वाले और जंगल-जीवन से बख़ूबी परिचय रखने वाले सैनिक तैयार किए जा रहे थे। यही वह जगह थी थौबल और पलेल के आसपास कहीं भारत-बर्मा सीमा पर, जहां हम पहाड़ी रास्तों पर टिकते-टिकाते जंगल-जीवन-सम्बन्धी विषमताएं झेलते-झेलते चले जा रहे थे।

अंधेरा बढ़ रहा था और जापानी तोपची आग बरसा रहे थे। उस रात चन्द्रमा का प्रकाश नाममात्र को भी न था। अतः जापानियों द्वारा दाग़ा गया एक-एक गोला हमें वहां से लाल अंगारे की भांति नज़र आ रहा था। हर क़दम पर मौत हमारे सामने थी। टेढ़े-मेढ़े, ऊबड़-खाबड़, झाड़-झंखाड़ से भरे अंधेरे रास्ते पर केवल जीप के आगे की टिमटिमाती हुई हल्की रोशनी के आधार पर ही हमारी गाड़ियां जैसे-तैसे आगे खिसक रही थीं। अचानक वह रास्ता भी बन्द नज़र आया। जीपों से उतरकर हमने सांप-जैसे टेढ़े-मेढ़े, ऊंचे-नीचे रास्तों का

सहारा लिया। जीपें तो जैसे-तैसे पीछे की ओर घुमाकर वहीं छोड़ दीं। रास्ता अधिक चौड़ा न होने के कारण इस काम में हमें काफ़ी दिक़्क़त का सामना करना पड़ा और जीपों को हमने दरअसल हाथों से ही उठाकर घुमाया था। ऐसा इसलिए किया था कि लौटते समय गाड़ियां हमें ठीक हालत में ठीक स्थान पर मिलें और उस समय उन्हें घुमाने की दिक़्क़त से भी बचे रहें।

अब हम रात के निविड़ अन्धकार में अपने साज़ो-सामान से लैस कंटीले, दलदली रास्तों से होकर गुज़र रहे थे। मच्छरों ने तो पहले से ही हमारे ऊपर धावा बोल रखा था। वे हमारे खुले हाथों और चेहरों पर बुरी तरह सुइयां चुभो रहे थे। शायद जापानियों का साथ देकर हमें वहीं परास्त करने की ठानी हो। लेकिन, हम आगे बढ़ने से बाज़ न आए। जुगनू भी जहां-तहां चमक कर हमारे लिए लघु दीपकों का काम कर रहे थे। गोला-बारूद की भीषण गर्जना से कान फटे जा रहे थे, हालांकि हमने उनके अन्दर रुई ठूंस रखी थी। बारूद की दुर्गन्ध और जहां-तहां पड़ी लाशों की सड़न से नाक और मुंह जले जा रहे थे। टार्चें हमारे पास थीं, किन्तु सुरक्षा की दृष्टि से हमने उन्हें जलाया नहीं। हम तो केवल बांस की छोटी-छोटी संटियों के सहारे ज़मीन टटोल-टटोलकर आगे बढ़ रहे थे।

सहसा कर्नल स्टीयर एक चट्टान के पास रुक गए और हम सबको भी वहीं ठहरने का आदेश दिया। अब हम जापानी सैनिक मोर्चे के पास पहुंच चुके थे, जहां से वे आग बरसा रहे थे। चट्टान की आड़ लेकर हम चारों ने हथियार संभाले और कर्नल स्टीयर ने संभाला अपना 'फ़ील्ड ब्रॉडकास्टिंग ईक्विपमेंट' और वे लगे बोलने जापानी भाषा में अपने रटे-रटाए वाक्य। वे तेज़ आवाज़ में बोलकर अंग्रेज़ी सेना के सिद्धान्तों का प्रचार करके उन जापानी सैनिकों के मनोबल को डांवाडोल करने का प्रयास कर रहे थे, जो हमसे कुछ सौ मीटरों के फ़ासले पर ही अपने छिपे स्थानों से 'पोज़ीशन' लिए दुश्मन पर भयंकर मार करने में व्यस्त थे तथा अपने देश और नरेश के मात्र एक इशारे पर अपना सर्वस्व निछावर करने के लिए तैयार थे।

अचानक राइफ़ल की कुछ गोलियों से हमारा स्वागत हुआ। मगर, हम तो उस चट्टान के पीछे थे। वैसे भी, गोली का जवाब गोली से देकर हम उन्हें अपने छिपने का स्थान नहीं बताना चाहते थे। कर्नल स्टीयर ने और भी ज़ोर-शोर से प्रचार करना जारी रखा। लगभग आधे घंटे तक कुछ समय के लिए रुक-रुककर वे विभिन्न दिशाओं में प्रचार करते रहे। फिर हमारे ऊपर गोलियां नहीं बरसीं। शायद, उन्होंने रात के उस गहन अन्धकार में हमारे इस प्रचार की ओर ध्यान न देना ही श्रेयस्कर समझा और हमें भौंकते रहने की इजाज़त दे दी।

रात के तीन बजे होंगे। बुरी तरह से थके तो थे ही हम, नींद से मिलने के लिए हमारी आंखें व्याकुल हो रही थीं। घुटनों तक पांव कीचड़ से सने थे। जंगली कांटों ने भी कपड़े फाड़ने में रू-रियायत नहीं बख़्शी। मच्छरों का अपना काम बदस्तूर जारी था। अजीब बला थे ये बड़े-बड़े मच्छर, जिनके बारे में माउण्टबैटन ने एक बार कहा था कि वे बड़ी-बड़ी सेनाओं को पंगु और बड़े-बड़े साम्राज्यों को समाप्त करने में सक्षम हैं।

सुबह चार बजे के लगभग हमने वह स्थान छोड़ दिया और उसी रास्ते से गिरते-पड़ते अपनी जीपों की तरफ़ लौटे। अंधकार का आवरण भी सिमटकर ओझल हो चुका था।

जगह-जगह भारतीय, अफ्रीकी, नीग्रो और जापानियों की लाशों के ढेर नज़र आ रहे थे। मानो जंगली जानवरों को भी उनसे अपनी भूख मिटाना पसन्द न आया हो। लम्बी-लम्बी घास में छिपते-छिपाते हम सब उस स्थान पर पहुंचे जहां हमारी जीप गाड़ियां थीं। पर, वे तो जलकर राख हो चुकी थीं। लोहे का ढांचा-भर रह गया था। शायद रात में ही जापानियों के 'मोर्टार' बमों ने उन्हें अपना निशाना बनाया हो।

अब तो हम बांसों और लम्बी-लम्बी घासों में छिपते-छिपाते पैदल ही वापस लौटने के लिए मजबूर हो गए। सहसा मेरी नज़र पड़ी एक पेड़ के तने से नीचाई पर ही अपनी पेटियों के सहारे लटके दो जापानी सैनिकों पर। मैंने तुरन्त कर्नल स्टीयर को इशारा किया। चूंकि वहां और कोई जापानी सैनिक तो नज़र आया नहीं, हम सीधे उन तक पहुंचे। वे ज़मीन से बमुश्किल एक फुट की ऊंचाई पर लटक रहे थे। एक तो वहीं ठंडा हो चुका था, किन्तु दूसरे में अभी कुछ जान बाक़ी थी। हमने तुरन्त दोनों को पेड़ से नीचे उतारा। पेटी ढीली बंधी होने के कारण जिसकी सांस अभी बाक़ी थी, उसे वहीं लिटाकर प्राथमिक चिकित्सा देनी शुरू की।

ऐसा मालूम होता था कि अपने साथियों से विलग होकर वे लड़ते-लड़ते काफ़ी आगे तक बढ़ आए थे। उनकी गोलियां, ग्रिनेड, राशन-पानी सभी समाप्त हो चुके थे। चाकू भी उनके पास नहीं थे। वर्दियां बुरी तरह फटी थीं। फटे जूतों के टूटे फ़ीते भी नहीं के बराबर थे, जो उनकी चाल में तेज़ी लाने के लिए बाधक सिद्ध हुए होंगे। इसीलिए बजाय दुश्मन के हाथ मारे या पकड़े जाने से उन्होंने पेड़ से लटककर 'हाराकिरी' (आत्महत्या) करना ही श्रेयस्कर समझा। जामा-तलाशी लेने पर मृत सैनिक के पास तो कुछ मिला नहीं; हां, इस अधमरे की जेब से एक छोटी डायरी व एक नक्शा अवश्य बरामद हुए, जो बाद में हमारे बहुत काम आए।

कर्नल स्टीयर ब्रांडी से उसके गले और सीने पर मालिश कर रहे थे। हममें से कोई उसके पैरों के तलवे रगड़ रहा था, तो कोई उसके हाथ ऊपर-नीचे करके मसनूयी सांस दे रहा था। करीब आधे घंटे के अथक प्रयत्न के बाद उसकी सांस चलती प्रतीत हुई। कर्नल स्टीयर की आंखों में एक अजीब चमक थी उस समय। उन्होंने तुरन्त बांस का एक स्टेचर तैयार करने के लिए कहा। लगभग बीस मिनट में हमने वह भी तैयार कर लिया।

जापानी सैनिक अभी होश में नहीं आया था। वहां अधिक समय बरबाद न करके उसे स्टेचर पर लिटा दिया गया। हम चारों ने उसे कंधों पर उठाया और पहाड़ी रास्तों पर टिकते-टिकाते क़रीब 15 किलोमीटर के फ़ासले पर एक छोटे-से उजड़े हुए गांव में सुबह लगभग दस बजे पहुंचे। वहां हमारी 77वीं इण्डियन इनफैन्ट्री ब्रिगेड के कुछ दस्ते पहले से ही मौजूद थे। उनके वायरलेस ट्रांसमीटर द्वारा हमने यह ख़बर थौबल भिजवाई और उन्हीं की जीपों में सवार होकर हम सब चन्द घंटों में इम्फ़ाल जा पहुंचे।

वहां फ़ौजी डॉक्टरों ने उस जापानी सैनिक की भली-भांति परीक्षा की। तीन दिनों तक हम सब वहीं रुके रहे। जो सूचनाएं हमने थौबल और पलेल के आसपास जाने से पहले उन गांवों में इकट्ठी की थीं, उन्हें 'कोड' द्वारा दीमापुर भेज दिया गया। उनके आधार पर रॉयल एयर फ़ोर्स ने जापानियों के उन ठौर-ठिकानों पर ज़बरदस्त हवाई हमले करके उन्हें तहस-नहस कर दिया। उन हमलों में जापानी भी हमारे दो जहाज़ गिराने में कामयाब रहे।

तीन दिनों में वह जापानी सैनिक पूर्णतः स्वस्थ नज़र आने लगा। हमने उसके साथ भला ही व्यवहार किया। तत्पश्चात्, हम उसे यान द्वारा जैसोर लाए और फिर वहीं से एक छोटे जहाज़ में बैठकर डमडम हवाई अड्डे पर जा उतरे। चूंकि इस आशय की सूचना 'म्यूलो हैडक्वार्टर्स', कलकत्ता भेजी जा चुकी थी, अतः कर्नल गोडार्ड स्वयं हवाई अड्डे पर मौजूद मिले। उस जापानी सैनिक को उनके हवाले किया गया। जहां तक मेरी स्मरणशक्ति साथ दे रही है, उसका नाम था मसाओ टाका बटाका। उम्र उसकी होगी 20 वर्ष के आसपास। वे उसे रात के अंधेरे में ही एक 'थ्री टनर' गाड़ी में बैठाकर बनानारिज़ की ओर रवाना हो गए। उसे एक अंग्रेज़ कार्पोरल चला रहा था और चार अंग्रेज़ 'प्राइवेट्स' (सैनिक) सुरक्षा के लिए पीछे बैठे थे।

बनानारिज़ कलकत्ता से लगभग 30 किलोमीटर दूर हुगली नदी के किनारे बसा था। उसे वहां बड़े आराम से रखा गया, लेकिन भूलकर भी कभी उसे अकेला नहीं रहने दिया गया। विशेष ध्यान इस बात का रखा गया था कि भोजन के समय उसके पास कोई कांटा-छुरी न हो। हाथ से ही खाना खाए। रात में सोते समय उसके पाजामे में नाड़ा भी नहीं होता था। वह उसे वैसे ही लपेट लिया करता था। यह सब सुरक्षा की दृष्टि से ही किया गया था। डर था कि कहीं आत्महत्या न कर बैठे।

उसका 'इंटेरोगेशन' भी ख़ूब कसकर हुआ। वह छोकरा 'फ़ोर्स-136' के जापानी भाषा में माहिर 'ब्रिटिश इंटेरोगेटर्स' के सामने भला क्या टिकता ! उसने धीरे-धीरे, जो भी उसे जापानी फ़ौज के बारे में पता था, सब कुछ उगलकर रख दिया।

उन गुप्त सूचनाओं के आधार पर रॉयल एयर फ़ोर्स ने जापान-अधिकृत उत्तरी बर्मा में टिडिम, कलेवा, मौलेक आदि स्थानों पर ज़बरदस्त हवाई हमले करके उनकी सेना के बहुत-से खुफ़िया अड्डों को नेस्तनाबूद कर दिया।

शौत्तेन्द्रो कुमार घोष, आई॰ सी॰ एस॰

पूर्वी क्षेत्र में कार्यरत एक ऐसे आई॰ सी॰ एस॰ (इण्डियन सिविल सर्विस) अफ़सर की दास्तान है यह, जिसकी अनोखी सूझबूझ से अराकान मोरचे पर अंग्रेज़ों को अप्रत्याशित सफलता मिली, वरना सुन्दरबन के रास्ते भारत पर क़ब्ज़ा करने में जापानियों को देर ही कितनी लगती ! जिस काम में अंग्रेज़ों के दो-दो मशहूर फ़ील्ड-मार्शल (वेवल और अलेक्ज़ेण्डर) सफल नहीं हो सके, उस सफलता का सेहरा बंधा इस आई॰ सी॰ एस॰ अफ़सर के सिर पर। लेकिन, इस अहसान का बदला दिया गया उस अफ़सर पर झूठे-सच्चे इलज़ाम थोपकर, उलटी-सीधी तोहमत जड़कर, भरी अदालत में रुसवा करके। कौन था वह अफ़सर ?

वे नौजवान अफ़सर थे—शौत्तेन्द्रो कुमार घोष, जिनकी नियुक्ति कलकत्ता में बंगाल सरकार के अधीन संचार और निर्माण विभाग के सचिव के रूप में हुई थी। यह उस समय की बात है जब 100 दिनों के अन्दर-अन्दर पर्ल हारबर से बर्मा तक शाही जापानी झण्डे लहराने लगे थे। और, अब उनका इरादा था भारत पर क़ब्ज़ा करने का।

अनोखी सूझबूझ के मालिक, विद्वान और विनम्र होने के अलावा घोष खेल-कूद के बड़े प्रेमी थे। सन् 1922 में ऑक्सफ़ोर्ड में आई॰ सी॰ एस॰ की ट्रेनिंग हासिल करते हुए वे पहलवानी, मुक्केबाज़ी, फुटबाल और रग्बी में माहिर हो गए थे। वे लंदन में भारतीय जीमख़ाना के प्रतिनिधि थे। सन् 1922 से 1933 तक शासन-व्यवस्था का काम उन्होंने बड़े ही अच्छे ढंग से किया। जहां भी जाते, वाहवाही लूटते। तभी उन्हें बड़े जानवरों के शिकार का शौक चर्राया और वे शेर, चीता, हाथी, जंगली भालू का शिकार करने लगे। इस प्रकार वे बंगाल के, विशेष तौर पर संथाल के, चप्पे-चप्पे से वाक़िफ़ हो गए, जहां उनकी नियुक्ति रही।

घोष की बढ़ती शोहरत और क्षमता देखते हुए उन्हें पूर्व और पश्चिम बंगाल के समस्याओं वाले ज़िलों में ही तैनात किया जाता रहा, जिनमें ख़ास थे जरग्राम, मैमनसिंह, मिदनापुर और जैसोर। फिर बाद में तो उन्हें चटगांव तक की छलांग लगानी पड़ी। सन् 1932-1934 में घोष पहले भारतीय अफ़सर थे जिन्हें चटगांव जैसे पहाड़ी इलाक़े में डिप्टी कमिश्नर की हैसियत से नियुक्त किया गया, और वह भी एक अंग्रेज़ अफ़सर को हटाकर, जिसने आदिवासियों के ख़िलाफ़ जिहाद बोल रखी थी।

सन् 1930 के बाद घोष की आत्मीयता तीन अंग्रेज़ अफ़सरों से बेहद बढ़ गई थी, जो 1940 में युद्ध के दौरान उनके बहुत काम आई। वे थे जनरल लिंडसे, कर्नल ई॰ ग्रेगरी और आर॰ बी॰ लैगडन। तीन-तीन अंग्रेज़ों से एक साथ दांत-काटी रोटी जैसी दोस्ती, और वह भी एक हिन्दुस्तानी अफ़सर की ! ऐसी मिसाल बहुत कम देखने-सुनने की मिलती थी।

सन् 1935-1936 में कर्नल ई॰ ग्रेगरी रंगपुर (वर्तमान बंगला देश) में घोष के अधीन अतिरिक्त पुलिस अधीक्षक थे। उनकी यह पुनः नियुक्ति हुई थी ब्रिटिश आर्मी इंटेलिजेंस से अवकाश ग्रहण करने के पश्चात्। कारण था बंगाल के चप्पे-चप्पे से उनकी अच्छी जानकारी। लगातार 38 वर्षों तक ब्रिटिश इण्डिया का एक प्रान्त रहकर बर्मा भी अलग देश बनने का ख़्वाब देख रहा था। बंगाल और बर्मा में ग्रेगरी के अच्छे मुख़बिर थे, जो उन्हें ताज़ी घटनाओं की जानकारी देते रहते थे। इस पद से उन्होंने इम्पीरियल इंटेलिजेंस ब्यूरो (तत्कालीन केन्द्रीय गुप्तचर विभाग) और बंगाल पुलिस, दोनों को ही महत्त्वपूर्ण योगदान दिया। उन दिनों इम्पीरियल इंटेलिजेंस ब्यूरो, नई दिल्ली के ही ज़िम्मे था ब्रिटिश सरकार को भारत, बर्मा, श्रीलंका और ब्रिटिश मलाया की मुकम्मल राजनीति और ख़ुफ़िया गतिविधियों से अवगत कराते रहना।

उन दिनों बंगाल में आतंकवादियों से सबसे ज़्यादा प्रभावित ज़िला था रंगपुर। इन्हें क़ाबू में लाने की ग़रज़ से घोष और ग्रेगरी के बीच और भी निकटता आई। अच्छे शिकारी थे। शेर, चीता, हाथी आदि बड़े जानवरों के शिकार में तो ग्रेगरी ने घोष को अपना गुरु मान लिया था। फिर घोष की दोस्ती हुई जनरल लिंडसे से, जो वहां के एरिया कमाण्डर थे। वे भी बड़े जानवरों के अच्छे शिकारी थे और जंगल-जीवन सम्बन्धी बातों पर उनके घंटों घोष के साथ वार्तालाप होते रहते थे। घोष को किंग कोबरा सांपों से बेहद लगाव था। कई अदद पाल भी रखे थे। उन्हें इन सर्पों के बारे में महारत हासिल थी। उन दिनों महकमा जंगलात के कंज़रवेटर मिस्टर शेब्बियर थे जो कभी एवरेस्ट शिखर पर चढ़ाई करने के सिलसिले में विश्वविख्यात रहे हैं। बाद में उन्हें मलाया में 'गेम वार्डन' नियुक्त किया गया था। उन्होंने 'बंगाल नेचुरल हिस्ट्री सोसायटी' नामक पत्रिका के अक्टूबर, 1946 अंक में पृष्ठ 58 पर लिखा था, "कोबरा सांपों के विषय में जितनी जानकारी घोष को है, उतनी किसी को भी नहीं।"

लगभग इन्हीं दिनों सन् 1936-1937 में घोष ने पहाड़ी आदिवासियों के जीवन-सम्बन्धी प्राकृतिक इतिहास और बड़े जानवरों पर लेखमाला तैयार की, जिन्हें समय-समय पर उनके छद्मनाम 'शिकरा' से 'स्टेट्समैन' में प्रकाशित किया जाने लगा। तभी चटगांव के आरक्षित इलाक़े के प्रबन्ध के बारे में घोष की रिपोर्ट का उल्लेख तत्कालीन सेक्रेटरी ऑफ़ स्टेट्स ने ब्रिटेन के हाउस ऑफ़ कामन्स में भी किया था। बुधवार, दिनांक 13 अक्टूबर, 1930 को 'टाइम्स ऑफ़ इण्डिया' ने घोष के बारे में अपनी टिप्पणी छापी, "घोष चटगांव के पहले भारतीय डिप्टी कमिश्नर हैं, जिन्हें इस छितरे-छितरे बसे पहाड़ी इलाक़े में नियुक्त किया गया। इस सुरक्षित इलाक़े को पहली बार खोलने के लिए लॉर्ड ज़टलैण्ड ने उनकी भूरि-भूरि प्रशंसा की है।"

घोष पहले भारतीय थे जिन्हें सन् 1937 में शिलांग में विदेशों से आए मज़दूरों का कंट्रोलर नियुक्त किया गया। यह वह समय था जब उनकी मुलाक़ात हुई आर॰ बी॰ लैगडन से, जो पहले चायबागानों के मालिक थे और अब भारतीय चाय एसोसिएशन का प्रतिनिधित्व करने के अलावा कलकत्ता की मैकलियाड एण्ड कम्पनी के डायरेक्टर भी थे। कलकत्ता के क्लबों और खेल-कूद के मैदान में वे बड़े ही लोकप्रिय थे। आज भी उनके नाम से कलकत्ता में 'लैगडन मेमोरियल' होते हैं। धीरे-धीरे दोनों की भेंट अटूट मैत्री में बदल गई।

घोष इतने मशहूर हो चुके थे कि सन् 1940-1941 में बंगाल के गवर्नर सर जॉन हरबर्ट मैमनसिंह तशरीफ़ लाए थे महज़ घोष के साथ कुछ क्षण बिताने। फिर तो शिकार के लिए दोनों ने गारो पहाड़ियों की पैदल ही यात्रा की। तभी सर जॉन ने घोष को निकट से देखा, पहचाना और अपनी धारणा बनाई कि है घोष निहायत शानदार, निराला अफ़सर।

घोष को ग्रेगरी की जासूसी कारगुज़ारियों में मज़ा आने लगा और वे उन्हें महत्त्वपूर्ण ख़बरें भी देने लगे। तभी ग्रेगरी ने घोष का परिचय कराया एक ऐसे ब्रिटिश गुप्तचर अधिकारी से, जिसका सम्पर्क सीधा नई दिल्ली से था।

सन् 1942 शुरू होते-होते पूर्वी क्षेत्र में लड़ाई ने ऐसा भयंकर रूप धारण किया कि भारत के लिए ख़तरा पैदा हो गया। 7 दिसम्बर, 1941 को पर्ल हारबर पर आक्रमण करके जापान युद्ध में कूद ही चुका था। 23 जनवरी, 1942 को बर्मा की राजधानी रंगून पर पहला हवाई हमला हुआ और 7 मार्च को उसे ख़ाली भी करा लिया गया। इससे पहले 15 फ़रवरी को सिंगापुर का पतन हो ही चुका था और 5 व 6 अप्रैल को श्रीलंका तथा भारत के पूर्वी तट पर बम-वर्षा की गई। 3 अप्रैल को जापानियों का आक्याब पर अधिकार हुआ। 25 मई, 1942 को फ़ील्ड मार्शल वाइकाउण्ट आर्चिबाल्ड वेवल को बर्मा से खदेड़ दिया गया। बर्मा अंग्रेज़ों के हाथ से निकल गया। सैनिक स्थिति रातोरात बदल गई।

लोग सोचने लगे कि जापानी किसी भी समय बंगाल पर धावा बोल देंगे। कलकत्ता में रहने वाले तो और भी भयभीत थे। वे अपने बीवी-बच्चों सहित तेज़ी से शहर छोड़कर बिहार, यू॰ पी॰ की ओर भाग रहे थे। सरकारी दफ़्तरों का रिकॉर्ड भी दक्षिणी ज़िलों से हटाकर उत्तर में भेजा जाने लगा था। कोई कह नहीं सकता था कि जापानी कब आ धमकें। चटगांव, नोआखाली, टिपरा (कोमिल्ला) ज़िलों की हालत तो और भी ख़स्ता थी। ऐसा लगता था कि वे ही युद्ध-स्थल हों। बर्मा से आने वाले शरणार्थियों का तांता लगा था और वे आ रहे थे असम के रास्ते। किन्तु, उन्होंने यह रास्ता उस समय अपनाया, जब चटगांव में उनकी आबादी हद से ज़्यादा बढ़ गई और अब उनके रहने-ठहरने के लिए किसी प्रकार की गुंजाइश बाक़ी नहीं बची थी। वे अपने साथ लाए थे तरह-तरह की बीमारियां और रोंगटे खड़े कर देने वाली दर्दनाक कहानियां। भारतीय सीमा से जापानी सैनिक बस 45 किलोमीटर दूर ही तो थे।

इस घटना से पहले 1 जनवरी, 1942 को ब्रिटिश गुप्तचर संस्था 'फ़ोर्स-136' का जन्म भारत में हो ही चुका था। उसकी समस्त ज़िम्मेदारी समान रूप से सौंपी गई थी सर कॉलिन हरक्युलीज़ मिकेन्ज़ी और सर गाल्विन वी॰ स्टुअर्ट पर। दक्षिण-पूर्व एशिया में सैनिक गुप्तचरी-प्रतिगुप्तचरी के लिए संस्था का हैडक्वार्टर्स स्थापित किया गया था मिकेन्ज़ी के अधीन मेरठ छावनी में और स्टुअर्ट के तहत रियर हैडक्वार्टर्स कलकत्ता में। उन्हें ब्रिटेन तथा भारत की सरकारों का पूरा-पूरा सहयोग भी मिलने लगा था।

इस संकट की घड़ी में मिकेन्ज़ी और स्टुअर्ट को एक ऐसे विश्वसनीय व्यक्ति की तलाश थी, जिसे जंगल-जीवन और पहाड़ी आदिवासियों के विषय में पूरा ज्ञान तो हो ही, वह उन्हें दुश्मन के ख़िलाफ़ गोरिल्ला-युद्ध में भी बख़ूबी इस्तेमाल कर सके। जनरल लिंडसे के अलावा बंगाल सरकार के मुख्य सचिव मिस्टर ब्लेयर ने उनके सामने पेश किया घोष का नाम। तुरन्त कर्नल ग्रेगरी से घोष को मिलाने के लिए कहा गया। 23 फ़रवरी, 1942 को ग्रेगरी ने सर

गाल्विन को घोष से अपने 'अलेक्ज़ेण्डर कोर्ट', कलकत्ता के फ्लैट में मिलाया। काफ़ी देर तक बातचीत करने के बाद स्टुअर्ट इस नतीजे पर पहुंचे कि ऐसी मुसीबत के वक़्त यदि कोई वास्तविक रूप से सहायक हो सकता है, तो वह थे केवल घोष।

दूसरे दिन 24 फ़रवरी को घोष की भेंट कराई गई सर कॉलिन से। इस भेंटवार्ता के दौरान बर्मा के नए कमाण्डर इन-चीफ़ जनरल सर हेरोल्ड अलेक्ज़ेण्डर, ईस्टर्न आर्मी ऑफ़ इण्डिया कमाण्ड के कमाण्डर लेफ़्टिनेंट-जनरल एन० एम० एस० इरविन, गोरिल्ला फ़ोर्स के कमाण्डर मेजर-जनरल फ़ैलिक्स विलियम, सर गाल्विन स्टुअर्ट और कर्नल ग्रेगरी भी मौजूद थे। घोष की योग्यता और क्षमता देखते हुए उन्हें बताया गया कि 'फ़ोर्स-136' को उनकी सख़्त ज़रूरत थी बंगाल में भूमिगत काम करने के लिए, जिससे जापानियों का डटकर मुक़ाबला किया जा सके, जो किसी भी समय बंगाल में दाख़िल हो सकते थे—जैसा कि उन्होंने मलाया और बर्मा में किया। यह भूमिगत संस्था पूरी तरह से घोष को ही चलानी थी। घोष ने मीटिंग में कहा कि अपने कंधों पर यह ज़िम्मेदारी लेने से पहले वे बंगाल का दौरा करके अपने मित्रों से मिलना चाहेंगे, जिससे उन्हें यह तो मालूम हो सके कि उनसे उन्हें कितना सहयोग प्राप्त हो सकेगा। वैसे, वे स्वयं यह ज़िम्मेदारी उठाने के लिए पूरी तरह तैयार थे।

अपने दोस्तों से मिलने के बाद घोष राज़ी हो गए। उन्होंने स्टुअर्ट से यह भी कहा कि दुश्मन को बंगाल तक आने ही क्यों दिया जाए ? क्यों न अराकान के बीहड़ जंगलों और तेज़ ढलान वाली ऊंची-ऊंची पहाड़ियों में ही जापानियों की कसकर ख़बर ली जाए ? फिर उन्होंने स्पष्ट शब्दों में यह भी कह डाला कि अब लोगों को अंग्रेज़ों के 'प्रोपेगेण्डा' में भरोसा नहीं रहा। उन्हें तो अपने ही तौर-तरीक़े से उनके दिलो-दिमाग़ में भरना होगा कि अंग्रेज़ बुरे ज़रूर हैं, लेकिन जापानी तो उनसे भी बुरे हैं।

उस समय घोष बंगाल सरकार के अधीन संचार और निर्माण विभाग के सचिव थे और उनका हैडक्वार्टर्स था कलकत्ता। अपने इस अहम् कार्य को आगे बढ़ाने की ग़रज़ से उनके लिए 'छद्मवेश' (कवर) निहायत ज़रूरी था। अतः उन्हें बंगाल सरकार की अधीनता से निकालकर 'ओवरसीज़ डिपार्टमेंट' के तहत बर्मा शरणार्थी संस्था का चीफ़ एडमिनिस्ट्रेटर नियुक्त करके उनका मुख्यालय चटगांव कर दिया गया।

घोष ने तुरन्त नई-नई स्कीमें बनाईं, जिन्हें आनन-फानन में कार्यरूप में परिणत किया गया। फिर पहुंचे मिकेन्ज़ी से मिलने मेरठ। उन्होंने घोष को एक पत्र दिया, एलेक पैटरसन के नाम, जो उन दिनों कलकत्ता आए हुए थे। यूरोप में ब्रिटिश इंटेलिजेंस के 'फ़ोर्स-133' की दो शाखाएं थीं—'मेक्विस' और 'चित्रिक्स'। इन दोनों के गुप्त कार्यों में गोरिल्ला युद्ध भी शामिल था। पैटरसन का इन दोनों से ही गहरा सम्बन्ध था और वे थे भी यूरोप में अंग्रेज़ों के प्रचार-चक्र की धुरी-समान। गोरिल्ला टुकड़ियों के लिए कुछ विश्वसनीय एजेंट चुनने के लिए भी मिकेन्ज़ी ने घोष से कह दिया।

सर कॉलिन मिकेन्ज़ी, लॉर्ड कॉली, चार्ल्स ओ'नील और बैरट स्मिथसन से भेंटवार्ता के बाद जब घोष कलकत्ता वापस आए, पैटरसन खड़गवासला रवाना हो चुके थे। अतः घोष को कुछ दिनों तक उनकी प्रतीक्षा करनी पड़ी। ख़ाली बैठे करते क्या ? लगे हाथ जनरल सर हेरोल्ड अलेक्ज़ेण्डर, लेफ़्टिनेंट-जनरल एन० एम० एस० इरविन, मेजर-जनरल सर आर्डे चार्ल्स

विंगेट, मेजर-जनरल फ़ैलेक्स विलियम के अलावा बैरकपुर के कुछ अंग्रेज़ और हिन्दुस्तानी अफ़सरों से भी परिचय बढ़ाया।

पैटरसन के कलकत्ता वापस लौटने पर घोष उनसे मिले। उन्होंने घोष की सहायता करते रहने का आश्वासन दिया और दूसरे ही दिन बंगाल-नागपुर रेलवे के चीफ़ मेकेनिकल इंजीनियर मिस्टर ए. एम. रॉबर्टसन को 'फ़ोर्स-136' में नियुक्त करके घोष की सुपुर्दगी में दे दिया। इस भर्ती का कारण था रॉबर्टसन की जंगल-जीवन सम्बन्धी पर्याप्त जानकारी, जो तोड़फोड़ और गोरिल्ला शैली के युद्ध में निहायत ज़रूरी है। इस सिलसिले में पैटरसन ने घोष को कुछ ज़रूरी हिदायतें भी दीं।

इस ब्रीफ़िंग के बाद घोष ढाका पहुंचे और अपने एक पुराने दोस्त ख़ान बहादुर फ़ज़लुल करीम से मिले। वह उस इलाक़े का बहुत बड़ा और प्रभावशाली ज़मींदार था। घोष ने उसके बड़े बेटे अब्दुल करीम को बारीसाल ज़िला और छोटे को कलकत्ता तथा हावड़ा में मुसलमानों के बीच जासूसी करने के लिए नियुक्त किया। ख़ान बहादुर ने घोष की पूरी-पूरी मदद करते रहने का वायदा किया और हसन शहीद सोहरावर्दी जैसे कट्टर मुस्लिम लीगी नेता और अंग्रेज़ों के ज़बरदस्त ख़ैरख़्वाह से मुलाकात भी करा दी। बाद में यह परिचय, बजाय सहायक होने के, उनकी जान-लेवा बना।

कलकत्ता वापस आने पर घोष ने बोर्ड ऑफ़ रेवेन्यू के मेम्बर मिस्टर फ़ौक्स और बंगाल सरकार के पी. डब्ल्यू. डी. इंजीनियर मिस्टर स्टेन से अब्दुल करीम और नायब करीम को मिला दिया, क्योंकि उन्हीं के अधिकार-क्षेत्र में दोनों को जासूसी करनी थी। एक ख़ास मक़सद और था। बंगाल पर जापानी क़ब्ज़ा हो जाने की स्थिति में इन्हीं के माध्यम से बंगाल और उड़ीसा में ईस्ट बंगाल रेलवे, ईस्ट इण्डियन रेलवे और बंगाल एण्ड नागपुर रेलवे में भयंकर तोड़फोड़ कराकर रेलगाड़ियों को निष्क्रिय कर देने की तजवीज़ थी, जिससे जापानी फ़ौजें उन्हें इस्तेमाल में ला ही न सकें। बड़ी ही विस्फोटक थी घोष की यह योजना।

घोष को पूरी आज़ादी थी सेना, नौसेना, रेलवे, सिविल सर्विस आदि के किसी भी व्यक्ति को अपनी इस जासूसी संस्था में मिनटों के नोटिस पर ले लेने की। घोष ने बेनज़ीर नामक एक निहायत शातिर बदमाश के बारे में सुन रखा था, कि वह दर्जनों क़त्ल करके अपने आप को बंगाल पुलिस से छिपाता फिर रहा है। कभी अराकान के जंगली इलाक़े में, तो कभी कहीं और ! अराकानी मुसलमान उसे बहुत मानते थे। वे उसके मुरीद थे।

घोष को पता चला कि उन दिनों वह कलकत्ता में ही कहीं छिपा फ़रारी की ज़िन्दगी गुज़ार रहा है। घोष को उसकी सख़्त ज़रूरत थी। बिना पुलिस को भनक दिए वे उसकी तलाश में निकल पड़े। कभी गन्दी बस्तियों और चकलों के चक्कर लगाते, तो कभी सस्ते शराबख़ानों और जुआघरों के। जेल और जेल के बाहर ख़तरनाक क़ातिलों से पूछताछ की, लेकिन बेनज़ीर का पता नहीं चला। अन्त में उन्होंने यह कहना शुरू कर दिया कि जापानियों से मोरचा लेने के लिए घोष को बेनज़ीर की सख़्त ज़रूरत है।

कलकत्ता के पुलिस कमिश्नर ख़ान बहादुर ई. ए. रे को इस बात की भनक मिली कि घोष नामक एक आई. सी. एस. अफ़सर बेनज़ीर जैसे शातिर बदमाश को पनाह दे रहा है। उन्होंने घोष के पास तुरन्त अपने विशेष पुलिस अधीक्षक मिस्टर हार्डविक को यह समझाने

भेजा कि उस जैसे बदमाश को इस अति सुरक्षा बरतने वाली संस्था में भरती करने में बाज़ आएं।

घोष अपने दृढ़ निश्चय और फ़ौलादी इरादे पर डटे रहे। हार्डविक को मुंहतोड़ जवाब दिया, "यह वक़्त पुलिस हथकण्डों का नहीं है। बिना अण्डा तोड़े आमलेट नहीं बन सकता। ख़तरनाक काम के लिए ख़तरनाक आदमी ही काम में लिए जाते हैं। यह काम साधु-सन्तों, स्कूली लड़कों, बुज़ुर्ग राय बहादुरों और ख़ान बहादुरों का नहीं है। हमें बेनज़ीर जैसे शातिर बदमाशों की ही ज़रूरत है।" हार्डविक उनका मुंह ताकते रह गए।

हार्डविक के चले जाने पर घोष ने बंगाल के गवर्नर सर जॉन हरबर्ट से शिकायत भी जड़ दी कि पुलिस उनके कामों में दखलंदाज़ी बरत रही है। दूसरे दिन सुबह-सुबह गवर्नर के ए॰ डी॰ सी॰ ने टेलीफ़ोन पर हार्डविक की कसकर धुलाई की और आदेश दिया कि घोष के किसी मामले में अड़ंगा न डाला जाए। बल्कि, यदि बात कहीं बिगड़ती हो, तो उनकी पूरी-पूरी मदद की जाए।

लेकिन, बेनज़ीर का पता न चला। किसी ने उसे वर्षों से देखा भी न था। भारी मन से घोष ने अकेले ही चटगांव जाने का फ़ैसला कर लिया। तभी रात के समय उनके अर्दली ने किसी के आने की सूचना दी। सतर्कता बरतते हुए घोष ने आगन्तुक को अन्दर भेजने को कहा। एक हट्टे-कट्टे ठिंगने क़द के दाढ़ीवाले नौजवान ने प्रवेश किया। वह था बेनज़ीर। अपने आप को घोष की ख़िदमत में पेश करने आया था। घोष फूले न समाए। उसे नया नाम दिया, 'बेंजमिन', और भोर में ही उसके साथ चटगांव रवाना हो गए। फिर वहां से पहुंचे अराकान योमा।

घोष ने अपना काम बड़ी तेज़ी से शुरू किया। एक से एक धाकड़ शातिर बदमाशों की भर्ती की और उन्हें ज़बरदस्त तोड़फोड़, आगज़नी के कामों में ईस्टर्न वॉरफ़ेयर स्कूल, खड़गवासला में प्रशिक्षित किया जाने लगा। ट्रेनिंग हासिल किए हुए पहले बैच को बेनज़ीर की सुपुर्दगी में दिया गया और वे चार-चार, छह-छह की टोलियों में युद्ध-रेखा के बाद पीछे मांगडान, बुथीडांग, रुथीडांग, क्यॉक्टॉ, द्वावाइक और आक्याब के इलाक़ों में अराकानी मुसलमानों के बीच प्रचार करने के लिए चारों ओर फैल गए। उन दिनों यह इलाक़ा पूरी तरह से जापानियों के क़ब्ज़े में था। घोष के इन तोड़फोड़ करने वालों की संख्या पूरे पचास हज़ार थी, जिनका न्यूनतम वेतन 500 रुपए मासिक था और अधिक से अधिक की कोई सीमा नहीं थी।

इन एजेंटों को कॉक्स बाज़ार, अराकान योमा आदि पहाड़ी इलाक़ों में भर्ती किया गया था। वे बेनज़ीर का बड़ा सम्मान करते थे और उसके इशारे को हुक्म मानते थे। उन्हें जंगल-युद्ध में माहिर करके तीन भागों में बांटा गया—1. 'गोरिल्ला'। इनका काम था लगातार जंगल-युद्ध करके दुश्मन की 'सप्लाई लाइन' काटना और तोड़फोड़ करके उनको रसद, गोला-बारूद, हथियारों आदि से वंचित रखना। 2. 'फ़िलीबस्टर्स'। इनका काम लड़ना और तोड़फोड़ करना तो था ही, अपने गोरिल्लों को खाना-पानी, हथियार, गोला-बारूद भी लगातार पहुंचाते रहना। 3. 'सैटिलर्स'। इनका काम अराकान क्षेत्र में दाख़िल होकर खेतिहर भूमि पर क़ब्ज़ा करके उनमें अपनी फ़सलें उगाना। इस प्रकार दुश्मन के आगमन पर अपने घर वालों

की रक्षा करने के लिए वे उनसे पूरी तरह मोरचा भी ले लेते थे। देखते-देखते असम, बंगाल, बर्मा, ब्रिटिश मलाया और सिंगापुर में 'फ़ोर्स-136' एजेंटों का जाल-सा बिछ गया।

बेशुमार रुपया-पैसा खर्च करने की घोष को पूरी छूट थी। मिनटों की नोटिस पर किसी भी मात्रा में अपने निकटतम आर्मी हैडक्वार्टर्स से लड़ाई का साज़ो-सामान, हथियार, गोला-बारूद, गोलियां, ग्रिनेड, ट्रांसमीटर, दवा-दारू, राशन-पानी हासिल कर सकते थे।

ख़ान बहादुर, फ़ज़लुल करीम और अफ़ज़ल करीम पूरी लगन और पक्के इरादे से घोष का काम कर रहे थे। ख़ान बहादुर ने रोशनजान पेशावरी नाम का लाजवाब एजेंट भी घोष को नज़र किया। उसे फ़ौरन एक हज़ार रुपए मासिक वेतन पर रख लिया गया। बर्मा में मुसलमानों का प्रभावशाली नेता लंगड़ा सुलतान और टेम्बे भी घोष की मदद करने में लग गए। इन तीनों ने घोष के एजेंटों के लिए बर्मा में विध्वंसकारी अभियानों की गहरी और मज़बूत नींव डाली थी।

घोष ने अपने कुछ एजेंटों को बड़े शिकार के मामलों में तो ट्रेनिंग दी ही, उन्हें यह भी बताया गया कि किस प्रकार झूठे निशान पीछे छोड़े जाते हैं, जिससे पीछा करने वाले उनका पता ही न लगा सकें और वे ग़लत रास्ता अपनाकर भटक जाएं। बांसों से पीने का पानी निकालना और बेंतों से भोजन उपलब्ध करना भी बताया। इस प्रकार घोष ने 'साइलेंट किलर्स' की पूरी फ़ौज ही खड़ी कर दी, जिसे न राशन-पानी की चिन्ता थी, न सवारी की। वे जंगल में जहां चाहते छिपते और दुश्मन को ख़ामोशी से मौत की गोद में सुलाकर उनके पेट्रोल-भण्डारों में आग लगाकर फिर छिप जाते। चूंकि उन्हें दुश्मन से अपने आप को पूरी तरह छिपाते हुए ही सब काम करने थे, इसलिए धारदार लम्बे चाकुओं, कम बोर की राइफ़लों और ग्रिनेडों को ही इस्तेमाल में लाया गया।

'फ़ोर्स-136' को जापानी हाई कमाण्ड के 'ऑपरेशन 'सी' ' की पूर्व-सूचना मिल चुकी थी, जिसके अनुसार उन्हें 10 फ़रवरी, 1943 तक अराकान की ओर से भारत में दाखिल हो जाना था। 7 फ़रवरी, 1943 को विंगेट ब्रिगेड के चिण्डिटों ने इम्फ़ाल (भारत) से तामू (बर्मा) की ओर मार्च किया। उन्हें जापानियों के यातायात-साधन, पुल, सड़कें आदि नष्ट करनी थीं, जिससे दुश्मन को फ़ौजी साज़ो-सामान, रसद आदि मुहैया न हो सके। लेकिन, इस तोड़फोड़ और मारकाट के लिए तो घोष अपने एजेंट पहले ही अराकान की ओर रवाना कर चुके थे।

घोष का ख़ास मक़सद था जापानियों से छिपे-छिपे मोरचा लेते हुए ब्रिटिश फ़ौज को सांस लेने का मौक़ा देना, जिनकी बुरी तरह पिटाई हो चुकी थी। जापानियों ने उनकी कसकर धुनाई की थी। एकमात्र यही तो उपाय था जिससे ब्रिटिश आर्मी बर्मा में फिर से दाख़िल हो। इन्हीं भूमिगत गोरिल्लों की वजह से विजेता जापानी सैनिक, जो तूफ़ान की तरह अराकान में धर धमके थे, चटगांव में दाख़िल हो ही नहीं पाए। जिन्होंने आगे बढ़ने का दुस्साहस किया, वे घोष द्वारा सुचारु रूप से फैलाए गए जाल में मकड़ी की तरह फंसते गए। लेकिन 'फ़ोर्स-136' और घोष की असली तैयारी तो थी जापानियों को अराकान से खदेड़ने की, क्योंकि उसी रास्ते उन्हें बंगाल पर क़ब्ज़ा करना था।

ब्रिटिश सेना के गोरिल्ला कमाण्डर जनरल फ़ैलेक्स विलियम से घोष की मुलाक़ातें होती रहीं। मेजर-जनरल ऑर्डे चार्ल्स विंगेट, जिन्हें मेजर ऑर्ड्स के ही नाम से जाना जाता था, से

घोष के सम्बन्ध बहुत मधुर रहे। 7 मार्च, 1942 को जापानियों के हाथों बर्मा से खदेड़े जाने के बाद फ़ील्ड मार्शल वाइकाउण्ट आर्चिबाल्ड वेवल इस नतीजे पर पहुंचे कि बर्मा जैसे जंगली, सीधे और सपाट ढलानों वाले पहाड़ी प्रदेश में जंगल-युद्ध किए बग़ैर छुटकारा नहीं। तभी तो अफ्रीका से जनरल विंगेट को तलब करके यह कठिन कार्य उन्हीं को सौंपा। अबीसीनिया के बीहड़ जंगलों में वेवल ख़ूब देख चुके थे उनके जौहर। भारत-आगमन के तुरन्त बाद विंगेट ने पहले सेन्ट्रल इण्डिया (वर्तमान मध्य प्रदेश) में छिंदवाड़ा, फिर महू और अन्त में पुणे के निकट खड़गवासला में 'ईस्टर्न वॉरफ़ेयर स्कूल' स्थापित किया, जिसे 'विंगेट गोरिल्ला सेंटर' के नाम से पुकारा जाने लगा। अगस्त, 1942 में अपनी पूरी ब्रिगेड के गुप्त सैनिकों को विंगेट ने यहीं गोरिल्ला युद्ध और अन्दर घुसकर मार करने में प्रशिक्षित किया। कालान्तर में यही सैनिक 'विंगेट रेडर्स', 'विंगेट चिंडिट्स' और 'विंगेट सांभर्स' के नाम से विश्वविख्यात हुए।

गोरिल्ला युद्ध में विंगेट ने भी घोष की महारत बेहिचक स्वीकार की। वे भी घोष से अराकान में गोरिल्ला युद्ध के बारे में घंटों विचार-विमर्श करते रहते थे। इसी आधार पर 'फ़ोर्स-136' की 'चिंडिट आर्मी' खड़ी करके विंगेट ने तामू (बर्मा) में प्रवेश किया। उन्होंने उस क्षेत्र में तो जापानियों की रीढ़ की हड्डी ही तोड़कर रख दी। घोष की विंगेट से तो ख़ूब पटती थी, मगर जनरल फ़ेलेक्स विलियम उनके कारनामों, उनकी उपलब्धियों से सदा जलते ही रहे। इसकी एक ख़ास वजह थी। घोष चाहते थे कि पूर्वी बंगाल के हिन्दू-मुस्लिम सभी किसानों को ट्रेनिंग देकर हथियारों से लैस कर दिया जाए, जबकि विलियम बंगाली, हिन्दुओं को असलाह देने के सख़्त ख़िलाफ़ थे। उन्हें तो बस मुसलमानों पर ही पूरा भरोसा था, जो उन दिनों अंग्रेज़ों के पिट्ठू बने हुए थे। घोष अड़े रहे अपनी ज़िद पर कि मेरी सभी बातें माननी ही होंगी। दोनों में मनमुटाव की बस यही ख़ास वजह थी। उधर, ब्रिटिश इण्डियन आर्मी में भी हिन्दू-मुस्लिम तनाव दिन-ब-दिन बढ़ता ही जा रहा था। घोष ने इन सभी बातों की शिकायत ऊंचे जनरलों से कर दी और उन्हें चेतावनी भी दे दी कि मेरे कामों में दखलंदाज़ी क़तई न हो, वरना अंजाम अच्छा नहीं होगा।

इस बिन्दु पर घोष और ईस्टर्न आर्मी के जनरल ऑफ़िसर-कमाण्डिंग जनरल सर जॉर्ज गिफ़र्ड के बीच भयंकर मतभेद पैदा हो गया। उन्होंने तभी जनरल सर एन॰ एम॰ एस॰ इरविन का कार्यभार संभाला था। घोष और इरविन के सम्बन्ध निहायत आलीशान रहे थे, मगर अब वह बात नहीं रही। जनरल गिफ़र्ड जलते थे घोष से कि एक हिन्दुस्तानी सिविलियन अफ़सर को यह गुरुतर भार कैसे सौंप दिया गया, जो बात-बात में हमें धौंस देता रहता है। घोष ने यह हक़ीक़त भी लंदन के युद्ध-विभाग को लिख भेजी। युद्ध-विभाग ने घोष से माफ़ी तो मांगी ही, जनरल गिफ़र्ड को भविष्य में ऐसा न करने के लिए कड़ी चेतावनी भी दी।

सन् 1942 में जब घोष ने गोरिल्ला लड़ाकुओं की स्कीम पेश की थी, तो उसमें यह भी शामिल था कि अपने एजेंटों के ज़रिए असम और बंगाल की कुछ रेलवे लाइनों में तोड़फोड़ हमें स्वयं करानी होगी। हार्डिंग पुल के अलावा चटगांव, नारायणगंज और कलकत्ता के बन्दरगाह भी बरबाद करने होंगे। इस क्रिया से बंगाल में दाख़िल होने पर दुश्मन इनका लाभ

ही नहीं उठा सकता था। संकीर्णता और ओछापन तो देखिए विचारों का कि इस महत्त्वपूर्ण कार्य के लिए भी अंग्रेज़ों ने हिन्दुओं को हथियार देना मुनासिब नहीं समझा। घोष को तो यह पता नहीं था कि हिन्दू-मस्लिम झगड़े कराकर अन्त में अंग्रेज़ों को भारत के टुकड़े कर ही देने हैं।

नवम्बर, 1943 में आज़ाद हिन्द फ़ौज की पहली और दूसरी डिवीज़नें रंगून से मार्च करके इम्फ़ाल के मोरचे पर आ डटीं, तथा दो बटालियनें भयंकर बमबारी के बावजूद बीहड़ जंगलों, ऊंचे-ऊंचे पर्वतों, उत्तर से दक्षिण की ओर तेज़ी से बहती नदियों को पार करती हुई 29 दिसम्बर को जा पहुंचीं अराकान मोरचे पर। अपने अग्रिम मोरचों का दौरा करके 26 दिसम्बर को नेताजी सुभाषचन्द्र बोस पोर्ट ब्लेयर पहुंच ही चुके थे—अंदमान-निकोबार द्वीपसमूहों की सैनिक स्थिति का जायज़ा लेने। अपने एजेंटों द्वारा घोष को ये सभी जानकारियां हासिल हो रही थीं, जिन्हें तुरन्त रियर हैडक्वार्टर्स, 53 ए, गरियाहाट रोड, बालीगंज, कलकत्ता भेजा गया।

आज़ाद हिन्द फ़ौज की गतिविधि देखते हुए 7 नवम्बर, 1943 को स्टुअर्ट ने घोष को चीफ़ रिफ़्यूजी अफ़सर नियुक्त कर दिया। शत्रु-अधिकृत क्षेत्र में अपनी जासूसी के ख़ौफ़नाक इरादों को सफलतापूर्वक आगे बढ़ाने के लिए घोष और उनके साथियों को छद्मवेष अपनाना निहायत ज़रूरी था। शानदार तो था ही घोष का यह 'कवर', अन्त में जानलेवा भी बना।

जनरल सर जॉर्ज गिफ़र्ड की कमान में भारत-बर्मा सीमा पर युद्ध की विभीषिका रंगत ला रही थी। दोनों ओर से घमासान युद्ध हो रहा था। अंग्रेज़ी सेना ने बुथीडांग पर ज़बरदस्त बमबारी की और हुकांगघाटी में 62 वर्ष बूढ़े लेफ़्टिनेंट-जनरल स्टिटलवैल के चीनी सैनिकों ने भयंकर मारकाट मचाई। इतना होते हुए भी उत्तरी बर्मा के मोगांग और मिचिना क्षेत्रों से उमड़ती अनन्त जापानी सेना का तो कहीं अन्त ही नज़र नहीं आ रहा था। मानसून, मच्छर, दलदल, कोहरा की तनिक भी परवाह किए बग़ैर वीर जापानी अपनी जान पर खेल रहे थे। उनके अदम्य साहस और राष्ट्र-प्रेम की अडिग उच्च भावना के आगे मित्र-राष्ट्रों की छह हज़ार गोले प्रतिघंटा उगलने वाली तोपें भी घबरा उठीं।

तभी अराकान के विजेता कर्नल तानाशाही की नियुक्ति शाही जापानी सेना की 55वीं डिवीज़न के 'टास्क फ़ोर्सेज़' के कमाण्डर मेजर जनरल सीज़ो सकुराई के साथ कर दी गई। फिर तो दोनों ने मिलकर और भी ग़ज़ब ढाया। विस्फोटकों से निकले धुएं के बादलों में घिरे जांबाज़ जापानी मित्र-राष्ट्रों की तोपों को खिलौनों की भांति तोड़ रहे थे। जिस समय शाही जापानी सेना अग्रिम मोरचों पर गौरवान्वित हो रही थी, फ़तेह-दर-फ़तेह हासिल कर रही थी, घोष के एजेंट उनकी 'सप्लाई लाइन' काटकर उन्हें पीछे से खोखला कर रहे थे।

जापानियों द्वारा किए गए इस भीषण दिनाश से स्टुअर्ट चिंतित हुए और मिकेन्ज़ी से सलाह-मशविरा करके तुरन्त बर्बर हथियार अपनाने का आदेश दिया। पुणे के निकट देहू रोड स्थित 'प्वाइज़नस सब्सटेंस हैडक्वार्टर्स' पर गोलियों में विषैले फ़ास्फ़ोरेट पदार्थ मिलाए जाने लगे। इस क्रिया से इनकी आक्रामक शक्ति बेतहाशा बढ़ गई। जापानी सैनिक कई-कई दिनों तक निकम्मे बने रहे। मस्टर्ड गैस इस्तेमाल करके उनमें मानसिक विकृति पैदा की जाने लगी। जहां तक मेरी व्यक्तिगत जानकारी है, इसका चन्द रोज़ा इस्तेमाल केवल अराकान फ्रन्ट पर

ही किया गया था।

दिसम्बर, 1943 में घोष चटगांव की ओर बढ़े। जनरल इरविन ने घोष की जासूसी गतिविधि से मेजर-जनरल लॉयड का परिचय कराया और आशा व्यक्त की कि उन्हें उनका और भी ज़ोरदार समर्थन प्राप्त होता रहेगा। मिकेन्ज़ी के एक अति गोपनीय और व्यक्तिगत आदेश के अनुसार उस समय घोष, सोहरावर्दी और ख़ान बहादुर फ़ज़लुल करीम ही पूर्व में तीन ऐसे विश्वसनीय भारतीय थे, जिनसे 'फोर्स-136' उस समय भी सम्पर्क क़ायम रखता, जब यदि बंगाल भी अंग्रेज़ों के हाथ से निकलकर जापानियों के क़ब्ज़े में चला जाता। यह बात जनवरी, 1944 की है। इससे पहले 1 जनवरी, 1944 को नेताजी सुभाषचन्द्र बोस ने आज़ाद हिन्द फ़ौज का एडवांस हैडक्वार्टर्स रंगून में स्थापित कर लिया था। वे वहां जापानी कमाण्डर किबाने से मिले भी थे।

दोस्त हो तो ऐसा

नेताजी सुभाषचन्द्र बोस और शौत्तेन्द्रो कुमार घोष बचपन में सहपाठी थे। वे कलकत्ता के स्कॉटिश चर्च स्कूल में पढ़ते थे। फिर स्कॉटिश चर्च कॉलेज में पढ़े थे एक साथ। सुभाष बोस रहते थे एलगिन रोड पर अपनी आलीशान दोमंज़िली कोठी में और शौत्तेन्द्रो घोष भवानीपुर मोहल्ले में रॉय स्ट्रीट पर दो नम्बर के बंगले में। दोनों के घर पास-पास थे। घोष रग्बी और फुटबाल के कैप्टेन थे। सुभाष और उनके बड़े भाई शरत अपने पड़ोसी के खेल पर जी-जान से फ़िदा थे।

पढ़ाई-लिखाई ख़त्म होने पर सुभाष और शौत्तेन्द्रो दोनों आई॰ सी॰ एस॰ (इण्डियन सिविल सर्विस) के इम्तहान में बैठे। दोनों अच्छे नम्बरों से पास हुए और ट्रेनिंग के लिए इंग्लैण्ड भेजे गए। विदेश में सुभाष को भारत और भारतवासियों को गुलाम बनाए रखने वाला अंग्रेज़ों का रवैया भाया नहीं। वे तो बस स्वतंत्र भारत की ही तस्वीर साकार होते देखना चाहते थे। आई॰ सी॰ एस॰ की नौकरी का चक्कर छोड़छाड़ सीधे लौटे भारत और अपने प्यारे, मगर गुलाम देश की आज़ादी के लिए राजनीति में कूद पड़े। सुभाष ने युगों से सोई हुई जनता को जगाने के कठिन कार्य का संकल्प लिया।

शौत्तेन्द्रो और सुभाष का सम्पर्क पूरी तरह टूट चुका था। लेकिन जब भी शौत्तेन्द्रो अख़बारों की सुर्खियों में अपने सुभाष की उपलब्धियों, बुलन्दियों और भारतीय जन-मानस पर उनका अमिट प्रभाव देखते-पढ़ते, तो उनका हृदय आनन्द से खिल उठता था और वे उनके प्रति नतमस्तक हुए बिना न रहते थे।

अब इस समय भीषण युद्ध के दौरान शौत्तेन्द्रो को अपने बर्मी एजेंटों द्वारा नेताजी सुभाष के बारे में उपर्युक्त जानकारियां मिल रही थीं। उन्होंने अपने एक ख़ास एजेंट के ज़रिए नेताजी के पास ख़बर भिजवाई कि उनका और उनकी आज़ाद हिन्द फ़ौज का भारत भूमि पर अभूतपूर्व स्वागत है, यदि वे कोहिमा की ओर से दाख़िल हों। चटगांव की तरफ़ भूलकर भी क़दम न बढ़ायें। वहां चप्पे-चप्पे पर दुश्मन उनकी घात में बैठे हैं। मैं नहीं चाहता कि मेरे गोरिल्लों द्वारा आज़ाद हिन्द फ़ौज के नौनिहाल देशभक्तों का सफ़ाया हो। तब तो भारत की स्वाधीनता की रही-सही आशा भी धूल में मिल जाएगी।

यह राष्ट्र-प्रेम भरा सन्देश पाकर नेताजी के नेत्र सजल हो गए। उन्हें बचपन की सभी पुरानी बातें याद आईं। उन्हें अपने बालसखा पर पूरा भरोसा था। वे उसकी बात मान गए।

18 मार्च, 1944 को आज़ाद हिन्द फ़ौज के बांके जवान मारते-काटते, सड़कें तोड़ते, पुल उड़ाते, कोहिमा और मणिपुर तक आगे बढ़ आए और 14 अप्रैल, 1944 को नेताजी ने स्वयं अपने ही हाथों मोइरंग में भारत-भूमि पर राष्ट्रीय झण्डा फहराया। लगातार दो महीनों तक घास खाकर, पत्ते चबाकर, नदी-नालों का जल पीकर जूझे थे ये भारतीय वीर।

इस घटना से पहले अराकान युद्ध ने और भी भयंकर रूप धारण कर लिया था। जांबाज़ जापानी अपनी जान पर खेल रहे थे। अंग्रेज़ बौखला गए और फ़रवरी, 1944 में रिज़र्व में रखी अपनी 26वीं और 70वीं डिवीज़नें भी लड़ाई के मैदान में झोंक दीं। लिबरेटर मिचिल, वेलिंग्टन, ब्लेनहेम्स, वल्टीवेंजनेंस बमवर्षकों से अंधाधुंध बमबारी करके जापानियों की युद्ध-सामग्री लाने वाले सभी थल और जल-मार्ग रोक दिए। 'फ़ोर्स-136' एजेंटों ने, जिनमें घोष के गोरिल्ले भी शामिल थे, उनकी रेलों और सड़कों को काम आने लायक़ नहीं रखा। यही कारण था कि अधिकांश जापानी सैनिकों को बैंकॉक से इम्फ़ाल तक पन्द्रह सौ किलोमीटर की दूरी पैदल ही तय करनी पड़ी। हमने उनकी रेलों और मोटरगाड़ियों का तो दौड़ना बन्द कर दिया था, लेकिन हमारा शक्तिशाली रॉयल एयर फ़ोर्स जापानी सैनिकों को यह असम्भव दूरी पैदल तय करने से न रोक पाया।

गले में लटकते केवल मुट्ठी-भर चावल के दानों के सहारे ही वे जूझ रहे थे। उनकी युद्ध-सामग्री समाप्त हो चुकी थी। घोष के एजेंटों ने उनकी सप्लाई लाइन काटकर उनकी रसद का आना ही बन्द कर दिया था। उनकी दिलेरी सचमुच ऊंची थी—बहुत ऊंची। सैकड़ों तो भूख-प्यास और घुटन से ही तड़प-तड़पकर मर गए और हज़ारों ने अपनी पेटी से लटककर 'हाराकिरी' कर ली। आत्मसमर्पण से मृत्यु उन्हें कहीं सम्मानजनक और प्रिय थी। अराकान युद्ध जैसी विभीषिका शायद ही इतिहास के पन्नों में देखने को मिले।

मुस्लिम लीगी नेता हसन शहीद सोहरावर्दी घोष से दुश्मनी रखने लगा। इसकी ख़ास वजह थी कि जब घोष युद्ध-रेखा के पीछे होते, तो सोहरावर्दी घोष के शरणार्थी शिविरों में जाकर राजनीतिक भाषण देता और मुसलमानों के बीच हिन्दुओं के प्रति घृणा के बीज बोता। इस प्रकार वह वहां के मुसलमानों में अपना सिक्का जमाना चाहता था। घोष ने इस बात पर एतराज़ किया। सरकार को भी आगाह कर दिया कि भारत-विभाजन के बीज बोए जा रहे हैं। फिर बंगाल प्रान्त के मुस्लिम लीगी नेताओं को चेतावनी भी दे दी कि वे भूलकर भी उसके शरणार्थी शिविरों में क़दम न रखें। मगर, सोहरावर्दी को इस बात की कहां परवाह ! उसके कंधे पर तो अंग्रेज़ों का हाथ था। वह घोष के शरणार्थी कैम्पों में बिना उनकी पूर्व-अनुमति के ही दाख़िल होने लगा। ऐसे ही एक मौक़े पर घोष की ग़ैरहाज़िरी में उन्हीं के आदेश से सोहरावर्दी और उसके साथियों को मामूली घुसपैठियों की तरह पकड़ लिया गया। फिर घोष के आने पर ही सबको छोड़ा गया, इस चेतावनी के साथ कि भविष्य में फिर यहां आने की जुर्रत न करें। सोहरावर्दी इस बात को कभी भूला नहीं और घोष को मटियामेट करने की तदबीरें भिड़ाने लगा।

आर॰ बी॰ लैगडन के माध्यम से 'फोर्स-136' घोष को बहुत ही अच्छा पारिश्रमिक देता था। लैगडन असम में कई चायबागानों के मालिक थे। वे घोष के पुराने मित्र भी थे। लैगडन इस धनराशि का एक बड़ा भाग घोष के सालिसिटर—फ़ाउलर एण्ड कम्पनी के मालिक हैरी फ़ाउलर के पास जमा कर दिया करते थे। यह सब सर गाल्विन स्टुअर्ट की सिफ़ारिश पर ही किया गया था। घोष ने फ़ाउलर से इतना अलबत्ता कहा था कि इस रक़म को अच्छे से अच्छे काम में लगाया जाए। फ़ाउलर ने घोष के लिए कलकत्ता में बिल्डिंगें ख़रीदनी शुरू कर दीं।

अपनी बेहतरीन कारगुज़ारी के फलस्वरूप सन् 1945 के शुरू में घोष की महत्ता काफ़ी

बढ़ गई थी और लड़ाई ख़त्म होने पर घोष को दी गई ताक़त, रुतबा, धन-दौलत देखकर अंग्रेज़ चौंके। घोष हिन्दू-मुस्लिम एकता के प्रबल समर्थक थे। उन्होंने पहाड़ी आदिवासियों को जापान के ख़िलाफ़ करने में ज़बरदस्त कामयाबी हासिल की थी। यह काम था भी उन्हीं के बस का। सर गाल्विन स्टुअर्ट और सर कॉलिन मिकेन्ज़ी घबरा गए कि कहीं घोष इन्हीं आदिवासियों को हिन्दू-मुस्लिम एकता के लिए आगे खड़ा न कर दें, जिससे उनका बंगाल-विभाजन का ख़्वाब हमेशा के लिए मिट्टी में मिल जाएगा। 'फ़ोर्स-136' बंगाल-विभाजन के पक्ष में था और घोष उसके बेहद ख़िलाफ़। बंगाल पर जापानी क़ब्ज़ा भी नहीं हो पाया। अंग्रेज़ों का घोष से मतलब भी निकल चुका था। फिर तो घोष को मिटा डालने का फ़ैसला आनन-फानन में कर लिया गया। फ़ैसला करने वालों में थे सर गाल्विन स्टुअर्ट, जनरल सर गिफ़र्ड, हसन शहीद सोहरावर्दी, जो बाद में अविभाजित बंगाल का मुख्यमंत्री बना, खान बहादुर ई॰ ए॰ रे और उनके साथी।

'फ़ोर्स-136' ने धन और रुतबे का लालच देकर कुछ लोग तैयार किए। उन्होंने झूठे-सच्चे इलज़ाम लगाकर घोष के ख़िलाफ़ उलटी-सीधी शिकायतें जड़ीं। लाखों सरकारी रुपयों की फ़िज़ूलख़र्ची और गोलमाल के जुर्म में घोष को दण्ड का भागी बनाया गया। सामने से घोष की मुख़ालफ़त करने वाले प्रमुख व्यक्ति थे, इण्डियन मेडिकल सर्विस के मेजर फ़िच (इन्हीं हज़रत ने मेजर ड्रेक बोज़मैन और सर ज़फ़रुल्ला खां के सहयोग से भारत में हिन्दू-मुस्लिम दंगों और देश-विभाजन की रूपरेखा तैयार की थी, जिसे 'पोस्ट क्विट प्लान' के नाम से जाना गया), चटगांव-ढाका के कमिश्नर मिस्टर जेमिसन। फिर अन्त में तो बर्मा के लिए अमरीकी और चीनी फ़ौजों को छोड़कर ब्रिटिश लैण्ड फ़ोर्सेज़ के कमाण्डर इन-चीफ़ जनरल सर जॉर्ज गिफ़र्ड, जी॰ सी॰ बी॰, डी॰ एस॰ ओ॰, ए॰ डी॰ सी॰ तक इस घिनौने काम पर उतर आए।

इस साज़िश को कार्यान्वित करने के लिए ब्रिटिश सरकार ने ख़ास तौर पर सन् 1944 का ऑर्डिनेंस 38—ओ॰ एस॰ 53/1944 पास किया केवल घोष को सताने और उन्हें ज़लील करने के लिए। घोष की ज़मीन-जायदाद, शेयर, बीमे आदि ज़ब्त कर उन्हें कटहरे में ला खड़ा किया। घोष की समझ में नहीं आ रहा था कि आख़िर वे करें भी तो क्या? सीधे पहुंचे सर गाल्विन स्टुअर्ट के पास। उन्होंने भी ठेंगा दिखा दिया और बोले, "आपको भर्ती करते समय ही पूरी तरह से आगाह कर दिया गया था कि अगर जाल में फंसते हो, तो खुद ही निकलना होगा। आपकी सहायता करने का मतलब ही है 'फ़ोर्स-136' जैसी ब्रिटिश गुप्तचर संस्था को बेनक़ाब करना, जो हम किसी भी क़ीमत पर नहीं कर सकते।" घोष ऐसे डूबे कि कहीं के न रहे। अराकान युद्ध की सफलता में उनका कितना महत्त्वपूर्ण योगदान रहा, यह भूलने में अंग्रेज़ों को तनिक देर न लगी।

स्टुअर्ट ने सच ही कहा था। घोष भी जानते थे कि दुश्मन द्वारा पकड़े जाने पर, असह्य यातनाएं सहने पर, और मौत के मुंह में जाने पर भी 'फ़ोर्स-136' उनकी सहायता करके अपने आप को बेनक़ाब कभी नहीं करेगा।

तभी घोष को पता चला कि उनके पुराने मित्र और 'फ़ोर्स-136' के साथी आर॰ बी॰ लैगडन, जो उन दिनों इंग्लैण्ड में थे, घोष की तरफ़ से अदालत के रू-ब-रू गवाही देने भारत आ रहे हैं। लैगडन को पूरी जानकारी थी कि यह पैसा कहां से और कितना आता था, और वे ही इसे घोष को देते भी थे। घोष की खुशी का ठिकाना न रहा। लेकिन उनके भाग्य में

तो कुछ और भी बदा था। 'फ़ोर्स-136' को लैगडन के आने की सूचना मिल गई। अतः भारत आते समय कराची में ही उनके यान का 'एयर क्रैश' हो गया, ऐसी ख़बर कुछ अख़बारों में छपा दी गई। मगर हक़ीक़त यह थी कि कराची में ही 'फ़ोर्स-136' के एजेंटों ने गोली मार-कर उनकी हत्या कर दी।

जिस समय कलकत्ता में घोष के मुक़द्दमे की सुनवाई हो रही थी, लीगी नेता हसन शहीद सोहरावर्दी बंगाल सरकार का पहला मुख्यमन्त्री था। ब्रिटिश सरकार द्वारा घोष पर दायर किया गया यह मुक़द्दमा कलकत्ता और दिल्ली की अदालतों में दस वर्षों से कुछ अधिक समय तक चला। विद्वान न्यायाधीशों ने घोष का 'फ़ोर्स-136' जैसी ब्रिटिश गुप्तचर संस्था से सम्बद्ध होना माना ही नहीं। बर्मा शरणार्थी शिविरों का भी पूरा हिसाब-किताब सही निकला। कहीं कोई गड़बड़ी नहीं। फिर भी घोष को सज़ा मिली। सम्भवतः भारतीय न्यायालय के इतिहास में यह सबसे गहरा काला धब्बा है। क़ानूनी दांव-पेच में असलियत किस प्रकार दबा दी गई, यह भी इसी केस में उजागर हुआ। इस मामले से यह तो साबित हो ही गया कि भारत छोड़ने के बाद भी इस देश में अंग्रेज़ों की जड़ें कितनी गहरी हैं।

15 सितम्बर, 1947 को अदालत में दाख़िल किए गए अपने लिखित बयान में घोष ने 'फ़ोर्स-136' में अपने गुप्त क्रियाकलापों का हवाला देते हुए ब्रिटिश सेना के कमाण्डरों की गतिविधियों और लड़ाई में जापानियों के दांव-पेच का भी इज़हार किया था। चार वर्षों बाद सन् 1951 में ब्रिटिश सरकार ने दक्षिण-पूर्व एशिया कमाण्ड के सुप्रीम अलाइड कमाण्डर अर्ल माउण्टबैटन ऑफ़ बर्मा की रिपोर्ट प्रकाशित की थी। कहा जाता है कि उसमें भी वही सब बातें लिखी थीं, जो चार वर्ष पूर्व घोष ने अदालत के समक्ष अपने लिखित बयान में कही थीं। फिर घोष के साथ यह अन्याय हुआ ही क्यों ?

अराकान-युद्ध में घोष का योगदान इतिहास के पन्नों में स्वर्णाक्षरों में लिखा जाएगा। जिस क्षेत्र में ब्रिटिश साम्राज्य के दो-दो फ़ील्ड मार्शलों को जापानियों ने धूल चटा दी थी, वहीं घोष और उनके एजेंट दुश्मन को लगातार ग्यारह महीनों तक बीहड़ जंगलों में फंसाए रहे, और कमाल यह कि ब्रिटिश फ़ौज उनसे सैकड़ों मील दूर रही। अराकान-युद्ध की जीत का पूरा-पूरा श्रेय घोष और उनके चतुर जासूसों को है।

इण्डियन सिविल सर्विस के शौत्तेन्द्रो कुमार घोष जैसे विद्वान, विशेष सूझबूझ वाले अफ़सर से केवल एक ही बार भेंट हुई थी जुलाई, 1943 में। स्टुअर्ट ने एक निहायत ज़रूरी पार्सल उनके हवाले करने उनकी कोठी पर भेजा था। क्या था उसमें, यह तो मुझे आज तक मालूम न हो सका। ऐसी सुरक्षा बरती जाती थी 'फ़ोर्स-136' में। किन्तु थी अवश्य ही कोई अति महत्त्वपूर्ण वज़नी चीज़, वरना मेरे ज़रिए कभी न भेजी जाती। उस दिन काफ़ी देर तक गुप्तचरी-प्रतिगुप्तचरी के अचूक दांव-पेचों पर उनसे विचार-विमर्श हुआ था।

इस भेंट के बाद उन्होंने बहुत कोशिश की थी मुझे अपने स्टाफ़ में लेने की, लेकिन लॉर्ड जॉन लिनार्ड कॉली को तो मुझसे कुछ और ही काम लेने थे, अतः वे राज़ी न हुए। ऐसे दबंग अफ़सर की याद आज 55 वर्षों बाद भी आ ही जाती है। अब तो वे इस संसार में भी नहीं हैं। उनका देहान्त सितम्बर, 1975 में हुआ था। यह बात भी मुझे 26 जनवरी, 1982 को ही ज्ञात हुई। ऐसे उच्चकोटि के 'मास्टर स्पाई' को मेरे शत-शत नमन !

असम के बीहड़ों में सपेरों के बीच

पूर्वी युद्ध-क्षेत्र में 'फ़ोर्स-136' की गतिविधियां लगातार बढ़ती जा रही थीं। छल-कपट के सभी दांव-पेच आज़माने की ग़रज़ से पुणे के निकट देहू रोड पर 'प्वाइज़नस सब्सटेंस हैडक्वार्टर्स' का गठन हुआ और उसकी शाखा खोली गई कलकत्ता में लॉर्ड सिन्हा रोड पर 8 नम्बर की विशाल कोठी में। रासायनिक और जीवाणु युद्ध के लिए अनेक प्रकार की ज़हरीली गैसों और विषैले पदार्थों का तो वहां था ही भण्डार, कुछ ख़ास क़िस्म के सांपों का ज़हर भी जमा किया जाने लगा। इसके इस्तेमाल के बारे में न तो कभी किसी ने बताया, न ही सुरक्षा नियमों के अन्तर्गत किसी साथी या अफ़सर से पूछने की हिम्मत हुई। मुशाहिदे के आधार पर इतना अलबत्ता जाना कि बर्मा के अलावा पूर्वी क्षेत्र के अन्य भू-भागों में ब्रिटिश गुप्तचरों को भेजा जाता था यह ज़हर।

सन् 1943 की मानसून अपने अन्तिम जोश में थी। भारत-बर्मा सीमा पर जापानी सैनिक मित्र-राष्ट्रों की फ़ौजों का विधिवत् सफ़ाया कर रहे थे। उनका आक्रमण पूरे जोश पर था। इस भयंकर विनाश ने 'फ़ोर्स-136' के उच्चतम अधिकारियों—सर कॉलिन हरक्युलीज़ मिकेन्ज़ी, सर गाल्विन वी॰ स्टुअर्ट, लॉर्ड जॉन लिनार्ड कॉली और चार्ल्स ओ'नील को बर्बर हथियार अपनाने की प्रेरणा दी। गोलियों में फ़ास्फ़ोरेट विषैले पदार्थ मिलाए जाने लगे। शायद, इसी से मिलते-जुलते किसी ख़ास मक़सद के लिए सर्प के ज़हर की भी ज़रूरत महसूस हुई हो। पहली बार ज़हरीले ज़िन्दा सांपों से भरा 'कन्टेनर' पहुंचाया मैंने जबलपुर से मुंबई में मेडिकल सर्विसेज़ के डायरेक्टर मेजर-जनरल सर साहिबसिंह सोखी के पास। फिर मुझे भेजा गया असम।

तभी की दास्तान है।

रियर हैडक्वार्टर्स फ़ोर्स वन-थ्री-सिक्स, 53/ए, गरियाहाट रोड, बालीगंज, कलकत्ता का चौमंज़िला विशाल भवन। 'प्वाइज़नस सब्सटेंस' की कलकत्ता शाखा के सर्वेसर्वा मेजर ब्राइन नागालैण्ड के डिप्टी कमिश्नर चार्ल्स पोज़ी के साथ कोई गुप्त मंत्रणा कर रहे थे। तभी बग़ल वाले कमरे से बुलाकर पोज़ी से मेरा परिचय कराया गया। फिर मेजर ब्राइन ने मुझे थमाए आठ हज़ार रुपए नक़द और कर्नल ई॰ ग्रेगरी के नाम एक मोहरबन्द लिफ़ाफ़ा। 'मूवमेंट ऑर्डर' अलग से दिया गया। आदेश था रंगपुर जाकर कर्नल ग्रेगरी से मिलना और फिर उन्हीं के साथ असम में कुछ ख़ास स्थानों पर जाना।

दूसरे दिन सियालदह रेलवे स्टेशन (कलकत्ता) से रवाना होकर भोर में पहुंचा रंगपुर (वर्तमान बंगला देश)। कर्नल ग्रेगरी वहां के मिलिटरी इंटेलिजेंस ऑफ़िसर होने के अलावा

एडीशनल सुपरिन्टेन्डेन्ट ऑफ़ पुलिस भी थे। सेना से अवकाश ग्रहण करते ही उनकी नियुक्ति पुलिस विभाग में कर ली गई थी, क्योंकि वे असम, बंगाल और बर्मा के चप्पे-चप्पे से बखूबी वाक़िफ़ थे। जंगली जीव-जन्तुओं के विशेषज्ञ होने के नाते चार्ल्स पोज़ी से उनकी पटती भी खूब थी। दोनों ही अच्छे शिकारी थे। चूंकि मेरे पहुंचने की पूर्व-सूचना मेजर ब्राइन ने वायरलेस द्वारा भेज दी थी, कर्नल ग्रेगरी मुझे स्टेशन पर ही मिले।

गोलकगंज जाने के लिए गाड़ी प्लेटफ़ार्म पर लगी मिली। कर्नल ग्रेगरी के साथ ही मुझे असम में कुछ दूर तक आगे बढ़ना था। हमारे कम्पार्टमेंट में दो फ़ौजी अफ़सर और भी थे—एक अंग्रेज़ और दूसरा हिन्दुस्तानी। इसीलिए सफ़र के दौरान मेरे और ग्रेगरी के बीच कोई गुप्त वार्ता नहीं हुई। उल्लेखनीय है कि उन दिनों बंगाल अकाल के भीषण दौर से गुज़र रहा था, जिसकी काली छाया असम के सीमावर्ती इलाक़े में भी स्पष्ट नज़र आ रही थी। रास्ते में अधिकांशतः भूखे-नंगे शरीर ही देखने को मिले।

दोपहर बाद गोलकगंज पहुंचे। सेना के आर॰ टी॰ ओ॰ (रेलवे ट्रांशिपमेंट ऑफिसर) कैप्टेन रिचर्डसन के क्वार्टर पर ही कुछ देर विश्राम किया। फिर चाय-नाश्ते के बाद सवार हुए सरकारी जीप में और निकल पड़े ऊबड़-खाबड़ रास्ते पार करके ब्रह्मपुत्र नदी की ओर, फिर आधे घंटे में जा लगे सपेरों की एक छोटी-सी बस्ती में।

बांस और घास-फूस के कई झोंपड़े थे। कर्नल ने गाड़ी की रफ़्तार धीमी कर दी। वहीं ज़मीन पर बैठे दो सपेरे एकसाथ बीन बजा रहे थे। बग़ल के झोंपड़े में धुआं उठ रहा था और तेज़, तीखी दुर्गन्ध भी आ रही थी। कर्नल ने बताया कि खाने के लिए सांप पकाया जा रहा है। कुछ आगे बढ़ने पर एक छोटा-सा कॉटेज नज़र आया। दो बार हॉर्न बजाकर कर्नल ने गाड़ी वहीं रोक दी।

इस एक-मंज़िला कॉटेज की सतह ज़मीन से लगभग एक-डेढ़ मीटर ऊंचे लकड़ी के खम्भों पर आधारित थी। लकड़ी के बरामदे से ही सटा कमरा भीतर दूर तक दिखाई दे रहा था। बाहर हरे-भरे बांस के झुण्ड, नारियल और सुपारी के पेड़। जहां-तहां मुर्गियां अपने चूज़ों के साथ मटरगश्ती कर रही थीं। सामने खम्भे में बंधे दो दुबले-पतले शिकारी कुत्ते हमें देखते ही पिछले पैरों पर खड़े होकर आक्रमण करने की मुद्रा में ज़ोर-ज़ोर से भौंकने लगे।

तुरन्त कमरे से निकलकर इकहरे बदन का गोरा-चिट्टा अधेड़ बाहर निकला और कर्नल को देखते ही हमारी ओर लपकते-लपकते दूर ही से सलाम ठोंका। चारख़ाने की लुंगी लपेटे, जालीदार बनियाइन पहने था वह। असमी भाषा में फिसलते हुए कर्नल ने उससे मेरा परिचय कराया। नाम था उसका तनु ओज़ा। ज़हरीले सांपों का धंधा करता था। तभी तो उसकी माली हालत अपने सगे-सम्बन्धियों से कहीं बेहतर थी। कुछ देर तक दोनों असमी में बातें करते रहे। मेरे पल्ले तो कुछ पड़ा नहीं। फिर हम तीनों ने प्रस्थान किया गोपालपाड़ा के लिए। उसका एक घर वहां भी था।

निर्भीकता तो देखिए तनु की। हमारे निरन्तर इसरार के बावजूद न तो उसने जीप में रखे घुटनों तक ऊंचे रबर के जूते पहने, न ही मोटी ज़ीन की ढीली-ढाली ख़ाकी पतलून। सांपों से सुरक्षा के लिए दोनों ही ज़रूरी हैं। वह वैसे का वैसा ही चप्पलें चटख़ाता, लुंगी लपेटे हमारे साथ हो लिया।

विशाल ब्रह्मपुत्र पार करके पहुंचे गोपालपाड़ा। यहां कई सपेरों से भेंट हुई। उनसे ज्ञात हुआ कि कई पीढ़ियों से उनके परिवारवाले गोपालपाड़ा, मालीगांव, नौगांव, जोरहाट, लुम्बडिंग और दीमापुर में यही धंधा करते आ रहे हैं—ज़हरीले सांप पकड़ना और उनका ज़हर निकालकर सोने के भाव बेचना। तभी पता चला कि मिरगी, पागलपन, पोलियो, कुष्ठ रोग, लकवा और औरतों को बांझपन से छुटकारा दिलाने के लिए सांप का ज़हर अचूक औषधि है। युद्ध में इसका क्या अंशदान था, यह तो उन्हें भी मालूम न था।

गोपालपाड़ा में मुझे कुद्दूस और बेज़ की सुपुर्दगी में देकर कर्नल ग्रेगरी रंगपुर वापस लौट गए। उनका बस इतना ही काम था कि इन दोनों से मेरा सम्पर्क हो जाए। शेष मंज़िल तो मुझे ही तय करनी थी। इस इलाक़े में कुद्दूस और बेज़ सपेरों के मुखिया माने जाते थे। इन्हीं के माध्यम से 'फ़ोर्स-136' ने लाखों रुपए का ज़हर ख़रीदा था। इस बार भी ख़रीदारी के लिए मुझे आठ हज़ार रुपए देकर भेजा गया था एक किलो सौ ग्राम ज़हर लाने।

मेरे ठहरने और खाने-पीने का इन्तज़ाम शहर के एक निहायत सड़े-से होटल में किया गया था, जो वहां सबसे अच्छा होटल माना जाता था। विशुद्ध शाकाहारी होने के नाते भोजन तो भला क्या करता, वहां दूध, डबलरोटी और फलों पर ही गुज़ारा किया दो रोज़। दिन में एक-दो घंटे के लिए जाता अवश्य रहा इन सपेरों के डेरों पर। कई क़िस्म के ज़हरीले सांप भी देखने को मिले, जिनका ध्यान आते ही आज यह संस्मरण लिखते समय भी रोंगटे खड़े हो जाते हैं।

तभी पता चला कि संसार का सर्वाधिक विषैला सर्प आस्ट्रेलिया के जंगलों में पाया जाता है, जो भारत के ही 'किंग कोबरा' का भाई-बन्धु है। एशियाई सर्पों में सबसे ज़्यादा ज़हरीला बताया गया 'करैत'। भारत में इनकी लगभग दो सौ क़िस्में हैं जिनमें ज़हरीले होते हैं महज़ पचास। इनमें 'रसेल्स वाइपर', 'किंग कोबरा', 'करैत' और 'सा-स्केल्ड' वाइपर ही ऐसे हैं, जिनके डसने से आदमी मरता है।

बेज़ ने अपने तजुर्बे के आधार पर बताया कि विषैले से विषैला सर्प भी आदमी से कतराता है। वह उसके सामने कभी नहीं पड़ना चाहता, बल्कि देखते ही तेज़ी से रेंगकर इधर-उधर छिपने की कोशिश करता है। अपने ऊपर आक्रमण होने पर ही काटने के लिए विवश होता है, अन्यथा नहीं।

करैत और सा-स्केल्ड तो वहां थे नहीं, कई चकत्तेदार रसेल्स वाइपर और किंग कोबरा अवश्य देखे। कभी तो बेज़ उन्हें माला की तरह अपने गले में लटका लेता, तो कभी बड़े प्यार से उन पर हाथ फेरता।

मेरी जिज्ञासा देख वह रसेल्स वाइपर के बारे में बताने लगा कि वे असम के बीहड़ों और नागालैण्ड की पहाड़ियों पर पाए जाते हैं। वहीं कुण्डली मारे छिपे पड़े रहते हैं। घने जंगलों और खेतों में रहना उन्हें बहुत भाता है। रेंगने की रफ़्तार धीमी होती है। गुस्सा आने पर ही तेज़ी दिखाकर हमला करता है। इसका मुख्य भोजन हैं चूहे और गिलहरियां।

किंग कोबरा को बहुत डरपोक बताया। दिन में छिपा पड़ा रहता है और अक्सर रात में ही दिखाई देता है। चूहे के बिल में आराम फ़रमाना उसे बहुत पसन्द है। कभी-कभी दीमक के पुराने महल में भी मिल जाता है। आदमी के क़दमों की आहट पाते ही सतर्क हो जाना

उसका प्राकृतिक स्वभाव है। शत्रु को देखकर पहले तो उसे डराने के लिए फन फैलाता है, फिर मजबूर होने पर ही डसता है। उसका मुख्य आहार है—मेंढक, चूहे, छिपकली और गिरगिट।

मेरे ज़हर निकालने की विधि पूछने के प्रश्न को बेज़ बड़ी खूबसूरती से टाल गया, लेकिन सतर्कता बरते जाने के सवाल पर कुद्दूस तपाक से बोला कि जूते पहने हुए व्यक्ति को अपने आप को सुरक्षित समझना चाहिए। जूते की ध्वनि से सर्प खुद-ब-खुद आपका रास्ता छोड़कर इधर-उधर हट जाएगा। तभी तो खेतों और जंगलों में नंगे पैर काम करने वालों को ही वे अधिकतर डसते हैं। इस नियम के अन्तर्गत जानवर भी मुस्तसना नहीं। उनके गले में भी घंटी लटका दी जाती है।

बेज़ और कुद्दूस के साथ दो दिन का सफ़र तय करके मालीगांव और गोहाटी होता हुआ पहुंचा नौगांव। असम में ज़हरीले सांपों का विशाल भण्डार मैंने यहीं देखा। काले, पीले, हरे, बैंगनी, गेहुआं, चितकबरे, चकत्तेदार, धारीदार—न जाने कितनी तरह के। लगभग पांच सौ व्यक्ति उनका ज़हर निकालने और बेचने का कार्य पीढ़ी-दर-पीढ़ी से करते चले आ रहे हैं। उनकी रोज़ी-रोटी का एकमात्र सहारा भी तो यही था।

गर्मी का मौसम बीत चुका था। तभी तो वे सब वहां दिखाई दिए। वरना, मई से अगस्त तक उन्हें ढूंढ़ना मुश्किल था। सांपों की तलाश में मारे-मारे फिरते हैं। छोटी-छोटी टोलियां बनाकर देश के सभी प्रान्तों में छा जाते हैं। उनके मुखिया अवश्य अपने को लुमडिंग, जोरहाट, कोहिमा और दीमापुर तक ही सीमित रखते हैं। इनका सारा सफ़र रुक-रुककर पैदल होता है।

उन्होंने सैकड़ों व्यक्तियों को मौत के मुंह में जाने से बचाया है। उनका कहना था कि सांप के काटने से घबराना नहीं चाहिए। काटे गए स्थान से नौ इंच ऊपर रस्सी बांधकर कस देनी चाहिए। इसके तीन इंच ऊपर एक और रस्सी कसनी चाहिए, जो थूक में चूना मिलाकर भिगो ली गई हो। न किसी डॉक्टर को बुलाने की ज़रूरत, न सर्प को मारने की। वे सांप को पकड़कर स्वयं ले आते और उसी से ज़हर भी उतरवा देते। वे सदा से ही इस काम में माहिर माने जाते हैं।

चीनी मिट्टी के चार छोटे जारों में ज़हर भरकर उनका मुंह बन्द कर दिया गया। फिर उन पर तार लपेटकर मैंने अपनी सील ठोंक ली और कलकत्ता पहुंचकर यह क़ीमती ज़हर मेजर ब्राइन के हवाले कर दिया।

नागालैण्ड के नन्हे जासूस

उन दिनों नागालैण्ड की स्थिति कुछ अजीब-सी थी। जापानियों का आक्रमण होने पर वह कभी तो उनके अधीन उत्तरी बर्मा में चला जाता, फिर अंग्रेज़ों के जवाबी हमले के उपरान्त भारत में वापस लौट आता। इसी से मिलती-जुलती हालत मणिपुर राज्य की थी। यही वजह थी कि नागालैण्ड (कोहिमा, दीमापुर) और मणिपुर राज्य (इम्फ़ाल, मोइरंग), में या तो अधिकांश व्यक्ति अंग्रेज़ों के लिए जासूसी करते थे, या फिर जापानियों के लिए।

इन विषम परिस्थितियों में घुसपैठ, तोड़फोड़ करके, एजेंटों और मुख़बिरों के ज़रिए जापानियों के ख़ौफ़नाक इरादे मिट्टी में मिलाना ही हमारा ध्येय था। हर घड़ी हथेली पर जान रखकर आगे बढ़ना होता था। सैनिकों से बिल्कुल भिन्न था हमारा रूप। हां, गहरी हरी वर्दी के अलावा विभिन्न प्रकार के हथियारों और विस्फोटक सामग्रियों से अवश्य हरदम लैस रहते थे। हमारा लक्ष्य था शत्रु के उदर में प्रवेश करना। फिर गुप्त रहस्य ज्ञात करके बीहड़ परिवेश में ही उनका सफ़ाया करना। किन्तु, इस अभियान में तो हमें बच्चों से भी काम लेना था। उनके ऊपर शक़-शुबहे की गुंजाइश नहीं के बराबर जो थी।

एक दिन सितम्बर, 1943 में हमारी पार्टी के चार सदस्यों को कोहिमा जाने का आदेश मिला। मेरे अलावा डेनियल, रिचर्ड और ल्यूक थे इस टीम में। दमदम हवाई अड्डे से एक डकोटा यान हमें ले उड़ा और उतार दिया जाकर जैसोर (अब बंगला देश में) एयरपोर्ट पर। यहां रॉयल एयर फ़ोर्स का एक 'बफैलो' यान तैयार मिला। वह हम सबको ले उड़ा और उतार दिया जाकर नागालैण्ड के बीचोबीच दीमापुर हवाई अड्डे पर। हमारे साथ लाई गई सभी चीज़ें—नमक और चीनी की थैलियां, दवाइयां, ज़नाने-मर्दाने कपड़े, बच्चों के लिए मिठाइयां, चाकलेट, लैमनड्राप, बिस्किट के डिब्बे और खिलौने आदि भी उतार दिए गए। चार सैकिंड में फटने वाले हथगोलों की मालाएं हमारे गले में झूल रही थीं। तेज़ धार वाले लम्बे चाकू भी हमारे पास थे।

दो जीप गाड़ियों में सारा सामान लादकर हम उस लम्बी सड़क पर आगे बढ़े, जिसे तभी 70 हज़ार मज़दूरों ने बनाकर तैयार किया था। असम के चायबागानों में काम करने वाले इन मज़दूरों को कुछ समय के लिए उनके अंग्रेज़ मालिकों से उधार ले लिया गया था। पहाड़ी इलाक़े के सांप जैसे टेढ़े-मेढ़े, ऊबड़-खाबड़ रास्तों को पार करती हुई हमारी जीपें आगे बढ़ीं। युद्ध की लपेट में आए अनेक गांवों का बिल्कुल सफ़ाया हो चुका था। चार-छह गांव ऐसे मिले, जहां कुछ लोग अब भी बाक़ी थे। वे जन-जीवन की निहायत ज़रूरी चीज़ों के लिए तरस रहे थे। हमने उन्हें नमक, चीनी, दवाइयां, कुनेन की गोलियां और कपड़े दिए।

उनके बच्चों को मिठाइयां, खिलौने और रेडीमेड कपड़े बांटे। हमारा मक़सद ही था उन्हें सब चीज़ें मुफ़्त देकर उनकी हमदर्दी हासिल करना। फिर बातों-बातों में ही उनसे आसपास के इलाक़े की जापानी गश्ती सैनिकों की गतिविधि मालूम करना। स्थानीय भाषा जानने के कारण ल्यूक और रिचर्ड ने यह काम बख़ूबी निभाया।

हम चारों ने रात बिताई पास के एक छोटे-से गांव में। एक ईसाई परिवार ने हमारा तहे-दिल से, मगर ख़ालीहाथों, स्वागत किया। हमारा साथी रिचर्ड उनसे पहले भी कई बार मिल चुका था। एक जापानी पेट्रोल-पार्टी ने पिछली रात वहीं गुज़ारी थी। उनकी स्थिति कुछ ऐसी थी कि वे हमारे अलावा जापानियों को भी सूचनाएं देने के लिए मजबूर थे। ख़ैरियत यही थी कि जो हमारी संस्था चाहती, वही वे जापानियों को बताते थे। इस क्रिया से हमारा अधिक नुक़सान नहीं होता था।

इस परिवार में निकटवर्ती माओ सोंगसांग से आए दो जुड़वां भाई-बहन कुछ दिनों के लिए ठहरे थे। लड़के का नाम विलियम था और लड़की का एडिना। आयु उनकी होगी बारह वर्ष के आसपास। बड़े ही हंसमुख और मिलनसार बच्चे थे। उनका घर यहां से लगभग 15 किलोमीटर दूर था और कोहिमा से 80 किलोमीटर दक्षिण-पूर्व में। ढाई हज़ार फ़ुट की ऊंचाई पर बसा हरा-भरा पहाड़ी इलाक़ा। इन बच्चों से मिलकर हमारे मन की मुराद पूरी हुई। हमें माओ सोंगसांग में कानाफूसी के माध्यम से जापानियों के विरुद्ध 'मैन-टु-मैन प्रोपेगैण्डा' कराना था। इम्फाल को नेस्तनाबूद करने के इरादे से जंगल जीवन से भली-भांति परिचित तेज़ मार करने वाले एक लाख शाही जापानी सैनिक वहां जमा होने वाले थे।

उन दिनों जापानियों के पास मोटर गाड़ियों की बेहद कमी थी। केवल महत्त्वपूर्ण कार्यों के लिए ही उनका इस्तेमाल होता था और वह भी उच्च अधिकारियों द्वारा। हमारे गुप्तचरों ने उनके रेलवे स्टेशनों और सड़कों का तो सफ़ाया कर दिया था, लेकिन हमारा शक्तिशाली रॉयल एयर फ़ोर्स वीर जापानी सैनिकों को बीहड़ जंगलों, दुर्गम पर्वतों तथा हरे-भरे मैदानों में पैदल चलने से न रोक पाया। बैंकाक से इम्फ़ाल तक 1500 किलोमीटर से भी अधिक फ़ासला उन्होंने पैदल चलकर ही तय किया था।

हमने इस ईसाई परिवार के प्रत्येक व्यक्ति को आसानी से उपलब्ध वस्तुओं से हथगोले बनाना और बिना माचिस या पेट्रोल आदि की सहायता लिए आग लगाना तो बताया ही, जापानियों की मौजूदा स्थिति देखते हुए उनकी मोटर गाड़ियों को भी नाकाम करने का निहायत सरल, मगर इतना ही अचूक तरीका भी बता दिया। इस विधि को विलियम और एडिना दोनों ने ही बड़े ध्यान से सुना। मोटर-इंजन नाकाम करने का तरीक़ा उन्हें बहुत पसन्द आया। इस ख़तरनाक काम के लिए हमने उन्हें चांदी के कुछ रुपयों और सोने की गिन्नियों के अलावा कुछ अन्य ज़्यादा आवश्यक वस्तुएं भी भेंट कीं।

दूसरे दिन हमारी टीम दीमापुर होते हुए कलकत्ता रवाना हुई। लगभग एक सप्ताह बाद मुझे हैडक्वार्टर्स पर पता चला कि हमारे लौटने के चौथे दिन जापानी सैनिकों को अपने एजेंटों द्वारा हमारी गतिविधि ज्ञात हो गई थी, अतः उस परिवार के सभी व्यक्तियों को मौत के घाट उतार दिया गया। मगर हमारी बताई हुई विधि से माओ सोंगसांग में विलियम और

एडिना ने चार जापानी अफ़सरों की जीपों के पेट्रोल-टैंक-पाइपों में चीनी डालकर उनके इंजन बरबाद कर डाले थे।

स्मृति के पन्ने पलटकर जब भी अतीत में झांकता हूं, विलियम और एडिना के मुस्कराते चेहरे अनायास सामने आ जाते हैं। काश, इन मासूम बच्चों को ऐसे घृणित कार्य में घसीटा न होता। काश, युद्ध भी न हुआ होता ! मैंने देखी है युद्ध की विभीषिका। विजित से किसी प्रकार कम नहीं होता विजेता का नुक़सान ! काश, ये युद्ध कभी न हों, जिनके द्वारा विलियम और एडिना जैसे लाखों हंसते-मुस्कराते मासूम फूल हमसे बरबस छीन लिए जाते हैं।

लेफ़्टिनेंट-कमाण्डर अमरेन्द्र कुमार मुखर्जी

विज़गापट्टम के वरिष्ठ एरोड्रोम अफ़सर अमरेन्द्र कुमार मुखर्जी को सन् 1939 में रॉयल इण्डियन नेवी में लेफ़्टिनेंट-कमाण्डर के पद पर नियुक्त किया गया था। सन् 1940 तक उन्होंने 'लाइट रिवर-माइन-स्वीपिंग फ्लोटिला' (जल के भीतर सुरंगों के जाल बिछाने वाले जहाज़ी बेड़े) के कमाण्ड में काम किया। इसके बाद 'टावर एण्टी-सब-मेरिन स्लूप' के नेवीगेटिंग तथा सिगनल अफ़सर के पद पर नियुक्त किया गया। जापानियों द्वारा बर्मा पर आक्रमण के दिनों में वे बंगाल की खाड़ी में कार्यरत थे।

सन् 1942 के उत्तरार्द्ध में मुखर्जी को मेजर-जनरल सर ऑर्डे चार्ल्स विंगेट और शौत्तेन्द्रो कुमार घोष, आई. सी. एस., की सिफ़ारिश पर 'फ़ोर्स वन-थ्री-सिक्स' में ले लिया गया था। यहां उन्हें हथियार, गोलियां तथा युद्ध-सामग्री और ट्रांसमीटर आदि को कलकत्ता में सरक्यूलर रोड के उस पार मटियाबुर्ज़ के निकट स्थित क़ब्रिस्तान में ज़मीन के अन्दर छिपाकर रखने और यथासमय उसे निकालने का प्रशिक्षण दिया गया। इस संस्था के लिए वे बड़े लाभकारी सिद्ध हुए और सन् 1943 में उन्होंने कमाण्डर टॉड तथा लेफ़्टिनेंट-कमाण्डर बी. डब्ल्यू. ल्यूक से सम्पर्क किया और उनके साथ मिलकर काम करने लगे।

मुखर्जी को सामान्य हिन्दुस्तानी तथा लश्करी बोलने का अभ्यास कराया गया, साथ ही उन्हें विभिन्न प्रकार के हथियारों का प्रयोग करने, निःशब्द मार करने, ऐण्टी सबमैरिन और रासायनिक शस्त्रास्त्रों का प्रशिक्षण भी दिया गया। ऑपरेशन ग्रुप आई. डब्ल्यू. टी. के मेजर मैगनपाइन के अधीन उनका कार्य-क्षेत्र प्रायः सुन्दरबन ही रहा। कलकत्ता से असम तक फैली नदियों के सम्पूर्ण इलाक़े में अभी तक पहुंचने के छोटी-छोटी नावों और छोटे-जहाज़ी बेड़े के साधनों को बढ़ाकर कम्पनियों की शक्ल में तबदील कर दिया गया। मुखर्जी की कम्पनक कार्यालय इज़रा स्ट्रीट, कलकत्ता और सामूहिक मुख्य कार्यालय (हैडक्वार्टर्स) वहीं टॉलीगंज में था।

जासूसी करने के लिए मुखर्जी ने ढाका की एक बेगम को अपना एजेंट बनाया था, जो टॉलीगंज में रहती थीं। इसके अलावा मुखर्जी ने अन्य बहुत-से एजेंट भी रख छोड़े थे जो ढाका, केनिंग, चांदपुर, खुलना, नारायणगंज और बाद में डिब्रूगढ़ तक फैला दिए गए थे। मुखर्जी ने खड़गवासला की झील में अपने प्रायः सभी एजेंटों को पानी के अन्दर डुबकी लेकर छिपे रहने का भी प्रशिक्षण दिया था।

सन् 1944 में मुखर्जी को शौत्तेन्द्रो कुमार घोष, आई. सी. एस., के अधीन बंगाल-नागपुर रेलवे के एजेंट मिस्टर डंकन के सहयोग से रेलों तथा नदियों में तोड़-फोड़ और विनाश की कार्रवाइयां करने के लिए भेजा गया। मुखर्जी और घोष क़रीबी रिश्तेदार भी थे। घोष के ही अधीन एक और व्यक्ति काम कर रहा था अब्दुल करीम। वह खड़गपुर में बंगाल-नागपुर रेलवे

का लोकोमोटिव अफ़सर था।

कुछ समय बाद मुखर्जी और घोष सर गाल्विन स्टुअर्ट से मिले। बातचीत के दौरान स्टुअर्ट ने भारतीय राष्ट्रीय कांग्रेस के कुछ नेताओं के लिए अशोभनीय शब्दों का प्रयोग किया। मुखर्जी इसे सहन न कर सके और इसका विनम्र विरोध किया। परिणामस्वरूप उन्हें चन्द घंटों के अन्दर ही रॉयल इण्डियन नेवी से उसी पुराने और बेतुके काम पर वापस भेज दिया गया, जहां से वे 'फ़ोर्स-136' में 'डेप्यूटेशन' पर आए थे।

सितम्बर, 1945 में जब तक युद्ध समाप्त नहीं हो गया मुखर्जी को कलकत्ता के निकट फटकने भी नहीं दिया गया। स्टुअर्ट उनके इतने विरोधी हो गए थे कि उनके ख़िलाफ़ आरोप तक लगाने पर उतर आए। वह भी इस शैली में कि मुखर्जी चरित्रहीन हैं। उन्हें अक्सर ऐंग्लो-इण्डियन छोकरियों के साथ पाया जाता है। जब इतने पर भी सन्तोष नहीं हुआ, तो मुखर्जी के ख़िलाफ़ दूसरा निराधार आरोप लगा दिया गया कि वे हथियारों की तस्करी करते हैं। परिणाम यह हुआ कि मुखर्जी अपने कुछ अन्य सहायकों के साथ रॉयल इण्डियन नेवी से तो निकाले ही जा चुके थे, वहां से भी उनका पत्ता साफ़ कर दिया गया जहां उनकी नियुक्ति इससे पहले थी। मुखर्जी कहीं के न रहे।

भारतीय नेताओं की सराहना का यह अंजाम !

मेजर पी॰ भास्करन

लड़ाई के दौरान मेजर पी॰ भास्करन की नियुक्ति अम्बाला स्थित मद्रास रेजिमेंट की चौथी बटॉलियन में थी। 'फ़ोर्स-136' में उन्हें लिया था मिस्टर मिलर ने। इसके तुरन्त बाद उन्हें कर्नल हडसन के पास माउण्ट लवीनिया (श्रीलंका) भेज दिया गया। वहां पहुंचने के दो दिनों बाद कैप्टेन आर॰ डब्ल्यू॰ इंग्लिश उन्हें बलापिटिया ले गए, जहां अन्य एजेंटों के साथ उन्हें भी निःशब्द शस्त्रों, ज़हरीले पदार्थों, पिस्तौल, ब्रैन, स्टेन आदि के प्रयोग का प्रशिक्षण दिया जाने लगा। इस ट्रेनिंग के बाद उनसे जल-संतरण की कला—रबरबोट, पनडुब्बियों आदि का परिचय भी कराया गया। तब कहीं मेजर भास्करन को पठानों की एक पार्टी का उत्तरदायित्व सौंपा गया। पेशावर के इन पठानों का मुखिया था अमीरशाह।

एक सप्ताह बाद 'फ़ोर्स-136' के एक अन्य अधिकारी मिस्टर एटकिंस ने आकर मेजर भास्करन से 'फ़िफ़्थ कॉलम' (गुप्तचरी) के कामों में उनकी रुचि जाननी चाही। मेजर भास्करन तुरन्त राज़ी हो गए। दो ही दिनों में उन्हें पांच सौ से एक हज़ार रुपए मासिक वेतन पर यथासम्भव अधिक से अधिक असैनिक (सिविलियन) लड़के भर्ती करने के लिए दक्षिण भारत भेज दिया गया। इन लड़कों में भी प्राथमिकता पढ़े-लिखों को ही देनी थी।

मेजर भास्करन ने पैंसठ लड़के भर्ती किए। सभी का 'फ़िल्टर कोर्स' (बुद्धि परीक्षण) किया गया। जो सफल हुए उन्हें क्रमानुसार खड़गवासला, शिमुराली, कॉलिम्पोंग, चकलाला आदि स्थानों के प्रशिक्षण-केन्द्रों में फ़िफ़्थ कॉलिमिस्टों द्वारा अपेक्षित विभिन्न प्रकार का प्रशिक्षण लेने के लिए भेजा गया। इन लड़कों को 'शेक-अप्स' (दंगाई या बलवा करने के लिए तोड़फोड़ करने वालों) के रूप में प्रशिक्षित किया गया। ट्रेनिंग समाप्त होने पर पासशुदा लड़कों को तो जापान-अधिकृत क्षेत्रों में विभिन्न खुफ़िया तरीकों से पहुंचाया गया और जो असफल रहे उन्हें स्पष्ट आदेश देकर अलग कर दिया गया कि अगर उन्होंने इस संस्था के गुप्त भेदों को कहीं भी प्रकट करने का साहस किया, तो उनकी ख़ैर नहीं। तत्पश्चात्, उन्हें दो महीने का वेतन पुरस्कार-स्वरूप देकर दक्षिण भारत में उनके अपने-अपने निवासस्थानों पर भेज दिया गया। साथ में उन्हें प्रथम श्रेणी में यात्रा करने का पूरा ख़र्च भी दिया गया।

दूसरे एजेंटों की भांति मेजर भास्करन ने भी कलकत्ता में चीज़ें ग़ायब करने (चोरी करने) की तथा अन्य शिविरों में पुलिस द्वारा पकड़े जाने पर पूछताछ करने वालों (इंटेरोगेटर्स) को धोखा देकर साफ़ बच निकलने की तालीम हासिल की।

एक दिन जब मेजर भास्करन चौरंगी (कलकत्ता) में कुछ चीज़ें चुराकर ले जाने का अभ्यास कर रहे थे, तो रंगे-हाथों पकड़े गए और उन्हें पुलिस की सुपुर्दगी में दे दिया गया।

कलकत्ता सिटी पुलिस और सी॰ आई॰ डी॰, क्राइम ब्रांच के अधिकारियों ने पूछताछ करके भेद उगलवाने के भरसक प्रयत्न किए, किन्तु वे टस से मस न हुए और सभी सवालों के शानदार, उचित उत्तर देते रहे जैसा कि उन्हें प्रशिक्षण-काल में सिखाया गया था। आख़िरकार, इस इम्तहान में वे कामयाब रहे और उन्हें बाइज़्ज़त रिहा कर दिया गया।

दूसरे दिन कलकत्ता के ही ग्रांड होटल के सामने भास्करन की नज़र पड़ी 'फ़ोर्स-136' में ही कार्यरत अपने एक मित्र पर। किन्तु सुरक्षा का ध्यान रखते हुए दोनों ने एक-दूसरे को पहचाना तक नहीं, बात करना तो दरकिनार! हालांकि एक मुद्दत के बाद दोनों ने एक-दूसरे को देखा था। चोरी-चपाटी 'फ़ोर्स-136' का अनिवार्य प्रशिक्षण था।

अप्रैल, 1944 में मेजर भास्करन अपने उन एजेंटों को श्रीलंका ले गए जिन्हें उन्होंने पहले भर्ती करके ट्रेनिंग दिलाई थी। वे नौ-नौ की टोलियों में तीन बार लाए गए थे। फिर श्रीलंका से उड़ान भरकर उन्हें मद्रास के आसपास ही कहीं यानों से गिराया गया था। उनके लिए 'टैस्ट ड्राप' ट्रेनिंग भी तो ज़रूरी थी।

तत्पश्चात् जुलाई, 1944 में उनमें से छह एजेंटों को स्वयं मेजर भास्करन द्वारा जापान-अधिकृत मलाया में पैराशूटों से गिराया गया। प्रत्येक को कुछ सोना, छोटा ट्रांसमीटर, निःशब्द मार करने वाले हल्के हथियार, कुछ पहनने के कपड़े आदि दिए गए थे। इस ड्राप के बाद मेजर भास्करन को उनकी कोई ख़ैर-ख़बर नहीं मिली। किन्तु, इन एजेंटों ने अपना उत्तरदायित्व भली भांति निभाया। कुछ तो पकड़े जाने पर भी जापानियों को चकमा देकर उनके चंगुल से निकल भागे। बाद में उन्हें ब्रिटिश इंटेलिजेंस की किसी अन्य संस्था के साथ हो लेना था। इस टोली को शत्रु-अधिकृत मलाया में गिराने के बाद मेजर भास्करन को खड़गवासला के निकट एक गांव में किसी प्रशिक्षण-केन्द्र में नियुक्त कर दिया गया।

द्वितीय विश्वयुद्ध के बाद मेजर भास्करन 'फ़ोर्स-136' से अलग होने वाले अन्तिम भारतीय अधिकारियों में एक थे।

ऑपरेशन चीफ़टेन

फ़ोर्स वन-थ्री-सिक्स के अफ़सरों ने उन सैकड़ों चिन लोगों को भी अपनी इस गुप्त संस्था में भरती कर लिया था, जो पहले बर्मी सेना में स्थायी सैनिक थे। भर्ती के पहले उनकी भली भांति 'स्क्रीनिंग' (जांच-पड़ताल) की गई थी। तब उन्हें गोरिल्ला ट्रेनिंग के लिए खड़गवासला भेजा गया था। ट्रेनिंग समाप्त होने पर उन्हें आधुनिक हथियारों से लैस किया गया। इसके बाद ही उन्हें जापानियों के ख़िलाफ़ अव्यवस्थित मुठभेड़ के लिए चिन पहाड़ियों पर भेजा गया। वहां से वे छिपे-छिपे 'नो मैन्स लैंड' (वह सीमावर्ती क्षेत्र जो किसी के क़ब्ज़े में नहीं था) में लगातार तीन वर्षों तक जापानियों पर भयंकर प्रहार करते रहे। कभी तो वे सीमा से आगे बढ़ जाते, कभी पीछे लौट आते। इस प्रकार इन चिन गोरिल्लों ने हज़ारों जापानियों को चिरनिद्रा की गोद में सुला दिया।

नागा, चिन, काचिन, करेन और लुशाई तो अपनी मर्ज़ी से ही, बिना जापानियों की गोलियों, बमों और संगीनों की परवाह किए, जापान-अधिकृत बर्मी सीमा के भीतर घुसे चले जाते थे। फिर वहां से लाकर देते थे फ़ोर्स वन-थ्री-सिक्स के जासूसों को जापानियों के निहायत ज़रूरी और गुप्त फ़ौजी समाचार। ऐसे गुप्त अभियानों में उन्हें अनेक कष्ट भी भोगने पड़ते थे। कुछ भयंकर बुखार के शिकार हो जाते थे, तो कुछ पेचिश के। कुछ को 'टाइफाइड' हो जाता तो कुछ को जंगल-जीवन की तकलीफ़ें भोगनी पड़तीं। कुछ के मुख जंगली मक्खियां सुजा देतीं, तो कुछ को सर्पराज भी डसने से नहीं चूकते।

बर्मा में जापानियों की शक्ति के घेरे में रहने वाले करेन उनका मुकाबला आमने-सामने या खुले तौर पर नहीं कर सकते थे। फ़ोर्स वन-थ्री-सिक्स ने पुरअसर भूमिगत कार्रवाइयों के लिए उन्हें दो अंग्रेज़ अफ़सरों के संरक्षण में संगठित किया। वे इन दिनों बर्मा में छिपे तौर पर रह रहे थे। जापानी सैनिक अफ़सर भी तो बेवकूफ नहीं थे। उन्हें उनका सुराग मिल ही गया, लेकिन वे पकड़ सके केवल एक को ही। वे थे मेजर सीग्रिम। उन्हें तरह-तरह की यातनाएं दी गईं, फिर भी वे उनसे अंग्रेज़ों की इस गुप्त संस्था के भेद उगलवा न सके। अन्त में जापानियों ने मेजर सीग्रिम को गोली मार दी। इस घटना के फ़ौरन बाद कुछ समय के लिए करेन शान्त हो गए।

कालान्तर में अधिक से अधिक एजेंटों ने मेजर सीग्रिम का स्थान ग्रहण किया और उन्हें पैराशूटों के ज़रिए जापान-अधिकृत बर्मा में गिराया जाने लगा। उन्हें आधुनिक हथियारों और ट्रांसमीटरों के अलावा पर्याप्त निर्देशों के साथ भेजा जाता था। वहां उन्होंने हज़ारों करेनों को सुव्यवस्थित किया। लेकिन, जापानियों की आंखें भी बन्द नहीं थीं। उनके टैंक और दूसरे

हथियार खोज-खोज कर करेनों का सफाया करने लगे। अन्त में करेनों के पास हथियार घटने लगे और उनकी संख्या भी कम होने लगी। जापानियों को उनके 'कोड' और 'साइफ़र' भी पता चल गए। तब दूसरी गुप्त शब्दावली में समाचार भेजने का प्रबन्ध किया गया किन्तु यह बहुत दिनों तक चल न सका। कलकत्ता से रियर हेडक्वार्टर्स फ़ोर्स वन-थ्री-सिक्स ने उन्हें कुछ समय के लिए खामोश रहकर उत्तर की ओर वापस लौट जाने का आदेश दिया। फ़ोर्स वन-थ्री-सिक्स में देश और काल के अनुसार नियमों में पूरी-पूरी तबदीली करने की व्यवस्था रहती थी।

नागाओं को 'लिटिल हैड हण्टर्स' कहा जाता था। वे एक दूसरी ही तरह का काम करते थे। कभी नागालैण्ड (अपर चिंडविन) जापानियों के क़ब्ज़े में रहता तो कभी अंग्रेज़ों के। फ़ोर्स वन-थ्री-सिक्स के एजेण्ट उस तरफ़ भी काफी आगे तक बढ़ चुके थे। कुछ पकड़े भी गए। बेरहमी से सताए जाने पर भी जापानी उनसे कोई रहस्य मालूम न कर सके। यहां तक कि पिटते-पिटते वे मौत को भी गले लगा लेते। इन एजण्टों को नागा लोग ही आश्रय देते थे। वे जापानियों की गतिविधि और उनकी सैनिक स्थिति के गुप्त समाचार भी लाकर देते थे। ऐसे अवसर भी आए जब नागाओं ने हमारे 'स्पेशल ऑपरेशंस' (विशिष्ट अभियानों) में पथ प्रदर्शक बनकर शाही जापानी सेना के अफ़सरों को अपने ज़हरीले तीरों का निशाना बनाया।

सन् 1943 के अन्त तक फ़ोर्स वन-थ्री-सिक्स ने बर्मा के अनेक आदिवासी और धार्मिक नेताओं को भी अपने क़ाबू में कर लिया था। कुछ ऐसे भी थे जो उनके चंगुल में नहीं फंसे। ऐसे लोगों को अंग्रेज़ों से सख़्त नफरत थी। इरावदी नदी के तट पर काथा के निकट निवास करने वाला मांगमाई भी एक ऐसा ही धार्मिक नेता था। पढ़ा-लिखा धर्मपरायण बौद्ध। उसके अधिकांश शिष्य काथा के दक्षिण में लालमणि की खानों में काम करते थे। अपने सभी अनुयायियों सहित वह जापानियों का खुलकर साथ दे रहा था।

सितम्बर 1943 की बात है। जापान-अधिकृत इलाके से फ़ोर्स-वन-थ्री-सिक्स के एक एजेण्ट ने कलकत्ता रियर हैडक्वार्टर्स को सूचित किया कि अगर मांगमाई को हमेशा के लिए ख़ामोश कर दिया जाए, तो हमें बहुत-सी अड़चनों से राहत मिल जाएगी। उनके चेले-चपाटों को भी उंगलियों पर नचाना आसान हो जाएगा।

दो-चार समाचारों के आदान-प्रदान के बाद उस एजेण्ट को कुछ समय तक शांत रहकर अगले आदेश की प्रतीक्षा करने के लिए कहा गया। साथ ही यह भी पता लगाने का ज़िम्मा सौंपा कि वह धार्मिक नेता अपनी शामें और रातें अधिकतर कहां बिताता है ?

उस समय काथा की स्थिति बहुत महत्त्वपूर्ण थी। भामो होते हुए टेंगुएह (मोमिन) पहुंचने वाले कारवां काथा से ही गुज़रते थे। लड़ाई से पहले ब्रिटिश सरकार की प्रमुख छावनी भामो में थी। बर्मा जीतकर जापानियों ने भी अपनी छावनी वहीं स्थापित की। काथा से भामो लगभग आठ मील दूर था। दूसरी जापानी छावनी मिचिना में थी। यह स्थान काथा से लगभग 125 मील दूर उत्तर दिशा में था। इसके अलावा माण्डले-मिचिना रेलवे लाइन पर इण्डो नामक स्थान भी ख़ास अहमियत रखता था। वहां जापानियों का हवाई अड्डा, उनकी मोटरगाड़ियों के डिपो और फ़ौजी साज़ो-सामान के अतिरिक्त उनके 'पेट्रोल पम्प' (पेट्रोल के भूमिगत भण्डार) भी थे।

रियर हैडक्वार्टर्स फ़ोर्स वन-थ्री-सिक्स, कलकत्ता के सर्वोच्च अधिकारियों ने मांगमाई को काथा से उड़ा लाने का फ़ैसला किया। स्कीमें तैयार की जाने लगीं। अफ़सरों के चुनाव सोचे-विचारे जाने लगे। इस काम के लिए उन्हें सबसे उपयुक्त अफ़सर नज़र आया मेजर एम॰ टैलन। युवा, सुन्दर विशेष सूझबूझ वाला उत्साही अंग्रेज़। उन्हीं को जापान-अधिकृत बर्मा से मांगमाई को उड़ा लाने का गुप्तचर-भार सौंपा गया। उन्हें अपनी पसंद के कम से कम सहायक लेने की भी छूट दे दी गई। मेजर टैलन की पार्टी में मैं (भारतीय), सॉ घॉ (सिनो बर्मी), जिसे ली नामक हमारे चीनी प्रमुख गुप्तचर ने इस संस्था में भरती किया था, चुआ शियोन (सिनो बर्मी), इसे कर्नल कमिंग्स ने नियुक्त किया था, एक मद्रासी छोकरा पूवादन, और जॉन, जिसे ब्लेन्चर्ड या पैट कहकर भी पुकारते थे। इस अंग्रेज़ को विंगेट ब्रिगेड से इस विशिष्ट अभियान के लिए ले लिया गया था। इसका सांकेतिक नाम था 'ऑपरेशन चीफ़टेन'।

अक्टूबर, 1943 में हमारी पार्टी 'ईस्टर्न वॉरफ़ेयर स्कूल' में कर्नल इंघाम क्लार्क, मेजर ए॰ एम॰ चिज़म, मेजर पर्सी हावर्थ और कैप्टेन ऑल्सन से ट्रेनिंग हासिल करने खड़गवासला पहुंची। इन तीनों हफ्तों के प्रशिक्षण काल में हमने 120 पौण्ड के एक मसनूयी आदमी को और बाद में एक जीते-जागते व्यक्ति को भी एक ऐसी जगह से उड़ा लाने में कई मर्तबा कामयाबी हासिल की, जिसे दुश्मन से घिरे बर्मा में उस इलाके के समान ही अनेक असुविधाओं से युक्त कर दिया गया था। एक आदमी को सही-सलामत उड़ा लाने के अलावा 'फ़िल्टर वाटर कैफ्ट' निःशब्द हथियारों का प्रयोग, बिना हथियारों के जूडो विधि से मल्लयुद्ध करना, आसानी से मिलने वाले नारियल के तनों तथा ऐसी ही दूसरी चीज़ों से नाव बनाना, वेश बदलना, 'फ़ोर सेकेंड ग्रिनेड' (चार सेकेण्ड में फटने वाले हथगोले) कहां और कैसी मार करने के लिए ज़्यादा कारगर होंगे, आदि विषय भी शामिल थे।

इस ट्रेनिंग के तुरन्त बाद हमें कलकत्ता के पास बनानारिज भेजा गया। यहां एक सप्ताह तक कर्नल गोडार्ड और कैप्टेन ऑल्सन ने हमें 'ऑपरेशन चीफ़टेन' के बारे में खुलासा जानकारी दी। ख़ास थी 'सरप्राइज़ किडनैप एण्ड रन मिशन' (अचानक आक्रमण करके आदमी को अचानक उड़ा भागने की विधि)। बर्मा के जिस इलाक़े में हमें यान से कूदना था वह जापानियों के क़ब्ज़े में होने के साथ-साथ उनसे पूरी तरह प्रभावित भी थी। इसलिए रॉयल एयर फ़ोर्स द्वारा लिए गए चित्रों और तैयार किए गए नक्शों के ज़रिए हमने उस इलाक़े की, यहां बैठे ही बैठे अच्छी तरह से जानकारी कर ली थी।

अन्त में पूरे अध्ययन, आवश्यक निर्देश, एक इंच बराबर आधा मील के नक्शे, आठ दिनों के लिए खाने के सामान से भरे डिब्बे, सूखे मेवे, मलेरिया-निवारक कई दर्जन मेपाक्राइन, फ़र्स्ट-एड बॉक्स, जैक नाइब्ज़, खुखरी, दूरबीन, बर्मी लुंगी, कमीज़, चप्पल, कुछ साधारण कपड़े, विषैले पदार्थ, बेहोश करने के लिए क्लोरोफ़ार्म, पोर्टेबिल ट्रांसमीटर, बहुत सारे जाली नोट, सोने की गिन्नियां तथा साइलेंट वेपन्स से लैस होकर पांच नवम्बर, 1943 की रात हल्का भोजन करने के बाद जैसोर हवाई अड्डे से रॉयल एयर फ़ोर्स के एक 'किटीहॉक' यान से हमने उड़ान भरी। चन्द घण्टों के बाद हमें काथा और इण्डो ब्रांच रेलवे लाइन के बीच नंगी पहाड़ियों के आसपास ही कहीं जंगल में गिराया गया।

रात के उस अंधेरे में सबको आधे मील के इर्द-गिर्द छितरा दिया गया था। पैराशूट की इस कुदान में कोई मरा नहीं। सब सही-सलामत ज़मीन पर आ गए। एक घंटे के अन्दर ही पहाड़ी के नीचे ज़मीन में अपने-अपने पैराशूट दफनाकर सब एक जगह इकट्ठे हो गए। इसके तुरन्त बाद मेजर टैलन ने वहीं ज़मीन पर बैठकर अपने को एक बरसाती चादर से अच्छी तरह ढक लिया और कुछ समय तक टार्च की रोशनी के सहारे नक्शा देखते रहे। फिर सबको साथ लेकर पश्चिम की ओर अपने एजेण्ट के 'कट आउट' (गुप्तचर अधिकारी और एजेण्ट के बीच का कोई विश्वसनीय व्यक्ति, जो दोनों में सम्पर्क या सन्देशों का आदान-प्रदान करता हो। इस क्रिया से दोनों के आपस में बिना मिले-जुले ही सारा काम सुचारु रूप से होता रहता है और दूसरों के संदेह की गुंजाइश भी न्यूनतम रह जाती है।) का पता लगाने चल दिए।

अपनी-अपनी पीठ पर चालीस-चालीस पौण्ड का बोझ लादे, हाथों में स्टेनगन, ब्रैनगन लिए हम सब चुपचाप, मगर तेज़ी से अपने गन्तव्य की ओर बढ़े। सीने तक की ऊंचाई में छाई वातावरण की धुन्ध हमें छिपाने में सहायक हुई। जंगल तो कांटों और ऊंची-ऊंची घास से भरा था।

6 नवम्बर, 1943 को लगभग तीन बजे सुबह हम सब नक्शे में दिखाए गए उस गांव तक पहुंचे। पहुंचे तो सही, मगर यह देखकर हमारी निराशा का ठिकाना न रहा कि उस गांव में नाम लेने को भी कोई आदमी नहीं बचा था। सब सुनसान पड़ा था। यह तो बाद में पता चला कि जापानियों ने उस गांव को तहस-नहस करने के बाद वहां फिर लौट आने को कहा था। शायद इसी डर से वह अब तक वीरान पड़ा था।

लकड़ी के दस-बारह दो-मंज़िला घरों का छोटा-सा गांव था। नरकुल और बांस के झुरमुटों के अलावा दस-दस फुट ऊंची घास (एलीफैंट ग्रास) ने भी पूरी आज़ादी के साथ अपना अधिकार जमा लिया था। पूरी सावधानी बरतते हुए हम दो भिन्न दिशाओं से गांव में दाख़िल हुए। कहीं कोई जीवधारी दिखाई नहीं दिया। हां, कुछ कीड़े-मकोड़े अवश्य थे वहां। मेजर टैलन को रॉयल एयर फ़ोर्स के सर्वेक्षणकारियों पर बेहद गुस्सा आ रहा था। अपने बनाए नक्शे में इस गांव को 'अबण्डण्ड' (ख़ाली किया हुआ) न दिखाकर उन्होंने भारी भूल की थी। हक़ीक़त यह थी कि उस उजड़े गांव ने अपने बिना छतों, दरवाज़ों और खिड़कियों के घरों में कुछ समय के लिए छिपने भर की जगह देकर हम पर बड़ा उपकार किया।

भोर होने से कुछ पहले क़रीब दो मील के फ़ासले पर हमें एक और गांव दिखाई दिया। मेजर टैलन ने मुझे और सॉ घॉ को यह पता लगाने के लिए भेजा कि कहीं उस गांव में जापानी तो नहीं हैं ? वे ही उनकी नज़र से संसार के सबसे तेज़ लड़ाकू कीड़े-मकोड़े थे। कुछ जापान-समर्थक गांव वालों ने उन्हें अपने घरों में छिपा भी तो रखा था, जो उन्हीं के साथ बर्मियों की तरह लुंगी लपेटे रहते थे। हम दोनों ने अपना बहुत-सा सामान और कुछ हथियार वहीं छोड़ दिए। तब उस गांव की ओर बढ़े।

ऊंची-ऊंची घास और बांस के झुरमुटों में छिपते-छिपाते हम उस दूसरे गांव की बाहरी सीमा पर पहुंचे। देखा कि थोड़ी ही दूर पर दो बर्मी फलों की एक छोटी बग़ीची में काम कर रहे थे। हम सीधे उनके पास पहुंचे। सॉ घॉ ने कुछ देर तक उनसे उन्हीं की भाषा में बात

की। उसे यह समझते देर न लगी कि वे जापानियों के हितैषी नहीं थे। दो दिन पहले ही जापानियों ने उनके गांव पर हमला करके उनका सब कुछ लूट-पाट कर उन्हें बरबाद कर दिया था। वे हमें अपने गांव में मुखिया के पास ले गए। गांव के कुछ और लोग भी जमा हो गए। सबने हमारा खुले दिल से मगर ख़ाली हाथों स्वागत किया। वहीं हमें यह भी पता चला कि पिछली रात ही चार जापानी सैनिक उस गांव में आए थे और सुबह होने से पहले रवाना हो गए थे। तमाम रात शराब के दौर चलते रहे, रंगरेलियां मनाई जाती रहीं। उनके जाने की दिशा भी गांव वालों ने बताई।

उस समय हमारे पास थोड़ी-सी चुहलबाज़ी करने की भी गुंजाइश थी। जब मैंने अपने आज्ञाकारी सॉ घॉ से उनका पीछा करने के लिए कहा, जो उस समय मेरी कमान में था, तो वह तुरन्त राज़ी हो गया। गांव के मुखिया से कहकर कि हम कहीं और जा रहे हैं, वे हमारी प्रतीक्षा न करें, हम दोनों वहां से खिसक लिए। हमें तो हर क़दम पर पूरी सावधानी रखते हुए सुरक्षा बरतनी थी। कोई कितना ही अजीज क्यों न हो, अपनी गतिविधि पूर्ण रूप से गुप्त रखनी ही थी।

उस दिशा में लगभग पौन मील आगे बढ़े होंगे कि हमने चारों जापानी सैनिकों को एक खाली जगह में अंजीर के कुछ पेड़ों के नीचे फैलकर सोते हुए पाया। हम चाहते तो तुरन्त ही उनसे एक ग्रिनेड की भूख मिटा लेते लेकिन ऐसा करना हमारी महती मूर्खता का सबूत होता। हम विस्फोट करके किसी प्रकार की आवाज़ करना नहीं चाहते थे। अतः आवाज़ रहित हथियारों का सहारा लिया।

रेंगते-रेंगते अपने को छिपाते हुए सावधानी के साथ धान के एक खेत के करीब पहुंचे। उसकी मेड़ की ओर बढ़े और तुरन्त उस पर उगी ऊंची घास में छिप गए। करीब 15-16 गज़ की दूरी पर से उन्हें निशाना बनाया और गोली दाग दी। क्षणभर में वे कभी न जागने के लिए सोते ही रह गए। दोनों के हिस्से में दो-दो पड़े। घटना के तुरन्त बाद हम दबे पांव उन तक पहुंचे, तलाशी ली। केवल दो छोटी डायरियां और जापानी लड़कियों के कुछ फ़ोटो मिले। मैंने फ़ौरन उन्हें अपनी जेब में खिसका लिया। फिर पास ही बहते नाले में बहाने के लिए उनके शव घसीटकर ले आए।

उस गांव से बचते-बचाते हम दोनों सीधे मेजर टैलन के पास पहुंचे और उन्हें सारी दास्तान कह सुनाई। प्रसन्नता के साथ ही उन्होंने हमें भविष्य में ऐसा साहस दोहराने के लिए विनम्रतापूर्वक मना ही किया, क्योंकि इससे हमारे 'ऑपरेशन चीफ़टेन' की सफलता ख़तरे में पड़ सकती थी।

अब हम उस गांव के मुखिया के पास पहुंचे। खाना-कपड़ा खरीदने के लिए उन्हें बहुत-सा धन दिया। मेजर टैलन ने उनसे जापानियों के कुछ महत्त्वपूर्ण गुप्त फ़ौजी समाचार भी हासिल किए। बाद में जॉन ने उन्हें 'कोड' (सांकेतिक भाषा) में बदलकर 'शार्टवेव' पर वायरलेस के जरिए फ़ोर्स वन-थ्री-सिक्स हैडक्वार्टर्स को ट्रांसमिट कर दिया। इन गुप्त सूचनाओं का मुख्य विषय था—उस इलाक़े में और उसके आस-पास दुश्मन की फ़ौजी तैयारियां, उनके आवागमन के साधन और रास्ते, हथियार, युद्ध-सामग्री, उस स्थान की आर्थिक दशा, आदिवासियों का नैतिक स्तर तथा जापानियों के साथ उसके आपसी सम्बन्ध। बातचीत के

दौरान यह भी जानने की कोशिश की गई कि कौन-कौन से कबीलों में जापानी अपने भेदिए फिट करने के चक्कर में हैं और उन्हें कहां तक सफलता प्राप्त हुई।

इससे पहले मुखिया के कुछ अतिविश्वसनीय लोगों को गांव के बाहर पूरी चौकसी रखने के लिए हमने तैनात कर दिया था। सतर्क रहकर उन्हें यह देखते रहना था कि गांव में कहीं कोई जापानी तो दाखिल नहीं हो रहा है। यदि कहीं कोई नज़र आता तो वे हमें तुरन्त सूचित करते। ऐसा आदेश उन्हें दे दिया गया था। हर दो घण्टे बाद ड्यूटी बदलकर योग्य लोगों को दी जाती रही। करीब आठ बजे रात तक यही क्रम चलता रहा। इस बीच जापानियों के बारे में और भी बहुत-सी बातें प्रकाश में आईं। कुछ इन लोगों से पता चलीं और कुछ उन डायरियों से। मेजर टैलन ने 'कट आउट' और एजेण्ट के ठीक-ठीक ठौर-ठिकानों के अलावा कुछ अनुमानित पते भी मालूम कर लिए जिससे उनका किसी पर भी सन्देह न हो। हर तरह से सुरक्षा-नियमों का पालन किया जा रहा था।

रात के आठ बजे होंगे। बिना किसी गाइड के हम सब चल दिए। थोड़ा आगे बढ़ने के बाद गांव का ख़ास रास्ता छोड़ दिया। बिल्कुल अज्ञात सांप जैसी टेढ़ी-मेढ़ी पगडण्डी पर आकर ऊंची-ऊंची घास, बांस के झुरमुट और झाड़ियों से गुज़रने लगे। हर दो मील की दूरी तय कर लेने के बाद दस मिनट के लिए सुस्ताकर आगे बढ़ जाते थे। मच्छरों से तो पीछा छुड़ाना टेढ़ी खीर थी। इनसे जान बचाने के लिए लगातार चलते रहने के कारण मच्छरदानी से भी तो मुंह या हाथ नहीं ढके जा सकते थे। यदि ऐसा करते भी तो जंगली कांटे उस जाली की धज्जियां उड़ा डालते। वैसे इनसे बचने के लिए क्रीम तो हमने थोप ही रखी थी। मगर ऐसा लग रहा था कि रोम-छिद्र बन्द हो जाने से हम उसे और अधिक सहन न कर सकेंगे। मौसम भी अधिक ठंडा न था। जंगल की अन्य यातनाएं भी हमारे सामने थीं। फिर भी गांवों से बचते-बचाते शीघ्रता से दबे पांव आगे बढ़ते ही जा रहे थे।

इसी प्रकार लगातार छह घण्टे तक चलते रहने के बाद मेजर टैलन ने ठहर जाने को कहा। हम 'कट आउट' की सीमा तक आ पहुंचे थे। कुछ देर रुकने के बाद मेजर टैलन ने मुझसे और सॉ घॉ से 'कट आउट' का पता लगाने को कहा। उसके लिए यह भी आदेश दिया कि वह एजेण्ट से मिलकर जंगल में ही हमसे सम्पर्क करने के लिए तीन विभिन्न तारीखों और स्थानों पर मिलने का समय तय कर ले। आकस्मिक, अनिश्चित घटनाओं से बचने और सुरक्षा के लिए फ़ोर्स वन-थ्री-सिक्स का यह कड़ा नियम था, जिसे हम सख्ती से बरतते थे। एजेण्ट से मिलने के लिए पहले से ही तीन विभिन्न तारीखें, स्थान और समय तय करना लाजिमी था।

हम दोनों ने अपनी गहरी हरी वर्दी वहीं उतार दी। बर्मी मुसलमानों की तरह सफ़ेद कमीज़ें और चैकदार लुंगियां पहन लीं। कमीज़ के नीचे कमर में ऊंची पेटी में गोलियां और आवाज़ न करने वाली पिस्तौलें थीं। धारदार लम्बे चाकू पैरों में गेटिस के सहारे बांध लिए थे। लुंगी ने उन्हें पूरी तरह ढक लिया था। जूते भी हमने बदल दिए थे। उनकी जगह बर्मी चप्पलें पहन ली थीं। हाथों में हमारे थीं छोटी-छोटी संटियां।

काम पूरा करके पौ फटने से पहले ही हमें लौट आना था। मेजर टैलन ने यह भी कहा था कि देर हो जाने पर वे हमें मिलेंगे तो उसी जंगल में, लेकिन उस स्थान से एक मील

आगे, वहां नहीं। यह सब अन्दाज़िया ही तय कर लिया गया था क्योंकि इससे पहले तो हम कभी वहां गए नहीं थे। यह सब भी सुरक्षा के लिए ही किया गया था। चलते समय उन्होंने 'लास्ट मिनिट ब्रीफिंग'—"डोण्ट फ़ॉरगेट दि एलीबाई" (कवर स्टोरी अथवा अपनी असलियत छिपाने के तौर-तरीके न भूलना)। हम सबकी 'एलीबाई' खड़गवासला में तैयार की गई थी। इसके अनुसार मुझे गूंगा और बहरा मुसलमान बनना था और मेरे साथी सॉ घॉ को भी मांडले का एक बर्मी मुसलमान, जो अब मोगॉक में बसकर जूतों का कारोबार करने लगा था। उसका छद्मवेश दोषरहित था। गत जीवन से अलग न होने के कारण आसानी से इस्तेमाल करने लायक़ था। इसके लिए उसके पास चमड़े की दो-चार खालें भी थीं, जो उसने लपेटकर बगल में दबा ली थीं। अंग्रेज़ों का छद्म वेश बनाने का तरीका रूसियों से बिल्कुल भिन्न था। रूसी तो आदमी का इतिहास बदलकर मानो उसे नया रूप ही दे देते थे। मेजर टैलन की शुभ-कामनाएं लेकर हम दोनों वहां से चल दिए।

रात के ढाई बजे थे जब हम 'कट-आउट' के गांव पहुंचे। हमें देखते ही गांव के कुत्तों ने भौंकना शुरू कर दिया। यों तो हमारे हाथ में बांस की संटियां थीं फिर भी उनका इस्तेमाल ठीक नहीं समझा। थोड़ा आगे बढ़ने पर देखा कि एक बूढ़ा आदमी लकड़ी के दालान में तख़्त पर पड़ा खांस रहा था। सॉ घॉ उसके पास पहुंचा और उसी की भाषा में 'कट-आउट' के घर का पता पूछा। मैं सॉ घॉ से दो गज़ पीछे ही खुले मैदान में उसकी सुरक्षा के लिए ठहरा था। अंधेरे में एक ओर हाथ उठा कर बूढ़े ने इशारा किया और बिना हमारी ओर ध्यान दिए ही खांसते-खांसते सॉ घॉ को छोटा-सा उत्तर दिया। हम दोनों वहां से खिसके और आगे बढ़कर एक गली में मुड़ गए। लगभग सौ गज़ बाद एक मकान के सामने रुके। क्षणभर के लिए इधर-उधर देखा। फिर सॉ घॉ धीरे-धीरे, पर लगातार, दरवाज़ा खटखटाने लगा। ज़रा देर बाद अन्दर से एक भोंडी आवाज़ ने हमारा नाम पूछा। जवाब में सॉ घॉ ने दो बर्मी नाम बता दिए, जो हमारे 'वॉचवर्ड' (सांकेतिक शब्द) थे।

फ़ौरन दरवाज़ा खुला। एक हट्टा-कट्टा काला-कलूटा बर्मी दायें हाथ में लालटेन लिए हमारे सामने आ खड़ा हुआ। जब सॉ घॉ ने अन्तिम 'वाचवर्ड' कहा तब उसने भी एक दूसरा 'सांकेतिक शब्द' इस्तेमाल किया, जो हमें पहले से पता था। यही हमारा 'पासवर्ड' था। तब पक्का यक़ीन हो गया कि यही सही आदमी था जिसकी हमें तलाश थी।

उसने हमसे मकान में दाखिल होने को कहा। हम सतर्कतापूर्वक घर में घुसे। दाहिने हाथ से दरवाज़ा बन्द करके वह हमें एक छोटे से कक्ष में ले गया। उसके तीन ओर के दरवाज़े बन्द थे। उसने हमसे कुर्सियों पर बैठने का आग्रह किया। सॉ घॉ ने एक क्षण भी बरबाद नहीं किया। तीन अलग-अलग दिनों, समय और स्थानों पर एजेण्ट से हमारी मुलाकात कराने का इन्तज़ाम करने को कहा। हमसे मिलने के लिए उसे वही जगह बताई गई, जहां से उस रात हम चले थे।

वायदे के अनुसार सुबह होने से पहले ही हम मेजर टैलन के पास पहुंच गए। 'कट-आउट' से हुई मुलाकात के बारे में सॉ घॉ ने उन्हें सब कुछ बताया। इसके बाद मेजर टैलन के कहने पर हम सब एक के पीछे एक होकर वहां से एक मील दूर उसी जंगल में छिपने के लिए एक और अधिक उपयुक्त स्थान की खोज में टेढ़े-मेढ़े रास्तों पर चल पड़े।

पूर्व दिशा में सुबह की लालिमा नज़र आने लगी थी और चहचहाते हुए पक्षी मुक्त आकाश में पंख पसारने को व्याकुल से दिखाई देने लगे। अन्धकार का झीना आवरण भी सिमटकर ओझल हो चला था। तभी हम जंगल में उस जगह पहुंचे, जहां दूर-दूर तक कोई गांव दिखाई नहीं दे रहा था। छिपे-छिपे सारा दिन बिताने के लिए ऊंचे-ऊंचे पेड़ों के नीचे उगी हुई लम्बी-लम्बी घास वाली जगह ही ठीक समझी। ज़मीन की सफाई करते-करते हमने दो विषधरों को भी जप लिया। इससे पहले उस स्थान की 'रैकी' करके छानबीन भी कर ली थी कि आस-पास कहीं दुश्मन तो नहीं है।

चाय बनाने के लिए सूखी पत्तियों और छोटी-छोटी टहनियों से काम चल गया। ऊंचे-ऊंचे घने पेड़ों और लम्बी घास ने धुएं को छिपाने में हमारी पूरी सहायता की। कीट-पतंगों और मच्छरों की चुस्ती डी. डी. टी. के छिड़काव से बहुत कम हो गई थी। तब कहीं जाकर शत्रु-अधिकृत क्षेत्र में उस सुन्दर प्रभात का आनन्द ले सके।

घने पेड़-पत्तों के बीच सारा दिन सुख से बीता। कोई अशुभ घटना नहीं घटी। अंधेरा होने के बाद लगभग सात बजे सॉ घॉ को लेकर मैं 'कट आउट' से मिलने चल दिया। मिलन-स्थान पर पहुंचने से पहले हमने वहां चारों ओर के वातावरण का भली-भांति निरीक्षण किया, जिससे हमारे काम में कोई बाधा न पड़े। चिन्ता वाली कोई बात नज़र नहीं आई। आठ बजने से कुछ पहले ही 'कट-आउट' ने आकर अपनी पहुंच का इशारा किया। ज़मीन पर तीन बार टार्च की रोशनी डाली। वह हमसे करीब तीस गज़ की दूरी पर था। इशारतन मैंने भी टार्च की रोशनी एक बार उधर डाली। जवाब में उसने फिर दो बार ज़मीन पर रोशनी डाली। विश्वास हो गया कि वही सही आदमी है और वह अकेला ही है। सॉ घॉ तुरन्त झाड़ियों से निकलकर उसके पास पहुंचा और एजेण्ट से मुलाक़ात कराने के बारे में पूछा। मैं उस समय भी सॉ घॉ की सुरक्षा के लिए अपने निःशब्द हथियारों के साथ झाड़ियों में तैनात रहा।

'कट-आउट' के जाने पर हम दोनों फिर वापस आ गए। मेजर टैलन के पास पहुंचे। उन्हें सारी दास्तान कह सुनाई। करीब तीन मील के फासले पर एजेण्ट से मिलने के लिए अभी भी तीन घण्टे बाकी थे। हमने अपना ताम-झाम संभाला और नौ बजे वहां से चल पड़े। फिर वही बीहड़ रास्ता पहले जैसा। लगभग एक मील बाद एक तलैया नज़र आई। अब तक हमारी पानी की बोतलें खाली हो चुकी थीं। जंगली अंजीर और केले खाकर किसी प्रकार प्यास बुझा रहे थे। पहले उस तलैया का पानी जांचा गया कि कहीं उसमें ज़हर तो नहीं मिला दिया। पानी ठीक था। सबने खूब पिया भी और बोतलों के हवाले कर आगे बढ़े।

कुछ देर बाद एजेण्ट से मिलने के स्थान पर हम उससे पहले ही आ धमके। अतः उस जगह की 'रैकी' करके छानबीन कर ली। सब ठीक था। रात के ठीक ग्यारह बजे एजेण्ट आया। दोनों ओर से बराबर तीन-तीन इशारे दिए जाने के बाद ही वह हम तक पहुंचा—बिल्कुल अकेला। चुआ शियोन को साथ लिए मेजर टैलन उससे मिलने आगे बढ़े। बाकी चारों वहीं ठहरे रहे।

चुआ शियोन के साथ लगभग बीस मिनट बाद मेजर टैलन लौटे। उन्होंने एजेण्ट के साथ हमारे ठहरने और मांगमाई के बारे में बात की थी। यह एजेण्ट वही व्यक्ति था जिसने

मांगमाई को खत्म करने की सलाह दी थी। फ़ोर्स वन-थ्री-सिक्स ने अकारण ही एक आदमी की जान लेने वाला उसका प्रस्ताव ठुकराकर 'ऑपरेशन चीफ़टेन' की व्यवस्था की, जिसके लिए हमारी पार्टी को वहां जाना पड़ा।

एजेण्ट से मिलकर वापस आने के बाद मेजर टैलन ने हमारे ठहरने, अथवा छिपने के लिए दो अलग-अलग स्थानों के बारे में बताया। दोनों ही काथा के पास एक गांव में वहां से करीब पन्द्रह मील की दूरी पर। चूंकि हम रात में ही चलते थे, हमारे पास दो घण्टे का समय बाकी था। इतने कम समय में इतनी लम्बी मंज़िल तय करना—वह भी सुबह से पहले, जंगली रास्तों में कतई मुमकिन नहीं था। इसलिए आने वाली रात में यह सफर तय करने के लिए हम सब जंगल में उसी स्थान पर वापस लौट आए।

7 नवम्बर, 1943 की रात को ठीक आठ बजे हम सब जंगल से निकले। छह घण्टों में पन्द्रह मील की दूरी तय करनी थी—और वह भी पहाड़ी, बीहड़ जंगली रास्तों की। अतः रात का सन्नाटा होते हुए भी हम अपनी चाल में तेज़ी लाए। चुआ शियोन को तो थकान महसूस ही नहीं हुई, अलबत्ता हम सब बुरी तरह थके जा रहे थे। लगभग आधी दूरी तय करने के बाद मेजर टैलन ने धीरे से कहा, "निस्सन्देह पैदल चलने वालों में चीनियों का जवाब नहीं। उन्होंने सारी दुनिया को मात कर रखा है।"

अन्त में हम एक बगीचे की चारदीवारी तक पहुंचे। वहां से गांव अभी दो मील दूर और था। रात के ठीक ढाई बजे थे। पांच मिनट बाद एजेण्ट भी आ गया। वह सबको बग़ीचे के अन्दर ले गया। वहां उसने एक कोठरी का ताला खोला। मेजर टैलन, जॉन, पूवादन और चुआ शियोन को उसी में छिपा दिया गया। मेरे और सॉ घॉ के ठहरने का बन्दोबस्त उसने अपने घर पर ही किया था। वह स्थान यहां से दो मील दूर था। हम दोनों उसके साथ चल दिए।

लगातार तीन दिनों तक मैं तो उसके घर से बाहर निकला ही नहीं। हां, दूसरे दिन से सॉ घॉ अवश्य कभी तो एजेण्ट के साथ और कभी अकेला बाहर आने-जाने लगा। काथा के आस-पास ही मांगमाई का निवासस्थान था—यहां से करीब दो मील दूर, और मेजर टैलन के ठहरने के स्थान से लगभग चार मील दूर।

उस एजेण्ट का नाम था 'मामसा'। बर्मी मुसलमान था। काथा में ही फलों का रोज़गार करता था। सेना से अवकाशप्राप्त बूढ़े पिता, पत्नी, एक छोटी बहन और एक पुत्री—बस यही उसका परिवार था। दिखावे के तौर पर वे जापानियों के हितैषी थे, पर हक़ीक़तन सब अंग्रेज़ों के भक्त थे। जापानियों के बर्मा हाथ में आने के चन्द महीने पहले ही कर्नल कमिंग्स ने मामसा को अंग्रेज़ों का गुप्तचर नियुक्त कर लिया था। उसे स्पष्टतया बता भी दिया गया था कि काथा छोड़कर वह किसी भी हालत में कहीं और नहीं जाएगा।

मांगमाई के हज़ारों आदिवासी शिष्य थे। उसके एक इशारे पर अपनी जान की बाज़ी लगाने के लिए सभी सदा तैयार रहते थे। अंग्रेज़ों का घोर विरोधी होने के कारण उसने बर्मा में जापानियों का आदर प्राप्त कर लिया था। आयु उसकी होगी लगभग चालीस वर्ष। गेहुआं रंग, पांच फुट पांच इंच लम्बा शरीर, इकहरा बदन, ऊंचा माथा, भूरे बाल पीछे की ओर कढ़े हुए, बायें गाल पर डेढ़ इंच लम्बा चोट का निशान। उसे पहचानने के लिए बस यही हुलिया

हमारे पास था।

एक दिन सुबह-सुबह मामसा ने हमें बताया कि मांगमाई पास के गांव में उसी शाम आदिवासियों की सभा में भाषण देगा। हमारे लिए यह खुशखबरी विशेष महत्वपूर्ण थी। मेजर टैलन को भी सूचित कर दिया गया था। उन्होंने मुझे ठीक दोपहर के समय बगीचे में आ जाने के लिए कहला भेजा। मैं अकेला ही चल दिया। दो मील रास्ता तय करते समय दोस्त और दुश्मन को पहचान पाना आसान न था।

कई दिनों बाद मेजर टैलन को देखा। लुंगी लपेटे बैठे थे। बिल्कुल बर्मी लग रहे थे सिवाय अपनी नीली आंखों के, जिन्हें बदला न जा सका। उनकी योजना तैयार थी। सभा के तुरन्त बाद मांगमाई को कुछ देर के लिए बिना शक-शुबहे के वहीं रुकवा देना था और अंधेरा होने के बाद उसे गायब कर देना था। उनकी यह योजना हम सबने पसंद की। हर पहलू भली-भांति नाप-तोल लिया गया था। अचानक आ पड़ने वाली बाधाओं के हल भी सोच-समझ लिए गए थे।

मैं और सॉ घॉ बिल्कुल बर्मी लग रहे थे। दोनों गांव के बाहर सभास्थल पर पहुंचे। आदमी, औरत, बच्चे सब मिलाकर करीब तीन सौ की भीड़ थी। कुछ आदिवासी सीधे जंगल से चले आ रहे थे, अतः उनके पास सदा रहने वाले उनके भाले और तीर भी थे।

दो आदमियों के संरक्षण में मांगमाई वहां आया। फुर्तीला लग रहा था। उसके प्रशंसकों ने उसे घेर लिया और खुश हो-होकर उसकी जय बोलने लगे। नारे लगाने लगे। वह आधा घण्टा देर से पहुंचा था। दो-चार प्रमुख व्यक्तियों से मिलने के बाद उसने अपना भाषण शुरू किया। खूब ज़ोरों में बोला। अच्छा वक्ता लग रहा था। चालीस मिनट के भाषण में जनता ने कई बार तालियां बजाकर उसकी सराहना की।

सूर्यास्त से कुछ पहले तालियों की गड़गड़ाहट शांत हुई और सभा विसर्जित। मामसा का साला उसी गांव में रहता था। वह मांगमाई को कुछ चाय-नाश्ता कराने के इरादे से अपने घर ले जाने का आग्रह करने लगा। मांगमाई के अंगरक्षकों ने कोई आपत्ति नहीं की और उसकी प्रार्थना स्वीकार कर ली। मांगमाई और उसके चार अंगरक्षक जलपान के लिए सीधे उसके घर पहुंचे। मामसा का बस इतना ही काम था। अपनी मजबूरी बताकर वह इस नाश्ते में शरीक नहीं हुआ और उनकी जानकारी में ही अपने घर की ओर चल दिया। मैं और सॉ घॉ भी अंधेरे में गायब हो गए।

मैं सॉ घॉ को लेकर मामसा के गांव की ओर बढ़ा। केवल वही एक रास्ता था वहां से वापस आने का। लगभग बीस मिनट तक लगातार चलने के बाद हमें दो-तीन बार सियारों की 'हुआं-हुआं' सुनाई दी। तुरन्त सॉ घॉ ने भी उसी प्रकार 'हुआं-हुआं' की रट लगाई। मेजर टैलन और उनके दूसरे तीन साथी ऐसा करके हमें अपनी मौजूदगी बता रहे थे, साथ ही वहीं रुकने का इशारा भी कर रहे थे। हम दोनों थोड़ा हटकर वहीं सड़क के किनारे एक चट्टान पर बैठ गए।

अंधेरे की गहराई रंगत लाती जा रही थी। मांगमाई उसी रास्ते से गुज़रने वाला था—अकेला या अपने साथियों के साथ, जो हथियारों से लैस भी हो सकते थे, खाली हाथ भी। हम तो हर मुसीबत का मुकाबला करने के लिए पहले से ही पूरी तरह तैयार थे और

एक-एक क्षण गिन रहे थे। कुछ देर बाद हमें किसी के आने की आहट का आभास हुआ। फिर करीब पचास-साठ गज़ की दूरी पर कुछ रोशनी दिखाई दी, जैसे किसी ने चुरुट जलाया हो। ऐसा लगा कि चार-पांच आदमी बातें करते ख़रामा-ख़रामा हमारी ओर चले आ रहे हों।

मैं और सॉ घॉ 'ऑपरेशन चीफ़टेन' के प्रथम चरण की कामयाबी के लिए अपने 'साइलेंट वेपन्स' और 'जैक नाइब्ज़' सहित पूरी तरह तैयार थे। हम एक-एक क्षण गिन रहे थे और... जैसे ही उनकी झलक मिली, पलक मारते ही हम उन पर झपटे और उनमें से दो को, जो सबसे लम्बे और तगड़े थे बिना निशाना लिए ही 'प्वाइंट ब्लैंक रेंज' (बिल्कुल करीब) से मौत के हवाले किया। मैंने बाएं हाथ से मांगमाई के कोट का कालर खींचा और दाहिने हाथ में थमी पिस्तौल की बट तीसरे के मुंह पर पूरे ज़ोर से दे मारी। एक चीख के साथ वह वहीं ज़मीन पर गिर गया। तब तक सॉ घॉ चौथे के सिर में गोली दाग़कर उसके ऊपर झपटा और उसे भी खामोश कर दिया। मांगमाई सकपका गया। उसके मुख से एक हल्की चीख निकली। सॉ घॉ ने फ़ौरन उसके दोनों हाथ पकड़कर पीछे घुमा दिए और मैंने पहले से तैयार 'टेप' उसके मुंह पर जड़ दिया। इस क्रिया से न तो वह चिल्लाने लायक़ रहा, न ही बोलने के काबिल।

तभी मेजर टैलन, चुआ शियोन और जॉन भी आ गए। हथियारों से लैस पूवादन कुछ दूरी पर ठहरकर हमारी रक्षा कर रहा था। किसी अन्य व्यक्ति के उस ओर आने का अंदेशा भी तो था। मैंने मांगमाई को मेजर टैलन के सुपुर्द कर दिया। हमारे चंगुल से निकलने की उसने कोशिश तो बहुत की, पर बेचारा कुछ कर न सका। जितना ही वह निकल भागने के लिए छटपटाता हमारी जकड़ उतनी ही मज़बूत होती जाती। इसके बाद हम उन मरे हुए चारों बर्मियों को खींचकर ले गए और उनकी लाशें पास में बहते एक नाले में फेंक दीं। सारा रास्ता खून से लथपथ था, लेकिन अंधेरा होने के कारण गहरा काला नज़र आ रहा था। तब जाकर मांगमाई को अपने साथ लिए बर्मा के हृदय-प्रदेश से वापस लौटने के लिए हमने कदम बढ़ाए।

अब हम गांवों से बचकर जंगल के संकरे पहाड़ी रास्तों से गुज़र रहे थे। किसी भी क्षण जापानियों के वहां पहुंच जाने के अंदेशे-भर से सारी रात उत्तर की ही ओर बढ़ते रहे। थोड़े हीले-हवाले के बाद मांगमाई ने भी चलने में साथ दिया। यदि वह न चल पाता, या चलना न चाहता तो हम मिनटों में बांस का स्टेचर तैयार करके उसे बेहोश कर देने के बाद कन्धों पर लादकर उसे ले जाते। ट्रेनिंग के दौरान खड़गवासला में कई बार ऐसा किया भी था। बाद में हमने ऐसा किया भी।

अंधेरे में बिना जाने रास्तों से आगे बढ़ रहे थे। हमारे पास काफी खाना-पानी था। कई दिनों के गोरिल्ला मोरचे के लिए ग्रिनेड और गोलियों की भी कमी नहीं थी। खटकने वाली बात बस यही थी कि अभी तक इस गुप्त अभियान के पहले दौर में मिली सफलता का समाचार रियर हैडक्वार्टर्स फ़ोर्स वन-थ्री-सिक्स कलकत्ता न भेजा जा सका। यह काम निहायत ज़रूरी था लेकिन मेजर टैलन ने तो सुबह होने पर ही किसी छिपे स्थान से ये संदेश भेजना उचित समझा।

लगातार छह घण्टे चलते रहने के कारण हमारे पैर अब और आगे बढ़ने से साफ इन्कार

कर रहे थे। आंखें नींद से मिलने के लिए व्याकुल हो रही थीं। हमारे फंदे से छूटने की सभी कोशिशें नाकाम होने पर मांगमाई भी अब रास्ते पर आ गया था। उसको उड़ाने के तुरन्त बाद उसकी पूरी तलाशी तो ले ली थी, परन्तु हमारे मतलब का कुछ मिला नहीं। उसके दोनों हाथ पीछे बंधे थे। मुंह पर चिपकाया गया टेप भी बदस्तूर विराजमान था। केवल उसे पानी पिलाने के लिए ही एक बार हटाया गया था। हमें तो जीवन की अन्तिम सांस तक उसे सही-सलामत और ज़िन्दा रखना था। यह आदेश किसी मामूली आदमी का नहीं था, बल्कि दक्षिण-पूर्व एशिया कमाण्ड के सुप्रीम अलाइड कमाण्डर लुई फ्रांसिस अल्बर्ट विक्टर निकोलस लॉर्ड माउण्टबैटन ऑफ़ बर्मा का था, जो हमें उनके इंटेलिजेंस चीफ़, लॉर्ड जॉन लिनार्ड कॉली और रियर हैडक्वार्टर्स फ़ोर्स वन-थ्री-सिक्स, कलकत्ता के चीफ़ सर गाल्विन वी. स्टुअर्ट द्वारा दिया गया था।

माउण्टबैटन भी कैण्डी (श्रीलंका) में न तो खाली हाथ बैठे थे, न सिर्फ अपने दफ़्तरी काम-काज में उलझे थे। कभी-कभी तो स्वयं मोरचे पर भी पहुंच जाते थे। अपनी जीप में बैठ कर कुछ महत्वपूर्ण सैनिक कार्रवाइयों का तो निर्देशन भी किया था। मार्च, 1944 में भारत-बर्मा सीमा पर युद्ध के एक अगले मोरचे का जीप से दौरा करते समय बांस की एक नुकीली खपच्ची से बाईं आंख ज़ख्मी हो गई थी। ऐसी हालत में कुछ दिनों तक दोनों आंखों पर पट्टी बांधे उन्हें दीमापुर के सैनिक अस्पताल में रहना पड़ा था। फिर भी बिस्तर पर पड़े-पड़े ही वह अपने जनरलों से फ़ौजी मसलों पर परामर्श करते रहे और उन्हें उचित हिदायतें देते रहे। हक़ीक़त यह है कि वे आत्मविश्वास से सम्पन्न एक अद्‌भुत व्यक्ति थे। अपनी इन्हीं खूबियों के कारण अन्त में कुशल गुप्तचर-तन्त्र, दृढ़ प्रशासन और चुस्त संचार-व्यवस्था के बल पर उन्होंने लड़ाई जीती।

माउण्टबैटन अक्सर अपने जनरलों के सामने चार-सूत्री उसूल परज़ोर दिया करते थे। इसे माउण्टबैटन के 'फ़ोर एस'– फ़ार्मूला की संज्ञा दी गई। ये थे–(1) स्ट्राइक (आक्रमण), (2) सपोर्ट (सहायक बल), (3) सप्लाई (संभरण और आपूर्ति), तथा (4) स्ट्रेंगिल (घेरकर नष्ट करना)। इन सैनिक अभियानों में माउण्टबैटन के प्रमुख जनरल थे–पहली बर्मा डिवीज़न के ब्रूस स्कॉट, 17वीं इण्डियन डिवीज़न के डेविड कॉविन, विंगेट की गोरिल्ला ब्रिगेड के स्लिम, 26वीं इण्डियन डिवीज़न के लोमेक्स, बर्मा में 15वीं इण्डियन कोर ऑफेन्स के क्रिस्टीसन, 5वीं इण्डियन आर्मी के ब्रिग्स, पश्चिम अफ्रीकी डिवीज़न के वूलनर, प्रशासन के स्नेलिंग, 36वीं इण्डियन डिवीज़न के फेस्टिंग, 25वीं इण्डियन डिवीज़न के डेवीज़, चौथे इण्डियन कोर के स्नूकर्स आदि।

माउण्टबैटन की अपरिवर्तनीय रणनीति के दस मुख्य तत्व थे–(1) सुरक्षा (2) लक्ष्य का चुनाव और उसका पालन, (3) हौसला बनाए रखना, (4) आक्रामक कार्रवाई, (5) अचानक हमला, (6) सेनाओं की जमाबन्दी, (7) प्रयास की मितव्ययता, (8) लचीलापन, (9) सहयोग, और (10) प्रशासन। इन्हीं नीतियों की बदौलत उन्होंने युद्ध में भारी सफलताएं प्राप्त कीं।

रात के सन्नाटे में करीब दो बजे हमें जापानी वायुसेना के 'ज़ीरो' लड़ाकू यानों की कर्णभेदी घरघराहट सुनाई दी। हमने ध्यान से देखा। चार थे। काफी नीचे, पर बड़ी तेज़ रफ़्तार से उड़ रहे थे। दो सीधे उत्तर की ओर बढ़े और दो पश्चिम की तरफ मुड़े। मेजर

टैलन ने हमें पहले से ही जापानी 'पैराट्रूपर्स' (छतरी सैनिक) की करतूतों से आगाह कर रखा था। अतः बहुत ज़्यादा थके होने पर भी हमारी सतर्कता में कोई कमी नहीं आई।

हम बढ़ते जा रहे थे। करीब एक घण्टा बाद एक पोखर के पास पहुंचे। तीन बजे होंगे, रात की स्याही कुछ-कुछ छंटने लगी थी। हम लोगों ने उस पोखर से पहले ही लगभग सौ गज़ दक्षिण की ओर अपने ठहरने की जगह चुनी। बांस की टहनियों और लम्बे तेज़ चाकुओं की मदद से उसे साफ किया, फिर अपने मोमजामे बिछाकर सोने की तैयारी करने लगे। मेजर टैलन, मुझे और जॉन को तो यह लोभ भी त्यागना पड़ा। मुझे मांगमाई पर निगरानी रखनी थी। मेजर टैलन भरी स्टैनगन लिए किसी आने वाली घटना का सामना करने के लिए तैयार बैठे थे। जॉन 'ऑपरेशन चीफ़टेन' के प्रथम चरण में मिली कामयाबी कलकत्ता ट्रांसमिट करने के लिए बैठ गया। सबसे ज़्यादा मुश्किल काम तो उसी के ज़िम्मे था। उसे इस बात की पूरी सतर्कता बरतनी थी कि कहीं जापानी 'ट्राइएंगुलर बीम' पर हमारा गुप्त संदेश ज्ञात कर हमारे छिपने की जगह भी आसानी से न जान लें।

भोर होने से पहले हमने चाय बनाई, नाश्ता किया। मांगमाई को खूब खिलाया-पिलाया। कुछ देर बाद उसे नींद की गोलियां देकर सुला दिया। इस बात का अहसास उसको तब तक न हो पाया, जब तक दो घण्टे बाद चैन की नींद लेकर वह जाग न गया। बाद में हममें से चार ने उस जगह का कुछ दूर तक सर्वेक्षण भी किया और दो व्यक्ति दो घण्टे तक सोते रहे। सुरक्षा की दृष्टि से यह अत्यावश्यक था। कुछ दिनों तक बारी-बारी से हमें ऐसा ही करना था। दोपहर तक सब कुछ सही-सलामत रहा। कोई अनिष्टकारी घटना नहीं घटी। लेकिन कुछ देर बाद पोखर की ओर से आहट सुनाई दी। जापानी पैराट्रूपर भी हो सकते थे। जंगली जानवर भी हो सकते थे। कुछ स्पष्ट नज़र नहीं आ रहा था। घनी झाड़ियां जो थीं बीच में।

जॉन और पूवादन को वहीं छोड़कर हम रेंगते हुए उस ओर बढ़े। घनी कंटीली झाड़ियों से भरी दलदली ज़मीन थी। आसानी से पूरा पैर रखना भी दुश्वार था। हमारा विशेष ध्यान इस बात पर था कि रेंगते समय ज़रा-सी भी आहट न हो और न ही वहां की लम्बी घास और झाड़ियां अधिक हिलें-डुलें।

चार जापानी दिखाई दिए। दो पोखर के पानी से हाथ-मुंह धो रहे थे। दो उनके पीछे खड़े थे। सभी हथियारों से लैस थे। ग्रिनेड की मालाएं भी उनकी गर्दनों में पड़ी थीं। अनुमानतः वे जापानी पैराट्रूपर्स ही थे, जो उसी सुबह वहीं कहीं आस-पास गिराए गए थे। अभी तक उन्हें हमारे वहां होने का आभास नहीं मिल पाया था। वे चारों पोखर के उस किनारे पर थे और इस पार झाड़ियों में छिपे हम चार।

सभी साफ नज़र आ रहे थे। लड़के ही थे। होंगे कोई 20-25 साल के। पहले दो हाथ-मुंह धोकर अपने दूसरे दो साथियों को हाथ-मुंह धोने का अवसर देने के लिए पीछे हटे भर थे कि हमने अपनी निःशब्द पिस्तौलों का सभी को निशाना बनाया। दो के तो गोली सीने में लगी और एक के सिर में। ये तीनों तो वहीं ढेर हो गए। लेकिन चौथे के पैर में लगी थी। वह घायल अपने तीनों मरे साथियों को वहीं छोड़कर लम्बी-लम्बी घास में जा छिपा और वहीं से लगातार दो फ़ायर किए।

हमने ठीक ही सोचा कि ये दो हवाई फ़ायर उसने अपने दूसरे छिपे हुए साथियों को आगाह करने के लिए किये थे। हमारे लिए तो यह बड़ी विकट घड़ी थी। हमें तो किसी प्रकार की आहट होने से पहले ही उन सबको ख़त्म कर देना चाहिए था। हमें हिलती हुई लम्बी घास के अन्दर कुछ-कुछ आहट मिलने लगी। बजाय सीधे पोखर की ओर बढ़ने के हम पश्चिमोत्तर दिशा की ओर बढ़े। अब पोखर हमारे पीछे था। इसी प्रकार लुका-छिपी चलती रही। सांझ का अंधेरा घिर आया और हम अपने ठहरने के गुप्त स्थान पर वापस आ गए। पूरी कामयाबी न मिलने के कारण यही बेहतर समझा। अब तो हमें और भी चौकन्ना रहने की ज़रूरत थी।

मांगमाई सारे दिन सोता रहा। जहां तक बन पड़ा उस जंगल में भी हमने उसे हर तरह से आराम पहुंचाने की कोशिश की। खाना-पानी देने के बाद फिर उसके हाथ पीछे बांध दिए जाते। मुंह पर बदस्तूर टेप चिपका दिया जाता। तत्पश्चात् उस स्थान को छोड़कर हम सीधे उत्तर की ओर बढ़े। पूरी रात चलते रहे। एक भी जापानी पैराट्रूपर से भेंट नहीं हुई। सुबह होने से पहले ही फिर एक जंगल में छिपे रहने का प्रबन्ध किया।

मांगमाई को जॉन और पूवादन की सुपुर्दगी में देकर मैं, मेजर टैलन, सॉ घॉ और चुआ शियोन फिर से उन जापानियों की खोज में निकले। वे मिले ही नहीं। कुछ देर बाद हमें निराश ही लौटना पड़ा। अपने 'वाटरप्रूफ शीट' बिछाकर नींद लेने की तैयारी कर ही रहे थे कि सॉ घॉ ने एक ओर उंगली का इशारा किया। जंगल के किनारे लगभग एक मील की दूरी पर कुछ धुआं-सा उठता नज़र आया।

हाथ में अपनी दूरबीन लिए मेजर टैलन आगे झपटे। लौटते समय उनकी आंखों में कुछ और ही चमक थी। चार दिनों से हजामत न बनाने और बुरी तरह थके होने पर भी तरोताज़ा नजर आ रहे थे। उन्होंने फौरन एक स्कीम तैयार की और हमें एक क्षण का भी विलम्ब किए बिना चल देने का आदेश दिया।

लगभग आधे मील तक हमने छिपने-छिपाने पर विशेष ध्यान नहीं दिया। करीब दो सौ गज़ की दूरी पर एक टीले के पीछे से आता हुआ धुआं अब साफ दिखाई देने लगा। चुआ शियोन सबसे अधिक अधीर हो उठा। यह चुआ शियोन ही था, जो उतने पास से भी उस जापानी पैराट्रूपर को न मार सका। केवल उसे घायल करके ही छोड़ दिया था। एक घायल कमाण्डो घायल शेर की तरह खूंखार होता है। अपनी इस भूल के कारण आने वाली विपदा के लिए चुआ शियोन न जाने कितना अपने को कोसता और पछताता रहा, हालांकि हम सब नहीं चाहते थे कि वह इतना दुःखी हो। अब तो वह इतना उतावला होने लगा कि बिना उनकी संख्या जाने केवल धुएं के आधार पर सबको समाप्त कर देना चाहता था। लेकिन मात्र धुएं से आशंकित होकर ही हम कोई निर्णय नहीं ले सकते थे।

मेजर टैलन ने हममें से एक वालण्टियर चाहा, जो स्वेच्छा से जाए और दूसरी ओर देखकर असलियत का पता लगाए। हम सब फौरन तैयार हो गए, लेकिन चुआ शियोन बहुत अधिक व्याकुलता से अपने ही चुने जाने का आग्रह करते-करते मेजर टैलन से चीनी और अंग्रेज़ी मिश्रित शब्दों में झगड़ने को आमादा हो गया। अन्ततः उसी की मंशा पूरी की गई। मुस्कराते हुए उसने हमसे विदा ली और चलते-चलते मेजर टैलन से झगड़ने के लिए क्षमा

भी मांगी। हम सबने अपनी समस्त शुभकामनाओं के साथ उसे विदा किया और आशा प्रकट की कि वह अवश्य अपने काम में कामयाबी हासिल करेगा।

चुआ शियोन घुमावदार रास्ते से चल पड़ा। हम सब सीधे आगे बढ़कर झाड़ियों में लेट गए और दूरबीन चढ़ाकर उस टीले की ओर ताकने लगे। सहसा हमें टीले के पीछे एक जापानी सैनिक का हाथ नज़र आया, जो चन्द लम्हों में ही गायब हो गया। अब तो इस बात में शक की गुंजाइश ही न रही कि अंधेरा होते-होते अच्छी-ख़ासी मुठभेड़ करनी होगी।

थोड़ी ही देर में सारे वातावरण को प्रतिध्वनित करती हुई कुछ क्षणों तक बिजली की-सी गर्जना सुनाई दी। ऐसा लगा कि चुआ शियोन ने बजाय दुश्मन की संख्या और ठौर-ठिकाना ज्ञात करने के उन्हें स्वयं ही समाप्त कर दिया। पलक मारते ही हम झुके-झुके दौड़ते हुए घटनास्थल पर पहुंचे। चुआ शियोन को मृत देखकर तो हमारी पीड़ा और निराशा की सीमा ही न रही। एक 'फ़ोर सेकेण्ड ग्रिनेड' उसके हाथ में फट गया था, जिससे उसके शरीर के चिथड़े-चिथड़े हो गए। उससे करीब बीस गज़ की दूरी पर पांच जापानी सैनिक भी रक्तरंजित हो मौत के गले लग चुके थे। लगता था चुआ शियोन उनके बहुत करीब तक रेंगता हुआ चला गया और वहां से उसने अपने पहले ग्रिनेड का उन्हें निशाना बनाया और दूसरा उसके हाथ ही में फट गया। हमने अपने सिरों से फैल्ट-हैट उतारकर आंखों में आंसू और हृदय में विषाद लिए उसके शरीर के छिन्न-भिन्न अंगों को समेटा और वहीं ज़मीन में दफनाकर अपने गुप्त स्थान पर वापस लौट आए।

सच तो यह है कि चुआ शियोन ही 'ऑपरेशन चीफ़टेन' का सच्चा नायक था। उसकी सराहना के लिए आज भी मेरे पास शब्द नहीं हैं।

हमें इस बात का पूरा अंदेशा था कि एक-दो दिन में ही जापानी सैनिकों की खोज में उनकी दूसरी पार्टी भी आ धमकेगी। इसलिए जल्द-से-जल्द वह जगह छोड़ देना निहायत ज़रूरी था। थके-मांदे और आधे सोए-सोए हम सब अज्ञात मंज़िल की ओर बढ़े। पहले की भांति दस मिनट का विश्राम लेने के बजाय अब हम पांच मिनट ही रुकते। इसी प्रकार लगभग पन्द्रह मील चलने के बाद हम अनन्नास के पेड़ों के पास एक झुरमुट में पहुंचे। यह स्थान गांव से काफी दूर था। रात का सन्नाटा। ढाई बजे होंगे। आने वाला दिन यहीं बिताना ठीक समझा।

सोने के लिए आंखें झपकी भर थीं कि पूवादन ने मेरे पेट में उंगली गड़ाते हुए दूर से आ रही घरघराहट सुनने को कहा। दो जापानी 'ज़ीरो' लड़ाकू यान हमारे सिरों पर घरघराते हुए बड़ी तेज़ी से दक्षिण की ओर उड़ गए। हम तो उन पेड़ों के नीचे छितरे पड़े थे। अंधेरा भी था। वे हमें देख नहीं पाए।

इसी प्रकार एक स्थान से दूसरे तक पहुंचते हुए लगातार तीन रातें बिताईं। 15 नवम्बर, 1943 की रात को ठीक बारह बजे जिस छोटी नदी के किनारे से रॉयल एयर फ़ोर्स का विमान हमें ले जाने के लिए आने वाला था, वह स्थान अभी भी यहां से आठ मील दूर उत्तर दिशा में था। वहां तक पहुंचने में तीन रातें लगीं और हम एक दिन पहले ही बचते-बचाते अपने अन्तिम ठहराव पर आ गए।

उन दिनों रॉयल एयर फ़ोर्स की ज़िम्मेदारियां बहुत बढ़ गई थीं। उनका सेवाकार्य भी

कठिन हो गया था। जापानियों ने उनके सैकड़ों विमान गिरा जो लिए थे। इसके अलावा उन्हीं विमानों को सबसे आगे बढ़कर दुश्मन से आमने-सामने मोरचा लेने वाले सैनिकों की हिफ़ाज़त के लिए शत्रु पर बम गिराने और मशीनगनों से आग बरसाने का काम भी करना पड़ता था। यहां तक कि रसद, हथियार, दवाइयां, पेट्रोल और कभी तो पीने को पानी भी उन तक पहुंचाना होता था। जापानियों की रसद आने में और उनके सैनिक यातायात में बाधा डालने, देरी कराने का काम भी इन्हें ही करना होता था। सैनिकों की क्षतिपूर्ति के साथ भारतीय नगरों की रक्षा का भार भी उन्हीं के ज़िम्मे था। इसके अलावा भारत में अपने 'बेस' से बर्मा के भीतर ढाई सौ मील तक के निशानों पर वार भी इन्हें ही करने होते थे, जिनके बारे में बर्मा में रहने वाले फ़ोर्स वन-थ्री-सिक्स के गुप्तचर इन्हें पहले से ही जानकारी हासिल करा दिया करते थे।

अब हमारे द्वारा जापान-अधिकृत बर्मा छोड़ने का समय निकट आ गया। हम ठीक-ठाक थे, बस दो दिनों से भूखे अवश्य थे। फिर भी मांगमाई को फल और मेवे खिलाकर तथा चश्मों का पानी पिलाकर पूरी तरह से सन्तुष्ट रखने की कोशिश की थी। वह भी हमारी तरह थका रहने से कुछ पीला पड़ गया था। दुर्भाग्यवश हमारा एक साथी चुआ शियोन हमसे बहुत दूर परलोक जा चुका था। किन्तु उसकी स्मृतियां हमसे कभी दूर नहीं होंगी।

हमारे विमान के आने में कुछ देर हो गई। मैं, मेजर टैलन और सॉ घॉ नदी के किनारे उसके सूखे भाग में तीन अलग-अलग स्थानों पर हाथ में बिना जली टॉर्चें लिए खड़े थे। बड़ी बेचैनी से किसी भी क्षण उसके आने की बाट जोह रहे थे। उसके आगमन में विलम्ब हमारा अधैर्य बढ़ाता जा रहा था। अन्त में उसके आने की घरघराहट सुनाई देने लगी। हमने अपनी टॉर्चें जलाकर तीन विभिन्न दिशाओं से उसे समुचित संकेत दिए। हम दोनों के बीच में खड़े मेजर टैलन ने जब जलती टार्च से 'सिक्योरिटी सिगनल' (सुरक्षा संकेत)--डैश-डैश-डैश-डैश-डॉट-डैश (सब ठीक है) दिए, तभी उछलता, झूमता, तनता विमान उनके सामने धरती पर आने लगा। यान के वेग से उड़ी धूल के भंवर निकटवर्ती वृक्षों के ऊपर आसीन होने लगे। यान ने भूमि का स्पर्श किया और इंजन ने अपनी घरघराहट को विराम लगाया।

फ़्लाइट-लेफ़्टिनेण्ट डेनियल यान से कूद पड़े। उन्होंने मेजर टैलन को चूमकर अपने सीने से लगा लिया। डेनियल की आयु 55 वर्ष थी और टैलन थे सिर्फ 30 वर्ष के। डेनियल मेजर टैलन को स्नेहवश 'सनी' कहकर सम्बोधित करते थे। कलकत्ता में मैंने स्वयं कई बार सुना था।

विमान में चढ़ते समय मांगमाई ने थोड़ी-बहुत आनाकानी ज़रूर की, लेकिन हमने उसे उठाकर ज़बरदस्ती उसमें लाद दिया। वह बहुत उदास और थका लग रहा था, जैसे उसका सब कुछ लुट चुका हो। दो-एक बार तो सर्द आहें भी भरीं। तुरन्त इंजन घरघराने लगा। विमान शत्रु-अधिकृत बर्मा के हृदय-प्रदेश से विलग होता हुआ तेज़ी से जैसोर की ओर उड़ते-उड़ते हवा से बातें करने लगा।

चन्द घण्टों की उड़ान के बाद हम सब सही-सलामत जैसोर हवाई अड्डे पर जा उतरे। वहां कर्नल कमिंग्स बड़ी बेसब्री से हमारा इन्तज़ार कर रहे थे। उन्होंने ही 'ऑपरेशन चीफ़टेन' की पूरी योजना तैयार की थी। जापानी पैराट्रूपर्स से मोरचा लेते समय चुआ शियोन की

दुःखद मृत्यु का समाचार सुनकर तो वे स्तब्ध रह गए। तभी मुझे मेजर टैलन से पता चला कि कर्नल कमिंग्स जब बर्मा में थे तो चुआ शियोन उनका रसोइया था। वे उसे चाहते भी बहुत थे।

हवाई अड्डे पर एक दूसरा विमान मांगमाई, कर्नल कमिंग्स आदि को शीघ्र ही दमदम (कलकत्ता) ले जाने के लिए रन-वे में तैयार खड़ा था। बाकी हम सब थोड़ी ही दूर पर ब्रिटिश सिक्योरिटी गार्ड्स से सुरक्षित 'रिटायरिंग रूम' में आराम करने के लिए चल दिए।

सुबह करीब नौ बजे हम लोग सोकर उठे। हाथ-मुंह धोने के बाद सबसे पहले भरपेट भोजन किया। फिर हजामत बनाई और उसके बाद स्नान किया। 16 नवम्बर, 1943 की शाम को हम लोग एक छोटे यान में दमदम के लिए रवाना हुए। रात ही में वहां पहुंच गए और अलग-अलग गाड़ियों में बैठकर सीधे अपने-अपने निवास को चल दिए। सुरक्षा की दृष्टि से इन गाड़ियों को अंग्रेज़ सैनिक (ब्रिटिश अदररैंक्स) चला रहे थे।

मांगमाई को 'सण्डे विला', बहेला, कलकत्ता में ठहराया गया। बहुत कोशिशों के बावजूद जब वह ब्रिटिश सरकार के लिए काम करने को राज़ी न हुआ, तो उसे दवाइयां देकर बिल्कुल निकम्मा कर दिया गया। चन्द दिनों में ही उसकी दशा दयनीय कर दी गई। न वह जी सकता था, न मर सकता था।

अन्त में उसने कर्नल कमिंग्स द्वारा बर्मी भाषा में बोले गए शब्दों में ही अपने आदिवासी अनुयायियों के नाम संदेश लिखा। कलकत्ता में हाजरा रोड पर 54 नम्बर के बंगले में साइक्लोस्टाइल करके इस संदेश की हज़ारों प्रतियां निकाली गईं और बर्मा के उसी इलाक़े में वायुयानों द्वारा बिखरा दी गईं, जहां से एक महीना पहले हमने मांगमाई को उड़ाया था।

इस क्रिया का परिणाम जैसा चाहते थे वैसा ही हुआ। उस क्षेत्र के सारे आदिवासी मांगमाई की अपील पर जापानियों के ख़िलाफ़ अंग्रेज़ों की सहायता करके जापानी रक्षा-व्यवस्था को अन्दर से खोखला करने लगे।

लगभग पन्द्रह दिनों में ही मांगमाई फिर से स्वस्थ और प्रसन्न दिखाई देने लगा। लड़ाई ख़त्म होने के बाद तक उसने कलकत्ता में ही रहने की इच्छा प्रकट की। सर गाल्विन स्टुअर्ट ने उसकी प्रार्थना स्वीकार कर ली। 12 सितम्बर, 1945 को जब जापानियों ने सिंगापुर में लॉर्ड लुई माउण्टबैठन के समक्ष अपनी पराजय स्वीकार की, उसके बाद ही मांगमाई को बर्मा में उसके गांव भेजा गया।

जाली करेंसी की निर्णायक भूमिका

पर्ल हार्बर पर धावा बोलने के दूसरे ही दिन 8 दिसम्बर, 1941 को जापानियों ने कोटा-भारू का भी सफाया कर दिया। यह द्वीप मलाया के पूर्वी तट से 640 किलोमीटर दूर था। उसी दिन उनके दूसरे ब्रिगेड ने थाईलैण्ड और मलाया को निशाना बनाया। अमेरिका की 'ऑफिस ऑफ़ स्ट्रेटिजिक सर्विस', ब्रिटेन का 'इम्पीरियल ब्यूरो' और फ्रांस का 'ड्योजेन ब्यूरो' नामक गुप्तचर संस्थाएँ हाथ पर हाथ धरे बैठी रहीं। किसी गुप्तचर को हवा तक न लगी जापानी इरादों की। संसार का आधा चावल, कोयला, टिन, रबर, तेल तो फ्रेंच इण्डोचायना और डच ईस्ट इण्डीज में ही पैदा होता था। तभी तो जापानियों की नज़र पहले से ही थी इस क्षेत्र पर। तभी 25 दिसम्बर, 1941 को अंग्रेज़ों ने हांगकांग में हथियार डाल दिए। इस पूरी कार्रवाई का जापानी फ़ील्ड मार्शल सुगीयामा और जनरल अनामी को ही श्रेय दिया जाता है।

अंग्रेज़ निश्चिन्त थे कि कोटा भारू से इतना बीहड़, लम्बा जंगल, जानलेवा दलदल पार करके जापानी सैनिक मलाया तक पहुंच ही नहीं सकते। तभी 9 दिसम्बर, 1941 को जापानियों ने अंग्रेज़ों के दो अजेय युद्धपोतों 'प्रिंस ऑफ़ वेल्स' और 'रिपल्स को सागर के अतल तल में पहुँचाकर उनका घमण्ड चूर-चूर कर दिया। जापानियों का रास्ता साफ हो गया। वे बीहड़ जंगल, दलदल, मच्छर, जोंक, कीट-पतंगों, जंगली जानवरों की तनिक भी परवाह किए बिना आगे बढ़े थे। वर्दी के नाम पर सिर्फ खाकी नेकर और कमीज़ ! हू-ब-हू मलायावासी लग रहे थे।

फिर जापानी सैनिक बढ़े मलाया के दक्षिणी सिरे पर आबाद जोहोर की ओर, जिससे सटा सिंगापुर का उत्तरी इलाका था। उन दिनों सिंगापुर ही अंग्रेज़ों का सबसे सुन्दर, सम्पन्न छोटा-सा उपनिवेश था। क्षेत्रफल 360 वर्ग किलोमीटर, आबादी पांच लाख। ब्रिटिश मलाया और सिंगापुर की अर्थव्यवस्था बहुत अच्छी थी। दुकानों, होटलों में 'चिट सिस्टम' था। जो चाहा खरीदा, खाया-पिया और चिट पर दस्तखत करके घर रवाना। बाद में यह रकम या तो घर से वसूल कर ली जाती थी या फिर बैंक से।

किन्तु जैसे ही एक जनवरी, 1942 को जापानियों ने सिंगापुर पर घनघोर बमवर्षा की, लेन-देन का यह तौर-तरीका ख़त्म होते देर न लगी। नौबत भुखमरी की आ पहुंची। भूख से निपटने को एक प्राइवेट बैंक खोला गया और ब्रिटिश सेना के आग्रह पर नए नोट भी छापे जाने लगे। अब देखिए नौकरशाही का कमाल ! एक ओर तो नए नोट छापे जाने लगे, दूसरी तरफ एक अन्य आदेशानुसार सत्तर लाख डॉलर के करेंसी नोट जलाकर राख कर दिए गए।

डर था कि कहीं जापानियों के कब्ज़े में न आ जाएँ।

10 जनवरी, 1942 को जापानियों ने डच उपनिवेश ईस्ट इण्डीज़ पर धावा बोला। मलाया में ब्रिटिश फ़ौज के पैर उखड़ते ही सिंगापुर में सामरिक महत्त्व का सभी साज़ो-सामान अग्नि देवता की भेंट चढ़ाया जाने लगा। कुछ अत्यावश्यक चीज़ें भारत और श्रीलंका भेज दी गईं। नौजवानों को छोटे हथियारों से लैस कर दिया गया। बीस वर्ष की मेहनत और दस करोड़ पौण्ड की लागत से तैयार किया गया समुद्री जहाज़ी अड्डा फूंक दिया गया। लगातार दस दिनों तक लाखों लीटर पेट्रोल की होली जलती रही।

31 जनवरी, 1942 को ब्रिटिश आर्मी के तीस हज़ार सैनिक मलाया से हारकर वापस लौटे। सिंगापुर नदी के उत्तरी तट से सिंगापुर शहर में प्रवेश किया। इस पुल की लम्बाई एक हज़ार मीटर और चौड़ाई इक्कीस मीटर थी। प्रवेश के तुरन्त बाद पुल को डायनामाइट से उड़ा दिया गया। यह वह घड़ी थी जब ब्रिटिश मलाया पर जापानी क़ब्ज़ा हो चुका था और 'पानजांग लाइन' की नाकेबन्दी तोड़कर जापानी सैनिक सिंगापुर को घेरने में लगे थे।

8 फ़रवरी, 1942 को जनरल तोमोयूकी यामाशीता की कमान में जापानी फ़ौजें सिंगापुर नदी के तट पर उतर पड़ीं। बजाय घड़ियों के सभी की कलाइयों में मार्गदर्शक यन्त्र बंधे थे, जबकि ब्रिटिश, आस्ट्रेलियन सैनिकों के पास ऐसा कुछ भी नहीं था। जापानी इन्हें गाजर-मूली की तरह काटने लगे। 15 फ़रवरी को प्रातः नौ बजे सिंगापुर पर जापानियों का पूरा अधिकार हो गया। समर्पण से दो दिन पहले अंग्रेज़ों ने अपने साठ बड़े कारखाने नष्ट किए थे। बड़ी दुकानों का नामो-निशान मिट चुका था। छोटे दुकानदार सामान के बदले पैसे लेने को तैयार नहीं थे। वे खाने-पीने की चीज़ें चाहते थे। दो-चार उदार दिल भी थे, जिन्होंने अपने समस्त जीवन की कमाई मुफ्त में लुटा दी।

कोटा-भारू, हांगकांग, फ्रेंच इण्डोचायना, डच ईस्ट इण्डीज़, थाईलैण्ड, स्याम, जावा, सुमात्रा, बोर्नियो, मलाया, सिंगापुर, बर्मा खाली करते समय अंग्रेज़, डच, फ्रेंच वहाँ की करेंसी भी जलाकर राख करते गए। कारण था इस मुद्रा से दुश्मन को महरूम रखना। सोने की गिन्नियां तो अपने साथ भारत ले आए, लेकिन चांदी के रुपये, गिलट और तांबे की रेज़गारी वहीं छोड़ दी। जापानी अधिकारियों ने यह क्षति पूरी की अपने करेंसी नोट छापकर। लाखों डॉलर के नोट छाप डाले मलाया, सिंगापुर में अपनी अर्थव्यवस्था सुदृढ़ करने के इरादे से। फिर एक, पांच, दस रुपयों के नोट छापकर वही तरीका बर्मा ने अपनाया। यह करेंसी छप कर आती थी जापान से और 'फ़्लोट' की जाती मलाया और सिंगापुर तथा बर्मा में।

अंग्रेज़ों के लिए यह बड़ी विकट घड़ी थी। जापानियों ने एक ही झटके में उनका सैनिक सम्मान तो रसातल में पहुँचा ही दिया था, उनकी अर्थ-व्यवस्था भी चौपट करके रख दी। नतीजा यह हुआ कि ब्रिटिश गुप्तचरों तक को अपना जाल फैलाने, अपने 'प्रोजेक्ट्स' कार्यान्वित करने में दिक्कतें आने लगीं। यहाँ यह जान लेना भी ज़रूरी है कि जापानी सैलाब आने के चन्द रोज़ पेश्तर अंग्रेज़ों ने इस मामले में कुछ दूरदर्शिता का परिचय अवश्य दिया था। ब्रिटिश मलाया, सिंगापुर, बर्मा में जलकलों, बिजलीघरों, अस्पतालों के अंग्रेज़ इंजीनियरों, डाक्टरों, नर्सों को जासूसी के कुछ अचूक दांव-पेच बताकर अपनी ड्यूटी पर यथावत डटे रहने का सविनय आग्रह किया, जो उन्होंने देशहित में सहर्ष स्वीकार कर लिया। सैनिक और

सैनिक-सामग्री के अलावा जापानी अपने साथ और कुछ तो लाए नहीं थे। तकनीकी जानकारी रखने वाले लोग भी नहीं। अतः क़ब्ज़ा करते समय औरों का तो सफाया कर दिया मगर इन अंग्रेज़ डॉक्टरों, इंजीनियरों, नर्सों को छुआ तक नहीं। बस उन्हें यथावत् अपने-अपने काम पर डटे रहने का आदेश अवश्य दिया। बाद में जापानी अर्थव्यवस्था चौपट करने और जाली करेंसी के फैलाव में ये बड़े काम आए।

मलाया, सिंगापुर और बर्मा में इस जापानी करेंसी के कारण ब्रिटिश गुप्तचर भीषण आर्थिक संकट से गुज़र रहे थे। उनकी जमा-पूंजी धीरे-धीरे ख़त्म होती जा रही थी किन्तु प्राप्त करने के स्रोत ठप थे। इसके गम्भीर परिणामों से कलकत्ता स्थित रियर हैडक्वार्टर्स फ़ोर्स वन-थ्री-सिक्स को अवगत कराया गया। तुरन्त एक आपातकालीन मीटिंग बैठी। शिरकत करने वाले थे सर कॉलिन हरक्यूलीज़ मिकेन्ज़ी, सर गाल्विन वी॰ स्टुअर्ट और लॉर्ड जॉन लिनार्ड कॉली। दो महत्वपूर्ण निर्णय आनन-फानन में लिए– (1) ब्रिटिश मलाया, सिंगापुर और बर्मा में जापानियों द्वारा इस्तेमाल की जा रही करेंसी के कुछ नमूने अविलम्ब हासिल करना तथा (2) हू-ब-हू वैसी ही करेंसी छपवाकर इन देशों में अपने एजेण्टों को यथाशीघ्र पहुंचाना।

मलाया, सिंगापुर, बर्मा से जापानी करेंसी के कुछ नमूने प्राप्त होने पर 'नॉर्थ लॉज', कलकत्ता में 'फ़ोरजरी सेक्शन' के इन-चार्ज कैप्टेन डेव्ज़ ने उन्हें देखा, परखा और डाइयाँ, ब्लॉक तैयार करके आवश्यक संदेशसहित समस्त सामग्री सिक्योरिटी प्रिंटिंग प्रेस, नासिक रोड भिजवा दी। तभी पहाड़ से गिरकर खजूर में अटकने जैसी स्थिति पैदा हो गई। प्रेस में केवल नॉर्वे, स्वीडन के बने विशेष प्रकार के काग़ज़ थे जिन पर भारत, बर्मा, श्रीलंका की मुद्रा छपती थी। जापानी काग़ज़ का वहां क्या काम ! फ़ोर्स वन-थ्री-सिक्स ने ठीक वैसे ही जापानी काग़ज़ की तलाश शुरू कर दी। कामयाबी हासिल होने में भी अधिक देर नहीं लगी। हज़ारों, लाखों टन आर्मी और नेवी स्टोर्स (कलकत्ता, बम्बई), न्यूमैन्स (कलकत्ता), बाम्बे स्टेशनरी मार्ट (बम्बई) की गोदामों में भरा पड़ा था। तुरन्त मुंह-मांगी कीमत पर सबका सब खरीद कर प्रेस में भिजवा दिया गया।

बतौर नमूना कुछ करेंसी छापकर कलकत्ता भेजी गई। मुकम्मल जांच-पड़ताल, केमिकल एक्ज़ामिनेशन में खरा उतरने पर लाखों डॉलर, करोड़ों रुपये के नोट छापे गए। नम्बर तो कहीं थे नहीं, सीरीज़ और रंगों पर ही विशेष ध्यान दिया गया, जिससे पकड़ में न आ सकें। कालान्तर में बर्मा, सिंगापुर, मलाया में विशिष्ट गुप्त अभियानों के दौरान सोने की गिन्नियां, चांदी के रुपये तो होते ही थे हमारे पास, ये जाली करेंसी नोट भी काफी तादाद में रहते थे। लाखों-करोड़ों की मुद्रा पैराशूटों, पनडुब्बियों द्वारा ब्रिटिश एजेण्टों को गुप्त रूप से हांगकांग, जावा, सुमात्रा, बोर्नियो, मलाया, सिंगापुर, बर्मा में 'फ़्लोट' कर दी गई। इस प्रकार जापानी अर्थ-व्यवस्था को भी सुचारु रूप से खोखला किया जाने लगा। सैनिक मार तो पड़ ही रही थी, इस आर्थिक मार को भी दुश्मन अधिक समय तक झेल नहीं पाया।

गोरिल्ला नेता जनरल आंग सान

उन्नीसवीं शताब्दी के शुरू में अंग्रेज़ गवर्नर-जनरलों ने बर्मा-सीमा पर घुसपैठ और तोड़फोड़ की कार्रवाइयां करने के हुक्म जारी कर दिए थे। सन् 1824 में बर्मा पर बंगाल (वर्तमान बंगला देश) की ओर से हमला किया गया। यह पहली ऐंग्लो बर्मी लड़ाई थी। इसके खत्म होते ही अंग्रेज़ों ने बर्मी जनता पर एक सन्धि थोप दी। इससे असम, मणिपुर, अराकान और तनासरिम इलाक़े अंग्रेज़ों के हाथ में आ गए। सन् 1852 में अंग्रेज़ों ने दूसरी लड़ाई छेड़ी और पूरे दक्षिण बर्मा पर कब्ज़ा जमाकर रंगून को राजधानी बनाया। केवल उत्तरी बर्मा पर ही बर्मी राजा का शासन बाकी बचा था।

कुछ अरसे बाद अंग्रेज़ों ने रंगून से दस हज़ार गोरे सैनिक माण्डले पर चढ़ाई करने के लिए भेजे। वहां के राजा थिबो ने सन् 1886 में आत्मसमर्पण कर दिया। उन्हें तत्काल देशनिकाला देकर रत्नागिरि (महाराष्ट्र, भारत) भेज दिया गया। इस प्रकार समस्त बर्मा पर 'यूनियन जैक' (अंग्रेज़ी झण्डा) लहराने लगा।

इसके बावजूद, राजवंश समाप्त होने के बाद भी, बर्मी जनता ने अंग्रेज़ों और उनकी सरकार के खिलाफ गोरिल्ला शैली की लड़ाई छिपे-छिपे जारी रखी। शान, चिन, काचिन के अलावा अन्य जन-जातियों ने भी कभी पूरी तरह ब्रिटिश सत्ता स्वीकार नहीं की। पैंतीस हज़ार ब्रिटिश सैनिक कभी पूरे बर्मा पर हुकूमत न कर सके। पहाड़ी इलाक़ों में तो अन्तिम क्षण तक अंग्रेजी शासन कायम न हो सका।

बर्मी जनता ने संवैधानिक लड़ाई जारी रखी। फलतः सन् 1897 में छोटी विधानसभा कायम की गई। 1909 और 1920 में उसे बड़ा रूप दिया गया। इस बीच भारत से बर्मा को अलग करने की मांग ने ज़ोर पकड़ा। सन् 1935 में ब्रिटिश पार्लियामेण्ट ने एक कानून बनाया, जिसके अनुसार अप्रैल, 1937 में बर्मा को भारत से अलग देश बनाया गया। लगातार चालीस वर्षों तक बर्मा 'ब्रिटिश इंडिया' का ही एक सूबा रहा था।

सन् 1935 के इस कानून द्वारा संसद के दो सदन स्थापित हुए। लोकसभा के आधे सदस्य निर्वाचित हुए। 36 मेम्बरों की सीनेट बनी। दस मंत्री नियुक्त किए गए। नवम्बर, 1936 में आम चुनाव हुए। सिन्येथा पार्टी के डॉक्टर बा मो प्रधानमंत्री बने। लेकिन, फ़रवरी, 1939 में छात्र आन्दोलन के कारण उनकी सरकार का पतन हुआ। इसके बाद ऊ पू की सरकार बनी और उसके बाद 1940 में ऊ सा की, जिन्हें जनवरी, 1941 में जापानियों के साथ सहयोग करने के आरोप में गिरफ़्तार कर लिया गया। थाकिन पार्टी ने पूर्ण स्वतन्त्रता का नारा लगाया। राष्ट्रवादियों की बड़ी संख्या में गिरफ्तारियां होने लगीं। तभी बर्मा के राष्ट्रीय

नेता थाकिन आंग सान मय अपने चुने हुए तीस साथियों के, जिनमें भूतपूर्व प्रधानमंत्री ऊ नू और वर्तमान मंत्रि-परिषद् के चेयरमैन जनरल ने विन भी थे, बर्मा से भागकर जापान पहुंचे। वहां उन्हें जापानी विशेषज्ञों से उच्चकोटि की गोरिल्ला ट्रेनिंग हासिल करनी थी।

फ़रवरी, 1942 के पहले हफ्ते में जब बर्मा के भीतर जापानी सेनाएं प्रवेश करने लगीं तो उन्हीं के साथ आंग सान भी मय अपने तीस साथियों के साथ बर्मा में दाखिल हुए और 'बर्मा डिफ़ेन्स आर्मी' के संगठन में लग गए।

आंग सान ने अपने देश की आज़ादी के लिए जापानियों का साथ देकर अंग्रेजों के खिलाफ हथियार उठाए थे। जापानियों ने अंग्रेज़ों के हाथ में पड़े उनके देश को स्वतन्त्र करा देने का वचन दिया था। इसलिए वे, उनके गोरिल्ला सैनिक जापानियों की ख़ातिर लड़ रहे थे। जापानी अधिकार के दिनों में ही बर्मा को स्वतन्त्र देश घोषित किया गया। डाक्टर वा मो राष्ट्रपति और आंग सान प्रधानमंत्री बनाए गए। किन्तु कुछ समय बाद ही जापानियों की नीयत बिगड़ने लगी। वे इन राष्ट्रवादियों को तंग करने लगे। तत्पश्चात् 'बर्मा डिफ़ेन्स आर्मी' भी क़ाबू के बाहर हो गई। बजाय अंग्रेज़ों के खिलाफ लड़ने के, वे अपनी सारी ताकत लूट-पाट के कामों में ही बरबाद करने लगे। आख़िरकार जापानियों को यह गोरिल्ला दल तोड़ देना पड़ा। इससे जनरल आंग सान बड़े दुखी हुए।

दक्षिण-पूर्व एशिया कमाण्ड के सर्वोच्च सेनापति अर्ल माउण्टबैटन, गुप्तचरी में उनके विशेष सलाहकार लॉर्ड कॉली तथा पूर्वी क्षेत्र में 'फ़ोर्स वन-थ्री-सिक्स' के सर्वेसर्वा सर गाल्विन ने इस देशभक्त गोरिल्ला दल का सैनिक महत्त्व खूब समझ लिया था जिसने अपने देश की आज़ादी के लिए जापानियों को मुंहतोड़ जवाब देने के लिए कमर कस ली थी। सच्ची राष्ट्रीयता की इसी भावना से प्रभावित होकर अपने स्वार्थवश उन्होंने जनरल आंग सान से सम्पर्क स्थापित करने के लिए अपने गुप्तचरों को आदेश दिए।

फ़ोर्स वन-थ्री-सिक्स के अधिकारी जापान अधिकृत बर्मा में जनरल आंग सान से मिले और जापानियों के हाथ से मुक्त होने के बाद उनके देश को आज़ाद कर देने का वचन भी दिया। आंग सान राज़ी हो गए। तभी उनकी रज़ामन्दी से उन्हीं की अध्यक्षता में एक नया दल बर्मा के अन्दर ही जापानियों से लड़ने के लिए कायम किया गया। इसका नाम रखा गया 'बर्मा नेशनल आर्मी'। इन्हें हर तरह के आधुनिक हथियारों से लैस किया जाने लगा।

अंग्रेज़ों ने केवल जापानियों की अधीनता से ही बर्मा को आज़ाद कराने का वचन नहीं दिया था। पूरा-पूरा आश्वासन भी दिया था कि स्वतन्त्र हो जाने के बाद बर्मा पर अंग्रेज़ भी अपना अधिकार समाप्त कर देंगे। यही वह नीति थी जो कामयाबी से आगे बढ़ती हुई जापानी सेनाओं को उनके यातायात के साधनों की रीढ़ ही ध्वस्त करके उन्हें पीछे से खोखला करने के लिए काफी थी।

इस नीति का नतीजा भी बड़ा महत्त्वपूर्ण निकला। सन् 1944 के शुरू में फिर एक बार फ़ोर्स वन-थ्री-सिक्स के एजेण्टों ने जापान-अधिकृत बर्मा में जनरल आंग सान से सम्पर्क किया, जबकि अगस्त, 1944 तक उन्होंने (आंग सान ने) जापानियों का सामना करने के लिए अंग्रेज़ों की संगठित सेना से गुप्त प्रस्ताव कर लिए थे।

मार्च, 1945 तक कलकत्ता-स्थित रियर हैडक्वार्टर्स फ़ोर्स वन-थ्री-सिक्स को जनरल आंग

सान ने खबर भिजवाई कि बर्मा की आज़ादी की आख़िरी लड़ाई के लिए अपने गोरिल्लों को पूरी सहायता देने को तेयार हैं। ये गोरिल्ले दस हज़ार की संख्या में नियमानुसार पूर्ण प्रशिक्षित सैनिक थे।

माउण्टबैटन के पास सिवाय इस बात से अपने आप को दिलासा देने के अलावा और कोई चारा न था, कि आंग सान बर्मा के अन्दर ही अपनी इस बड़ी सेना को क़ाबू में रखेंगे और जापानियों को ज़्यादा से ज़्यादा नुकसान पहुंचाने के लिए 'फ़ोरटीन्थ आर्मी' के मनोनुकूल अपने कार्यक्रम व्यवस्थित करेंगे। राजनीतिक दृष्टि से भी ब्रिटिश सरकार की नज़र में आंग सान और उनके गोरिल्ले, जिन्होंने इंग्लैण्ड के राजा के खिलाफ सन् 1942 में शस्त्र उठाए थे, राजद्रोह का दण्ड दिए जाने के योग्य थे किन्तु परिस्थितियां बड़ी तेज़ी से बदल रही थीं।

माउण्टबैटन ने रियर हैडक्वार्टर्स फ़ोर्स वन-थ्री-सिक्स कलकत्ता को सिगनल किया कि वे तुरन्त ही युद्धरेखा के उस पार जनरल आंग सान से मिलने के लिए 'लाइज़न अफ़सर' रवाना करें। सारी ज़िम्मेदारी और ख़तरे माउण्टबैटन अपने ही कन्धों पर ले रहे थे। चर्चिल की मंज़ूरी तो उन्हें बहुत बाद में मिली थी।

तब कहीं जनरल आंग सान के नेतृत्व में इस क्रमहीन गोरिल्ला सेना का नाम बदल कर 'पेट्रिऑटिक बर्मीज़ फ़ोर्स' रखा गया। इन्हें 'कमाण्डो' सैनिकों के आधुनिक हथियारों—सब मशीनगन, ब्रैनगन, टॉमीगन, राइफल, ग्रिनेड, जैक नाइब्ज़, पिस्तौल, रिवाल्वर वगैरह से पूरी तरह लैस कर दिया गया। इन चीज़ों के अलावा गोला-बारूद तथा और भी विध्वंसक सामग्री उन्हें बाकायदा वायुयानों द्वारा प्राप्त होती रहती थी। फ़ोर्स वन-थ्री-सिक्स ने उन्हें कभी सेना की साधारण सप्लाई के आसरे नहीं रहने दिया। गोलियों से लेकर भारी गोला-बारूद भी उनके पास तक पहुंचाया जाने लगा। जबलपुर आर्सनल में 'एम॰ ई॰ नाइन' अथवा 'मैगज़ीन नम्बर नाइन' में इन चीज़ों को भारी-भरकम टीन की चादरों के गोल कन्टेनर्स में सावधानी से भरकर हवाई जहाज़ों द्वारा पैराशूटों से उन तक पहुंचाया जाता था।

27 मार्च, 1945 को जनरल आंग सान के नेतृत्व में पहली बार 'पेट्रिऑटिक बर्मीज़ फ़ोर्स' ने जापानियों के ख़िलाफ़ शस्त्र उठाकर प्रोम क्षेत्र में उनपर ज़बरदस्त हमला किया। आधुनिक हथियारों के अलावा राष्ट्रप्रेम की अडिग उच्चभावना के कारण वे जापानियों पर मौत बनकर छा गए। जिसने सिर उठाया, उसी को कुचलकर रख दिया। इस प्रकार पीछे से, गोरिल्ला विधि से आक्रमण करके, उन्होंने हज़ारों जापानियों को उनके महत्त्वपूर्ण स्थानों में मौत के घाट उतार दिया। वही एक तरीक़ा था जिससे जापानियों को अन्दर ही अन्दर खोखला किया जाने लगा।

जनरल आंग सान ने शाही जापानी सेना की रीढ़ पर प्रहार करते हुए 'चौदहवीं सेना' को दक्षिण की ओर आठ सौ मील तक कोहिमा और इम्फाल के जंगलों से होकर आगे बढ़ने में मदद दी। मोकतिला के पास अपने गढ़ ही में जापानियों के पैर लड़खड़ा गए और क्यॉक तैल क्षेत्रों की हिफ़ाज़त करने में वे नाकामयाब रहे। इस क्षेत्र में दुश्मन को आगे बढ़ने से रोकने के लिए जापानियों ने 'लैण्ड माइन्स' (थल सुरंगें) बिछा रखी थीं और 'बूबी ट्रैप' से उन स्थानों को पूरी तरह घेर भी रखा था। इसके अलावा पीछे से भी इन्हें 'ऐण्टी टैंक गन्स' का पूरा सहारा दिया गया था। भागती हुई जापानी सेना के आवागमन के साधनों को भी

बुरी तरह बरबाद करके आंग सान के गोरिल्लों ने हज़ारों जापानी सैनिकों को मौत के घाट उतारा। उन्हें अन्दर से खोखला कर दिया गया।

15 अगस्त, 1945 को जापान युद्ध में पराजित हुआ। 12 सितम्बर, 1945 को मलाया, जावा और सुमात्रा के जापानी सेनाध्यक्ष जनरल इतागाकी ने सिंगापुर म्यूनिसिपल बिल्डिंग के काउन्सिल चैम्बर में माउण्टबैटन के समक्ष शाही जापानी सेनाओं के छह लाख 56 हज़ार सैनिकों और अफ़सरों के आत्मसमर्पण पर दस्तख़त किए। अक्तूबर, 1945 में बर्मा का ब्रिटिश गवर्नर शिमला से रंगून वापस लौट आया। राष्ट्रवादियों के साथ फिर से समझौता-वार्ता शुरू हुई। जनरल आंग सान को प्रधानमंत्री बनाकर नौ अन्य मंत्री नियुक्त किए गए। उधर 26 जुलाई, 1945 को ब्रिटेन के चुनावों में चर्चिल की कंजरवेटिव पार्टी को करारी मात मिली। लेबर पार्टी के क्लीमेंट एटली वहां के प्रधानमंत्री हुए। 20 दिसम्बर, 1946 को सत्ता सौंपने के सिलसिले में बात करने के लिए एटली ने बर्मी नेताओं को लंदन बुलाया। एक फ़रवरी, 1947 को आंग सान के नेतृत्व में यह प्रतिनिधि मण्डल लंदन गया। आंग सान-एटली समझौता हुआ। तत्पश्चात् 12 फ़रवरी, 1947 को बर्मा लौटकर बर्मा के राष्ट्रपिता आंग सान ने बर्मा के सभी कबीलों में एकता स्थापित कर ली।

7 अप्रैल, 1947 को संविधान सभा के लिए चुनाव हुए। आंग सान की फ़ासिस्ट-विरोधी पार्टी को बहुमत प्राप्त हुआ। सर्वसम्मति से संविधान सभा ने बर्मा की पूरी आज़ादी के लिए प्रस्ताव पास किया। एक ओर बर्मा तेज़ी से आज़ादी की देहली तक पहुंच गया था कि दूसरी ओर शनिवार 19 जुलाई, 1947 को बर्मा के 31 वर्षीय राष्ट्रपति आंग सान और उनकी मंत्रिपरिषद् के नौ सदस्यों की गोली मारकर हत्या कर दी गई। मेरे विचार से इस हत्याकाण्ड में भी फ़ोर्स वन-थ्री-सिक्स का हाथ था।

4 जनवरी, 1948 को बर्मा पूर्ण स्वतन्त्र हुआ। देशहित में प्राण गंवाने वाले जनरल आंग सान का बलिदान ऐसा रंग लाया कि बर्मावासियों का मन अंग्रेज़ों की ओर से खट्टा हो गया। उसी दिन से उन्होंने ब्रिटिश कॉमनवेल्थ का दामन भी हमेशा के लिए छोड़ दिया। अपने राष्ट्रपति की याद ताज़ा रखने के लिए बर्मावासियों ने 'आंग सान म्यूजियम' टावर लेन, रंगून के उसी मकान में स्थापित किया जहां वे निवास करते थे।

मुस्लिम लीग से सांठ-गांठ

विशुद्ध शाकाहारी होने के नाते कलकत्ता में मुझे खाने-पीने की बड़ी तकलीफ थी। वहां की जलवायु भी मेरे अनुकूल नहीं थी। अतः मेरा स्वास्थ्य ठीक नहीं चल रहा था। कर्नल स्टीयर मुझे बहुत चाहते थे। अब तो 'ऑपरेशन वुडबाइन' जैसे ही एक संघर्ष में वे भी जापानियों द्वारा मार डाले गए थे। उन दिनों अकाल के कारण बंगाल में भीषण त्राहि-त्राहि मची हुई थी। कारण ? फ़ोर्स वन-थ्री-सिक्स ने लाखों टन चावल ऊंचे से ऊंचे दामों पर ख़रीद कर उस प्रान्त की निरीह जनता को भुखमरी की भट्ठी में झोंक दिया था।

लार्ड लिनलिथगो के अवकाश ग्रहण करने पर अक्तूबर, 1943 में भारत के वाइसराय एवं गवर्नर-जनरल का पद ग्रहण किया फ़ील्ड मार्शल अर्लआर्चिबाल्ड वेवल ने। फ़ोर्स वन-थ्री-सिक्स द्वारा चावल की इतनी बड़ी खरीदारी की वाकिफियत उन्हें कतई नहीं थी। हालत इतनी गम्भीर थी कि उन्होंने चर्चिल को अनेक समुद्री तार भेजे भारत को जल्द से जल्द चावल पहुंचाने के लिए। लेकिन चर्चिल ने इस ओर ध्यान ही नहीं दिया। वे तो बंगाल को तबाह करने पर तुले हुए थे। सहायता करना तो दरकिनार, उन्होंने वेवल को आदेश दिया कि वह हर महीने पच्चीस हज़ार टन चावल श्रीलंका भेजा करें। यह इस बात का प्रत्यक्ष प्रमाण है कि बंगाल को जानबूझकर मौत को मुंह में ढकेला जा रहा था। यह सब किया गया था नेताजी सुभाषचन्द्र बोस से पूरा-पूरा बदला लेने के लिए। जिस समय सन् 1944 में लॉर्ड रिचर्ड गार्डिनर केसी बंगाल के गवर्नर बनाए गए, उन्हें इस समस्या से पूरी तरह जूझना पड़ा था।

इन्हीं स्पष्ट कारणों से मैंने बम्बई के लिए अपने तबादले का आवेदन-पत्र दे दिया। मैं कलकत्ता नियुक्ति के अपने कार्य-काल में बम्बई जाया ही करता था। बम्बई मुझे भाया भी बहुत। बड़ी कठिनाई से अपना स्थानान्तरण बम्बई कराने में सफल हो पाया, क्योंकि इस आदेश पर एक ऐसे अधिकारी के हस्ताक्षर होने थे जो कोई साधारण व्यक्ति नहीं था। वे थे लॉर्ड जॉन लिनार्ड कॉली।

20 दिसम्बर, 1943 को बम्बई पहुंचा। मलाबार हिल पर 12, लिटिल गिब्स रोड स्थित कायदे-आज़म मोहम्मद अली जिन्ना के पुराने बंगले में ही मुझे रहने के लिए एक कमरा दिया गया। इसी बंगले में बाम्बे डिटैचमेंट फ़ोर्स वन-थ्री-सिक्स का दफ़्तर था। जिन्ना साहब माउण्ट प्लेजेण्ट रोड पर अपने नए बंगले 'जिन्ना हाउस' में जाकर रहने लगे थे। वह हमारे बंगले से लगभग एक किलोमीटर दूर मलाबार हिल पर ही था।

बाम्बे डिटैचमेंट फ़ोर्स वन-थ्री-सिक्स के अफ़सर इन-चार्ज अलबर्ट मार्शल ने मुझे विशेष सुरक्षा से सम्बन्धित 'स्पेशल एस्कोर्ट ड्यूटीज़' सौंपी। इस सिलसिले में अन्य स्थानों के अलावा

प्रायः जबलपुर भी जाया करता था। फ़रवरी, 1944 से एम॰ ई॰ नाइन के अफ़सर इन-चार्ज टी॰ बी॰ हॉकिन्स मुझ पर बहुत विश्वास करने लगे थे। अतः वे मुझे शस्त्रों और गोलियों की पार्सलें बम्बई में ई॰ वी॰ आरडा के पास, या वहीं क्रॉफर्ड मार्केट के निकट एक शस्त्र-विक्रेता के पास ले जाने के लिए दिया करते थे। ऐसे पार्सलों के लिए मुझे पचास रुपये अलग से दिया करते थे कुली और टैक्सी-भाड़े के लिए। अब मैं समझ रहा हूं कि यह सब अवैध था, किन्तु उस समय तो मुझे किसी भी हालत में ज़बान न हिलाने का हॉकिन्स द्वारा दिया गया आदेश मानना ही पड़ता था।

सन् 1944 में मैंने 'थ्रीटनर' फ़ौजी मोटरगाड़ियों में पचास से भी अधिक रासायनिक पदार्थों से भरे 'कन्टेनर' और बक्से देहू रोड पहुंचाए थे। इनके अन्दर क्या भरा था, यह भी लगभग एक माह बाद ही मैं जान सका। जब ऐसे ही एक और काम के लिए मुझे खड़गवासला भेजा गया। इनमें फॉस्फोरेट विषैले पदार्थ—क्लोरीन, फास्जीन के अतिरिक्त अन्य बहुत-से जलन पैदा करने वाले पदार्थ होते थे।

यहां यह उल्लेख ज़रूरी है कि अंग्रेज़ों की 'फूट डालो और शासन करो' नीति से सर सैयद अहमद खां भी बिना प्रभावित हुए न रह सके। सन् 1883 से 1889 तक एंग्लो-ओरियण्टल कॉलेज के प्रिंसिपल मिस्टर बैक थे। उन्होंने हिन्दू-मुसलमानों के बीच ज़बरदस्त मज़हबी खाई खोदने में कामयाबी हासिल की और अलीगढ़ को साम्प्रदायिकता का केन्द्र बनाया। इसी राजनीति के आधार पर सन् 1906 में ढाका में मुस्लिम लीग का जन्म हुआ। अन्य मुस्लिम नेताओं के अलावा इसके अगुआ थे आगा खां। बैक ने इनके हृदय में विश्वास पैदा कर दिया कि भारत में हिन्दू-मुस्लिम एकता से मुसलमानों का भला होने से रहा। सर सैयद ने इसका अक्षरशः पालन किया।

सन् 1937 में यू॰ पी॰, सी॰ आई॰ डी॰ के असिस्टेंट इंस्पेक्टर जनरल ऑफ पुलिस ने संयुक्त प्रान्त (वर्तमान उत्तर प्रदेश) के गृह सचिव को एक 'टॉप सीक्रेट' रिपोर्ट भेजी थी जिसमें लिखा था, "... मिस्टर जिन्ना लखनऊ तशरीफ़ लाए थे और बालाक़दर रोड पर सर वज़ीर हुसैन के बंगले में ठहरे थे। वहीं एक खुफ़िया मीटिंग हुई, जिसमें 32 व्यक्तियों ने शिरकत की। प्रमुख थे—मिस्टर जस्टिस सैयद महमूद, ऑनरेबिल मुशीर हुसेन क़िदवई, चौधरी ख़लीक़-उज-जमा राजा महमूदाबाद और मोहम्मद अली जिन्ना। इस मीटिंग में पहली बार एक मुस्लिम राज्य 'पाकिस्तान' बनाने की सम्भावना के मसले पर विचार-विमर्श हुआ।" इस प्रकार प्रमुख मुस्लिम नेताओं का पूरा सहारा और आश्वासन मिलने के बाद ही जिन्ना ने सन् 1938 में प्रथम बार भारत-विभाजन और पाकिस्तान बनाने का नारा लगाया।

सन् 1942 में यू॰ पी॰, सी॰आई॰ डी॰ के ए॰ आई॰ जी॰ मिस्टर एच॰ जे॰ टॉम ने महमूदाबाद के महाराजा और चौधरी ख़लीक़-उज-जमा दोनों को ही अपने वश में कर लिया था और उन्हें अपना हथियार बनाकर जी भर के कांग्रेस आन्दोलन के ख़िलाफ़ इस्तेमाल किया।

सन् 1944 के शुरू में बम्बई मुस्लिम लीग के प्रमुख नेता, सर सुलतान अहमद चिनॉय, अनेक बार हमारे दफ़्तर आए और अलबर्ट मार्शल के साथ घंटों गुप्त मन्त्रणाएं कीं।

सन् 1944-45 में सर गाल्विन स्टुअर्ट ने भी जिन्ना के साथ गवर्नमेंट हाउस, महाबलेश्वर में अनेक मुलाकातें की थीं।

इस दौरान फ़ोर्स वन-थ्री-सिक्स की सुरक्षित हाथों में पहुंचाई जाने वाली डाक एक दर्जन से अधिक बार लेकर मैं जिन्ना को देने उनके निवास-स्थान पर गया था। ये पत्र दो लिफ़ाफ़ों में रखे जाते थे। अन्दर के लिफ़ाफ़े पर 'टॉप सीक्रेट एण्ड पर्सनल' (अति गुप्त और व्यक्तिगत) तथा ऊपर बाईं ओर 'बाई सेफ हैण्ड' (सुरक्षित हाथों द्वारा) लिखा रहता था। दोनों लिफ़ाफ़ों पर लाल, हरे, नीले, पीले और काले रंगों की लाख की छड़ियों से कुत्ते के सिर की आकृति वाली मुहरें विभिन्न अवसरों पर लगाई जाती थीं।

स्वयं अपने हाथों ले जाकर उन्हें दिए गए इन पत्रों में क्या लिखा होता था यह मैं कभी न जान सका। इन पत्रों की रसीदों पर जिन्ना के प्रथम सचिव सैयद अहमद के दस्तख़त ज़रूर हुआ करते थे। लेकिन जिन्ना साहब अपनी महीन आवाज़ में मुझसे छोटा-सा 'थैंक्यू' कहना कभी नहीं भूले। बिना किसी शक-शुबहे के जो बात मैं निश्चयपूर्वक जान सका वह यह थी कि जिन्ना अंग्रेज़ों की इस गुप्त संस्था से किसी न किसी रूप में जुड़े अवश्य थे। क्यों ? यह मैं नहीं जान सका कड़ी गोपनीयता के कारण।

बम्बई में अनेक ऐसी व्यापारिक संस्थाएं थीं, जिनके बारे में मैं भली भांति जानता हूँ कि वे बम्बई के फ़ोर्स वन-थ्री-सिक्स से सम्पर्क रखती थीं और जिनके यहां से रासायनिक पदार्थ और दवाइयाँ बहुतायत से खरीदी जाती थीं। परसर और मिसेज़ ए. जी. ओ. चैम्बर्स द्वारा बहुत बड़ी मात्रा में सोना तो भिण्डी बाज़ार की मोहम्मद अली रोड स्थित हबीब बैंक से ही ख़रीदा जाता था।

यह वह समय था जब जापानी सैनिक असीम दृढ़ता के साथ दुश्मन को मात देते हुए मणिपुर तक बढ़ आए थे। उनका आक्रमण पूरे जोश पर था। तभी बुथीडांग गांव पर भीषण बमबारी करके मित्र-राष्ट्रों ने उसे 'सर्वाधिक बम से विध्वंसित गांव' की संज्ञा दी, जब 62 वर्षीय लेफ़्टिनेण्ट जनरल स्टिलवैल की फ़ौजें हुकांग घाटी में भयंकर मार-काट कर रही थीं। इतना होते हुए भी उत्तरी बर्मा के मोमांग और मिचिना से उमड़ती हुई अनन्त जापानी सेनाओं का तो अन्त ही नज़र नहीं आ रहा था।

सन् 1943 में अराकान के जापानी विजेता कर्नल तानाशाही को इस समय मेजर-जनरल सीजो सकुराई, कमाण्डर टास्क फ़ोर्सेज, जापानी शाही सेना की 55वीं डिवीज़न के साथ नियुक्त कर दिया गया था। जापानी सैनिक पीलिया, अतिसार, सारे शरीर में लाल चकत्ते वाले बुखार, ज़हरबाद बनकर आग की तरह फैलते नागा फोड़े जैसी जंगली वातावरण की नारकीय बीमारियों की तनिक भी परवाह किए बिना भीषण संग्राम किए चले जा रहे थे। विस्फोटकों से निकले धुएं के बादलों में घिरे वीर जापानी मित्र-राष्ट्रों की तोपों को खिलौनों की भांति तोड़ रहे थे।

जापानियों द्वारा किए गए इस भयंकर विनाश से फ़ोर्स वन-थ्री-सिक्स के उच्च अधिकारी चिन्ता में पड़ गए। उन्होंने तुरन्त बर्बर हथियार अपनाने का आदेश दिया। गोलियों में फ़ास्फ़ोरेट विषैले पदार्थ मिलाकर उनकी मारण-शक्ति तेज़ी से बढ़ाई जाने लगी। यह इन्तज़ाम हुआ जापानी सेनाओं को चन्द घण्टों के लिए ही नहीं, बल्कि कई-कई दिनों तक निकम्मा कर देने के लिए। कुछ ऐसे भी प्रयोग किए गए, जिनसे गम्भीर मानसिक विकृति उत्पन्न हो जाती थी।

फ़रवरी, 1944 से विंगेट के 'चिंडिट', 'खुकरी' और 'सांभर' दस्तों के लिए वायुयानों

द्वारा रसद बड़ी तेज़ी से पहुंचाई जा रही थी। वे इस समय बर्मा में अपने अभियानों को कार्यान्वित करने में जुटे थे। लेकिन, जलसेना के नाम पर उनके पास केवल 'कण्ट्री बोट', 'रबर रेंजर क्रैफ्ट' और नारियल के तनों से बनी नावें ही थीं। वायु सेना की शक्ति 'हरीकेन' और 'किटीहॉक' यानों से काफी बढ़ गई थी। बमवर्षकों के पास 'लिबरेटर', 'मिचिल', 'वेलिंग्टन', 'ब्लैंनहेम्प' और 'वल्टी वैंजनेन्स' के यान आ गए थे। बंगाल और असम के सभी आवागमन-ख़बर रखने के लिए 'राडार' स्टेशनों का पूरा जाल बिछा दिया गया था।

धुन्ध, दलदल, मानसून और मच्छरों के बीच गले में लटकते केवल मुट्ठीभर चावलों के सहारे ही जापानी भयंकर युद्ध कर रहे थे। उनकी युद्ध सामग्री चुक रही थी, क्योंकि हमने उनके रसद आने के रास्ते काटकर रख दिए थे। लेकिन, उनकी बहादुरी सचमुच ऊंची थी—बहुत ऊंची। सैकड़ों तो भूख-प्यास और घुटन से मर गए। हज़ारों ने अपनी पेटी से लटककर 'हाराकिरी' (आत्महत्या) करके मौत को गले लगाया। उन्हें आत्मसमर्पण से मृत्यु अधिक प्रिय सुखद थी।

सन् 1944 के बीच की बात है। मुझे जबलपुर बुलाकर हॉकिन्स ने जीवित सर्पों से भरा टिन का एक डिब्बा देते हुए कहा कि इसमें संसार के सबसे अधिक बिषैले सांप हैं। इन्हें बाम्बे मेडिकल सर्विसेज़ के डाइरेक्टर मेजर-जनरल सर साहिब सिंह सोखे के पास पहुंचाना है। बम्बई पहुंचकर मैंने वह डिब्बा कैप्टेन गोडार्ड के हवाले किया। वे उसे लेकर सोखे के पास गए। कुछ दिनों बाद गोडार्ड ने मुझे बताया, कि "बर्मा में किसी प्रकार की शरारत करने के लिए हमारे छोकरों के वास्ते" सांपों का ज़हर निकालने के उद्देश्य से वह डिब्बा भेजा गया था।

मैंने न जाने कितनी बार वैगन भरे करेंसी नोट सिक्योरिटी प्रिंटिंग प्रेस, नासिक रोड से फ़ोर्स वन-थ्री-सिक्स हैडक्वार्टर्स, मेरठ कैण्ट, बहुत-सा सोना श्रीलंका-स्थित माउण्ट लबीनिया और कैण्डी तथा हथियारों, गोलियों एवं युद्ध-सामग्री से भरी 'डेन्जरस गुड्स ट्रेन्स' हावड़ा और सियालदह तक पहुंचाईं। एक बार एक छोटी-सी पार्सल असम स्थित ऑपरेशन ग्रुप आई॰ डब्ल्यू॰ टी॰ के कमाण्डर मेजर मैगलपाइन के पास तथा एक वैसी ही पार्सल उत्तर-पश्चिम सीमाप्रान्त के गवर्नर के एडीशनल इंटेलिजेंस ऑफ़िसर कर्नल रॉबिन्सन के पास पेशावर में रेसकोर्स रोड की तीन नम्बर कोठी में ले गया। इन पार्सलों में क्या था, यह मैं कभी न जान सका।

पेशावर में कर्नल रॉबिन्सन ने मेरा परिचय कराया पंजाब के गवर्नर की पुत्री मिस क्रेक से, जिन्हें मुझे सही-सलामत नई दिल्ली तक पहुंचाना था। मैंने उन्हें लेफ़्टिनेंट-कर्नल जी॰ फ्रैंक्स के पास वाइसराय भवन में सुरक्षित पहुंचा दिया। यह तो मुझे बाद में पता चला कि वे भी रियर हैडक्वार्टर्स, फोर्स वन-थ्री-सिक्स, कलकत्ता में काम करती थीं। था तो मैं भी वहीं, लेकिन उन्हें कभी देखा नहीं। सम्भवतः उन्हें कहीं और फ़ील्ड ड्यूटी दी गई हो। हसन शहीद सोहरावर्दी, ख़्वाजा निज़ामुद्दीन, गुलाम मोहम्मद, मोहम्मद अली, अब्दुल रब नश्तर जैसे मुस्लिम लीगी नेताओं से उनका सीधा सम्पर्क था।

कालान्तर में सर हेनरीक्रेक की नियुक्ति बंगाल में हुई, और फिर नई दिल्ली में भारत सरकार के होम मेम्बर बने।

जापानी जासूस सबूरो ताकागी

सन् 1914 में जर्मनी के बूढ़े जनरल हॉसहोफर ने जापान का दौरा किया था। मक़सद था उस महान राष्ट्र की ओर जर्मनी की दोस्ती का हाथ बढ़ाना। उन्हें अपने मिशन में आशातीत सफलता मिली। फिर तो जापान और जर्मनी के सम्बन्ध में लगातार निखार आता ही गया।

जापान सरकार के आग्रह पर जनरल हॉसहोफर ने जापानियों को जासूसी के क्रियाकलापों में प्रशिक्षित करने की बात भी मान ली। फिर तो चुनिंदा लड़के-लड़कियों के अलावा कुछ शादीशुदा स्त्री-पुरुषों को भी भर्ती करके जर्मनी भेजा जाने लगा। इन्हीं में एक नवविवाहित जोड़ी थी, जिसे मुकम्मल ट्रेनिंग देकर जर्मनी से इंग्लैण्ड भेजा गया। लंदन शहर में एक खिलौनों की छोटी-सी दुकान खोलकर वे वहीं गुज़र-बसर करने लगे। विदेश में जासूसी करने के लिए छद्म-वेश अपनाना निहायत ज़रूरी भी था।

कुछ समय बाद उन्हें एक पुत्र-रत्न प्राप्त हुआ। इंग्लैण्ड में जन्मे इस नवजात शिशु को नियमानुसार ब्रिटिश नागरिक तसलीम कर दिया गया, हालांकि उसके माता-पिता जापानी थे। नाम रखा गया उसका सबूरो ताकागी। द्वितीय विश्वयुद्ध में अपने देश और नरेश की ख़ातिर जान पर खेलकर उसने गुप्तचर इतिहास में चार चांद लगाए थे।

सन् 1940 में युद्ध के प्रारम्भिक दौर में सबूरो की आयु बीस वर्ष थी। ब्रिटिश नागरिक होने के नाते उसे तुरन्त रॉयल नेवी में नौकरी मिल गई। उसने यह काम अपने माता-पिता के सुझाव पर ही चुना था। वैसे, थी भी उसकी लगन समुद्री बेड़े के प्रति बचपन से ही। सन् 1942-43 में जिस समय शाही जापानी फ़ौजें दुश्मन को रौंदती-कुचलती भारत की ओर बढ़ रही थीं, सबूरो की नियुक्ति कराची बन्दरगाह पर थी। वह वहीं से कुछ अनोखा कर गुज़रने की टोह में दिन-रात एक कर रहा था।

उन दिनों मेरी नियुक्ति 'डिटैचमेण्ट फ़ोर्स वन-थ्री-सिक्स' के अधीन बम्बई में थी। 32, लिटिल गिब्स रोड पर मलाबार हिल के बीचोबीच कायदे आज़म मोहम्मद अली जिन्ना के पुराने बंगले में हमारा दफ़्तर था। वहीं नीचे की मंज़िल में मैं रहता भी था। पूर्वी युद्ध-क्षेत्र में जापानियों से मोर्चा लेने के लिए इंग्लैण्ड से भेजा गया लड़ाई का साज़ो-सामान हमारी इस गुप्तचर संस्था के मार्फ़त ही बम्बई बन्दरगाह पर आता था। उन्हीं दिनों की घटना है।

ब्रिटेन से रवाना होकर, जर्मन पनडुब्बियों से बचते-बचते, अंग्रेज़ों का एक जंगी ज़हाज़ 9 अप्रैल, 1944 को आ लगा कराची बन्दरगाह पर। नए-नए हथियारों के अलावा उसमें लदे थे विस्फोटक पदार्थ—गोला-बारूद, बम, ग्रिनेड, टारपीडो शेल, ऐण्टी एयर क्रैफ्ट गनों के गोले,

डाइनामाइट छड़ियां, बीस करोड़ रुपये का सोना आदि। इन्हें कराची और बम्बई के बन्दरगाहों पर उतारना था। लगभग आधी विस्फोटक सामग्री तो कराची बन्दरगाह पर ही उतार ली गई और उस खाली जगह को भरा गया 8,700 गांठें, 12 सौ ड्रम तेल, दो हज़ार टन इमारती लकड़ी और मछलियों से भरे सैकड़ों टोकरे लादकर।

सबूरो तो था ही ऐसे सुनहरे अवसर की तलाश में। उचित समय पर वह भी उसी सामान के साथ छिपकर बैठ गया जलयान को विध्वंस करने के इरादे से। उस जहाज़ का नाम 'फ़ोर्ट स्टाइकिन' था और उसके कैप्टेन थे ए. जे. नाइस्मिथ।

13 अप्रैल, 1944 को बम्बई 'डॉक-यार्ड' (गोदी) में छोटे-बड़े 54 जहाज़ लंगर डाले खड़े थे। दूसरे दिन, 14 अप्रैल को कराची से जाकर उन्हीं में शामिल हो गया 'फोर्ट स्टाइकिन'। सुरक्षा के कारण इस जहाज़ पर कोई ख़ास निशान नहीं लगाया गया था, जिससे पता चलता कि उनमें गोला-बारूद आदि विस्फोटक सामग्री लदी है। इसके आने की सूचना तो हमारी संस्था को पहले ही मिल चुकी थी। सुबह साढ़े आठ बजे कैप्टेन गोडार्ड डॉक अधिकारियों से मिल भी आए थे। 'डेंजरस गुड्स ट्रेन' (ख़तरनाक मालगाड़ी) से रवाना करने के लिए 80 वैगनों का इन्तज़ाम भी हो चुका था, जिनमें लदवाकर यह विस्फोटक सामग्री मुझे ही कलकत्ता तक पहुंचानी थी, फिर वहीं से भेजी जाती खुफ़िया तौर-तरीके से पूर्वी युद्धक्षेत्र के विभिन्न मोर्चों पर।

14 अप्रैल, 1944; मैं सुबह से ही कुछ अनमना-सा बेचैनी महसूस कर रहा था। दोपहर में लंच लेने के बजाय ग्यारह बजे ही थोड़ी-सी खिचड़ी खाकर लेट गया। फिर मुझे नींद ने आ घेरा। लगभग साढ़े बारह बजे अचानक हुई भीषण गर्जना ने मुझे झकझोरकर जगा दिया। ऐसा लगा कि या तो ज़बर्दस्त भूकम्प आया है, या फिर दुश्मन ने ज़ोरदार हवाई हमला किया है।

पलंग से उठकर देखा तो दरवाज़ों और खिड़कियों के सारे शीशे चूर-चूर होकर गलीचे पर बिखरे पड़े थे। इन्हें देखकर मैं समझा कि बगल वाले बंगले के पारसी लड़के की करतूत है, जो हमारे यहां फल-फूल तोड़ने चला आता था। कभी-कभी गुलेल से गिलहरियों और चिड़ियों को भी मारता रहता था। मैं उसके दो-चार झापड़ रसीद करने की नीयत से कमरे से बाहर निकल कर हॉल में दाखिल हुआ ही था कि लकड़ी के ज़ीने से खटखट उतरते हुए हमारे अफ़सर इन-चार्ज मेजर जे. क्यू. वुड, मुझे देखते ही चीखे, "बंगले से बाहर मत जाना। सिवाय एक वायरलेस ऑपरेटर के ऑफ़िस में कोई नहीं है। ऐसा-वैसा अनजाना आदमी दाख़िल हो, तो देखते ही गोली मार देना।" और गाड़ी स्वयं ड्राइव करके न जाने कहां गायब हो गए।

उन्हें गए कुछ ही मिनट बीते होंगे कि दूसरी प्रलयंकारी गर्जना से पूरे बंगले की दीवारें तक हिल उठीं। नौकर-चाकर अपने-अपने क्वार्टरों से बाहर निकल आए। सभी सहमे और घबराए हुए थे। कुछ कानाफूसी भी कर रहे थे कि जापानियों ने बम्बई शहर पर बड़ी ज़ोरदार बमवर्षा की है।

शाम होते-होते मेजर वुड वापस आ गए। तभी पता चला कि डॉक यॉर्ड में 55 जहाज़ लंगर डाले खड़े थे। जैसे ही 'बिलरे' जलयान के कैप्टेन रॉय हावर्ड ने 'फोर्ट स्टाइकिन' के रोशनदान से धुआं निकलते देखा, उसने तुरन्त यह जानकारी दी अपने जहाज़ के एक दूसरे अफ़सर को। बावजूद इसके कि मामला असाधारण होने के अलावा विशेष महत्त्व रखता था, उसने इसे नज़रअंदाज़ कर दिया।

लंच के बाद जैसे ही गोदी के मज़दूर काम पर वापस लौटे, धुआं देखते ही चिल्लाने लगे, "आग लगी है, आग लगी है।" इतना सुनना था कि डॉक पर तैनात फ़ायर ब्रिगेड आनन-फानन में घटनास्थल पर पहुंचा और आग बुझाने में जुट गया। तभी ख़तरे की घंटी बजी और सभी लोग जलते हुए जहाज़ की ओर दौड़ पड़े। पूरे तीन सौ आदमी आग बुझाने में लग गए, फिर भी उस पर क़ाबू पाना मुश्किल था।

जहाज़ के कैप्टेन नाइस्मिथ तो इतना घबरा गए थे कि कोई निर्णय नहीं ले पा रहे थे। फिर, विस्फोटकों की मौजूदगी सूचित करने वाला लाल झण्डा भी तो जहाज़ पर नहीं लगा था। उन्होंने डॉक के अफ़सरों से मछलियां उतारने को कहा। तभी कैप्टेन ओबरेस्ट बोले कि गोला-बारूद भी तो लदे हैं, क्यों न जहाज़ को समुद्र की ओर ढकेल दिया जाय।

ऐसी घबराहट के माहौल में एक घंटे से अधिक समय बीत चुका था, दो दर्जन फ़ायर ब्रिगेडों को आग की लपटों से जूझते-जूझते। मगर, फिर भी क़ाबू में आना तो दूर लपटों का रंग पीले से गहरा पीला होता ही जा रहा था। यह इस बात का ठोस प्रमाण था कि आग की लपटें गोला-बारूद तक पहुंच चुकी थीं और किसी भी क्षण प्रलंयकारी विस्फोट हो सकता था।

अपनी जान बचाने की गरज़ से कर्मचारी इधर-उधर बेतहाशा भागने लगे। तभी भयंकर गर्जना के साथ भीषण विस्फोट हुआ, जिससे आठ-दस किलोमीटर दूर मलाबार हिल, कम्बाला हिल और नेपियन सी रोड तक की इमारतें एकबारगी कांप उठीं। समुद्र में तूफ़ान आ गया। बन्दरगाह में लंगर डाले खड़े सभी 55 जहाज़ आग की तेज़ लपटों का शिकार होकर वहीं डूब गए। डॉक-यार्ड के फाटक के पास वाला पुल तो जड़ से ही उखड़कर चिथड़े-चिथड़े हो गया। सैकड़ों जानें गईं। हज़ारों घायल हुए। कई लोग तो हवा में ऐसे उड़े कि कालबादेवी-स्थित कॉटन एक्सचेंज बिल्डिंग से ही जा चिपके। जपलान्दा जहाज़ 20-25 मीटर ऊपर हवा में उछला और वहीं डूब गया।

उस सस्ते ज़माने में नेशनल बैंक और हबीब बैंक के शुद्ध सोने का भाव अस्सी रुपये तोला था। इस हिसाब से बीस करोड़ रुपये की सोने की सिल्लियों, रूई की गांठों, लकड़ी के लट्ठों और लोहे के टुकड़ों से एक हज़ार मीटर की ऊंचाई तक आकाश नज़र ही नहीं आ रहा था। मीलों दूर खड़े लोगों ने सोना इतना लूटा, इतना लूटा, कि उनकी क़िस्मत ही बदल गई। घायलों की संख्या इतनी अधिक थी कि बम्बई के सभी अस्पताल पट गए। डॉक्टरों की जगह कम्पाउण्डरों और नर्सों तक ने उनके ऑपरेशन किए।

इस विनाश का लाखों टन मलबा हटाने में ही लगातार छह महीने तक दस हज़ार आदमी दिन-रात जुटे रहे, जिनमें तीन हज़ार अंग्रेज़ थे। हज़ारों आदमी-बच्चे तो मलबे में ही दबकर सड़ गए।

यह था जापानी जासूस सबूरो ताकागी द्वारा किया गया द्वितीय महायुद्ध का सबसे ज़बर्दस्त 'सेबोटाज' (पूर्व निर्धारित विध्वंस)। उसने अपने राष्ट्र और शाहंशाह की ख़ातिर अपनी जान की बाज़ी लगाकर अंग्रेज़ों से पूरा-पूरा बदला लिया। कराची से उसके एकाएक ग़ायब होने की खबर फ़ोर्स-वन-थ्री-सिक्स के अलावा 'इम्पीरियल ब्यूरो' (तत्कालीन केन्द्रीय गुप्तचर विभाग) की सभी शाखाओं को दे दी गई थी। किन्तु युद्ध समाप्त होने तक उसका पता चला नहीं। अन्त में यही समझा गया कि यह सब उसी की करतूत थी।

मेरी गुप्त अण्डमान यात्रा

सन् 1944 के मध्य कुछ समय के लिए फ़ोर्स वन-थ्री-सिक्स हैडक्वार्टर्स को मेरठ छावनी से हटाकर केण्डी (श्रीलंका) में स्थापित कर दिया गया था। इस तबदीली का मुख्य उद्देश्य था जावा, सुमात्रा, बोर्नियो, मलाया, अण्डमान और निकोबार आदि में जापानियों को अन्दर से खोखला करना, जिन्हें उन्होंने 1942 में जीता था।

19 अगस्त, 1944 को जापानी सेना की अन्तिम संगठित टुकड़ी भी भारत में छिन्न-भिन्न हो गई। कारण था बर्मा में जापानी कमाण्डर इन-चीफ़ जनरल किमूरा का ग़लत अनुमान, कि बर्मा का मानसूनी मौसम और ऊंचे-ऊंचे पहाड़ दुश्मन को उत्तर में युद्ध करने से रोक देंगे। उनके गुप्तचरों का केवल यही ग़लत अनुमान उन्हें ले डूबा। वे समस्त दक्षिण-पूर्व एशिया में मात खाते ही गए। उनकी सैनिक व्यवस्था टूटती ही गई।

फ़ोर्स वन-थ्री-सिक्स ने इस सुनहरे मौके से लाभ उठाया। उनके गुप्तचरों ने जापानी सैनिक-आवागमन के साधन और भी ज़ोर-शोर से नष्ट करने शुरू कर दिए। जापानियों की रसद का आना-जाना एक कठिन समस्या बनकर रह गई। इसके अलावा एक ख़ास बात और थी। 19वीं शताब्दी के हथियारों से लैस जापानी सैनिक 20वीं सदी के युद्ध के हथियारों का आख़िर कब तक मुक़ाबला करते। यह तो केवल उनका अदम्य साहस और राष्ट्र-प्रेम की अडिग, उच्च भावना थी कि युद्ध-रत मित्र राष्ट्रों की छह हज़ार गोले प्रति घंटा उगलने वाली तोपें भी उनका मुख न मोड़ सकीं।

ब्रिटिश सीक्रेट सर्विस के गुप्तचर तो पहले से ही जावा, सुमात्रा, बोर्नियो, मलाया, अण्डमान और निकोबार में कार्यरत थे, लेकिन अधिक संख्या में नहीं। कुछ हद तक उनके काम भी सीमित थे। कारण था कुछ समय तक चौकन्ने रहकर परिस्थिति का अध्ययन भर करते रहने का आदेश। यह भी इस दृष्टि से कि उन पर किसी का लेशमात्र भी संदेह न होने पाए, वर्ना उनके वहां से उखड़ने में देर ही कितनी लगती।

उन दिनों अण्डमान और निकोबार द्वीपसमूहों में ही जापानियों के फ़ारवर्ड एयर-बेस थे। वहीं से भारत और श्रीलंका को सदा ख़तरा बना रहता था। कलकत्ता, विज़गापट्टम, कोकोनद और कोलम्बो पर तो जापानियों के कई बार हवाई हमले भी हुए थे। वहां के बन्दरगाहों में अंग्रेज़ों के अनेक जहाज़ बरबाद हुए थे। लेकिन, जब जापानियों के 'ज़ीरो' लड़ाकू यानों को अंग्रेज़ों के रॉयल एयर फ़ोर्स ने गिराकर भस्म किया, तब जापानियों के चारों ओर भीषण निराशा छा गई। उनका आख़िरी दांव था ब्रिटिश जल-सेना को हिन्द महासागर के अतल-तल में सदा के लिए सुला देना। लेकिन, इन तीस लड़ाकू यानों के विध्वंस से पैदा

हुई घोर निराशा ने उन्हें यह क़दम उठाने ही नहीं दिया।

इतना होने पर भी जापानी और जर्मन पनडुब्बियां मार्च, 1945 तक बराबर हिन्द महासागर की छाती चीरती रहीं। रॉयल एयर फ़ोर्स ने अपना हवाई बेड़ा भारत में मद्रास, अक्याब तथा श्रीलंका में त्रिंकोमाली, चेनकलाडा और ओकण्ड में रखा। इस बीच 1944 के अन्त तक अमेरिकनों ने जापानियों के 750 से अधिक व्यापारी जहाज़ डुबो दिये। नतीजा यह हुआ कि अब जापानियों के पास केवल नदियां पार करने लायक़ 'फ़ेरी बोट्स' और समुद्र के किनारे-किनारे चलने वाली छोटी नावों का ही सहारा रह गया। कुछ समय बाद तो रॉयल नेवी की पनडुब्बियां इन्हें भी चुन-चुनकर तबाह करने लगीं। अब मित्र-राष्ट्रों के जहाज़ बंगाल की खाड़ी में निर्भय संतरण करने लगे। यहां तक कि भारत के पूर्वी तट की सैनिक सुरक्षा भी हटा ली गई।

फिर तो जापान-अधिकृत जावा, सुमात्रा, बोर्नियो, अंडमान और निकोबार में फ़ोर्स वन-थ्री-सिक्स की जासूसी पनडुब्बियां बेतहाशा बढ़ गईं। केवल अंडमान में ही बीस पठान और इतने ही मलयाली लड़के जासूसी कर रहे थे। विभिन्न छद्म वेशभूषा और नामों के आवरण में छिपे ये गुप्तचर पोर्ट ब्लेयर, पोर्ट अंडमान, बारातांग, हरबर्टाबाद, हेवलॉक, नील आदि स्थानों में फैले हुए थे। कुछ सागौन लकड़ी की ठेकेदारी करने लगे थे। कइयों ने रेशम के कीड़े पालने के लिए शहतूत की खेती का छद्म व्यवसाय अपना लिया था। कुछ मछलियां पकड़ने के बहाने अपना उल्लू सीधा कर रहे थे।

लेफ़्टिनेण्ट-कर्नल ओ. ई. विंडिल, ओ. बी. ई. (ऑर्डर ऑफ़ ब्रिटिश एम्पायर), आई. पी. (इंडियन पुलिस), मद्रास प्रान्त के अवकाश-प्राप्त डी. आई. जी.; सी. आई. डी., का कलकत्ता तबादला हो जाने के बाद कर्नल वाल्डविन को मद्रास में फ़ोर्स वन-थ्री-सिक्स का अफ़सर इन-चार्ज बना दिया गया था। अगस्त, 1944 में एक दिन कर्नल वाल्डविन किसी काम से बम्बई तशरीफ़ लाए। जाने से पहले मुझसे दफ़्तर में बुलाकर कहा कि एक सप्ताह बाद मैं उनसे मद्रास आकर मिलूं। यह आदेश लॉर्ड कॉली का था, जो कर्नल वाल्डविन के माध्यम से मुझ तक पहुंचाया गया। लॉर्ड जॉन लिनॉर्ड कॉली इन दिनों लॉर्ड माउण्टबैटन के साथ कैण्डी में तैनात थे।

मैं निश्चित तिथि पर मद्रास पहुंच गया। एग्मोर स्थित विक्टोरिया क्रीसेंट में चौदह नम्बर के बंगले में जाकर कर्नल वाल्डविन से मिला। उन्होंने मेरे हवाले किए छह दक्षिण भारतीय लड़के और उन्हें माउण्ट लबीनिया तथा अंगुलाना तक सुरक्षित पहुंचाने का गुरुतर भार भी सौंपा।

पार्टी को साथ लिए मैं एग्मोर स्टेशन से प्रथम श्रेणी में रवाना हुआ। रेल और समुद्र का सफर तय कर तीसरे दिन सुबह कोलम्बो फ़ोर्ट रेलवे स्टेशन पहुंचा। फिर वहीं से टैक्सी में माउण्ट लबीनिया जाकर कर्नल हडसन को अपने आने की सूचना दी। उन्होंने वहां से छह मील दूर अंगुलाना में पार्टी के साथ एक सप्ताह तक रहने का आदेश दिया। वहीं दफ़्तर में कर्नल हडसन की सचिव मिसेज़ क्लार्क से पता चला कि मुझे ही इन छोकरों को शत्रु-अधिकृत अण्डमान में सही-सलामत छोड़ आने की ज़िम्मेदारी दी गई है। दो दिन बाद अंगुलाना में कर्नल हडसन ने भी सारे रहस्य बता दिए। इसके अलावा लिटिल अण्डमान में नचुगे के प्रमुख गुप्तचर को भी एक संदेश देना था। इसे लिखित रूप में न देकर मुझसे केवल दिमाग़ में ही रखने को कहा गया था। चार महीने से फ़ोर्स वन-थ्री-सिक्स का उस एजेण्ट से सम्पर्क नहीं

हो पाया था।

एक सितम्बर, 1944 को पार्टी सहित त्रिंकोमाली के लिए प्रस्थान किया। दूसरे दिन सुबह पहुंचे। वहां हमें एक यूरोपियन होटल में ठहराया गया, जिसमें दो कमरे पहले से ही रिज़र्व करा लिए गए थे। 3 सितम्बर को पौ फटने से पहले एक अंग्रेज़ डॉक्टर को साथ लिए कैप्टेन स्मिथ होटल में आकर मुझसे मिले और सबका डॉक्टरी मुआयना हो जाने पर दो गाड़ियों में सबको बैठाकर त्रिंकोमाली बन्दरगाह तक ले गए। रॉयल नेवी की एक बोट वहां पहले से ही हमारी प्रतीक्षा में थी। सबके बैठते ही वह शीघ्रता से गहरे नीले सागर के वक्ष को उद्वेलित करती हुई बंगाल की खाड़ी में पूर्व की ओर बढ़ने लगी।

थोड़ी देर में क्या देखते हैं कि रॉयल एयर फ़ोर्स के लड़ाकू चार विमान हमारे ठीक ऊपर से उड़कर आगे निकल गए। पूछने पर नेवीगेटर ने मुझे बताया कि वे आगे कुछ मील दूर हमें पनडुब्बी तक हिफ़ाज़त से पहुंचाएंगे। चारों ओर नील जलराशि के अलावा कुछ भी तो दिखाई नहीं दे रहा था। ऊपर से सूर्य की तेज़ किरणें भी झुलसा रही थीं। कुछ ही क्षणों में मेरी नज़र खाड़ी में किसी काली-सी चीज़ पर पड़ी, जो काफ़ी दूर थी। मैंने नेवीगेटर को इशारा किया। पहले तो वह मुस्कराया, फिर बोला—"सबमैरीन हैं।" "लेकिन वे फ़ाइटर प्लेन कहां गए ?" मैंने पूछा। "और आगे।" उसने छोटा-सा उत्तर दिया।

हमारी बोट पनडुब्बी के बिल्कुल पास आकर रुकी। हम सब उस पर चढ़ गए। नीचे आकर केबिन में दाख़िल हुए, जहां हमारे सोने के लिए आठ बर्थ थीं। हम सब कुर्सियों पर बैठे ही थे कि तभी वापस लौटते हुए उन चार फ़ाइटरों में से एक ने सिगनल दिया—'ओके, ओके, ओके' (सब ठीक है, कोई ख़तरा नहीं)। तभी हमारी पनडुब्बी जल के अन्दर बैठते हुए आगे बढ़ने लगी। इस सफ़र में मुझे तो कोई कठिनाई महसूस नहीं। पिछले छह महीने में दो बार खड़गवासला की झील में इस प्रकार यात्रा करने का प्रशिक्षण ले चुका था।

पूरे तीन दिनों और दो रातों के लगातार सफ़र के बाद सहसा पनडुब्बी की रफ़्तार धीमी हुई और हल्का-सा झटका देती हुई वह रुक गई। एक चालक ने बताया कि पास ही जापानियों ने जगह-जगह 'सुरंगें' बिछा रखी हैं। काफी मेहनत और प्रयत्न के बाद ही हमें उस भयंकर ख़तरे से बचाया जा सका। वर्ना, मौत के मुंह तक तो हम सब पहुंच ही चुके थे।

ख़तरा टलने के कुछ देर बाद कैप्टेन ने मुझे और पार्टी के प्रमुख गुप्तचर अमीरशाह को अपने केबिन में बुलाया। दीवार पर कार्डबोर्ड पर लगे नक्शे की ओर उंगली के इशारे से बताया कि उस समय सागर के गहरे जल में हम किस स्थान पर थे। 'साउथ कोरलरीफ़' के पास ही थी वह जगह।

तत्पश्चात् कैप्टेन ने बताया कि ठीक एक घंटे बाद अमीरशाह और उसकी पार्टी के चार लड़कों को अलग-अलग रबर की छोटी-छोटी नावें दी जाएंगी, जिनके सहारे उन्हें अंडमान स्थित वारागांत आधी रात तक निश्चित रूप से पहुंच जाना होगा। अंडमान का हमारा एक एजेण्ट भी वहां से उन्हें आगे ले जाने के लिए मौजूद मिलेगा। मुझे तो दूसरे दो लड़कों को नचुगे तक पहुंचाना था। वहीं पाटो नामक प्रमुख गुप्तचर को यह सन्देश भी देना था, जिसे चलते समय मैंने अपनी स्मृति में बांध लिया था। गन्तव्य की दूरी और दिशा की पूरी जानकारी के साथ अमीरशाह को कलाई में बांधने वाली कुतुबनुमा घड़ी, कुछ सादे कपड़े, निःशब्द

हथियार, कुछ सोने के सिक्के और पोर्टेबिल ट्रान्समीटर दिया। ट्रान्समीटर को छोड़कर यही सारी चीज़ें उन लड़कों को भी दी गईं।

समस्त सामग्रियों से लैस होकर शीघ्र ही अमीरशाह और उसकी टोली के सभी साथी रबर की छोटी-छोटी नावों पर बैठकर अंडमान में अपने विशेष अभियान के लिए रवाना हुए। हमारी पनडुब्बी उन्हें शुभकानाओं के साथ विदा देती हुई दक्षिण में लिटिल अंडमान की ओर बहने लगी।

दूसरी रात 'साउथ सेण्टीनल' और 'नचुगे' के बीच ही कहीं पनडुब्बी रुकी। मुझे और मेरे साथ के अन्य दो लड़कों को भी कुतुबनुमा, वहां के नागरिकों जैसे कुछ कपड़े, निःशब्द हथियार, राशन के कुछ डिब्बे, मीठे पानी से भरी एक-एक बोतल और सोना आदि दिया गया। तीन दिन बाद जैकब नामक एक दूसरे गुप्तचर को साथ लेकर मुझे वापस भी लौटना था। अतः वापस ले जाने के लिए भी पनडुब्बी हमें वहीं मिलेगी, यह भी बताया गया।

अपनी मंज़िल तक पहुंचने में हमें कुछ देर हो गई। समुद्र में कुछ समय के लिए हम भटक गए थे। नचुगे के पास किनारे पर लगते-लगते सबेरा हो चुका था और मुसीबत यह कि वहां एक आदिवासी 'उंगी' की नज़रों से हम अपने आप को किसी भी हालत में बचा न पाए। उसने हमें किनारे लगते देख ही लिया। वहीं एक पत्थर पर बैठा केवल अपने हाथों से ही मछलियां पकड़ रहा था। हमारे एक साथी ने तुरन्त उसका फ़ोटो लिया और दूसरे ने उसे गोली मारकर सदा के लिए सुला दिया। फिर हमने उसे एक बड़े पत्थर से बांधकर शीघ्रता से उसी पानी में डुबो दिया।

तमाम दिन जंगलों में बिताकर रात की ख़ामोशी में हम तीनों प्रमुख एजेण्ट के कैम्प में पहुंचे। मैंने उसे गुप्त संदेश सुनाया और अपने साथ लाए दोनों एजेण्टों को उसकी सुरक्षा में दिया। मेरा संदेश सुनकर तो वह हक्का-बक्का रह गया। वह कोई बहुत ही महत्त्वपूर्ण बात थी, जिसका पता मुझे कभी न चल सका। सुबह होने पर उसने भी मुझे एक ज़बानी संदेश दिया। कई बार रटकर उसे भी मैंने सरलता से स्मृति में अंकित कर लिया। तभी मुझे यह भी बताया गया कि हमारे तीन आदिवासी गुप्तचरों की जापानियों ने हत्या कर दी। उसने मुझे उनका एक फ़ोटो भी दिया।

अपना काम पूरा करके जैकब के साथ मैंने दूसरी रात नचुगे छोड़ दिया। मुझे तो कहीं कोई जापानी नज़र आया नहीं। निश्चित स्थान पर सागर में पनडुब्बी हमें ले जाने के लिए मौजूद ही मिली। इसने हमें सकुशल अपने 'बेस'—त्रिंकोमाली पहुंचा दिया।

उन मद्रासी लड़कों के सहयोग से अमीरशाह ने बड़ा महत्त्वपूर्ण काम किया। उनके द्वारा भेजे गए गुप्त संदेशों के आधार पर रॉयल एयर फ़ोर्स ने पोर्ट ब्लेयर में जापानियों के लकड़ी के कारखाने जलाकर राख कर दिए। वहां वे अपनी जल-सेना के लिए बड़ी-बड़ी नावें तैयार करने में लगे थे। जापानी अपनी जलसैनिक-शक्ति दिन-प्रतिदिन खोते जा रहे थे। इसी कारणवश जापानी हवाई कमाण्ड ने अंडमान स्थित अपने कमाण्डरों को इन कारखानों में समुद्री नावें तैयार करने का आदेश दिया था।

अक्टूबर, नवम्बर, 1944 में इन कारखानों के विनाश के बाद तो जापानियों के लिए दुश्मन का मुक़ाबला करना असम्भव हो गया।

जनरल अनामी

10 अगस्त, 1945 की आधी रात। तोकियो शहर के बीचोबीच जापान के सम्राट हिरोहितो का शाही महल। एक छोटे से ज़मींदोज कमरे (बंकर) में बहुत ही पेचीदा मसला सुलझाने की गरज़ से ग्यारह व्यक्ति कुर्सियों पर आमने-सामने बैठे थे। बीच में थी सफ़ेद मेज़पोश से ढकी एक लम्बी मेज़। कमरे की छत मोटे लोहे की मज़बूत चादर की बनी थी और दीवारें शाहबलूत की मोटी लकड़ी के तख्तों से। कमरे में रत्ती भर हवा आने की गुंजाइश नहीं थी। अगस्त मास की सड़ी गर्मी में बातचीत करते समय सभी पसीने से तर-बतर थे। या तो वे प्रातःकालीन सूट पहने थे, या फिर ऊंचे कालर की वर्दियां।

इनमें से चार ए॰ डी॰ या सचिव थे और एक मेहमान—बैरन कीचिरो हिरानुमा। अन्य थे जापान की 'इनर कैबिनेट' के 'छह बड़े', जिन्हें लड़ाई लड़ने का आदेश देने वाली 'सुप्रीम काउन्सिल' भी कहा जाता था। इन छह में चार कैबिनेट मिनिस्टर थे और दो सर्वोच्च सेनाधिकारी, जिनके कन्धों पर युद्ध-नीति संचालन का भार तो था ही, आठ करोड़ जापानी जनता के भाग्य-विधाता भी वे ही थे।

सन् 1945 की गर्मियों में जापान की असली शक्ति सेना और नौसेना के जनरलों के हाथों में आ गई थी, अतः 'इनर सर्किल' को बड़ी ही सतर्कता और सावधानी से कदम उठाना पड़ता था। अमेरिका में जो ज़िम्मेदारी कांग्रेस की थी, जापान में ठीक वही 'दियत' की थी। लेकिन, अब इन जनरलों के आगे 'दियत' केवल एक रबर की मोहर बनकर रह गई थी। एक समय था जब 'प्रिवी काउन्सिल' इतनी शक्तिशाली थी कि जापान-सम्राट को भी सलाह देती थी, समय-समय पर आगाह करती थी। किन्तु, इस समय वह इतनी ओछी और बौनी समझी जाने लगी थी कि ज़रूरी मसलों पर फ़ैसला ले चुकने के बाद ही उसे सूचित किया जाता था। हालांकि भूतपूर्व मन्त्रियों की जमात 'जुशिन' का कोई सरकारी महत्त्व नहीं था, फिर भी 1944 में जनरल हिदेकी तोजो को निकाल बाहर फेंकने में तो वे सफल हुए ही थे। अमेरिका और ब्रिटेन की भांति कैबिनेट तो थी, मगर महत्त्वहीन। सत्ता सेना के हाथों में चली गई थी। सेना ही जापान की जनता की भाग्य-विधाता बन बैठी थी।

इस सरकारी पाखण्ड के बावजूद जापान के सम्राट तो थे ही सर्वोपरि। वे अपनी राय ज़ाहिर कर सकते थे, लेकिन थे अपने संस्कारों में इस कदर बंधे कि अपने ही अधीन अफ़सरों को आदेश नहीं दे सकते थे। उनके पास 'वीटो-पावर' थी ही नहीं। मसलन, वे उस रात भी शाही महल के बंकर में उपस्थित व्यक्तियों को केवल रास्ता ही बता सकते थे। मानना न मानना उनका काम।

उन 'छह बड़ों' के नेता थे 81 वर्षीय वृद्ध प्रधानमंत्री एडमिरल कंतारो सुजूकी। वे बहुत पहले जापान-रूस युद्ध के नायक रह चुके थे। बूढ़े सुजूकी इस समय देश की सर्वोच्च पदवी पर विराजमान थे, जो जनता के एक आदमी को हासिल हो सकती थी। अब उनकी बुद्धि साथ नहीं दे रही थी। कुछ लोग कहते थे कि इसका कारण उनका बुढ़ापा है। एक कान से बहरे भी थे। कॉन्फ्रेन्स के दौरान झपकी भी लेने लगते थे। तभी तो वार्तालाप की अनेक महत्त्वपूर्ण बातें उनके पल्ले ही नहीं पड़ीं। उन दिनों जापान सरकार में मुश्किल से दो-चार लोग ही थे, जिनका कोई व्यक्तिगत शत्रु नहीं था, और सुजूकी उनमें से एक थे। फिर भी उन्हें हरदम डर लगा रहता था कि कहीं कोई गोली न मार दे। तीन बार गोलियां दागी भी गई थीं, लेकिन वे बाल-बाल बच निकले।

सन् 1945 की गर्मियों में जब सुजूकी जापान सरकार की बरबादी का जायज़ा लेने निकले थे, तो उन्होंने युद्ध बन्द करने के लिए अपने सम्राट की इच्छा ज़ाहिर की थी। लेकिन, उसका कोई असर हुआ नहीं। वे समर्पण के पक्ष में थे, मगर यह भी जानते थे कि अभी मसला पका नहीं है। इसलिए, इस मामले में अगर उन्होंने ज़रा भी चूं-चपड़ की, तो उनका सिर तुरन्त कलम कर दिया जाएगा। जिस समय नागासाकी पर एटम बम से अमरीकी प्रहार हुआ था, उसी दिन प्रातः रूसी सैनिकों ने मंचूरिया की सीमा पर धावा बोल दिया था। सुजूकी तभी आवेश में चिल्ला पड़े, "अब खेल ख़त्म हो गया।" इस घटना के चन्द घंटों बाद जब वे इस समय अपने साथियों के साथ थे, अपने देश को बरबादी से बचा लेना चाहते थे।

सुजूकी के अलावा जापान-सम्राट के बंकर में 62 वर्षीय विदेश मन्त्री शिगीनोरी तोगो भी थे। वे भी समर्पण के ज़बरदस्त हिमायती थे। 1945 की गर्मियों में उन्हें भी अपने प्राणों पर आए संकट का आभास होने लगा था।

तीसरे शान्ति-समर्थक थे नौसेना मंत्री एडमिरल मित्सुमासा योनाई। आयु थी उनकी 65 वर्ष। लामबन्दी के ज़बरदस्त हिमायती होने के कारण ही सेना में उनके अनेक दुश्मन पैदा हो गए थे। सन् 1940 में जब वे प्रधानमंत्री थे, उन्होंने जर्मनी और इटली के साथ जापान के गठबन्धन की कसकर मुख़ालफत की थी। उनकी इस विचारधारा का जापानी जनरलों ने घोर विरोध किया था—यहां तक कि उन्हें इस्तीफा देने के लिए मजबूर कर दिया। वे अमेरिका से लड़ाई लड़ने के पक्ष में भी कभी नहीं रहे। तभी तो उन्हें अमेरिका का खैरख़्वाह कहा जाता था। किन्तु 1944 में तोजो के पतन के बाद उन्हें फिर से सेवा में ले लिया गया था।

छह बड़ों में अन्य तीन व्यक्ति (जनरल कोरीचिका अनामी, जनरल योशीजिरो उमेजू, एडमिरल सोइमू तोयोदा) तोगो, योनाई और सुजूकी के विरोधी थे और उनके नेता थे युद्ध मंत्री, जनरल कोरीचिका अनामी। इस समय अनामी ही जापान के सबसे शक्तिशाली व्यक्ति थे। उनके एक इशारे पर शाही जापानी सेना प्राण न्यौछावर करने के लिए हरदम कमर कसे तैयार रहती थी। उनकी आयु थी 57 वर्ष। केवल चार महीने पहले ही वे अपने जीवन की इस महत्त्वपूर्ण बुलन्दी पर पहुंचे थे, जब सुजूकी ने अपनी नई सरकार कायम की। फिर भी वे सुखी नहीं थे। उन्हें अपने नीचे नज़र आ रहे थे जापान जैसे शक्तिशाली देश के खण्डहर। हालांकि उनकी सेना लाखों में थी। तो भी उनकी पराजय निश्चित थी। सेना के लिए

अस्त्र-शस्त्र, गोला-बारूद, राशन-पानी उपलब्ध कराना दूभर हो गया। वैसे, जहां तक निपुणता का प्रश्न है, इस समय भी शाही जापानी सेना दुश्मन पर क़यामत बरपा कर सकती थी, लेकिन छल-कपट में तो वे युद्ध हार ही चुके थे।

ऐसी स्थिति में भी अनामी निराश नहीं हुए। अभी आशा की एक किरण बाकी थी, कि शाही जापानी सेना क्यूशू और होन्शू के सागर-तटों पर अमरीकनों को मौत का ऐसा दरवाज़ा दिखाए जिससे शान्ति की शर्तों पर जापान उनसे अच्छा-खासा मोल-भाव करके अधिक से अधिक फ़ायदे में रहे।

एक बार निश्चय कर लेने पर तो अनामी ने पीछे हटना सीखा ही न था। उनकी यह आदत बचपन से थी। सैनिक अकादमी में प्रवेश पाने के लिए तीन बार फेल हुए। फिर भी माने नहीं और अन्त में चौथी बार पास करके दिखा दिया। स्नातक होते हुए भी सेना में, द्वितीय विश्व युद्ध के दौरान और उसके बाद भी, एक अपरेंटिस की हैसियत से काम किया। फिर 1926 में सम्राट हिरोहितो के ए॰ डी॰ सी॰ नियुक्त किए गए, जिस पद के लिए आज भी अच्छे-अच्छे लालायित रहते हैं। तभी राजकुमार किदो से उनकी मित्रता हुई, जो स्वयं सम्राट के ए॰ डी॰ सी॰ थे। बाद में तो मारक्विस किदो सम्राट के एक प्रभावशाली सलाहकार साबित हुए।

मंचूरिया की लड़ाई के बाद सेना में दलबन्दी हो जाने से अनामी ने मध्य मार्ग अपनाया। पर्ल हार्बर की विजय के बाद तो शाही जापानी सेना पर अफ़सर ऐसे हावी हुए कि डच ईस्ट इंडीज़ में उन्हीं का बोलबाला रहा। बस, यहीं से अनामी तोकियो के षड्यन्त्रों की ओर मुखातिब हुए। कोइसो की पराजय के बाद तो शान्ति और युद्ध दोनों के ही दावेदारों ने उन्हें युद्धमंत्री के रूप में स्वीकार किया।

अनामी का व्यक्तित्त्व साफ-सुथरा, शानदार था और वे थे भी हद दर्जे के सफाईपसन्द। औसत कद, श्वेत वर्ण, भरापूरा मुस्कराता चेहरा, कुशलता से तराशी हुई मूंछें, सफ़ेद रंग के प्रति दीवानगी जैसा आचरण। धनुष-बाण के प्रति इतना लगाव कि युद्धकालीन व्यस्तता के क्षणों में भी प्रातःकाल कमान पर तीर चढ़ाकर निशानेबाज़ी ज़रूर कर लिया करते थे। फिर 'कैण्डो' (बागवानी) में लग जाते, भले ही दो मिनट के लिए। कहते भी थे कि इस क्रिया से दिमागी अनुशासन बना रहता है।

शाही जापानी सेना के सभी अफ़सरों को अनामी पिता जैसा ही प्यार देते थे, जबकि कैबिनेट मीटिंग में शान्ति और सुलह की बात करने वालों के लिए वे हद दर्ज़े के 'अकड़' साबित हुए। अक्सर ऐसा होता कि अनामी कम महत्त्व की बातों पर ध्यान केन्द्रित न कर विवाद के मुख्य मुद्दे पर ही सहमत हो जाते थे। अनामी ऐसे व्यक्ति थे जिन्होंने जापान की सर्वाधिक शक्तिशाली सेना में सर्वोच्च नेतृत्व का स्थान प्राप्त किया। वे चाहे उसे शस्त्र-रहित करते, या सागर-तट तक फैला देते। किसी में इतना नहीं था साहस, कि उन्हें युद्ध न करने के लिए राज़ी कर लेता। वे अमरीकनों से बस एक अन्तिम युद्ध करने के लिए अड़े रहे।

उनके चीफ़ ऑफ़ स्टाफ़ जनरल योशीजिरो उमेजू उनकी बगल में बैठे थे। घुटा सिर, संकरी आंखें, मोटे होंठ उनके चेहरे पर सदा बसने वाले क्रोध का इज़हार करते थे। सन् 1931 से 1940 तक मंचूरिया और चीन के अभियान में तोजो की तरह वे भी केन्द्रबिन्दु पर

रहे। आने वाली पराजय की सच्चाई की ओर से उन्होंने कभी आंखें बन्द नहीं रखीं। 'पोट्सडम घोषणा' ने अभी तक जो शर्तें सामने रखीं, उनमें से केवल अच्छी शर्तें ही वे चाहते थे। या तो सेना ससम्मान सन्धि स्वीकार करे, या फिर शत्रु के साथ जूझ मरे। यही उनकी धारणा थी।

काउंसिल के छठे सदस्य थे एडमिरल साइमो तायोदा, नौसेना के 60 वर्षीय प्रमुख। वे मन-प्राण से राष्ट्रवादी थे और विदेशियों से दिली नफरत करते थे।

सातवें थे अतिथि सदस्य बैरन कीचिरो हिरानुमा, आयु 80 वर्ष। पार्टी काउंसिल के सभापति थे और सभी तथ्यों के कानूनी सलाहकार। 1941 में आतंकवादियों ने उन्हें मार डालने की कोशिश की थी, क्योंकि उसी वर्ष उन्होंने अमेरिका के साथ युद्ध का विरोध किया था। तोजो का प्रधानमन्त्री होना ही हिरानुमा के विलय का कारण बना।

इन लोगों ने बंकर में 25 मिनट तक प्रतीक्षा की, फिर सम्राट-कक्ष के द्वार खुले और अपने अंगरक्षकों के साथ जापान के 'दैवी शासक' ने प्रवेश किया। सम्राट हिरोहितो मेज़ के सामने लगी ऊंची कुर्सी की ओर शीघ्रता से बढ़े और बैठ गए। दरबारियों ने उठकर सम्मान किया, शीश नवाया और अपनी-अपनी कुर्सी पर बैठ गए। जापान-सम्राट का जन्म सन् 1901 में हुआ था। समुद्री दक्षता के लिए वे संसार-प्रसिद्ध थे। युवराज की हैसियत से लंदन भी गए थे। एडवर्ड और प्रिंस ऑफ़ वेल्स से खूब पटती थी।

प्रधानमंत्री सुज़ूकी ने सम्राट के बाईं ओर खड़े होकर केबिनेट सचिव हिसासुने साकोमिज़ू को 'पोट्सडम घोषणा' पढ़ने का आदेश दिया। उन्होंने मित्र-राष्ट्रों द्वारा रखी गई शर्तें पढ़कर सुनाईं। अनामी, उमेज़ू और तोयोदा ने इनका विरोध किया। वे चाहते थे कि—

1. अपने युद्ध अपराधियों को दण्ड देने का अधिकार जापान को दिया जाए।
2. अपने सैनिकों को शस्त्र-रहित करने का अधिकार जापान को दिया जाए।
3. जापान के गृह द्वीपों पर अमरीकी कब्ज़ा नहीं होना चाहिए।

लेकिन, दूसरों की धारणा थी कि यदि सम्राट् का सम्मान यथावत् बना रहे तो उन्हें 'पोट्सडम घोषणा' की शर्तें पूर्ण रूप से स्वीकार कर लेनी चाहिए।

ऐसे विस्फोटक माहौल में अनामी का संकल्प अपनी जगह स्थिर था—"हमारी सशस्त्र सेना अपने देश की धरती पर निर्णायक युद्ध जारी रखने के लिए कटिबद्ध है। जब तक ये शर्तें मंजूर नहीं कर ली जातीं, हमारे पास अन्य विकल्प नहीं। हमारा युद्ध चलता रहेगा।"

जनरल उमेज़ू ने इन विचारों का समर्थन किया। सुज़ूकी को डर था कि सेना विद्रोह कर देगी यदि इस आपातकाल में उसकी रसद व्यवस्था पूरी न हुई। वे यथासम्भव जनरल अनामी की सहायता भी करना चाहते थे, क्योंकि अपने मातहतों पर उनका शिकंजा मज़बूत था। इस सुव्यवस्था के लिए ये शर्तें निहायत ज़रूरी थीं।

वे किसी निर्णय पर पहुंच नहीं पा रहे थे। अभी तक बिखरे-बिखरे थे। सुज़ूकी के सविनय निवेदन पर जापान के 124वें सम्राट उठे और मन्द स्वर में बोले, "···युद्ध जारी रखने का मतलब है राष्ट्र की बरबादी। ···मैं अपनी भोली-भाली प्रजा को अब और अधिक संघर्ष करते रहने की बात सहन नहीं कर सकता।··· लामबन्दी ही विश्व-शान्ति की पुनर्स्थापना है। राष्ट्र पर लदे भीषण विनाश से बचाव का एकमात्र उपाय है।··· अब समय आ गया है कि

हम असहनीय को भी सहन करें।"

उस छोटे से कमरे में मुर्दनी-सी छा गई। सम्राट ने बोलना जारी रखा, "···अपने ये आंसू निगलकर मैं मित्र-राष्ट्रों से इस घोषणा-पत्र के आधार पर अपने विदेश मंत्री द्वारा तैयार की गई रूपरेखा स्वीकार कर लेने के अलावा कुछ नहीं कर सकता।" और किसी की भी प्रतिक्रिया की प्रतीक्षा किए बिना वे अपने अंगरक्षक द्वारा खोले गए दरवाज़े से चले गए। बंकर में किसी ने भी ज़बान खोलने का साहस नहीं किया—न विरोध में न स्वीकृति में। भीषण मौन छा गया।

जब सब बाहर निकले, तो जनरल उमेजू के सचिव जनरल योशीजुमी का क्रोध फूट पड़ा। वे प्रधानमंत्री सुज़ूकी की ओर लपकते-लपकते चीखे—"अब तो आपका कलेजा ठण्डा हुआ ? अब तो आपको चैन मिला ?" जनरल अनामी तुरन्त दोनों के बीच में आ गए और स्थिति संभाल ली।

चेहरे पर मायूसी और हृदय में तूफान लिए अनामी घर लौटे। वे जानते थे कि सम्राट ने ठीक ही किया, फिर भी उन्हें लगा कि सेना का घोर अपमान हुआ है। खतरे में पड़ी जापान-सम्राट की स्थिति उन्हें और भी अधिक व्यग्र बना रही थी।

11 अगस्त 1945, सायं 7 बजकर 33 मिनट पर विदेश मन्त्रालय के वायरलेस ऑपरेटरों ने अपने यन्त्र सँभाले और स्विट्ज़रलैण्ड और स्वीडन को 'कोड' द्वारा महत्त्वपूर्ण सूचना भेजी जाने लगी इस प्रार्थना के साथ कि वे उसे तुरन्त मित्र-राष्ट्रों की वांछित राजधानियों को भेज दें। इस खबर का असर आनन-फानन में होगा और देश-विदेश में आने वाले खतरों की ओर इशारा भी।

57 वर्ष की आयु में भी जनरल अनामी हृष्ट-पुष्ट और स्वस्थ थे, लेकिन आराम न मिल पाने से आंखें बोझिल और शरीर थका-थका लग रहा था। फिर भी सुबह ठीक नौ बजे इचीगया पहाड़ी पर युद्ध-मन्त्रालय में अपने दफ़्तर पहुंचे, जहां मीटिंग के लिए आला अफ़सर मौजूद थे।

अनामी अपने अधीन अफ़सरों के स्वभाव से बखूबी परिचित थे। बड़ी दूरदर्शिता के साथ कहना शुरू किया, "···मैं नहीं जानता कि किन शब्दों में कहूं, लेकिन सम्राट का यह अपना फ़ैसला है, इसकी अवहेलना नहीं की जा सकती।" एकत्रित अफ़सरों में कोई हलचल नहीं जागी। अनामी ने अपना कथन आगे बढ़ाया—"···महत्त्वपूर्ण तो यह है कि सम्पूर्ण सेना को सम्मिलित रूप से काम करना होगा। व्यक्तिगत भावना मिटा देनी होगी। आपमें से जो भी असन्तुष्ट हों और सेना की इस एकरूपता को मिटाना चाहते हों, वे पहले अनामी को मिटा दें।"

इस आक्षेप पर कुछ अफ़सरों ने एतराज़ किया, तो अनामी ने उन्हें ख़ामोश करते हुए कहा, "यह फ़ैसला इस शर्त पर स्वीकार किया गया है कि हमारी राष्ट्रीय जीवन की परम्परा पूर्ववत् बनी रहेगी। इसका यह अर्थ कतई नहीं है कि संघर्ष समाप्त हो गया। सेना या तो युद्ध, या सन्धि के लिए तैयार रहे।" सभी भुनभुनाते हुए अपने-अपने कमरे में चले गए स्थिति पर विचार-विमर्श करने।

युद्ध-मन्त्रालय में विद्रोह ही बहस का मुख्य मुद्दा था। अनामी का हाथ अपने अफ़सरों

की नब्ज़ पर था। वे जायज़ा लेकर अनुभव कर रहे थे कि उनका पाला ऐसे लोगों से पड़ा है जो उत्तेजित हुए तो सरकार की सुनियोजित योजनाएं ही मटियामेट करके रख देंगे। इन बेहद उत्साही लोगों के लिए एटमबम भी कुछ मायने नहीं रखता। वे तो मौत के आलिंगन को ही आत्म-समर्पण से कहीं बेहतर मानते हैं।

युद्ध-मन्त्रालय के अनेक वरिष्ठ अधिकारी जनरल अनामी के विचारों से सहमत नहीं थे। उनके नेता कर्नल मसाओ इनाबा ने रेडियो पर बोलने के लिए एक संदेश भी लिखकर तैयार कर लिया था, जिसके लिए जनरल अनामी की अनुमति तक नहीं थी। पूरे प्रशान्त महासागर में शाही जापानी सेना ने अपने सेनापति का यही आदेश सुना—"शत्रु को कुचल दो।"

यह सन्देश अमेरीकनों ने भी सुना। तुरन्त ही उनके सैकड़ों 'बी 29 बॉम्बर प्लेन' जापान के प्रमुख लड़ाई का साज़ो-सामान तैयार करने वाले कारखानों पर, तोकियो, ओसाका, को बो आदि नगरों पर बेतहाशा बम-वर्षा करने लगे। सैकड़ों लोग बिस्तर में सोए, तो सोते ही रहे। हज़ारों मज़दूर अपने कारखानों में ही मौत की भेंट चढ़ गए। अस्सी लाख आदमी बेघर हुए।

लड़ाई के इस ख़ौफ़नाक दौर में जहां तोकियो के राजनीतिज्ञ मित्र-राष्ट्रों के उत्तर की प्रतीक्षा में बेचैन थे, वहीं सेना के कुछ अफ़सर बगावत के बीज बो रहे थे। 11 अगस्त, 1945 को ऐसे ग्यारह अफ़सर, जिनमें प्रमुख थे जनरल अनामी के साले कर्नल मासाहिको ताकेशीता और जनरल अनामी का ही प्यारा अफ़सर मेजर केन्जी हातानाका, एक 'बंकर' में इकट्ठे हुए और विद्रोह की स्कीम बनाने लगे। उनका मक़सद था शान्ति का प्रस्ताव ठुकराकर शाही महल पर कब्ज़ा करना और सुजूकी, तोगो, किदो, हिरानुमा को मौत के घाट उतार देना। उन्हें आशा थी कि इस बग़ावत में चार जनरलों—अनामी, उमेजू, तनाका और ताकेशी मोरी का सहयोग तो मिलेगा ही।

अनामी भयभीत थे कि इस अनिश्चित घड़ी में कहीं सरकार का तख्ता ही न पलट दिया जाए, अतः उन्होंने जापान के सर्वश्रेष्ठ जासूस कर्नल मकोतो सुकामोतो को चीन से तलब किया, जो उन दिनों वहां छद्म वेश में कार्यरत था। अनामी ने उसे इन लोगों पर नज़र रखने और उनके मंसूबे मालूम करने का कठिन कार्य सौंपा। वह तुरन्त राज़ी हो गया। उसने शाही जापानी सेना में अपने एजेण्टों से सम्पर्क करके उनकी योजना ज्ञात कर ली और अपनी रिपोर्ट अनामी की मेज़ पर लाकर रख दी।

सेना के कुछ अफ़सर लड़ाई जारी रखना चाहते थे जब तक सम्राट समर्पण की शर्तों का आदेश न दें। अनामी और हिरानुमा को चिन्ता थी तो बस अपने शाहंशाह की, जिसमें अमेरिका किसी प्रकार की दखलंदाज़ी न करे। इन्हीं विचारों के लिए अनामी सम्राट के सबसे छोटे भाई मिकासा से मिलने गए भी। उन्हें 'लाल शहज़ादा' कहकर पुकारा जाता था। वे विद्रोही भी थे। अनामी ने उनसे प्रार्थना की कि वे सम्राट से कहकर जापान का समर्पण रुकवा दें। लेकिन युवराज ने तो उन्हें ऐसा आड़े हाथों लिया और बच्चों की तरह डांटा-फटकारा कि वे उनका मुंह ताकते रह गए। अन्त में यही फ़रियाद लेकर जनरल उमेजू और एडमिरल तोयोदा भी अपने शाहंशाह से मिले, लेकिन उनकी प्रार्थना उसी वक्त ख़ारिज कर दी गई।

सम्राट ने अपने सलाहकार मारक्विस किदो को बुलाकर आदेश दिया कि वे सैनिक मुख्यालय में हो रही गतिविधियों की जानकारी उन्हें दें। जब उमेजू और तोयोदा ही ऐसा सोचने लगे, तो स्थिति अवश्य ही बड़ी भयानक होगी। सम्राट के संदेह का आधार काफ़ी मज़बूत था। दोपहर तक बाग़ी अफ़सर बग़ावत के लिए तैयार थे।

अनामी बड़ी दुविधा में फंसे थे। उनके अधीनस्थ अधिकारी ही उनसे बग़ावत का नेतृत्व चाहते थे और उनसे ऊंचे लोग उन पर शान्ति-वार्ता भंग करने और जापान का भविष्य चौपट करने का आरोप थोप रहे थे। ऐसी हालत में वे दोनों को तो खुश रख नहीं सकते थे; न ही बिना शर्त शान्ति के पक्ष में थे, न ही वे विद्रोह के। वे खूब समझते थे कि उनकी अजेय सेना का ज्वालामुखी किसी भी समय फूट सकता है। अतः अपने छोटे अफ़सरों को खामोश रखकर वे शान्ति के लिए अच्छी से अच्छी शर्तें तैयार करने में जुट गए, जिससे निकट भविष्य में खून-खराबा टाला जा सके।

11 अगस्त, 1945—सायं 3 बजे पूरी कैबिनेट की मीटिंग में भी जनरल अनामी ने शान्ति की शर्तों में इज़ाफ़ा करने की अपनी मांग दोहराई। विदेश मंत्री तोगो ने उन्हें कनखियों से झांका और सतर्क होकर चुटकी ली, "अतिरिक्त शर्तें थोपने से मित्र-राष्ट्र जापान सरकार की ईमानदारी पर सन्देह भी कर सकते हैं।"

विरोध पक्ष में सबसे कमज़ोर व्यक्ति थे वयोवृद्ध प्रधानमंत्री एडमिरल कंतारो सुज़ूकी, अतः जनरल अनामी और बैरन हिरानुमा ने उन्हीं को निशाना बनाया। सुज़ूकी एकदम घबरा गए कि यदि मित्र-राष्ट्रों की शर्तें मान ली गईं, तो सम्राट का अस्तित्व ही खतरे में पड़ जाएगा। तभी विदेश मंत्री बीच में बोल पड़े, "आपकी बातें निश्चित रूप से विचार करने योग्य हैं, लेकिन जापान को भी गैरज़िम्मेदाराना तरीके से लड़ाई जारी रखना नहीं चाहिए। आखिर इसके अंजाम भी तो सोचने ही होंगे।" तोगो की चतुराई काम कर गई और अनामी के हाथ लगी दूसरी शिकस्त।

इस प्रकार एक ओर तो कूटनीतिज्ञ और जनरल युद्ध और शान्ति के लिए झड़पें कर रहे थे, जबकि दूसरी ओर लाखों बेक़सूर नागरिक मौत के घाट उतारे जा रहे थे। नागासाकी की आग पूर्ववत् धधक रही थी। चारों ओर लाशें ही लाशें।

उस रात अनामी को नींद नहीं आई। सुज़ूकी से बात करते समय तोगो ने दख़लंदाज़ी जो की थी। काफी सोच-विचार के बाद उन्होंने अपने ए. डी. सी. कर्नल ह्याशी को एक आवश्यक आदेश देकर जनरल उमेजू के पास भेजा। 13 अगस्त, 1945 को सुबह चार बजे ह्याशी ने जनरल उमेजू को जाकर सोते से जगाया। पहले तो जगाने के लिए माफ़ी मांगी फिर बोले, "प्रार्थना है कि उच्च सेनाधिकारियों द्वारा सम्राट का निर्णय बदल दिया जाए। शाहंशाह अब फ़ील्ड-मार्शल सुगीयामा पर भरोसा भी नहीं करते, हालांकि उन्हीं के कारण पर्ल हार्बर, कोटा भारू, हांगकांग, फ्रेंच इण्डोचायना, डच ईस्ट इण्डीज़, थाईलैण्ड, स्याम, जावा, सुमात्रा, बोर्नियो, मलाया, सिंगापुर और बर्मा में हमारी जीत हुई। अतः फ़ील्ड-मार्शल हाता के माध्यम से जनरल अनामी सम्राट के समक्ष अपील पेश करना चाहते हैं। आपकी क्या राय है ?"

इस सवाल ने जनरल उमेजू को पशोपेश में डाल दिया। फिर कुछ संभले और कहा,

"खेद है, मैं ऐसा नहीं कर सकता। मैं 'पोट्सडम घोषणा' का समर्थक हूं।"

इस उत्तर के साथ कर्नल ह्याशी पहुंचे जनरल अनामी के पास। सुनते ही वे गहरी ख़ामोशी में डूब गए। अपने इस लाजवाब दोस्त से उन्हें ऐसी आशा नहीं थी। वे अपने को अकेला-अकेला अनुभव करने लगे और तुरन्त बिस्तर पर जाकर लेट गए।

कुछ देर बाद मारक्विस किदो से मिलने के लिए उन्हें जगाया गया। वहां पहुंचने पर उनका अच्छा स्वागत हुआ। दोनों गहरे दोस्त जो ठहरे ! शाही महल में दोनों ही सम्राट के ए॰ डी॰ सी॰ रह चुके थे। किदो ने अनामी की दोहरी भूमिका पूरी तरह से महसूस की। वे अपने सम्राट और शाही सेना के लिए दुश्मन से अच्छी शर्तें मनवा लेना चाहते थे। अनामी ने शुरू में ही कह दिया कि कोई भी स्वाभिमानी देश मित्र-राष्ट्रों की इन बातों को स्वीकार नहीं करेगा।

किदो ने कहा कि इसके अलावा कोई चारा भी तो नहीं है। जापान ने शान्ति की बात छेड़ी थी तो अमेरिका ने अपनी शर्तें रख दीं। अब अपनी तरफ से और शर्तें लादने का मतलब है कि नये सिरे से युद्ध को भयंकर रूप देना। वे सोचेंगे कि जापानी ज़रूर कोई षड्यन्त्र रच रहे हैं। यदि सम्राट अपने इरादे में हेराफेरी करते हैं, तो मित्र-राष्ट्र या तो उन्हें बेवकूफ़ समझेंगे या पागल। हमारे लिए सम्राट की इच्छा ही सर्वोपरि है।

मायूसी से मुस्कराते हुए अनामी बोले, "मैं जानता था तुम यही कहोगे। मैं तुम्हारी स्थिति से पूर्णतः परिचित हूं। लेकिन शाही सेना भयंकर विस्फोट के कगार पर है।" इतना कहकर वे उठे और विदा ली। जाते हुए अपने जिगरी दोस्त को किदो देखते रहे, देखते रहे ग़मग़ीन आंखों से।

अनामी ने तय कर लिया था कि इस बग़ावत में वे अपने नौजवान अफ़सरों को शामिल होने नहीं देंगे, हालांकि वे अभी तक कर्नल ताकेशीता, इदा और मेजर हातानाका से सम्पर्क नहीं कर पाए थे। जिस समय बाग़ी इचोगया पहाड़ी पर आर्मी हैडक्वार्टर्स में षड्यन्त्र रच रहे थे, मंत्रिपरिषद् की मीटिंग चल रही थी। प्रधानमंत्री सुज़ूकी सबसे अलग-अलग राय देने की मांग कर रहे थे। चूंकि एडमिरल तोयोदा और जनरल उमेजू इस संस्था के सदस्य नहीं थे, प्रधानमंत्री को पूरी आशा थी कि वे जनरल अनामी को घेरने में सफल होंगे, किन्तु उन्हें सफलता नहीं मिली। यद्यपि बारह व्यक्तियों ने विदेशमन्त्री तोगो का साथ दिया, लेकिन न्यायमंत्री और गृहमंत्री अनामी के दृष्टिकोण से सहमत थे। ऐसी स्थिति में सुज़ूकी क्या फ़ैसला करते ? धौंस देकर चले गए कि सम्राट की राय लूंगा।

जिस समय अनामी ने कमरा छोड़ा, वे अच्छी तरह जानते थे कि बग़ावत की अन्तिम घड़ियां सामने हैं। जब तक जापान-नरेश दोबारा कुछ कहेंगे, बिना शर्त समर्पण के लिए बहुत देर हो जाएगी। इस बीच उन्हें षड्यन्त्रकारियों का भी सामना करना होगा, जो उनके चारों ओर सियारों की तरह मंडरा रहे थे।

ठीक आठ बजे कर्नल ताकेशीता, इबाना और मेजर हातानाका सहित दस बाग़ी जनरल अनामी के दफ़्तर पहुंचे। हातानाका अपने साथ एक अफ़वाह भी लाए जिसमें 'पोट्सडम घोषणा' का उल्लंघन करने वाले जनरल अनामी का सफ़ाया करने का संकेत था। अनामी ने इस बकवास पर कतई ध्यान नहीं दिया। केवल कर्नल ओकीकात्सु आराओ की ओर मुख़ातिब

हुए, जो बाग़ियों की ओर से वार्तालाप करने आए थे।

14 अगस्त, 1945 को बग़ावत का समय निश्चित हुआ था प्रातः दस बजे। जनरल ताकेशी मोरी से भी सम्पर्क कर लिया गया था और उन्होंने सोच-विचार करने का वायदा भी किया था। यदि वे मुकर जाते, फिर भी बग़ावत तो होनी ही थी, क्योंकि उनकी रेजिमेंट के लगभग सभी कमाण्डर इसके लिए तुले बैठे थे। मारक्विस किदो और प्रधानमंत्री सुज़ूकी को जेल भेज देने की तज़वीज़ थी, तथा सम्राट हिरोहितो को शाही महल में ही सुरक्षित नज़रबन्द करने की। अड़चन थी तो बस पूर्वी क्षेत्र की सेना के बारे में, क्योंकि उनके जनरल तनाका बाग़ियों का साथ नहीं दे रहे थे। इनसे मिलने की भी तज़वीज़ थी, यदि जनरल अनामी को अपना नाम बाग़ियों में शामिल करा लेने में आपत्ति न हो।

यही वह घड़ी थी जब महज़ एक आदमी (जनरल अनामी) के जवाब पर लाखों-करोड़ों की क़िस्मत झूल रही थी। अनामी ने पूछा—"क्या आपको यक़ीन है कि अभी तक आपका धरातल ही ढुलमुल है ? क्या आपने सभी पहलुओं पर ठीक से विचार कर लिया है ? ताहम अभी अनेक मसले तय करने होंगे। अभी तो आपकी योजना ही अधूरी है।" फिर एक मधुर मुस्कान छोड़ते हुए कर्नल आराओ को ठीक आधी रात के समय दफ़्तर में आकर मिलने के लिए कहा। सभी अफ़सर निराश हो गए, क्योंकि अनामी ने उनके मंसूबों पर पानी फेर दिया था। लेकिन, उन्होंने उनकी योजना रद्द भी तो नहीं की थी। जब इन नौजवान अफ़सरों ने उनका दफ़्तर छोड़ा, अनामी ने अन्तिम चेतावनी दी, "होशियार रहना। आज रात वे (सम्राट-समर्थक सेनाधिकारी) तुम्हारे ऊपर निगरानी रख सकते हैं। यहां से एक साथ नहीं अलग-अलग जाना।" सभी बाग़ी शीघ्रता से क़दम बढ़ाते हुए वापस लौट गए।

आधी रात के समय अनामी अपने दफ़्तर में थे तभी अराओ आ पहुंचे। अनामी ने कहा कि बग़ावत सफल नहीं होगी। यही शंका जनरल उमेज़ू ने भी व्यक्त की, क्योंकि कारखानों के चालीस प्रतिशत मज़दूर काम छोड़ चुके थे। इन हालात में लड़ाई कैसे जारी रखी जा सकती थी।

दूसरे दिन 14 अगस्त, 1945, प्रातः साढ़े दस बजे, सम्राट हिरोहितो ने अपनी मंत्रि-परिषद् की आपातकालीन बैठक बुलाई। सम्राट ने खड़े होकर रुंधे गले से अपने मंत्रियों को सम्बोधित किया— "··· मैं चाहूंगा कि आप सब मेरे साथ इस बात पर एकमत हों कि मेरे विचार बिल्कुल बदले नहीं हैं।··· मैं जानता हूं, समझता हूं, कितना दुष्कर होगा मेरे सैनिकों के लिए कि वे दुश्मन के आगे हथियार डालें और उनकी आंखों के सामने ही शत्रु उनकी मातृभूमि पर कब्ज़ा कर लें।···मेरे लिए तो यह और भी कठिन है कि मैं अपने वफ़ादार सेवकों को दुश्मन के हवाले कर दूं, जिन्हें वे युद्ध-अपराधी घोषित करके मौत के घाट उतार दें।··· अपनी इन भावनाओं के बावजूद मैं नहीं चाहता कि मेरी प्रजा अब और अधिक दुख झेले। मेरी इच्छा है कि आप इसी समय एक शाही फ़रमान तैयार कर लें जिसे मैं रेडियो पर अपने देश की जनता को सुना सकूं। मुझे डर है कि इसे सुनकर मेरे सैनिक तो विशेष रूप से भड़क ही उठेंगे। इस सम्बन्ध में यदि मेरे युद्धमंत्री और नौसेना मंत्री मुझसे प्रार्थना करेंगे तो मैं स्वयं अपने सैनिकों से बात करने किसी भी स्थान पर आने के लिए तैयार हूं। सवाल इस बात का नहीं है कि मेरा क्या होगा ? मुख्य मुद्दा यह है कि मैं अपने पूर्वजों की आत्माओं को

जवाब क्या दूंगा, यदि राष्ट्र ही मिट्टी में मिल गया ?"

इन शब्दों के साथ ही सम्राट हिरोहितो ने जापान को दुश्मन के हवाले कर दिया। जब सम्राट ने रोते-रोते कमरा छोड़ा तो उनके मंत्रियों की भी सिसकियां बंध गई थीं। जापान का आत्म-सम्मान रसातल को पहुंच चुका था। इस दुखद सत्य को केवल किन्हीं गिने-चुने लोगों ने अपनी आंखों से देखा और महसूस किया। देश के किसी अन्य व्यक्ति को हवा तक न लगी।

अनामी के हृदय में अब भी ज्वालामुखी धधक रहा था। क्या उन्होंने अपने देश की पूरी सेवा की है ? क्या उन्हें अपने इरादे पर अटल रहना चाहिए, कि वे पूरी ताक़त से अमरीकनों पर एक और हमला करें दुश्मन को अपनी शक्ति दिखाने और अपनी शर्तों पर समर्पण करने की ग़रज़ से ?

जैसे ही सभा समाप्त हुई, अनामी ने अपने सचिव ह्याशी से ग़ुसलखाने तक अपने पीछे-पीछे आने को कहा। जब वे वहां पहुंचे अनामी ने उनसे फुसफुसाहट के अन्दाज़ में कहा, "तुमसे बस एक अन्तिम सलाह और लेनी है। शाही फ़रमान जारी हो चुका है, लेकिन गुप्तचरों की रिपोर्ट से अभी-अभी ज्ञात हुआ कि तोकियो खाड़ी के बाहर हज़ारों अमरीकी सैकिन जमा हैं। क्या इरादा है, यदि उनका खात्मा करने के बाद ही शान्ति प्रस्ताव रखा जाए ?"

अनामी के इस खौफ़नाक विचार से ह्याशी एकदम चौंक पड़े। छूटते ही बोले, "आप ग़लती पर हैं। सम्राट का आदेश ही सर्वोपरि है। जासूसों की रिपोर्ट सही हो सकती है, लेकिन अभी तक हवाई पेट्रोल दस्तों ने तो इस बात की पुष्टि की नहीं।" अनामी ने फिर कुछ नहीं कहा। दोनों ने अनुभव किया कि सभी प्रयत्न किए जा चुके हैं और अब कुछ भी करने को बाकी नहीं बचा।

तभी मेजर हिदेमासा कोगा के साथ एक अन्य नौजवान फ़ौजी अफ़सर गया जनरल उमेजू के पास बग़ावत के लिए अन्तिम बार प्रार्थना करने। उमेजू ने उनसे स्पष्ट शब्दों में कह दिया कि वे बग़ावत के पक्ष में कतई नहीं हैं। यदि ऐसा किया गया तो उनकी अपनी कोई ज़िम्मेदारी नहीं होगी। दोनों अफ़सर वहां से विदा हुए इस विचारधारा के साथ कि जनरल उमेजू उनका साथ देंगे।

युद्ध-मंत्रालय में यह ख़बर फैलते देर न लगी। नये अफ़सर बरामदों में निकलकर शोर मचाने लगे कि लड़ाई जारी रहनी चाहिए। कइयों ने अलमारियों से काग़ज़ निकालकर अग्नि देवता की भेंट चढ़ाए। उस समय वाइस-चीफ़-ऑफ़-स्टाफ़ तोराशिरो कवाबे अपने कार्यालय में थे। वे इस स्थिति से चौंके। कवाबे बड़े ही शानदार जनरल थे। समर्पण से मौत को गले लगाना श्रेयस्कर समझते थे। उस दिन तक उनकी यही धारणा थी कि वे सागर-तट पर अमरीकनों के छक्के छुड़ाएंगे। लेकिन इस समय उनके विचारों में तबदीली आ गई। अब उनकी भी इच्छा थी कि राजाज्ञानुसार विधिवत समर्पण होना चाहिए। तत्पश्चात् एक दस्तावेज़ तैयार किया गया—"…शाही जापानी सेना अन्त तक सम्राट के आदेश का पालन करेगी।" उस पर फ़ील्ड-मार्शल सुगीयामा, जनरल अनामी, जनरल उमेजू, जनरल कवाबे, जनरल दोईहारा, जनरल हाता सभी के हस्ताक्षर हुए।

दोपहर दो बजे अनामी ने अपने अफ़सरों से कहा कि अभी-अभी सम्राट की मौजूदगी में एक मीटिंग हुई थी जिसमें उन्होंने लड़ाई बन्द करने का अपना अन्तिम निर्णय सुना दिया। शाही सेना को इसका अक्षरशः पालन करना चाहिए। भले ही तुम्हें ज़मीन पर सोना पड़े, पत्थर खाने पड़ें, मेरी तुम सबसे यही याचना है कि जीवन की अन्तिम घड़ी तक राष्ट्रीय नीति का उल्लंघन न होने पाए। फिर उन्होंने एक कठोर सच्चाई पेश की, "बाग़ियों ने बहुत देर कर दी। राजाज्ञा हो चुकी है। अब भूल जाओ बग़ावत की बात।"

मेजर हातानाका दहाड़ मारकर रोने लगे। कर्नल इदा ने युद्ध-मंत्रालय पर दोषारोपण करते हुए जनरल अनामी से पूछा, "आपने अपना निर्णय बदल क्यों दिया ?"

अनामी ने आंखें बन्द कर लीं। ऐसा लग रहा था कि अपनी भावनाओं को मसलने में उन्हें हद से ज़्यादा जूझना पड़ रहा था। फिर बोले, "मैं सम्राट को और अधिक इन्कार न कर सका। खास तौर पर जब वे रोते-रोते बोले, 'परीक्षा की इस विषम घड़ी में दुःख सहन करना ही होगा, भले ही असीम हो।' इसके बाद मैं सब कुछ भूल गया और राजाज्ञा के सामने नतमस्तक हुआ।"

इतना सुनने पर भी नाराज़ फ़ौजी अफ़सर माने नहीं। तुरन्त कमरे से बाहर निकले और कसम खाई कि अभी देर नहीं हुई। हम साबित करके रहेंगे कि अनामी ग़लत है। मेजर हातानाका ने फ़ौरन साइकिल उठाई और पूर्वी क्षेत्र के फ़ौजी हैडक्वार्टर की ओर रवाना हुए। यही तो बग़ावत को सफल मोड़ देने का केन्द्र-बिन्दु था। वह सीधा जनरल तनाका के पास पहुंचा। तनाका ने उसे तुरन्त 'बैरक' में वापस लौट जाने का आदेश दिया। कर्नल इदा ने भी उसकी बात अनसुनी कर दी। मेजर हाताना का भुन्नाया, "अच्छी बात है। मैं अपने काम में कोई कोर-कसर उठा नहीं रखूंगा, और बाक़ी काम प्रान्तीय सेना के हवाले कर दूंगा।"

14 अगस्त, 1945; शाम तक मेजर हातानाका को कुछ अफ़सरों का सहयोग मिला, जिनमें प्रमुख थे, मेजर कोगा, जिरो और शीजाकी। मेजर कोगा जापान के भूतपूर्व प्रधानमंत्री जनरल हिदेकी तोजो का दामाद था और उन्हीं के बगल वाले मकान में रहता था। वह इस समय शाही अंगरक्षक डिवीज़न में कार्यरत था, जिसका एकमात्र काम था सम्राट की सुरक्षा बरतना। जनरल ताकेशी मोरी इस डिवीज़न के कमाण्डिंग जनरल थे। वे इस विद्रोह के सख़्त ख़िलाफ़ थे।

जापान में बग़ावत को सफल मोड़ देने वाला सर्वशक्तिमान व्यक्ति केवल एक ही था, जो उस समय राष्ट्र के लिए सम्राट के भाषण की भाषा कोमल से कोमलतर बनाने में व्यस्त था…और वह था जनरल अनामी। युद्ध के अन्त में भी वे पूरे उत्साह के साथ प्रयत्नशील थे कि कहीं शाही जापानी सेना के सम्मान पर आंच न आ जाए। उनका मक़सद ही था सम्राट हिरोहितो की सभी तरह से रक्षा करना।

रात में जिस समय मंत्रिपरिषद् के वार्तालाप समाप्त हुए, अनामी पूरी तरह थके-थके, उदास-उदास थे। एक सेनापति का दर्द वे ही समझ रहे थे, जिन्हें अपने वफ़ादार सैनिकों का समर्पण करना पड़ रहा हो; देश को दुश्मन के हवाले करना पड़ रहा हो। वे उस व्यक्ति को अन्तिम प्रणाम करने गए, जिसका वे बड़ा आदर करते थे, और वे थे जापान के प्रधानमंत्री, एडमिरल कतारो सुजूकी। उस माननीय व्यक्ति के लिए उपहारस्वरूप सिगार का एक डिब्बा भी लेते गए। भेंट देते समय अनामी बोले, "इस युद्ध में मुझे आपकी पूरी सहायता करनी

चाहिए थी, लेकिन मैंने आपको बड़े दुख दिए।"

बूढ़े सुजूकी ने अनामी को तुरन्त अपनी बाहों में भर लिया ...फिर दोनों बड़ी देर तक देखते रहे... देखते रहे सजल नेत्रों से एक-दूसरे की ओर। सुजूकी ने अनामी की दोस्ती तहेदिल से महसूस की फिर रुंधे गले से बोले, "तुम्हारे दर्द से मैं अनभिज्ञ नहीं हूं। जापान के भविष्य के बारे में निराशावादी भी नहीं हूं।"

अनामी ने सिर हिलाकर स्वीकार किया। फिर झुककर अभिवादन किया और कमरे से बाहर निकले। अश्रुभरे नेत्रों से सुजूकी उन्हें दरवाज़े तक पहुंचाने आए।

अनामी सीधे बढ़े तोकियो शहर के बीचोबीच अपने सरकारी आवास की ओर। उनका सामाजिक जीवन समाप्त हो चुका था, रस्म-अदायगी हो चुकी थी। अब तो उन्हें केवल अपने पद और धार्मिक तलवार (समुराई) का परित्याग करना था। वे जैसे ही मकान में घुसे उनके सेवकगण उनका चेहरा देखते ही सब कुछ भांप गए। वे सीधे गए पहली मंज़िल पर अपने सोने वाले कक्ष में और नौकर से कुछ अंगूरी शराब और पनीर लाने को कहा। फिर कोट उतारकर 'ततामी' (चटाई) पर जा बैठे। हाथ में एक ब्रश लिया और एक बड़े-से सफ़ेद काग़ज़ पर कुछ लिखने लग गए। कमरे में ख़ामोशी थी और वातावरण में उदासी। मकान के बाहर गर्म हवा के झोंके। सड़कें सूनी-सूनी।

15 अगस्त, 1945, सुबह दस बजे कर्नल ताकेशीता अपने बहनोई जनरल अनामी के घर पहुंचे। वे सीधे उनके शयन-कक्ष में पहुंचे। दोनों ने तहेदिल से एक-दूसरे का अभिवादन किया। दो पत्र लिखने के बाद अनामी एक नीची-सी मेज़ के सामने बैठ गए और एक छोटी प्याली में शराब डालकर पीनी शुरू कर दी। ताकेशीता ने उन्हें शाही महल के हालात से अवगत कराया, लेकिन अनामी का दिलोदिमाग़ तो कहीं और था। ताकेशीता के संदेह की पुष्टि तो उस वक्त हुई, जब अनामी ने कहा, "मैं 'हाराकिरी' (आत्महत्या) करने की सोच रहा हूं।"

ताकेशिता ने सिर हिलाकर हामी भरी। फिर बोले, "मैंने भी यही सोचा था, लेकिन क्या आप कुछ देर और नहीं ठहर सकते?"

अनामी ने झटके से सिर हिलाया और कहा, "नहीं। मैंने इरादा कर लिया है। पहले ज़रूर सोचा था कि कुछ दिन और ठहर जाऊं, अपने दूसरे बेटे की पुण्यतिथि तक। लेकिन, इरादा बदल दिया। आज मेरे पिता की मृत्यु-तिथि भी है। उनसे मिलने का इससे अच्छा दिन और क्या होगा?"

दोनों ने एक-दूसरे के सम्मान में 'सेक' (जापान की बेहतरीन शराब) पी और लग गए घरेलू बातचीत में। घड़ी ठीक पौने दो बजा रही थी।

दूसरी ओर लगभग इसी समय, मेजर हातानाका ने अपना रिवाल्वर निकाला और शाही महल के गार्ड्स डिवीज़न के सर्वेसर्वा जनरल ताकेशी मोरी की दोनों आंखों के बीच सटाकर दाग दी। वे वहीं ढेर हो गए। बग़ावत शुरू हो गई और वे ही बाग़ियों का पहला शिकार बने। फिर हातानाका ने शाही महल से वह रिकार्ड हथियाना चाहा जिस पर सैनिकों के लिए सम्राट का सन्देश रिकार्ड किया गया था कि राजाज्ञा मानकर वे अपने हथियार डाल दें। यह रिकार्ड महल की देख-रेख रखने वाले प्रमुख योशीहिरो तोकूगावा के कब्ज़े में था। बाग़ियों ने महल के 17 व्यक्तियों को बन्दी बनाया और उन्हें एक छोटे-से कमरे में ले जाकर ठूंस

दिया। अनामी अपने कमरे से शाही महल में यदाकदा हो रही गोलीबारी भी सुन रहे थे। ताकेशीता से बोले, "और, इस वजह से भी मैं अपनी जान दे रहा हूं।"

अनामी लगातार तीन घंटों से बातें कर रहे थे और बेतहाशा पी रहे थे। अधिक चढ़ा इसलिए रहे थे कि उन्हें स्वयं अपने ही चाकू से आत्महत्या करनी थी। उन्होंने अपने साले को यक़ीन दिलाया कि पेट काटते समय उनका हाथ हिले-डुलेगा नहीं। अंगूरी शराब नसों में तेज़ी से प्रवेश कर रही थी इसलिए खून भी तेज़ी से बहने वाला था। चिन्ता की कोई बात नहीं।

अनामी ने लकालक सफ़ेद कमीज़ पहन रखी थी, जो उन्हें स्वयं सम्राट हिरोहितो ने भेंट की थी। उन्होंने अपने पेट के ऊपर सफ़ेद कपड़े की एक पट्टी लपेटी। तब तक कर्नल इदा भी आ पहुंचे। उन्हें इस हालत में देखते ही रो पड़े और चिल्लाए—"मुझे भी अपने साथ मरने दीजिए।" अनामी उठकर उन तक पहुंचे और उनके गाल पर ज़ोरदार थप्पड़ रसीद करने लगे। फिर दोनों ने एक-दूसरे को बांहों में भर लिया और खूब रोये। अन्त में अनामी ने उनको भरपूर नज़रों से देखा और कहा, "मेरे बाद तुम्हें ज़िन्दा रहना है देश-सेवा के लिए।" फिर उनका कंधा थपथपाया और अपने पास बैठाकर शराब पीने का आग्रह किया।

कर्नल ताकेशीता, कर्नल इदा और जनरल अनामी ने एक-दूसरे की सेहत-सम्मान के लिए जाम चढ़ाए और लगभग आधे घंटे तक बातें करते रहे। सुबह साढ़े चार बजे ताकेशीता एक संदेशवाहक से मिलने बाहर निकले। इदा भी उठ खड़े हुए और अपने कमाण्डिंग जनरल को अन्तिम प्रणाम किया। अनामी ने उनकी ओर देखा और रूखी मुस्कराहट बिखेर दी। ग़मग़ीन इदा मकान से बाहर आए और अपनी कार के आने की प्रतीक्षा करने लगे।

अब कमरे में अनामी अकेले रह गए। फ़ौरन उठकर बाहर बरामदे में आए। घुटने के बल बैठे और एक तेज़ धारवाले चमचमाते चाकू से अपना पेट बाएं से दाहिनी ओर चीर डाला। सेकेण्डों में ताकेशीता भी आ पहुंचे। जनरल अनामी होशोहवास में थे मगर दर्द के मारे बुरी तरह तड़प रहे थे। फिर भी उन्होंने पेट से चाकू निकाला और दाहिने कान के ठीक नीचे अपनी गर्दन में भोंक लिया। वे उसी तरह घुटनों के बल बैठे रहे। पेट और गर्दन से खून के फव्वारे छूट रहे थे।

क्षण-भर में अपने बहनोई की तकलीफ भूलकर, ताकेशीता के हृदय में विद्रोह की ज्वाला धधक उठी। दौड़कर बाहर लॉन में आए। इदा वहीं खड़े अपनी गाड़ी की प्रतीक्षा कर रहे थे। उनसे बोले, "अनामी ने 'सेप्पुकू' (आत्महत्या) कर ली है। मैं उनकी सरकारी 'सील' अभी ला सकता हूं। बगावत के लिए निहायत ज़रूरी है।"

उनके इस इरादे से कर्नल इदा को बड़ा सदमा पहुंचा। घृणा की भावनाओं से ओतप्रोत उनके कान के पास अपना मुंह सटाकर ज़ोर से चीखे, "बेवकूफ़ी मत करो।" कर्नल ताकेशीता ने तुरन्त बग़ावत का इरादा बदल दिया।

उधर बरामदे में खून से लथपथ अनामी मारे दर्द के तड़प रहे थे। जब कुछ लोग उनके पास पहुंचे तो वे ज़ोर से चीखे, "निकल जाओ यहां से।" फिर वे औंधे मुंह वहीं गिर पड़े। इदा युद्ध-मंत्रालय की ओर चल दिए और ताकेशीता कमरे में दाख़िल।

तभी अनामी के सचिव कर्नल ह्याशी भी आ पहुंचे। कुछ देर तक दोनों देखते रहे उस महान् जनरल को असह्य पीड़ा से तड़पते। उसी समय टेलीफ़ोन की घंटी घनघनाई। ह्याशी

सुनने गए तभी ताकेशीता झट से अनामी की ओर लपके, खंजर उठाया और उनकी गर्दन के उसी घाव में भोंक दिया। तो भी अनामी मरे नहीं। ताकेशीता ने उनकी जैकेट ली और उन्हीं के सामने फर्श पर फैला दी, फिर पीछे हट कर ख़ामोशी से खड़े हो गए। बेहोश युद्ध-मंत्री की सांसों की घरघराहट सुनाई दे रही थी। उनके प्राण निकल नहीं रहे थे।

इधर अनामी की यह हालत और उधर सम्राट के नाम पर मारकाट मची थी। मेजर हातानाका और महल में उसके आदमियों ने तोकियो शहर के अनेक अफ़सरों से सम्पर्क कर लिया था। लेकिन, उस रात शहर में गश्त लगा रहे सैनिकों ने तो सरकारी अफ़सरों का ही सफ़ाया करना शुरू कर दिया।

उनका पहला निशाना था प्रधानमंत्री सुजूकी, जिन्हें वे जापान के समर्पण के लिए सबसे अधिक दोषी·व्यक्ति मानते थे। इस ख़तरे की पहली चेतावनी प्रधानमंत्री के सचिव साकोमिज़ू को उस समय मिली, जब वे प्रधानमंत्री के मकान पर बिस्तर में पड़े सो रहे थे। 15 अगस्त, 1945, सुबह साढ़े चार बजे उन्हें मशीनगन चलने की आवाज़ बंगले के बाहर सुनाई दी। चारों ओर शोरगुल मचा था।

बाग़ियों को सुजूकी घर पर मिले ही नहीं। लगातार कई रातों तक जागते रहने से वेचैन की नींद लेने पास के गांव में अपने घर चले गए थे। साकोमिजू ने उन्हें कई बार टेलीफ़ोन किया। अन्त में जब प्रधानमंत्री ने अपनी सोई-सोई आवाज़ में 'हैलो' कहा, तो साकोमिजू जल्दी से बोले, "महामहिम ! सैनिकों ने मंत्रालय पर धावा बोल दिया है। जब आप यहां नहीं मिले तो अब आपकी खोज में आपके गांव गए हैं। कृपया यहां से फ़ौरन निकल लीजिए।"

इस चेतावनी के लिए सुजूकी ने साकोमिजू के प्रति आभार प्रकट किया। फिर लपककर सोने वाले कमरे में पहुंचे अपनी पत्नी को जगाने। दोनों उसी हालत में पिछले द्वार से बाहर आए। फिर जल्दी से डग बढ़ाए गाड़ी की ओर। वृद्ध एडमिरल कार खुद ही चलाकर सपत्नीक वहां से नौ-दो ग्यारह हो गए।

पन्द्रह मिनट के अन्दर बाग़ी वहां आ पहुंचे। मकान में घुसे तो दिखाई दी एक नौकरानी। उसने कहा कि प्रधानमंत्री घर में नहीं हैं। सैनिकों ने सभी कमरों की तलाशी ली और जब वे नहीं मिले तो रसोईघर में मिट्टी का तेल छिड़ककर आग लगा दी। देखते-देखते प्रधानमंत्री का घर धू-धू कर जल उठा।

अपनी वृद्धा पत्नी और दो नौकरों को साथ लिए तोकियो की सूनी सड़कों पर गाड़ी स्वयं ड्राइव करके लगभग एक घंटा बाद सुजूकी अपनी बहिन के यहां पहुंचे। क़ातिल उन्हें ढूंढ़ नहीं पाए। इसी प्रकार बैरन हिरानुमा को भी खोजने में वे असफल रहे।

शाही महल में रिकार्ड न मिलने पर मेजर हातानाका सीधा पहुंचा रेडियो स्टेशन। ड्यूटी पर तैनात उद्घोषक मोरियो तातेनी पर रिवाल्वर तानकर बोला, "पांच बजे ब्रॉडकास्ट की जाने वाली ख़बरों में मुझे बोलने दो।" तातेनी ने साफ़ मना कर दिया और कहा कि इसके लिए ईस्टर्न आर्मी हैडक्वार्टर्स के जनरल तनाका की अनुमति निहायत आवश्यक है।

जब जनरल तनाका ने मेजर हातानाका को उल्टे पांव लौटा दिया, तो वह सीधा पहुंचा फ़र्स्ट गार्ड्स रेजिमेंट। इस यूनिट के कमाण्डर ने जनरल के आदेशों का पालन करते हुए सभी अफ़सरों और सैनिकों को बैरिकों में वापस लौटा दिया। इस प्रकार बाग़ियों के हथियार धरा

लिए गए और विद्रोह का अन्त हुआ। जब सुबह 6.40 पर सम्राट हिरोहितो सोकर उठे, तो उन्हें पिछली रात की भयंकर घटनाओं से अवगत कराया गया। सम्राट ने आदेश दिया कि इस बग़ावत की रिपोर्ट देने के लिए जनरल तनाका को हाज़िर किया जाए। शीघ्र ही तनाका सम्राट के सम्मुख उपस्थित हुए और बाअदब निवेदन किया, "विद्रोह समाप्त हो गया है।"

जनरल अनामी के प्राण निकल नहीं रहे थे। वे बेहोशी की हालत में भी बुरी तरह तड़प रहे थे। उनकी भर्राई सांस साफ सुनाई दे रही थी, लोग आते-जाते रहे चुपचाप। कुछ तो उन्हें देखते ही चीख पड़े। वे देख रहे थे एक महान् सेनापति को, एक स्वाभिमानी देशभक्त को, खुशी-खुशी मौत को गले लगाते। तीन घंटे से अधिक देर तक यही दशा रही। तभी कर्नल कोबायाशी ने प्रवेश किया। उन्होंने तुरन्त सबसे कमरा खाली कर देने को कहा। केवल फ़ौजी डाक्टर को ही कुछ हिदायतें देकर रोके रखा। डाक्टर ने बैग से एक 'हाईपोडर्मिक' सुई निकालकर अनामी की बांह में चुभो दी। सेकेण्डों में युद्ध-मंत्री अनामी के प्राण निकल गए।

जिस समय मृत अनामी को स्नान कराने ले जाया गया, उनके नीचे वही कागज़ मिले, जिन पर चन्द घंटे पहले उन्होंने ब्रश से लिखा था। एक कागज़ पर लिखा मिला, "मुझे पूर्ण विश्वास है कि मेरा पवित्र देश सदा जीवित रहेगा। जीवन की इन अन्तिम घड़ियों में मेरा सम्राट से विनम्र निवेदन है कि वे मुझे मेरे भयंकर अपराधों के लिए क्षमा कर दें।" सेना की ज़बरदस्त ग़लतियों की एवज़ में अनामी ने अपने प्राणों की आहुति दे दी।

15 अगस्त, 1945, दोपहर बाद जनरल अनामी के शव को पूरी वर्दी पहनाकर उनके बंगले से इचीगया पहाड़ी की चोटी पर एक सरकारी भवन में लाया गया। उनकी अर्थी को एक कमरे में मेजर हातानाका और शीजाकी की अर्थियों के बीच रखा गया जिनके मृत शरीर शाही महल के समीप ही एक देवदार के जंगल में पड़े मिले थे। फ़ौजी अफ़सरों ने तीनों अर्थियों के आगे झुककर उनकी आत्माओं की शान्ति के लिए प्रार्थना की। हज़ारों रोते-चिल्लाते सैनिकों ने उनके अन्तिम दर्शन किए।

गोधूलि की वेला में राष्ट्रीय झण्डे में लिपटी जनरल अनामी की अर्थी बाहर लाई गई। विलाप करने वालों का तांता लग गया। अर्थी के पीछे-पीछे सभी पहाड़ी के नीचे उस स्थान पर आए, जहां तुरन्त ज़मीन खोदी गई थी। उसके ऊपर लोहे की एक जाली रखी गई। अर्थी इसी जाली के ऊपर रख दी गई और नीचे-ऊपर लकड़ी की छोटी-छोटी टहनियों का अम्बार लगा दिया गया। फिर उस पर कई टिन मिट्टी का तेल छिड़का गया।

गर्मी की उस रात की हल्की चांदनी में हज़ारों लोगों ने देखा कि जैसे ही एक कर्नल ने माचिस जलाकर चिता पर फेंकी, चारों ओर लपटें उठने लगीं। चिता धू-धू कर जल उठी। सम्पूर्ण वातावरण में थीं केवल सिसकियां, रुदन और विलाप। कौन किसे चुप कराता? सभी तो रो रहे थे। मन ही मन अपने महान् जनरल को प्रणाम भी कर रहे थे।

जब लपटों ने भयंकर रूप धारण कर लिया, तो जनरल अनामी की विधवा पत्नी और उनका पांच वर्ष का पुत्र कुछ पीछे हट गए। अबोध बालक देख रहा था खोई-खोई आंखों से अपने वीर पिता को अन्तिम बार। जैसे ही सैनिक टुकड़ियों ने महान् जनरल को अन्तिम सलामी दी, शाही बैण्ड पर 'लास्ट पोस्ट' की धुन बज उठी।

कमाण्डो रेड

इस सच्चाई से इन्कार नहीं किया जा सकता कि संसार के सर्वश्रेष्ठ रणबांकुरे हैं जापानी और इज़राइली। फिर आता है स्थान जर्मनों और चीनियों का। अन्त में कमोबेश सभी एक जैसे हैं। आपको आश्चर्य होगा यह जानकर कि दूसरे महायुद्ध में पूर्वी क्षेत्र की सबसे घमासान लड़ाई लड़ी गई थी भारत-बर्मा सीमा पर सन् 1942 से 1945 तक और इन चार वर्षों में अंग्रेज़ों के हाथ लगे मात्र छह जीवित जापानी सैनिक। इनमें चार को तो हमारी गुप्तचर संस्था 'फ़ोर्स वन-थ्री-सिक्स' के एजेंटों ने ही धर दबोचा था। समर्पण कर अपमानित होने से वे मौत को गले लगाना कहीं बेहतर समझते थे।

अप्रैल, 1944 में बर्मा पर ब्रिटिश आक्रमण की तैयारी पूरी हो चुकी थी। कोहिमा में अंग्रेज़ों की दूसरी डिवीज़न तैनात थी और इम्फाल में सत्रहवीं। उत्तरी बर्मा में शाही जापानी सेना का नेतृत्व कर रहे थे लेफ़्टिनेंट-जनरल कवाबे। उनके अधीन थे दो मेजर-जनरल, इसोरोकु यामामोतो और तनाका। उयूचांग नदी के किनारे मैंगकैंग नामक स्थान से मेजर जनरल यामामोतो के नेतृत्व में शाही जापानी सेनाएं कोहिमा में ब्रिटिश सेना के साथ मुठभेड़ के चक्कर में थीं और चिण्डविन नदी के किनारे थीं-गडुट नामक स्थान से मेजर-जनरल तनाका इम्फाल पर भीषण हमले की तैयारी में थे। उस समय तक मित्र राष्ट्रों के हाथ केवल मृत जापानी सैनिक ही लगे थे। इसके अलावा जापानी भाषा जानने वालों की संख्या भी बहुत कम थी अतः उन्हें काफी कठिनाई का सामना करना पड़ रहा था।

ऊंचे-ऊंचे तेज़ ढलान वाले पहाड़, उत्तर से दक्षिण की ओर तेज़ी से बहती बड़ी-बड़ी नदियां, मलेरिया से भरे दलदली इलाक़े जिनके ऊबड़-खाबड़ रास्तों पर शाही जापानी सेना की 15वीं डिवीज़न के सैनिक मैंगकैंग से कोहिमा की ओर तथा 33वीं डिवीज़न के सैनिक थोंगडुट से इम्फाल की ओर अंग्रेज़ों की रॉयल वेल्श, रॉयल स्कॉट्स, रॉयल बर्कशायर, किंग्स ओन यार्कशायर लाइट इन्फैन्ट्री, फ्रण्टियर फोर्स राइफल्स, 14वीं इण्डियन डिवीज़न के अलावा अनेक ब्रिगेडों के ब्रिटिश और भारतीय सैनिकों से जमकर जूझते हुए आगे बढ़ रहे थे।

फिर भी उन्हें बड़े बुरे दिन देखने पड़े। इम्फाल युद्ध में शाही जापानी सेना की 15वीं डिवीज़न का सफ़ाया हो गया। 31वीं और 33वीं डिवीज़नें भी मर-खपकर नष्ट हो गईं। 53वीं और 54वीं डिवीज़नें मित्र-राष्ट्रों का धुआंधार आक्रमण रोकने में असफल रहीं। न तो उनके पास लड़ने के लिए गोला-बारूद, पर्याप्त हथियार ही बाक़ी बचे न ही खाद्य-सामग्री। पीछे से सप्लाई लाइन काटकर हमारे जासूसों ने जापानियों की रीढ़ ही तोड़ दी। इस युद्ध में जापानियों के 65 हज़ार अफ़सरों और सैनिकों का सफ़ाया हुआ था। इस पराजय से लेफ़्टिनेंट-जनरल

कवाबे को बहुत अपमानित होना पड़ा था। उन्हें जापान वापस बुला लिया गया और उनके स्थान पर सीधे रवाना किया इम्पीरियल जनरल हैडक्वार्टर्स, तोकियो से जनरल किमूरा को। शाही जापानी सेना में जनरल किमूरा लाजवाब थे। विलक्षण बुद्धि के अलावा वास्तविकता को पकड़ने और दिलेरी के दांव-पेच उनमें कूट-कूटकर भरे थे। वे एक ऐसे जनरल थे, जो किसी भी हालत में अपनी पराजय स्वीकार करने को तैयार नहीं थे। जिस प्रकार युद्ध के पश्चिमी क्षेत्र में जर्मन फ़ील्ड मार्शल रोमिल के नाम से अंग्रेज़ थर्राते थे उसी प्रकार पूर्वी क्षेत्र में जापानी जनरल किमूरा का जलवा था।

जनरल किमूरा के सैनिक पीलिया, अतिसार, शरीर को लाल चकत्तों से भर देने वाले बुखार, आग की तरह तेज़ी से फैलते फोड़ों जैसी जंगली वातावरण की नारकीय बीमारियों की तनिक भी चिन्ता किए बिना भीषण संग्राम किए चले जा रहे थे। धुंध, दलदल, मानसून और मच्छरों के कारण अत्यधिक प्रतिकूल और बाधक परिस्थितियों को झेलते हुए, गले में लटकते केवल मुट्ठी-भर चावलों के सहारे, विस्फोटों से निकले धुएं के बादलों में घिरे वीर जापानी मित्र-राष्ट्रों की तोपों को खिलौने की भांति तोड़ रहे थे। वे तीर-कमान और भालों से लेकर रॉकेट-बमों तक से लड़े थे। सचमुच उनका साहस ऊंचा था—बहुत ऊंचा। सैकड़ों तो भूख-प्यास और घुटन से ही मर गए। हज़ारों ने 'हाराकिरी' करके मौत को गले लगाया। आत्म-समर्पण से मृत्यु उन्हें अधिक सुखद लगी। इसके अलावा 19वीं शताब्दी के हथियारों से जापानी 20वीं सदी के शस्त्रों का आखिर कब तक मुकाबला करते ? यह तो उनका अदम्य साहस और राष्ट्र-प्रेम की अडिग भावना थी जो मित्र-राष्ट्रों की प्रति घंटे 6000 गोले उगलने वाली तोपें भी उनका मुख न मोड़ सकीं।

फिर भी किमूरा टिक न सके और उत्तर से खिसककर बर्मा के मध्य मीकतिला में अपना सैनिक गढ़ स्थापित किया। लेकिन, वे अपने पीछे छोड़कर आये थे दिलेरी से भरे मिलिट्री स्ट्रेटजी के अनेक कारनामे जिनसे निपटते समय अंग्रेज़ों के दांत खट्टे हो गए थे। जान-माल का नुकसान तो अंग्रेज़ों का हुआ ही बेशुमार, मीकतिला में उनकी फ़तह भी अप्रैल, 1945 के अन्त तक आसानी से टाली जा सकी। 14वीं सेना के कमाण्डर फ़ील्ड-मार्शल सर विलियम स्लिम को छठी का दूध याद आ गया।

मीकतिला की पश्चिम दिशा में पोपा पहाड़ियों पर बनी एक प्राकृतिक गुफा निहायत सामरिक महत्त्व की थी। दर्रे जैसी स्थिति थी वहां पहाड़ियों की। सामने विक्टोरिया शिखर के तेज़ ढलान। उसे छूती उत्तर से दक्षिण की ओर तेज़ी से बहती म्यू नदी। पास ही साल वृक्षों से घिरा जानलेवा दलदली इलाक़ा। उसी के सामने थी वह गुफ़ा, तीन ओर ऊंची पहाड़ियों से घिरी और सामने हराभरा मैदान। सतह से लगभग दो मीटर की ऊंचाई पर अधमिची आंख जैसी थी वह गुफा जिसे एक छोटी-सी पहाड़ी ने छाते की तरह ऊपर से ढक रखा था। इसी अधमिची आंख से अन्दर आवागमन हो सकता था, वह भी एक छोटे-से सपाट प्लेटफ़ार्म पर लेटकर घिसटते हुए। अन्दर इतनी जगह थी कि बीस आदमी सटे-सटे लेट सकें। बड़ी ही आश्चर्यजनक खोज थी यह जनरल किमूरा की, जो तीन दिनों तक जापानियों के लिए वरदान सिद्ध हुई। बहुत बड़ी बात है युद्ध के दौरान दुश्मन का सफाया करते हुए उन्हें तीन दिनों तक एक इंच भी आगे न बढ़ने देना।

मीकतिला में पूरी किलेबन्दी कर रखी थी जनरल किमूरा की इच्छानुसार उनकी 15वीं सेना के कमाण्डर जनरल कातामुरा और 31वीं तथा 33वीं डिवीज़नों के कमाण्डर मेजर-जनरल होण्डा ने। उधर उस गुफ़ा में मात्र तीन सैनिकों को प्रवेश कराया गया। वे थे सभी फ़ौजी साज़ो-सामान, मशीनगनों, गोलियों, ग्रिनेडों, राशन-पानी से लैस। पूरे एक सप्ताह की युद्ध-सामग्री थी उनके पास। इससे अधिक रखने की जगह थी ही कहां उस गुफ़ा में ?

जापानियों को तनिक भी गुमान न था कि अंग्रेज़ उत्तर दिशा से तेज़ ढलान वाले पर्वतों, तेज़ी से बहती नदियों को पार करके आक्रमण करेंगे। अंग्रेज़ों ने यह कार्य कर दिखाया। फ़ील्ड-मार्शल सर विलियम स्लिम को 'वार ऑफ़िस', लंदन, से आदेश जो मिला था, जल्द से जल्द रंगून पर कब्ज़ा करने का। उनका पहला निशाना था मीकतिला से जापानियों के गढ़ को जड़ से उखाड़ फेंकना। मिंग ज़ान, पकोक्कू, पगान से गहरे नदी-नाले पार करते हुए उत्तरी क्षेत्र से आगे बढ़े जनरल गिफर्ड के सैनिक और दक्षिणी इलाक़े के मिन्बू, चेनगज़ोग पार करते हुए 33वीं इण्डियन कोर के कमाण्डर लेफ़्टिनेंट-जनरल मान्टेग्यू स्टॉपफ़ोर्ड के सैनिक।

उनकी एडवांस पार्टी का फुट हिल्स पार करना भर था कि सामने पोपा पहाड़ियों की गुफा में छिपी जापानी मशीनगनों ने धुआंधार गोलियां बरसाकर उनका शानदार स्वागत किया। अनेक जानें गईं, सैकड़ों घायल हुए। इस अप्रत्याशित आक्रमण से अंग्रेज़ों का आगे बढ़ना एकदम रुक गया। छिपे-छिपे ही सबने पोज़ीशन ले ली। सभी जानते थे कि हमला सामने से हुआ लेकिन कहां से ? यह किसी को पता न था। अफ़सरों की दूरबीनें आंखों पर चढ़ गईं। उन्हें सामने नज़र आए ऊंचे-ऊंचे पहाड़ और सागौन के हरे-भरे जंगल। मशीनगनें कहां से आग उगल रही थीं पता ही न लगा। इस घटना से, अपने सैनिक हेडक्वार्टर दीमापुर में बैठे फ़ील्ड-मार्शल सर विलियम स्लिम बहुत ही बेचैन हुए। उन्होंने वार ऑफ़िस, लंदन को वस्तुस्थिति से अवगत कराया। उन्हें विश्वास ही नहीं हुआ इस बचकानी कहानी पर। ब्रिटिश जनरलों को और भी कठिन क़दम उठाने के तथा फ़ोर्स वन-थ्री-सिक्स को अविलम्ब आवश्यक कार्रवाई के आदेश सर गाल्विन वी॰ स्टुअर्ट को दिए गए।

उधर मोर्चे पर अफ़सर भी हाथ पर हाथ धरे नहीं बैठे थे। वे सैनिकों की छोटी-छोटी टुकड़ियों को पहाड़ियां पार करने भेजते रहे। उनकी भी पहले जैसी ही गति बनी। कुछ बचते-बचाते पहाड़ी तक पहुंचे भी किन्तु दिशाहीनता के कारण कर कुछ न सके, भटक और गए बेचारे। रॉयल एयर फ़ोर्स की स्ट्रटेजिक एयर कमाण्ड के चार विमानों ने दीमापुर एयर-बेस से उड़ाने भरीं उस क्षेत्र की। उद्देश्य था उस पहाड़ी की 'एरियल फ़ोटोग्राफ़ी' करना जहां से गोलियों की बौछार आने की सम्भावना थी। वैसे अपने बचाव के लिए उनके विमानों में मशीनगनें फिट थीं। तीन तो अपने मिशन में सफल होकर लौटे, मगर एक 'डकोटा' को गुफ़ा में छिपे गनर्स ने वहीं मार गिराया।

एक ब्रिटिश एस्कोर्ट द्वारा ये निगेटिव फ़िल्में रियर हैडक्वार्टर्स फ़ोर्स वन-थ्री-सिक्स, 53 ए, गरियाहाट रोड, बालीगंज, कलकत्ता पहुंचाई गईं। वहां से इन्हें भेजा गया हुगली नदी के किनारे वेलिंग्टन पुल के पास 'दि प्रिंसेस' नामक बंगले में जिसके अफ़सर-इन-चार्ज थे इस गुप्तचर संस्था के फ़ोटोग्राफ़िक सेक्शन के सर्वेसर्वा मिस्टर राय। उनकी पत्नी एक परम रूपसी

ब्रिटिश महिला थीं। यहीं उन फ़िल्मों के बड़े-बड़े फ़ोटो तैयार किए गए। आख़िर उस गुफ़ा का पता चल ही गया। फिर ये फ़ोटो तुरन्त कार्रवाई हेतु रॉयल एयर फ़ोर्स को भेजे गए।

इस बार भी भीषण हवाई हमले हुए किन्तु जापानियों की कोई विशेष हानि हुई नहीं। पहाड़ी पर की गई बमबारी से सैकड़ों बड़े-बड़े पत्थर बस चारों ओर छितरा गए। इस बार भी विमानों की थोड़ी-बहुत क्षति हुई अवश्य पर गिराया एक भी न जा सका। फिर गुफ़ा सहित सभी जापानियों का सफ़ाया करने का दायित्व फ़ोर्स वन-थ्री-सिक्स को अपने ऊपर लेना पड़ा।

सर गाल्विन स्टुअर्ट ने 'कमाण्डो रेड' का आदेश दिया और कार्रवाई का भार सौंपा कर्नल स्टीयर को। उन्हें अपनी पसंद के नौ कमाण्डो चुनने का अधिकार भी दे दिया। उन्होंने पांच अंग्रेज़ अफ़सरों और चार चीनियों को चुना। दसवें व्यक्ति स्वयं कर्नल स्टीयर थे, टीम के इंचार्ज।

नियत तिथि और समय पर उन दसों कमाण्डोज़ ने दमदम (कलकत्ता) हवाई अड्डे से उड़ान भरी जैसोर (अब बंगला देश में) के लिए। उन दिनों फ़ोर्स वन-थ्री-सिक्स के सभी स्पेशल ऑपरेशन्स के लिए विमान यहीं से उपलब्ध कराए जाते थे। जैसोर में सभी कमाण्डो आधुनिक हथियारों, टिण्ड-राशन-पानी से लैस हुए और हल्के डिनर के बाद अपने पैराशूट बांधकर जा बैठे चुपचाप 'रन वे' में उन्हीं की प्रतीक्षा में खड़े एक 'बफैलो' यान में।

चांदनी रात थी। यान ने उड़ान भरी अपने गन्तव्य की ओर। नक्शे के सहारे कर्नल स्टीयर ने अपनी टीम को अन्तिम 'ब्रीफिंग' की—कब, कहां, क्या करना है। चन्द घंटों की उड़ान के बाद यान पोपा हिल्स की उस गुफ़ा के बाएं लगभग एक किलोमीटर दूर आकाश में मंडराने लगा। कर्नल स्टीयर के इशारे पर पायलेट ने विमान की ऊंचाई कम की। इसके बाद सभी दसों कमाण्डो पैराशूटों से नीचे की ओर गिरने लगे। गोल कंटेनर्स में भरे उनके हथियार और ग्रिनेड आदि अलग से गिराये गए। पैराशूटों के ही माध्यम से लगभग दो सौ मीटर के क्षेत्र में वे छितरा गए चिंदविन नदी के पूर्वी तट पर। कुदान सफल रही। न किसी की जान गई न कोई घायल हुआ। हथियार भी ठीक हालत में मिले। अपने पैराशूट वहीं ज़मीदोज़ कर वे पूर्व दिशा की ओर आगे बढ़े एक-एक की पंक्ति में। सबके गले में झूल रही थीं फ़ोरसेकेण्ड ग्रिनेड (चार सेकेण्ड में फटने वाले हथगोलों) की मालाएं। पीठ पर लदे हैवरसैक में थीं गोलियां और राशन-पानी, और हाथों में ब्रेनगन, ल्यूसगन। उन्हें इसी प्रकार ऊबड़-खाबड़ जंगली रास्तों से लगभग पांच किलोमीटर आगे पोपा शिखर की तलहटी तक भोर होने से पहले पहुंचना था।

सुबह होते ही वे थके-हारे पोपा पहाड़ी की तलहटी पर जा लगे। वहीं चाय तैयार करके नाश्ता किया। कर्नल स्टीयर गार्ड ड्यूटी पर तैनात हुए और शेष आठ दो घंटे के लिए वहीं ज़मीन पर रेनशीट बिछाकर सो गए।

जागने पर फिर सबने एक के पीछे होकर तलहटी से सटे-सटे पोपा शिखर की ओर मार्च किया। दोपहर होते-होते वे गुफ़ा से लगभग दो सौ मीटर की दूरी पर पहुंच गए। कुछ दूर तक तो पेड़-पौधे, झाड़ियां सब थे, फिर था गुफ़ा के सामने तेज़ ढलान वाला सपाट मैदान जहां बड़े-बड़े पत्थर भी यत्र-तत्र पड़े थे।

कर्नल स्टीयर और उनके साथियों की आंखों पर चढ़ी थीं मीलों दूर तक देख सकने वाली फ़ौजी दूरबीनें। अचानक एक चीनी कमाण्डो के मुख से हल्की-सी चीख़ निकली और वह मारे खुशी के झूमने लगा। उसने उस अधखुली गुफ़ा से देख लिया था इधर-उधर झांकता एक जापानी चेहरा। उसने वह दृश्य अपने दूसरे साथियों को दिखाया। उनकी खुशी का अन्त न रहा। अब तो उन्हें गुफ़ा का सही पता चल गया और यह भी कि उसमें जापानी सैनिक भी हैं। उनकी संख्या अज्ञात रही। पोपा शिखर की दीवार जैसी तलहटी के ढलान से सटे-सटे, पत्थरों के पीछे छिपते हुए वे कुछ और आगे बढ़े। इस बीच वह जापानी सैनिक भी आंखों पर दूरबीन चढ़ाए दाएं-बाएं देखने लगा था कि शायद कहीं दुश्मन आकर झाड़ियों में न छिप गए हों। निरन्तर तीन दिनों की चुप्पी के कारण उसका चिन्तित होना स्वाभाविक था।

गुफ़ा की स्थिति के कारण जापानी सैनिक अपनी दोनों मशीनगनों से सीधी मार तो कर सकते थे, मगर दाएं-बाएं नहीं। इसके लिए उनके पास एक लाइट मशीनगन थी पर उसका प्रयोग गुफ़ा के भीतर से असम्भव था। विशेष परिस्थिति में एक सैनिक को नीचे आना ही पड़ता उस एल॰ एम॰ जी॰ के साथ।

कर्नल स्टीयर को चैन कहां ? वे तो तुरन्त फ़ैसला करने पर उतारू थे। पत्थरों की आड़ में झाड़ियों का सहारा लेते हुए उनके कमाण्डो चौकन्ने होकर धीरे-धीरे आगे खिसक रहे थे। कोई घुटनों के बल खिसक रहा था तो कोई उकड़ूं होकर। नज़रें सभी की केन्द्रित थीं गुफ़ा पर ही। उस जापानी सैनिक की नज़र तो पड़ ही रही थी हिलती-डुलती झाड़ियों पर जो निरन्तर आगे बढ़ती लग रही थीं। वह फ़ौरन नीचे कूदा। गुफ़ा के प्लेटफ़ार्म पर रखी एल॰ एम॰ जी॰ हाथ में ली और सामने पड़े एक पत्थर की आड़ लेकर वहीं ज़मीन पर लेट गया पेट के बल। उसका लक्ष्य थीं वे हिलती झाड़ियां जिनकी आड़ लेकर दुश्मन के आगे बढ़ जाने का उसे पूरा यक़ीन था। वह वहीं से आग उगलने लगा।

तब तो ब्रिटिश कमाण्डो भी गोली का जवाब गोली से देने के लिए मजबूर हो गए। लेकिन, उनकी गोलियां तो उस पत्थर से ही टकराकर रह जाती थीं जिसके पीछे छिपकर वह जापानी फ़ायर कर रहा था। उस पर तो कोई असर हुआ नहीं। एक ब्रिटिश कमाण्डो अलबत्ता वहीं ढेर हो गया।

कर्नल स्टीयर के इशारे पर एक चीनी कमाण्डो पूरी तरह पहाड़ी से सटकर रेंगता हुआ उसी ओर बढ़ा। अब जापानी भी रुक-रुककर फ़ायर करने लगा। जब चीनी कमाण्डो उससे लगभग 50 क़दम की दूरी पर रह गया तो उसने पूरी ताक़त से एक ग्रिनेड उसी ओर झोंक दिया। भयंकर विस्फोट ! पत्थर टुकड़े-टुकड़े हो गया। मगर एल॰ एम॰ जी॰ और उस जापानी सैनिक के बारे में निश्चित रूप से कुछ भी नहीं कहा जा सकता था। घुटनों पर बैठकर जैसे ही चीनी कमाण्डो ने दूसरा ग्रिनेड फेंका, जापानी एल॰ एम॰ जी॰ उसी ओर निशाना लिए खखारने लगी। चीनी कमाण्डो वहीं ढेर हो गया। साथ ही जापानी सैनिक और उसकी एल॰ एम॰ जी॰ भी सदा के लिए शान्त हो गए।

कर्नल स्टीयर अपने दो साथियों की मौत पर बड़े दुखी हुए। पर, वक़्त रोने-धोने का नहीं था। उन्हें तो जल्द से जल्द गुफ़ा में बैठे जापानियों का सफ़ाया करके उनकी मशीनगनों को ख़ामोश करना था। चीनी कमाण्डो ने मरने से पहले उनकी आधी समस्या तो हल कर

दी थी। शीघ्र ही सब छितरा गए और पेट के बल सरकते हुए आगे बढ़े।

गुफ़ा पर आक्रमण करने के लिए उन्हें हर दशा में सामने आना ही था। सामने ख़तरा भी भरपूर था। कर्नल स्टीयर ने खुद ही दुश्मन का विनाश करने का बीड़ा उठाया। अपने साथियों से विदा लेकर वे रेंगते हुए आगे बढ़ने लगे। उनके गले में लटकती माला में चार ग्रिनेड थे। उनमें से एक अपने हाथ में लेकर चौकन्ना होकर रेंगना जारी रखा। अब वे इस स्थिति में थे कि उठकर सामने दौड़ते हुए पिन निकालकर ग्रिनेड गुफ़ा में झोक दें, पर इसमें उनकी भी मौत सुनिश्चित थी। जान की तनिक भी चिन्ता किए बिना वे घुटनों के बल झुके और दौड़ लगा दी। जैसे ही पहाड़ी की दूरी दस-बारह मीटर रह गई उन्होंने बाएं हाथ से पिन निकालकर ग्रिनेड दाहिने हाथ में लिया, भरपूर निशाना लेकर उसे पूरी ताक़त से गुफ़ा में झोंक दिया।

तुरन्त जापानी मशीनगन भी आग बरसाने लगी। कर्नल स्टीयर के चिथड़े-चिथड़े उड़ गए पर उनके ग्रिनेड ने भी अपना काम पूरा किया। राक्षसी गर्जना के साथ जापानियों की सारी युद्ध-सामग्री जलकर स्वाहा हो गई। सातों कमाण्डोज़ ने सजल नेत्रों से अपने कमाण्डर को श्रद्धांजलि अर्पित की। अब मित्र-राष्ट्रों के लिए रास्ता साफ़ था। कलकत्ता लौटकर कैप्टेन आल्सन ने अपनी रिपोर्ट पर टिप्पणी की—"कमाण्डो रेड ऑफ़ ए बेरी हाई ऑर्डर।"

आज़ाद हिन्द फ़ौज के जे॰ आई॰ सी॰ जासूस

सन् 1943-44, जनरल गिफर्ड की कमान में 1120 किलोमीटर लम्बी भारत-बर्मा सीमा पर युद्ध की विभीषिका रंगत ला रही थी। भीषण मानसून के बावजूद उनकी 5वीं, 7वीं, 26वीं और 70वीं डिवीज़नें जापानियों से जूझ रही थीं। जनरल वूलनर के नेतृत्व में 81वीं पश्चिम अफ्रीकी डिवीज़न शत्रु पर आकस्मिक प्रहार करके कालादान नदी के पूर्वी तट पर घेरा डालने के लिए आकुल थी। मानसून, मच्छर और दलदल की तनिक भी परवाह किए बिना वीर जापानी अपनी जान पर खेल रहे थे। भोजन के नाम पर उनके पास केवल गले में लटकते चावल के पैकेट थे। गोलियां ख़त्म हो जाने पर वे तीर-कमान और भालों से भी लड़े थे। सचमुच यह उनका अदम्य साहस और देशप्रेम की असीम भावना ही थी कि मित्र-राष्ट्रों की 6000 गोले बरसाने वाली तोपें भी उनका उत्साह नष्ट न कर सकीं।

ऐसी विषम परिस्थिति में 13 जून, 1943 को जापान पहुंचते ही नेता जी सुभाषचन्द्र बोस अंग्रेज़ों से सशस्त्र संघर्ष के लिए आज़ाद हिन्द फ़ौज के गठन-कार्य में लग गए। वास्तव में उनकी इस कल्पना ने जन्म लिया था 1940 के मध्य, जब कांग्रेस का घुटनाटेक ख़ुशामदाना रवैया उन्हें भाया नहीं था। उनके मन-मस्तिष्क में तो बस स्वतन्त्र भारत की ही तस्वीर साकार होने के लिए छटपटा रही थी। वे बड़े दृढ़ संकल्पी थे। जैसी कथनी वैसी करनी। कोई भी बाधा-विपत्ति उन्हें उनके इरादों से डिगा नहीं सकती थी। कहते भी थे—"आज़ादी हासिल करनी है तो दुश्वार काम से तो पाला पड़ेगा ही।" 'बस कि दुश्वार है हर काम का आसां होना।'

वे खूब समझते थे गुप्तचरी का महत्त्व। यह भी जानते थे कि बिना 'इंटेलिजेंस' समस्त सैनिक-शक्ति धरी रह जाती है। महत्त्वपूर्ण सूचनाएं दुश्मन के हाथ लग जाती हैं। सेना को मुंह की खानी पड़ती है। इसी आधार पर उन्होंने सैनिक-गुप्तचर-विभाग का भी गठन किया। मेजर जनरल मित्रा के अधीन सेगांव में प्रधान कार्यालय स्थापित किया और निकटवर्ती माईथोनगर में प्रशिक्षण केन्द्र। उप-निदेशक सत्य देव सहाय की देखरेख में जापानी शिक्षकों द्वारा 'स्पेशल इंटेलिजेंस ऑपरेशन' के लिए भरोसेमन्द भारतीय नौजवानों को प्रशिक्षित किया जाने लगा।

उन दिनों मैं ब्रिटिश गुप्तचर संस्था, फ़ोर्स वन-थ्री-सिक्स में कार्यरत था और हैडक्वार्टर्स था हमारा कलकला में। हमारी इस संस्था के सर्वेसर्वा थे सर कॉलम हरक्यूलीज़ मिकेन्ज़ी और सर गाल्विन वी॰ स्टुअर्ट। उस समय बर्मियों की कोई अपनी गुप्तचर संस्था न तो बर्मा में थी न ही भारत में। अपने देश और नरेश के मान-सम्मान की ख़ातिर जापानी सैनिक

समर्पण नहीं करते थे। धार्मिक 'समुराई' (तलवार) से 'हाराकिरी' (आत्महत्या) कहीं बेहतर समझते थे। अतः दुश्मन के भेद प्राप्त करने के लिए फ़ोर्स वन-थ्री-सिक्स को अपने ही सूत्रों पर निर्भर रहना होता था, जो जावा, सुमात्रा, बोर्नियो, मलाया, अंडमान-निकोबार में निरन्तर सफल हो रहे थे।

कर्नल ई॰ ग्रेगरी बर्मा के चप्पे-चप्पे से वाक़िफ़ थे। वहां उनके अच्छे सूत्र भी थे। वे उन्हें अन्दरूनी जानकारियां दिया करते थे। हमारे कलकत्ता ऑफ़िस में इन ख़बरों की बड़ी बारीकी से छानबीन होती थी और भारत-सरकार-सम्बन्धी सूचनाएं इम्पीरियल इंटेलिजेंस ब्यूरो, नई दिल्ली भेजी जाती थीं। उन दिनों ब्रिटिश सरकार को भारत, बर्मा, श्रीलंका और ब्रिटिश मलाया की समस्त राजनीतिक गतिविधियों से अवगत कराना इसी गुप्तचर संस्था का दायित्व था। इसके निदेशक थे सर जॉन पिल्डिच। सर कॉलिन और सर गाल्विन से थे ही उनके घनिष्ठ सम्बन्ध। इस प्रकार एक-दूसरे के बीच गुप्त सूचनाएं ली और दी जाती थीं।

जनवरी, 1944 में नेता जी सुभाषचन्द्र बोस जापानी कमाण्डर जनरल किबाने से रंगून में मिले ओर 18 मार्च को आज़ाद हिन्द फ़ौज के दिलेर सैनिक दुश्मन को मारते-काटते कोहिमा ओर मणिपुर आ धमके। नेता जी स्वयं युद्धभूमि में गए अपने सैनिकों का उत्साह-वर्धन करने और 14 अप्रैल, 1944 को इम्फाल के पूर्व में मोइरंग नामक स्थान पर भारत-भूमि का स्पर्श कर उन्होंने अपने ही हाथों राष्ट्रीय तिरंगा फहराया। इस क्षेत्र में उनके सैनिक लगातार घास खाकर, पत्ते चबाकर अंग्रेज़ों से जूझे थे।

माई थो प्रशिक्षण केन्द्र में आज़ाद हिन्द फ़ौज के 16 गुप्तचरों का पहला दस्ता घुसपैठ और तोड़-फोड़ के कामों में माहिर हो गया। उन्हें भारत जाकर जाट, राजपूत, डोगरा पल्टनों में घुस-पैठ कर बग़ावत के बीज बोने थे, आवागमन के साधन नष्ट करने थे, यथा—महत्त्वपूर्ण सड़कें तोड़ना, अंग्रेज़ों की हवाई-शक्ति चौपट करने के लिए भूमिगत पेट्रोल-भण्डार नेस्तनाबूद करना आदि। साथ ही जनसम्पर्क द्वारा जनता का वास्तविकता से परिचय कराना था। जन-जन में राष्ट्रीय भावना भी जागृत करनी थी। फ़ौजी साज़ो-सामान तैयार करने वाले कल-कारखानों को गतिहीन बनाना था। हड़तालें करानी थीं। हवाई अड्डों के रनवे तोड़-फोड़ कर चौपट करने थे। इन जासूसों को 'सुभाष रेडर्स' के नाम से जाना जाता था किन्तु अंग्रेज़ों ने इन्हें 'जे॰ आई॰ सी॰' (जैपनीज़ इन्स्पायर्ड कॉलम) की संज्ञा दी थी।

इस तैयारी के बाद नेता जी बर्मा-स्थित जापानी क़माण्डर-इन-चीफ़ जनरल किमूरा से मिले और इन जासूसों को भारत भेजने के लिए पनडुब्बी का प्रबन्ध करने को कहा। जनरल किमूरा ने तुरन्त इसके लिए सम्बन्धित अधिकारियों को आदेश दे दिया।

ऑपरेशनल हैडक्वार्टर्स पर 'सुभाष रेडर्स' की पहली टुकड़ी के पांचों जासूसों की कसकर ब्रीफिंग हुई, फिर अन्तिम संक्षिप्त हिदायत दी गई निश्चित तारीख और समय पर चोपड़ा नामक अपने पंजाबी 'मास्टर स्पाई' से आदेश प्राप्त करने के लिए बनारस में दशाश्वमेध घाट पर मिलने की। इस मिलन से पहले विश्वनाथ जी के मन्दिर जाकर भगवान शंकर के दर्शन करना अत्यावश्यक था। अलग-अलग स्थानों, रास्तों से आए पांचों गुप्तचरों को यहीं एकसाथ होना था। संयुक्त प्रान्त (वर्तमान उत्तर प्रदेश) में तोड़-फोड़ का कार्यभार मुख्यतः चोपड़ा के ज़िम्मे था। यू॰ पी॰ और बंगाल के 'सुभाष रेडर्स' के बीच वही अकेला सम्पर्क सूत्र था।

पांचों गुप्तचर माई-थो से रंगून आए, फिर थारावा। तत्पश्चात् नाव से इरावदी नदी पार करके पहुंचे हेनज़ाड़ा, फिर बासीन तक ट्रेन से। वहीं मोटर बोट पकड़ी और आगमन हुआ म्याऊ गम्पा में। यह इरावदी का डेल्टा है। यहां से उत्तर की ओर रवाना होकर क्याऊकप्यू में दाखिल हुए। यह 'डेंजर ज़ोन' था, ख़तरनाक इलाक़ा। यहां आज़ाद हिन्द सेना के दस्ते अंग्रेज़ों के दांत खट्टे कर रहे थे। इन जासूसों को उस ओर ध्यान देने की ज़रूरत नहीं थी। क्याऊकप्यू से आठ समुद्री मील तक मोटरबोट से गए जहां पनडुब्बी तैयार मिली। उन्हें लेकर वह वहां बंगाल की खाड़ी के अतल तल में पैठ कर सागर की छाती चीरती हुई, ब्रिटिश और अमेरिकन पनडुब्बियों से सतर्क होकर वाल्टेयर की ओर बढ़ने लगी।

इन जासूसों में तीन आजमगढ़ निवासी थे, एक बलिया तथा एक ग़ाज़ीपुर का। थे पांचों ही तिवारी। सबके पास भारत के सिले-सिलाए कुछ सादा कपड़े, कुछ सोने की गिन्नियां, एक-एक माउजर पिस्तौल और स्पेयर राउण्ड्स की कई मैगज़ीनें थीं। पार्टी प्रमुख के पास एक पोर्टेबिल ट्रांसमीटर भी था।

दक्षिण भारत के वाल्टेयर बन्दरगाह से लगभग 10 समुद्री मील पहले ही पनडुब्बी रुकी। पांचों को अलग-अलग रबर की छोटी नावों में बैठाकर वाल्टेयर के उत्तर की ओर आधी रात के अंधेरे में ही रवाना किया गया जहां न कोई आदमी न आदमज़ात। सब सकुशल किनारे आ लगे। अब उनका पहला काम था नावों की हवा निकाल कर बालू में दफना देना। उन्होंने यह आनन-फानन में ही कर डाला। फिर 'जयहिन्द' शब्दघोष के साथ गले लगकर सब एक-दूसरे से अलग हुए पूर्व निश्चित तिथि और समय पर बनारस में मिलने के लिए।

कमाल तो देखिए फ़ोर्स वन-थ्री-सिक्स का। इन पांचों में एक 'डबल एजेंट' भी था। वह 'सुभाष रेडर्स' की ख़बरें अंग्रेज़ों को दे रहा था। इस मुख़बिर से सूचना मिलते ही फ़ोर्स वन-थ्री-सिक्स ने खटखटाया इम्पीरियल इंटेलिजेंस ब्यूरो, नई दिल्ली को और वहां से सतर्क किया गया सभी प्रान्तीय गुप्तचर विभागों की स्पेशल और एलियन्स ब्रांच को। जे॰ आई॰ सी॰ जासूसों के चित्र न होने से मात्र उसी मुख़बिर का सहारा था।

उन दिनों एच॰ जे॰ टॉम, यू॰ पी॰, सी॰ आई॰ डी॰ के असिस्टेंट इंस्पेक्टर जनरल थे और उनके अधीन थे स्पेशल ब्रांच (राजनीतिक शाखा) के पुलिस अधीक्षक जॉर्ज डी॰ वैरो पारकिन तथा एलियन्स ब्रांच (वैदेशिक शाखा) के एस॰ पी॰, जी॰ ई॰ ह्वाइट हाउस। तुरन्त असिस्टेंट ग्रुप अफ़सर मनमोहन नारायण कौल को वायरलेस द्वारा सीतापुर से तलब किया गया। लखनऊ ग्रुप अफ़सर द्वारिकाप्रसाद शर्मा थे ही हैडक्वार्टर्स पर। दोनों को 'टॉप' और पार्किन की नाक का बाल कहा जाता था। उन्हें सब कुछ समझा-बुझाकर शहर से दूर ले जाकर मुख़बिर से एकान्त में मिलवा भी दिया गया चुपचाप।

बनारस पहुंचकर कौल ने निहायत ख़ामोशी और होशियारी के साथ विश्वनाथ मन्दिर के चारों ओर अपने गुप्तचरों का जाल फैलाया। किसी भी क़ीमत पर इन 'सुभाष रेडर्स' को धर-दबोचना था, जिनकी स्कीम थी दूसरे ही दिन हार्डिंज ब्रिज (वर्तमान मालवीय पुल) को डायनामाइट से उड़ाकर पंजाब, यू॰ पी॰ से बिहार-बंगाल का समस्त आवागमन नष्ट कर देना। बड़ी ही भयावह थी यह योजना। पुल पर सैनिक पहरा बढ़ा देने का अर्थ था मुख़बिर को बेनक़ाब करना और अन्ततः उसकी मौत। अतः सुरक्षा और सतर्कता को ही विशेष महत्त्व

दिया गया।

मास्टर स्पाई चोपड़ा पुल उड़ाने की सारी सामग्री—सैकड़ों मीटर लम्बा बिजली का तार, बैटरी, जेनरेटर, टेप, टाइम पेंसिलें, इंस्टेंटेनियस फ़्यूज़, बहुत-सा विस्फोटक, गनकॉटन, प्राइमर आदि लेकर पंजाब से आ गए थे। उधर विश्वनाथ गली में मालियों, भिखारियों, फूलमाला और लकड़ी के खिलौने बेचने वालों के छद्मवेश में अपने दल-बल के साथ कौल सूरज निकलने से पहले ही मौजूद थे। गले में महकते, ताजे फूलों से भरी बांस की टोकरी लटकाए, हाथ में छोटी छड़ी पर झूलते हार लिए कौल तीर्थयात्रियों और दर्शनार्थियों को फूलमालाएं बेच रहे थे भगवान शिव जी पर चढ़ाने के लिए। उस संकरी गली में प्रातःकालीन भीड़भाड़ के रहते भी कौल की आंखें अपने मुख़बिर पर ही केन्द्रित थीं। उसका संकेत मिलते ही उसके आसपास के सभी व्यक्तियों को धर दबोचना था वर्ना उनकी गोलियों का शिकार तो होना ही था।

नियत समय पर हाथ में फूलमाला किए मुख़बिर आगे बढ़ा। उनकी नज़र उसी पर टिकी थी और छद्मवेशधारी गुप्तचरों की नज़र उन पर। जैसे ही मुख़बिर का मालासहित हाथ ऊपर उठा, अपनी डलिया फेंक-फांक हाथ में लोडेड रिवाल्वर लिए कौल पलक झपकते ही उसकी ओर बाज़ की तरह झपटे। उनके अधीन गुप्तचरों ने उनका अनुसरण किया। नेता जी के जासूसों को मौका ही न दिया संभलने का। तुरन्त सबकी मुश्कें बांध ली गईं। ज़ोर-आज़माई तो बहुत की शिकंजे से मुक्त होने की पर व्यर्थ। चूंकि उन्हें डाकुओं की संज्ञा दी जा चुकी थी अतः किसी ने उनकी मदद भी नहीं की। ख़ासी भगदड़ मच गई। इसके तुरन्त बाद चोपड़ा को भी मय साज़ोसामान हिरासत में ले लिया गया।

उसी रात उन्हें चौगुनी पुलिस गार्ड के साथ दिल्ली ले जाया गया। वहां सबसे कसकर पूछताछ की गई। बड़े-बड़े अनुभवी पूछताछ करने वाले ख़ास तौर से बुलाए गए थे पंजाब से। सबसे कड़ी से कड़ी पूछताछ की गई। किन्तु सब व्यर्थ। धन्य आज़ाद हिन्द फ़ौज के 'सुभाष रेडर्स' ! उन्हें 'टार्चर' (यातना) की अनेक सीढ़ियों से गुज़रना पड़ा सभी दिल दहला देने वाली। बताया किसी ने कुछ भी नहीं। सबको फ़ौजी अदालत के समक्ष पेश किया गया। बचाव के लिए उन्हें पूरी क़ानूनी सहायता उपलब्ध थी दिखाने के तौर पर ही सही।

मुख़बिर को अनेक इनामात देकर बाइज़्ज़त बरी किया गया। दूसरे दिन सूर्य की पहली किरण फूटते ही चोपड़ा सहित आज़ाद हिन्द फ़ौज के सभी जासूसों को मौत के घाट उतार दिया गया। युद्ध-काल में गुप्तचरों की यही तो सज़ा है। अब जब भी बनारस जाता हूं देख ज़रूर लेता हूं विश्वनाथ गली में वह स्थान जहां क्रान्ति के दीवानों से अविस्मरणीय झड़प हुई थी ब्रिटिशकालीन भारतीय पुलिस की।

ऐसे को क्या मारना

द्वितीय विश्व युद्ध की सच्ची कहानी है। बर्मा के अराकान मोर्चे पर युद्ध की गहराई रंगत ला रही थी। जापानियों के हाथों लगातार तीन वर्षों तक पिटते रहने के बाद अब अंग्रेज़ों की हालत में कुछ सुधार आया था। उन्होंने 5वीं, 7वीं, 26वीं, 70वीं डिवीज़नों के अलावा अन्य अनेक डिवीज़नें भी युद्ध के मैदान में झोंकी थीं। इन सबसे जूझ रहे थे आज़ाद हिन्द फ़ौज के पराक्रमी सैनिक, जिनका गठन नेता जी सुभाषचन्द्र बोस ने 17 फरवरी, 1942 को सिंगापुर के फ़ैरर पार्क में किया था।

नेताजी की इस सेना में शामिल थे ब्रिटिश सेना के दूसरी/तीसरी गोरखा, 14वीं, 15वीं, 16वीं पंजाबी, मराठा, छठी/सातवीं राजपूताना राइफल्स, नवीं जाट, 10वीं बलूची, 11वीं सिख, 13वीं फ्रंटियर फ़ोर्स, 17वीं डोगरा, 18वीं, गढ़वाली, 19वीं हैदराबाद के विभिन्न जातियों और धर्मों को मानने वाले 40 हज़ार भारतीय सैनिक और अफ़सर, जिन्होंने बर्मा में जापानियों के समक्ष अपने हथियारों-सहित आत्मसमर्पण किया था। अब वे ही नेता जी सुभाषचन्द्र बोस के नेतृत्व में लड़ रहे थे उन्हीं अंग्रेज़ों से भारत की आज़ादी के लिए। फ़ोर्स वन-थ्री-सिक्स के गुप्तचरों ने इनकी सप्लाई लाइन ही काटकर रख दी थी। तो भी अदम्य साहसी ये घास-पत्ते चबाकर, नदी-नालों का पानी पीकर लोहा ले रहे थे। मैं भी उन दिनों फ़ोर्स वन-थ्री-सिक्स के अन्तर्गत युद्ध-क्षेत्र में कार्यरत था।

बर्मा में माण्डले की दक्षिण-पश्चिम दिशा में बहती इरावदी नदी के किनारे बसा एक गांव है पकोक्कू और उसके दक्षिण में आबाद है पगान। यहीं आज़ाद हिन्द फ़ौज की दूसरी डिवीज़न का भीषण युद्ध हो रहा था अंग्रेज़ों की सातवीं डिवीज़न के साथ। दोनों ओर के सैनिक आधुनिक हथियारों से लैस थे। आज़ाद हिन्द फ़ौज के कर्नल ढिल्लों अपनी चौथी रेजिमेंट का संचालन कर रहे थे। उधर ब्रिटिश रॉयल एयर फ़ोर्स के लिबरेटर, मिचिल, वेलिंग्टन बाम्बर इस क्षेत्र पर अंधाधुंध बमबारी करने में लगे थे। तब उनके साए में आगे बढ़ी अंग्रेज़ों की सातवीं डिवीज़न, जिसमें मुख्य थी पूर्वी लंकाशायर रेजिमेंट।

दोनों ओर से घमासान युद्ध हो रहा था। तभी ब्रिटिश सेना ने नियान्गू और पगान से नदी पार करके आगे बढ़ने की ठानी। इन स्थानों पर कर्नल ढिल्लों के संरक्षण में आज़ाद हिन्द फ़ौज की चौथी रेजिमेंट पहले से ही कब्ज़ा किए बैठी थी। 13 फ़रवरी, 1945 को दिन ढलने से कुछ पहले नियान्गू और पगान पर कब्ज़ा करने की नीयत से पूर्वी लंकाशायर रेजिमेंट के सैनिक नावों पर सवार होकर इरावदी पार करने लगे। कर्नल ढिल्लों के आदेश से भारतीय सैनिकों ने गोली चलाना एकदम बन्द कर दिया किन्तु जैसे ही दुश्मन सौ मीटर की रेंज में

आया, आज़ाद हिन्द फ़ौज के सैनिकों ने धुआंधार गोली-वर्षा करके उनका भरपूर स्वागत किया।

उस दिन इरावदी में दुश्मन के हज़ारों सैनिकों ने जलसमाधि ली। सैकड़ों लाशें और नावें नदी में उतराती नज़र आईं। डूबते सूर्य की लालिमा के साथ-साथ इरावदी का जल भी लाल हो गया था। पूर्वी लंकाशायर रेजिमेंट का एक भी सैनिक जीवित नहीं बचा। सबका सफ़ाया हो गया। बस, बचा तो केवल उनका कर्नल, जिसके नेतृत्व में उन्होंने इरावदी पार करने का दुस्साहस किया था।

तैरकर जान बचाने की ग़रज़ से कमीज़-पतलून उतारकर वह नंगा ही नदी में कूद पड़ा। जब कर्नल ढिल्लों के एक सैनिक ने उसे गोली का निशाना बनाना चाहा तो उन्होंने हाथ से इशारा करके उसे रोक दिया और कहा, "जाने दो। ऐसे को क्या मारना।"

लड़ाई के मैदान में भी शत्रु के प्रति यह दया-भाव ! यह गुण तो बस भारतीय सैनिक में ही मिलेगा।

अद्भुत पुरस्कार

युद्ध से पहले मलाया के दक्षिणी छोर पर सिंगापुर नदी के किनारे बसा, समुद्र से घिरा सिंगापुर शहर ब्रिटिश साम्राज्य का सबसे सुन्दर, सम्पन्न, छोटा-सा उपनिवेश था। हरे-भरे लहलहाते खेत, बाग-बगीचे, बेशकीमती सागौन, टीक के घने जंगल। पक्षियों की चहक और फूलों की महक से वातावरण सदा गमकता रहता था। चारों ओर खुशहाली, मौज-बहार। गरीब लोग भी थे, लेकिन बहुत कम।

इन सुख-सुविधाओं का नतीजा यह हुआ कि लोग आरामतलब हो गए। यहां तक कि ख़रीदारी के लिए बाज़ार जाते समय जेब में रुपये-पैसे लेकर चलना भी शान के ख़िलाफ़ समझने लगे। सामान पसंद किया, होटल में खाया-पिया और 'चिट' पर हस्ताक्षर करके आगे बढ़े। सामान यथासमय उनके घर पहुंच जाता और दूकानदार को पैसे बैंक से मिल जाते। न कहीं चोरी, न बेईमानी।

संसार का आधा टिन, रबर, एल्यूमीनियम मलाया में पैदा होता था। इसलिए जापानियों की नज़र इस ओर पहले से ही थी। पर्ल हार्बर पर आक्रमण करने के दूसरे ही दिन 8 दिसम्बर, 1941 को जापानी हवाबाज़ों ने सिंगापुर पर आक्रमण करके अंधाधुंध बमबारी की। ऊंचे-ऊंचे मकान, बंगले, कल-कारखाने और बाज़ार ध्वस्त हो गए। सैकड़ों जानें गईं, हज़ारों बेघर हुए। बमवर्षा का यह दौर कई दिनों तक चला।

12 फ़रवरी, 1942 को मिंग नामक एक चीनी बालक अपने अंग्रेज़ मालिक डॉ॰ सीसिल ब्राउन के बंगले की ओर दौड़ा जा रहा था। आयु उसकी होगी यही कोई 14 वर्ष। पेशे से धोबी। डॉ॰ ब्राउन के कपड़े धोता था। इतने बड़े बंगले में डॉ॰ साहब अकेले रहते थे। मिंग के भी मां-बाप नहीं थे, अकेला था बेचारा।

मिंग के बाएं हाथ में बम का एक टुकड़ा छिटककर लग गया था, जिससे खून टपक रहा था। डॉक्टर ने उसकी मरहम-पट्टी करते समय कहा—"घाव गहरा नहीं है। दो-चार रोज़ में ठीक हो जाएगा।" चलते वक्त धोने के लिए उसे कुछ कपड़े भी पकड़ा दिए। मिंग खुश होकर कूदता-फांदता अपने घर लौट गया।

तभी 15 फ़रवरी, 1942 को प्रातः नौ बजे सिंगापुर पर जापान का कब्ज़ा हो गया। अन्य चीनी क़ैदियों के साथ मिंग को भी 'कोटोंग' जेल में भेजा गया। अंग्रेज़ों को 'चांगी' जेल ले जाया गया। इसे कांटेदार तारों से घेरा गया था, जिसमें चौबीसों घंटे बिजली की करेंट दौड़ती रहती थी। कोई क़ैदी भागने न पाए। डॉ॰ ब्राउन को भी यहीं रखा गया। उन्होंने देखा कि भोजन की कमी, मलेरिया, पेचिश आदि बीमारियों से लोग मरने लगे थे। उन्होंने जापानी

अफ़सरों से कुछ ज़रूरी दवाइयों का प्रबन्ध करने को कहा। जापानियों ने देखा कि सभी क़ैदी शान्तिप्रिय हैं। कभी किसी ने भागने की कोशिश नहीं की। डॉक्टर को आवश्यक दवाइयां दे दी गईं।

कुछ क़ैदियों के सहयोग से डॉ॰ ब्राउन ने बांस की टहनियों से एक कमरा बनाया और वहीं मरीज़ों का इलाज करने लगे। फिर बच्चों के लिए स्कूल, खेल-कूद, मनोरंजन की व्यवस्था की। दोस्त-दुश्मन सभी के दिलों पर सिक्का जमा लिया।

अचानक 15 अगस्त, 1945 को क़ैदी खुशी से झूमने, नाचने-गाने लगे। युद्ध में जापानियों की पराजय हुई। 'चांगी' जेल पर 'यूनियन जैक' (अंग्रेज़ों का झंडा) लहराने लगा। सभी युद्ध-बन्दी छोड़ दिए गए। उधर मिंग भी कोटोंग जेल से रिहा हुआ तो सीधा पहुंचा सिंगापुर। डॉ॰ ब्राउन के कपड़े धोए, प्रेस किए। फिर दूसरे दिन उनके बंगले पर गया। वे अभी तक आए नहीं थे। मिंग वहीं बाहर फाटक के पास बैठ गया। क़रीब दो घंटे बाद एक फ़ौजी गाड़ी में डॉ॰ ब्राउन आए।

देखते ही मिंग ने उन्हें सलाम किया और एक बण्डल उनकी ओर बढ़ा दिया। डॉ॰ ब्राउन ने पूछा, "इसमें क्या है ?" बड़ी ही मायूसी से मिंग ने उत्तर दिया, "सर ! इस बार बहुत देर हो गई। क्षमा कर दें। जापानियों ने मुझे पकड़कर जेल में डाल दिया था। याद है न आपको ! साढ़े तीन साल पहले आपने ये कपड़े धोने को दिए थे। मैं परसों छूटा और आप आज। मैंने घर पहुंचकर सबसे पहले आपके कपड़े धोए, प्रेस किए। दो घंटे बीत गए आपकी प्रतीक्षा करते-करते"··· और वह सुबक-सुबककर रोने लगा।

भावावेश में डॉ॰ ब्राउन की भी आंखें भर आईं। उस अनाथ बालक को सीने से लगाया और बड़ी देर तक उसके सिर पर हाथ फेरते रहे। फिर रुंधे कण्ठ से बोले, "मेरे बच्चे, तुम कहीं नहीं जाओगे। इसी बंगले में रहोगे मेरे साथ, मेरे बेटे की हैसियत से। अब तुम्हें कपड़े भी नहीं धोने पड़ेंगे। कल से स्कूल जाओगे। यही है तुम्हारी ईमानदारी का पुरस्कार।"

नेता जी तो रूस गए थे...फिर...???

मई, 1944 । कर्नल पी. एस. रतूड़ी की कमान में आज़ाद हिन्द फ़ौज के वीर सैनिक क्यांक्तां स्थित अपने 'बेस' से अराकान की ओर बढ़े और टेटमा, पलेटवा, डेल्टमा पर कब्ज़ा करके मोडांक (मोइरंग) में भारत-भूमि पर राष्ट्रीय झण्डा फहराया। फिर वे लग गए चिन पहाड़ियों में हाकाफालम लाइन पर 17वीं ब्रिटिश डिवीज़न तथा अन्य दो ब्रिगेडों से अपने बचाव में। आज़ाद हिन्द फ़ौज की बकाया पहली डिवीज़न ने जनरल अमान कयानी की कमान में अपने अन्य साथियों सहित पलेल और इम्फाल पर धावा बोला, जबकि कर्नल शाहनवाज़ खां के अधीन फ़ौजी टुकड़ियों ने कोहिमा-इम्फाल सड़क ही काटकर रख दी। फिर तो ब्रिटिश फ़ौज इम्फाल में ही पूरी तरह फांस ली गई।

तभी अचानक जापानियों ने बर्मा में तैनात अपने पूरे हवाई बेड़े का मुख प्रशांत महासागर की ओर मोड़ दिया। अमेरिका से टक्कर लेकर सबसे पहले तो उन्हें अपना देश बचाना था। एकाएक इस परिवर्तन से आज़ाद हिन्द फ़ौज को मिल रहा हवाई संरक्षण बन्द हो गया और ब्रिटिश सैनिकों के हौसले बुलन्द हो उठे। आकाश में उनका एकाधिकार कायम हो गया। वे निर्विघ्न होकर पूरी की पूरी पूर्वी अफ्रीकी डिवीज़न को ही आकाश-मार्ग से इम्फाल ले गए और वहीं अपनी रक्षापंक्ति स्थापित कर ली। दुश्मन के घेरे में फंसे अपने सैनिकों को भी तीन महीने तक हवाई बेड़े द्वारा राशन-पानी पहुंचाया दूसरा कोई उपाय न होने के कारण।

जून, 1944 में मिथान-खोनौ पहाड़ियों पर हुई लड़ाई की बात ही न्यारी थी। एक ब्रिटिश ब्रिगेड ने उन पहाड़ियों पर धावा बोला, जो अभी तक आज़ाद हिन्द फ़ौज की चौथी रेजिमेंट के कमाण्डर कर्नल आई. यू. कियानी के अधीन थी। दुश्मन ने यहां तैनात कैप्टेन राव की अग्रिम कम्पनी को घेर लिया और सामरिक महत्त्व की इन पहाड़ियों पर जा पहुंचे। ऐसी नाजुक घड़ी में आज़ाद हिन्द फ़ौज के कमाण्डर ने लेफ़्टिनेंट मन्सुखलाल को आदेश दिया दुश्मन को पहाड़ियों से भगा देने का और लेफ़्टिनेंट अजायबसिंह को 'साउथ सी फोर्थ हाईलैण्डर्स' पर धावा बोलने का, जो कैप्टेन राव के फ़ौजी दस्ते को घेरे हुए थे। लेफ़्टिनेंट मन्सुखलाल ने अपनी टुकड़ी सहित पहाड़ी पर सीधी चढ़ाई चढ़कर दुश्मन पर आक्रमण किया।

लेफ़्टिनेंट मन्सुखलाल बुरी तरह घायल हो गए। उनके तेरह गोलियां लगीं और वे भूमि पर गिर पड़े। हमला नाकाम होते देख वे पैरों के बल ज़मीन से उठे और दुश्मन पर धावा बोलने के लिए अपने सैनिकों को हुंकारा। दुश्मन यह आक्रमण न झेल सका और मैदान छोड़कर दूसरी ओर भागा। लेफ़्टिनेंट अजायबसिंह की कम्पनी ने 'साउथ सी फोर्थ हाईलैण्डर्स'

को बुरी तरह घेरकर भीषण मारकाट मचाई। उस दिन का अस्त होता हुआ सूर्य सैकड़ों मारे गए 'टॉमियों' (गोरों) का चश्मदीद गवाह था।

आक्रमण के पहले दौर में आज़ाद हिन्द फ़ौज को किसी भी मोर्चे पर पराजय का मुंह देखना नहीं पड़ा। आज़ाद हिन्द फ़ौज के कब्ज़े में आई किसी भी सैनिक-चौकी को ब्रिटिश सेना हाथ न लगा पाई। शायद ही कोई ऐसा मौक़ा आया हो जब ब्रिटिश सैनिकों के अधिकार-क्षेत्र की किसी भी पोस्ट पर आज़ाद हिन्द फ़ौज के जवानों ने हमला किया हो और वे न जीते हों ! मार्च से सितम्बर, 1944 के इस दौर में जब आज़ाद हिन्द फ़ौज को पीछे हटना पड़ा, उनके चार हज़ार सैनिकों ने मौत को गले लगाया था।

आज़ाद हिन्द फ़ौज के जवानों की इम्फाल से कलेवा तक की वापसी बहुत मुश्किल और दिल दहलाने वाली थी। सारा इलाक़ा बाढ़ग्रस्त था। लगातार बारिश के कारण सभी पहाड़ी रास्ते मिट चुके थे। आवागमन के सभी साधन ठप हो चुके थे। पहले तो सप्लाई-साधन किसी प्रकार जारी रखे गए फिर वे भी लुप्त हो गए। दुश्मन की लगातार छेड़खानियों से बचने के लिए उन्हें प्रतिदिन 40 किलोमीटर की दूरी पैदल तय करनी पड़ती थी और वह भी पीठ पर अस्सी-अस्सी पौण्ड का बोझा लादकर तथा घायल सैनिकों को ढोकर। भोजन के नाम पर खाने योग्य जंगली घास में मिला थोड़ा-सा चावल, बस, वह भी बिना नमक।

उस इलाक़े में विशेष प्रकार की लाखों की संख्या में ऐसी बड़ी मक्खियां थीं जिनके काटने से एक घंटे में ही सारे शरीर पर ज़ख़्म हो जाते थे। सभी दवाइयां समाप्त हो चुकी थीं। ऑपरेशन भी बिना बेहोश किए ही उस्तरे से करने पड़ते थे। पूरी डिवीज़न के प्रायः साठ प्रतिशत सैनिकों की दशा चिन्ताजनक थी और वे मेम्यो तथा मोनेवा के अस्पतालों में भर्ती थे।

बर्मा में माण्डले के दक्षिण-पश्चिम में बहती इरावदी नदी के किनारे एक गांव है पकोक्कू और उसके दक्षिण में पगान है। यहीं आज़ाद हिन्द फ़ौज का भीषण युद्ध हो रहा था अंग्रेज़ों की सातवीं डिवीज़न के साथ। दोनों सेनाओं के सैनिकों के पास आधुनिक हथियार थे। कर्नल ढिल्लों आज़ाद हिन्द फ़ौज की चौथी रेजिमेंट का संचालन कर रहे थे। उधर ब्रिटिश रॉयल एयर फ़ोर्स द्वारा अंधाधुंध बमबारी हो रही थी इसी क्षेत्र में। उनके तोपखाने अलग से आग उगल रहे थे। फिर आगे बढ़ी अंग्रेज़ों की सातवीं डिवीज़न जिसमें मुख्य थी पूर्वी लंकाशायर रेजिमेंट जिसका स्वागत आज़ाद हिन्द फ़ौज के सैनिकों ने किया धुआंधार गोलियों की वर्षा करके। दुश्मनों के रक्त से रंजित इरावदी नदी साक्षी बन गई भारतीयों की अदम्य वीरता की। लंकाशायर रेजिमेंट का एक भी सैनिक जीवित नहीं बचा, केवल अंग्रेज़ सैनिकों का कर्नल अपनी जान बचाकर नंगा ही नदी पार करने लगा। अब भगोड़े को मारना भारतीय शान के सदा ही विपरीत रहा है। अतः उसे भाग जाने दिया।

आख़िरकार ब्रिटिश फ़ौज को जापानियों को धर दबोचने में सफलता मिल ही गई। उन्होंने पकोक्कू से बीस किलोमीटर दूर उत्तर दिशा में इरावदी के किनारे सामने से तो जापानियों पर प्रहार किया और पीछे से पिल पड़े आज़ाद हिन्द फ़ौज पर। इस अप्रत्याशित आक्रमण ने आज़ाद हिन्द फ़ौज को पोपा क्यॉकपडोंग क्षेत्र से पीछे हटने के लिए विवश कर दिया, जहां से अब तक उन्हें हिलाना कठिन था।

उस समय नेता जी सुभाषचन्द्र बोस की आज़ाद हिन्द फ़ौज का एडवांस हैडक्वार्टर्स मीकतिला (उत्तरी बर्मा) में था और वे वहीं से अपनी तीनों डिवीज़नों का युद्ध-संचालन कर रहे थे। दुश्मन पर धावा बोलने से पहले वे सभी सम्भावित पहलुओं पर बारीकी से अध्ययन करते थे। नियान्यू में अंग्रेज़ों की घुसपैठ से वे बड़े दुखी थे। अपने अधीन अफ़सरों के लाख मना करने पर भी वे तुरन्त मोर्चे की अगली पंक्ति में शामिल होकर युद्ध-संचालन करना चाहते थे।

तभी 25 फरवरी, 1945 को रॉयल एयर फ़ोर्स के साठ 'बी-25' बॉम्बरों ने उनके सैनिक हैडक्वार्टर्स पर भयानक बमबारी की। नेता जी बाल-बाल बचे। फिर भी वे चिन्तित थे और शीघ्रातिशीघ्र अपनी चौथी रेजिमेंट में पहुंचकर उनका मार्गदर्शन करना चाहते थे। लेकिन, दूसरे ही दिन प्रातः 8 बजे दुश्मन के ब्रिगेड ने मीकतिला-प्यिनमाना सड़क ही काटकर रख दी और नेता जी को अपने घेरे में ले लिया।

तुरन्त नेता जी ने अपने सैनिकों को सम्बोधित किया, "तब तो उस कटी हुई सड़क पर ही अंग्रेज़ों से अन्तिम युद्ध करना होगा और वहीं हमें लड़ते-लड़ते मर भी जाना है।" यह कहते हुए वे स्वयं ही सबसे पहले आगे बढ़े। रास्ते में उन पर हमले भी हुए, लेकिन दुश्मन को वहीं मौत के घाट उतार दिया गया। सब सकुशल इण्डी पहुंचे। इस गांव में युद्ध की लपटें अभी पहुंची नहीं थीं। किन्तु यह क्या ! उन्हें आए मुश्किल से पांच मिनट बीते होंगे कि वहां भी बम-वर्षा होने लगी। नेता जी तीसरी बार बचे। यह था फ़ोर्स वन-थ्री-सिक्स के गुप्तचरों का कमाल जो अंग्रेज़ों को एक-एक क्षण की ख़बर दे रहे थे। तब नेता जी अपने सैनिकों के साथ पहुंचे प्यिनमाना और पहली डिवीज़न के बचे-खुचे रणबांकुरों की 'एक्स रेजिमेंट' तैयार करके अंग्रेज़ों को मजा चखाने लगे।

यह लड़ाई निरन्तर दो महीनों तक चलती रही। इस बीच ब्रिटिश सेना के कुछ दस्ते उन्हें वहीं लड़ना छोड़कर उनके लगभग 300 किलोमीटर पीछे जा पहुंचे। उधर अंग्रेज़ों की दूसरी, पांचवीं तथा सातवीं डिवीज़नें पोपा और क्योंकपडोंग की ओर बढ़ीं, जिन स्थानों पर आज़ाद हिन्द फ़ौज की दूसरी डिवीज़न का कब्ज़ा पहले से था। दोनों ओर से प्रलयंकारी युद्ध हो रहा था। अंग्रेज़ किसी भी कीमत पर नेता जी को हासिल करना चाहते थे और आज़ाद हिन्द फ़ौज की दूसरी डिवीज़न जीवन के अन्तिम क्षण तक उनका बाल भी बांका होने देना नहीं चाहती थी। आख़िर कब तक लड़ते ? खाना-पीना, हथियार, गोला-बारूद सभी कुछ तो शनैः-शनैः चुक रहा था। फ़ोर्स वन-थ्री-सिक्स के एजेंटों ने पूरी सप्लाई-लाइन ही काटकर रख दी थी, अतः उनकी रसद, युद्ध-सामग्री आनी बन्द हो गई। अन्त में इस दूसरी डिवीज़न ने ज़बरदस्त नाकेबन्दी की और नेता जी को उनकी समस्त सामग्री सहित युद्ध-स्थल से सुरक्षित निकाल ही लिया।

उस समय आज़ाद हिन्द फ़ौज की तीसरी डिवीज़न अपने सेनानायक जनरल नागर सहित मलाया में फंसी थी। 28 अप्रैल, 1945 को कर्नल सहगल ने समर्पण कर दिया और तीन मई को ब्रिटिश ऑक्यूपेशन आर्मी धड़धड़ाती हुई रंगून जा धमकी। अब युद्ध का अन्त निकट था। 7 मई, 1945 को जर्मनी में हथियार डाल दिए। 10 अगस्त, 1945 को जापान ने सन्धि की सभी शर्तें मान लीं और 14 अगस्त को समर्पण भी कर दिया। इसके बाद 15 अगस्त,

1945 को सिंगापुर रेडियो से नेता जी सुभाषचन्द्र बोस ने आज़ाद हिन्द फ़ौज के समर्पण की घोषणा की।

समर्पण के एक दिन पहले नेता जी ने अपने कुछ चुनिन्दा फ़ौजी अफ़सरों और सिविलियन मित्रों को सिंगापुर में डिनर पर बुलाया था। वे हल्के क्रीम कलर का सूट पहने हुए थे, जिसकी शोभा बढ़ा रही थी हवा में लहराती उनकी लाल रंग की स्पोर्टिंग टाई। 'क्रेबिन ए' सिगरेट के कश पर कश लगाए जा रहे थे। शान्त चेहरा। मन में रत्तीभर हलचल नहीं। चिन्ता और व्यथा से सर्वथा मुक्त लग रहे थे।

वे मित्र-राष्ट्रों के युद्ध-अपराधी थे। जापानी नहीं चाहते थे कि भारत के इस महान् कर्मयोगी, अदम्य पराक्रमी, अद्वितीय देशप्रेमी, अनोखी क्रान्ति के पुजारी को एक क़ैदी के रूप में दुश्मन के हवाले कर दिया जाए, अतः सोवियत यूनियन के प्रधानमंत्री मार्शल जोशफ स्टालिन को उन्हें रूस में प्रवेश करने के लिए राज़ी कर लिया।

16 अगस्त, 1945 को सिंगापुर से प्रस्थान कर नेता जी सेगांव पहुंचे। दूसरे दिन सेगांव से एक जापानी 'ज़ीरो' बॉम्बर में सवार होकर, जिसमें उनके अलावा यान चालक ही था, अपराह्न डेढ़ बजे जा पहुंचे देरेन (मंचूरिया)। वहीं चाय पी और केले खाए। तब तक जहाज़ से हीरे-जवाहरात, सोने के ज़ेवरात आदि उतारकर पास ही खड़ी एक जीप में लादे गए। नेता जी के पास दो अटैचियां भी थीं उनके दोनों हाथों में। उनमें भी भरी थीं बेशकीमती वस्तुएं और कुछ महत्त्वपूर्ण दस्तावेज़ भी थे। इस बेशुमार दौलत से सम्भवतः उन्हें किसी और देश से भारत की स्वतन्त्रता का युद्ध जारी रखना था।

जीप में एक जापानी ड्राइवर की बगल में नेता जी सुभाषचन्द्र बोस आगे जा बैठे। पीछे उनके थे तीन भारतीय अंगरक्षक—एक सिख, एक हिन्दू और एक मुस्लिम। चौथे व्यक्ति थे जापानी जनरल शिदेई, जिन्हें नेता जी को सही-सलामत रूस की सीमा में प्रवेश कराने का गुरुतर दायित्व सौंपा गया था।

नेता जी सुभाषचन्द्र बोस को रूस की सीमा में प्रवेश कराकर पांचों व्यक्तियों सहित जीप तीन घण्टे में सुरक्षित वापस लौट आई। 'ज़ीरो' बमवर्षक के पायलेट को बता दिया गया कि नेता जी को रूसी सीमा में सकुशल पहुंचा दिया गया। इस आश्वासन के बाद ही पायलेट ने सीधे टोकियो के लिए उड़ान भरी।

सिंगापुर से नेता जी सुभाषचन्द्र बोस के अचानक ग़ायब होने की पूरी-पूरी जानकारी फ़ोर्स वन-थ्री-सिक्स को थी। उनके विलुप्त होने के ठीक 11 वर्ष 2 माह बाद इस जानकारी पर वास्तविकता का ठप्पा ठोका ब्रिटेन के भूतपूर्व प्रधानमन्त्री क्लीमेंट एटली ने उत्तर प्रदेश के तत्कालीन मुख्यमंत्री डॉ॰ सम्पूर्णानन्द से बातचीत के दौरान, जब अक्टूबर, 1956 में वे सपत्नीक लखनऊ पधारे थे।

पोस्ट क्विट प्लान

सन् 1944 के उत्तरार्ध में युद्ध-कौशल में प्रवीण 'लिबरेटर' और 'मिचिल' विमानों से लैस रॉयल एयर फो़र्स ने जापानियों की रसद और युद्ध-सामग्री लाने-ले जाने के सभी रास्ते बरबाद करके रख दिए। इसके अलावा जब 'स्ट्रेटिजिक एयर फ़ोर्स' भी भारत में अपने बेस से दो हज़ार आठ सौ मील लम्बा जाने-आने का रास्ता तय करके रंगून, मौलमीन, बैंकाक और सिंगापुर के बन्दरगाहों, जापानी सेना के गुप्त अड्डों, कारखानों और तैल-क्षेत्रों पर कामयाबी के साथ हवाई हमले करने लगा, तो अंग्रेज़ों को पूर्वी क्षेत्र में अपनी विजय नजर आने लगी। तभी ब्रिटेन के प्रधानमंत्री विंस्टन चर्चिल की दूरदर्शिनी दृष्टि को यह स्पष्ट दिखाई देने लगा कि वे लड़ाई तो अब जीत ही जाएंगे, लेकिन भारत, बर्मा, श्रीलंका, ब्रिटिश मलाया आदि देशों से उन्हें हाथ भी धोने पड़ेंगे।

10 सितम्बर, 1944 को ब्रिटिश प्रधानमंत्री चर्चिल और अमेरिकी प्रेसीडेंट रूज़वेल्ट के बीच हुई दूसरी किव्वेक कान्फ्रेंस के तुरन्त बाद चर्चिल ने फ़ोर्स वन-थ्री-सिक्स के सर्वेसर्वा कालिन हरक्यूलीज़ मिकेन्ज़ी को 'पोस्ट क्विट प्लान' तैयार करने का अति गोपनीय आदेश दिया। अंग्रेज़ आसानी से भारत छोड़ने के लिए तैयार नहीं थे। वे आज़ाद भारत को बता देना चाहते थे कि अंग्रेज़ों से बिगाड़कर आज़ादी पाने का अंजाम क्या होता है। इसी भूमिका के बल पर वे पूर्वी देशों के युद्ध-क्षेत्र में अपनी विजय तथा भारत छोड़कर जाने के सवाल पर गम्भीरता से मनन करने लगे।

किव्वेक से मेरठ लौटते ही मिकेन्ज़ी ने चार्ल्स ओ'नील और सेना सम्बन्धी अपने सलाहकार कर्नल ल्यूस पग से इस मामले पर विचार-विमर्श किया। तुरन्त स्टुअर्ट को कलकत्ता और कॉली को कैण्डी से बुलाने के लिए वायरलेस से संदेश भेजे। लम्बे सलाह-मशविरे हुए। वार्ता का विषय था—भारतीय रियासतों के ख़ास मामलों का इन्तजाम करने के लिए फ़ोर्स वन-थ्री-सिक्स के अन्तर्गत 'जी॰ एस॰ आई॰ (के)' नामक एक शाखा खोलना। निर्णय के अनुसार मेरठ छावनी में 'जी॰ एस॰ आई॰ (के)' के दो दफ़्तर—132, बैरक स्ट्रीट और 106, ब्रिज स्ट्रीट पर खोले गए। इनका काम था भारतीय रियासतों के साथ गुप्त सम्बन्ध स्थापित करना।

सन् 1945 के शुरू में कर्नल पग के नेतृत्व में मेजर फ़िच और मेजर ड्रेक ने 145, नार्थ रो, मेरठ कैंट के बड़े बंगले में 'पोस्ट क्विट प्लान' (भारत छोड़ने के बाद की योजना) तैयार की। मिकेंजी, स्टुअर्ट, नील और कॉली इससे सहमत हुए और चर्चिल ने अपनी स्वीकृति की मोहर ठोंक दी। इस योजना के ख़ास पहलू थे—

1. फोर्स वन-थ्री-सिक्स कर्मचारियों से 'एजेंट प्रोवोकेटर्स' (उकसाने वाले एजेंट) का काम लेना।

2. भारत की राष्ट्रीय सरकार के विरुद्ध द्वेषभाव रखने वाले सम्प्रदायों को उकसाकर "रेजिस्टेंस मूवमेंट' (अवरोध आन्दोलन) संगठित करना।

3. 'रेसिस्टेंस मूवमेंट' की कामयाबी के लिए हथियार, गोला-बारूद देना।

4. भारत की राष्ट्रीय सरकार को विफल करने के लिए कुछ रियासतों को अड़ंगे डालने की ग़रज़ से उकसाते रहना।

5. सैनिक तथा आर्थिक दृष्टि से भारत की राष्ट्रीय सरकार को कमज़ोर और अयोग्य बनाने के लिए अकारण मार-काट और मज़हबी दंगे कराना।

6. मुद्रा-स्फीति करके भारत को तबाह कर देना।

7. गुप्तचर विभागों, सेना के तीनों अंगों के अलावा अन्य विशेष विभागों के सभी खुफिया दस्तावेज लंदन भिजवा देना या जलाकर राख कर देना।

वड़ी ही ख़तरनाक थी यह योजना। चर्चिल तो इसे तुरन्त लागू कराना चाहते थे। उनकी दूरदर्शिता ने पहले ही भांप लिया था कि लड़ाई के बाद हर हालत में अंग्रेज़ों को भारत छोड़ना होगा। इसे ही ध्यान में रखकर भारत छोड़ने से पहले अंग्रेज़ों ने मुस्लिम लीग के साथ पूर्ण सहयोग बनाए रखने के लिए ज़मीन-आसमान के कुलाबे एक कर डाले। फलतः मैत्री के आवरण में छिपे स्वार्थों ने तथा प्रतिक्रियावादी शक्तियों ने एक ऐसा जन-समूह पैदा करने की तरकीब साकार की जो नवजात राष्ट्रीय सरकार के सफल संचालन में बाधाओं और मतभेदों को जन्म देती रहे।

फ़ोर्स वन-थ्री-सिक्स को उस समय यही काम सौंपा गया कि वह युद्ध के नज़रिए से महत्त्वपूर्ण स्थानों पर ऐसे मुस्लिम पिट्ठुओं को तैयार करे जिनसे 'फ़िफ्थ कॉलमिस्ट' का काम लिया जा सके और भारतीय रियासतों, बड़े-बड़े ताल्लुक़ेदारों, ज़मीदारों के बीच अंग्रेज़ अपनी हस्तक्षेप नीति को मज़बूत कर सकें। इस घृणित लक्ष्य की पूर्ति के लिए रजवाड़ों और ज़मींदारों को हथियार तथा युद्ध की सारी सामग्री प्रचुर मात्रा में देकर लुभाया जाने लगा, जिससे यथासमय मज़हबी दंगे और अकारण मार-काट की आग भड़काई जा सके। परिणामतः देश में पारस्परिक घृणा और विद्वेष का बीजारोपण करके भारत के राष्ट्रीय शासन को नितान्त निकम्मा बनाकर छोड़ जाने का दूषित इरादा सफल किया जाए। इसके अलावा, केन्द्रीय और प्रान्तीय गुप्तचर विभागों के सेना के तीनों अंगों तथा अन्य अनेक सरकारी विभागों के गोपनीय दस्तावेज़ों को नष्ट कर दिया जा रहा या लंदन भेजा जा रहा था।

इस काम के लिए केन्द्रीय और प्रान्तीय सरकारों के कुछ अंग्रेज़ ऐंग्लो इण्डियन और मुस्लिम आई॰ सी॰ एस॰ तथा आई॰ पी॰ अफ़सरों का विश्वास प्राप्त किया गया था। उन्हें गोपनीयता की शपथ में बांधकर यह रहस्योद्घाटन किया गया। उन्होंने अपने मंजे हुए विश्वासपात्र एजेंटों की मदद से इस योजना को लागू करने की ज़िम्मेदारी ले ली। ये एजेंट या तो फ़ोर्स वन-थ्री-सिक्स में काम कर चुके थे, या 'पोस्ट इन्वेज़न प्लान' के आदमी थे।

इन एजेंटों को तोड़-फोड़ में माहिर बना देने के लिए और 'एजेंट प्रोवोकेटर्स' का काम करने के लिए भारत में कई स्थानों पर प्रशिक्षण दिया जाने लगा। इनमें से कुछ तो पहले ही

बर्मा, मलाया आदि देशों में ऐसे काम कर चुके थे। चूंकि सोवियत रूस उस समय मित्र-राष्ट्रों का साथी था, भारतीय कम्युनिस्टों ने भी इस लड़ाई में अंग्रेज़ों का साथ देना शुरू कर दिया।

इस प्रकार अंग्रेज़ों को पूरा विश्वास हो गया कि साम्यवादी तथा प्रतिक्रियावादी तत्त्वों के सहयोग से 'पोस्ट क्विट प्लान' सफल होगी और आज़ाद भारत की सरकार को विवश होकर अंग्रेज़ों से लौट आने का निवेदन करना पड़ेगा और वह भी अंग्रेज़ों की अपनी शर्तों पर। बड़ी ख़ौफनाक थी यह 'पी॰ क्यू॰ पी॰'।

उन दिनों एच॰ जे॰ टॉम, सी॰ आई॰ एम॰ सी॰, एम॰ ए॰ (ऑक्सन), आई॰ पी॰, संयुक्त प्रान्त (वर्तमान उत्तर प्रदेश) के गुप्तचर विभाग के असिस्टेंट इंस्पेक्टर-जनरल थे। उनका दफ़्तर लखनऊ में रेडिची रोड (वर्तमान गोखले मार्ग) की कोठी नं॰ एक में था। उन्हीं के प्रयास से फ़ोर्स वन-थ्री-सिक्स ने संयुक्त प्रान्त की बांसी एस्टेट के नायब दीवान सांवल सिंह (सांवल प्रसाद) की सहायता से अवध तथा रुहेलखण्ड के बड़े-बड़े ज़मींदारों और ताल्लुक़ेदारों से सम्पर्क स्थापित किया। इसी दीवान ने रामपुर, छतारी, भरतपुर, रीवां, ग्वालियर के ज़मींदारों और ताल्लुकेदारों को हथियारों से लैस करना शुरू कर दिया।

इधर मेरठ में 'जी॰ एस॰ आई॰ (के)' के कर्नल वाल्श, मेजर क्रिस्प और सरमन भी हैदराबाद, जूनागढ़, बहावलपुर, भोपाल, मुजफ्फरगढ़, लायलपुर, फरीदपुर, बारीसाल, नाभा, पटियाला, दरभंगा, कपूरथला आदि देशी रियासतों को हथियार भेजने लगे इस हिदायत के साथ कि इनका प्रयोग सिर्फ अंग्रेज़ अधिकारियों या फ़ोर्स वन-थ्री-सिक्स के कर्मचारियों के इशारे पर ही ठीक समय पर किया जाए, अन्यथा इन्हें छुआ भी न जाए।

इन्हीं दिनों इण्डियन करेंसी नोटों से भरे न जाने कितने रेलवे वैगन नासिक रोड स्थित गवर्नमेंट सिक्योरिटी प्रिंटिंग प्रेस में मेरे हवाले किए गए। इन्हें मैंने कलकत्ता, मद्रास, मेरठ, लाहौर, रावलपिंडी और पेशावर तक सुरक्षित पहुंचाकर वहां के फ़ोर्स वन-थ्री-सिक्स के अंग्रेज़ अफ़सरों को सौंप दिया।

इन दिनों फ़ोर्स वन-थ्री-सिक्स के सभी अधिकारियों और कर्मचारियों को हर सरकारी काम में अधिकाधिक पैसा खर्च करने के भी आदेश मिले। तभी मेरठ से दो दिन की छुट्टी लेकर मैं लखनऊ आया था अपनी बीमार पत्नी को देखने। कलकत्ता लौटने पर उस सस्ते ज़माने में लखनऊ चारबाग़ रेलवे स्टेशन से गुइन स्क्वायर नार्थ (वर्तमान शिवपुरी) तक तांगे का किराया आठ आने के बजाय पच्चानवे रुपये और कुली का दो आने के बजाय दो रुपये क्लेम किया तो मेरा यह बिल देखते ही मेजर क्लार्क झल्लाकर बोले, "तुम्हें ख़र्च करना भी नहीं आता। तांगे का पूरा सौ लिखो और कुली का पन्द्रह रुपये।" मैंने तुरन्त उस आदेश का पालन किया। फिर तो रुपया पानी की तरह बहाया जाने लगा। यह तो मुझे बाद में पता चला कि मुद्रा-स्फीति के लिए ही यह जाल बिछाया गया था।

बड़े-बड़े मुस्लिम अफ़सर और मुस्लिम लीग के आला नेता भी फ़ोर्स वन-थ्री-सिक्स के चंगुल में आ चुके थे। जनवरी, 1945 को मुझे बम्बई से मेरठ बुलाकर दो 'टॉप सीक्रेट एण्ड पर्सनल' लिफाफे दिए गए। एक था क्वेटा-स्थित इम्पीरियल इंटेलिजेंस ब्यूरो के प्रतिनिधि और बलूचिस्तान में ब्रिटिश इंटेलिजेंस सिस्टम के डायरेक्टर मिस्टर वुड के नाम। दूसरा था इस्कन्दर मिर्जा के लिए, जो बाद में पाकिस्तान के गवर्नर-जनरल हुए। उस समय वे कमिश्नर

थे। दोनों ही उन दिनों पेशावर में थे। जैसा कि आदेश था मैंने अपने ही हाथों ये पत्र सुरक्षित रूप मे दोनों के हवाले किए और उनसे रसीदें ले लीं। लेकिन, किसी ने भी पत्रोत्तर नहीं दिया। हां, वुड ने इस्माइल उर्फ जहूर उपनाम वाले शौकत नामक एजेंट को मेरठ तक ले जाने के लिए मेरे हवाले अवश्य कर दिया।

यह शौकत ही था जिसने बंगाल में मज़हबी दंगे कराने के लिए कलकत्ता, कोमिल्ला, चटगांव, खुलना, राजशाही आदि नगरों में सैकड़ों एजेंट भरती किए। ये हर घड़ी अपने काम के लिए कमर कसे रहते थे। बस, आदेश मिलने भर की देर थी। यह रहस्य तो अरसे बाद खुला।

कस्तूरबा तथा महादेव देसाई की मृत्यु के बाद गांधी जी आगा खां पैलेस, पूना में बीमार पड़े, जहां वे बन्दी थे। बाद में 6 मई, 1944 को उन्हें बिना शर्त रिहा कर दिया गया। स्वास्थ्य-लाभ के बाद सन् 1945 में वे अपनी नियमित सायंकालीन प्रार्थना-सभाएं पूना रेलवे स्टेशन के पास एक डॉक्टर के मकान, 'पर्णकुटी' में किया करते थे। यह जगह हमारे पूना-कार्यालय के निकट थी। भारतीय सेना के कुछ जवान, जो उन दिनों खड़की, शिवाजी नगर और पूना में नियुक्त थे, अपने अफ़सरान और मिलिटरी पुलिस की नज़र बचाकर सादी पोशाक में इन प्रार्थना-सभाओं में जाते थे—गांधी जी के दर्शन करने और उनके उपदेश सुनने।

मैं उस समय बम्बई से तबादले पर एस॰ एफ॰ डी॰ सी॰ (स्पेशल फ़ोर्सेज़ डेवलपमेंट सेंटर), खड़की में आ गया था। दो बार मैं भी गांधी जी की प्रार्थना-सभा में गया था। तभी एक दिन बाम्बे डिटैचमेंट फ़ोर्स वन-थ्री-सिक्स का गुप्तचर ई॰ आर॰ कोलम्बोवाला मिला। उसने बताया, कलकत्ता से स्टुअर्ट आए हैं और देहू रोड पर 'प्वायज़नस सब्सटेंस हैडक्वार्टर्स' में ठहरे हुए हैं। दूसरे दिन उसने फिर कहा कि गांधी जी वाइसराय लार्ड वेवल के साथ भारत की स्वतन्त्रता के बारे में कई अहम राजनीतिक मसलों पर विचार-विमर्श करने के लिए दिल्ली जाने वाले हैं।

मेरा माथा ठनका। स्वयं स्टुअर्ट का उस समय वहां होना ही बड़ी बात थी। मुझे समझते देर न लगी कि दो-चार दिनों में ही कोई असाधारण घटना घटने वाली है।···और, दो दिनों बाद सुनता क्या हूं, कि रात में फ़ोर्स वन-थ्री-सिक्स के क्षेत्र में पड़ने वाले देहू रोड और कर्जत रेलवे स्टेशनों के बीच ही गांधी जी की स्पेशल ट्रेन दुर्घटनाग्रस्त हो गई। उस गाड़ी में एक इंजन, एक तीसरे दर्जे की बोगी और एक गार्ड का डिब्बा था। इंजन पटरी से उतर गया, लेकिन वह होशियार ड्राइवर गांधी जी और उनके साथ सफर करने वाले सभी लोगों को बचा ले गया।

1945 का साल शुरू होते ही पूर्वी युद्ध-क्षेत्र में अंग्रेज़ों की विजय सुनिश्चित हो गई। 3 जनवरी, 1945 को मायू की पहाड़ियों पर आक्याब की बड़ी लड़ाई जीती और उनके 17वें लान्सर्स शर्मन टैंक आगे बढ़ते ही गए। 14 जनवरी, 1945 को अंग्रेज़ी सेना की 19वीं डिवीज़न ने रात के अंधेरे में ही इरावदी नदी पार कर ली। 27 जनवरी, 1945 को भारत से बर्मा होती हुई चीन जाने वाली सड़क खुल गई। अब कॉन्वाय लीडो से सीमा पार करके चुगकिंग (चीन) पहुंच रहे थे। येन्नान (चीन) से जनरल लो चो यिंग का 'चायनीज़—एक्सपिडीशनरी फ़ोर्स'

पश्चिम की ओर बढ़ रहा था। इनके सैनिकों के पास पूरी वर्दी तक नहीं थी। खाकी कमीज़ें, पैंट, घास या धान के पैरा की चप्पलें, बस। बारिश से बचाव के लिए रेनकैप तक नहीं थी। उस कड़ाके की ठंड में भी मुश्किल से एक-एक कम्बल सबके हिस्से में पड़ता।

इस समय अपने सेनाध्यक्षों के आदेश पर वीर जापानी सैनिक आत्मसमर्पण की जगह 'हाराकिरी' (आत्महत्या) करने से ही विशेष गौरव का आनन्द ले रहे थे। दुश्मन को अच्छी तरह मौत के द्वार तक पहुंचाकर जब देखते कि अब कोई चारा नहीं, तो तुरन्त आत्महत्या करके देशभक्ति की मिसाल कायम करते। अप्रैल, 1945 में जब मीकतिला में जापानी कमांडिंग-जनरल किमूरा की सेना का सफाया हो गया तो फ़ोर्स वन-थ्री-सिक्स के एजेंट करेन-नेताओं को जापानियों के ख़िलाफ़ शस्त्र उठाने के लिए राज़ी करने में सफल हो गए। करेन भाले-तीर से लेकर रॉकेट, बम जैसे भयानक हथियारों तक से लैस होकर भीषण परिस्थिति, दलदल, मच्छरों और जोंकों की बिना तनिक भी परवाह किए जापानियों से मोरचा ले रहे थे।

फ़ोर्स वन-थ्री-सिक्स की सबसे शानदार सफलता यही थी कि उन्हें जापानियों की ताक़त का सही-सही ज्ञान था, जितना स्वयं जापानी भी नहीं जानते थे, जिसका अभिशाप जापान की पराजय बनकर सामने आया। जनरल मुतागुची के युद्ध-सम्बन्धी गुप्त आदेश माउण्टबैटन तक पहुंच जाते थे। वे मुस्कराते हुए उन्हें अपनी सेना को पढ़कर सुनाते थे। फिर उसी हिसाब से व्यूहरचना की जाती थी। राजनीतिक, सैनिक या आर्थिक, किसी भी दृष्टि से जिस देश की गुप्तचर पद्धति दोषपूर्ण है, उसे जीवित रहने का कोई अधिकार नहीं। साथ ही उस देश को भी नहीं जिसकी गुप्तचर सेवा खुशामदी, कमज़ोर या निकम्मी हो।

अंग्रेज़ों का 'इन्वेजन फ़ोर्स', जिसमें जाट और गोरखा सैनिक थे, इरावदी नदी के दोनों किनारों पर उतर पड़ा। तीन दिनों तक रंगून शहर में आगजनी और लूट-पाट का जश्न मनाया गया। मुट्ठीभर आत्महत्या करने वाले 'स्नाइपर्स' के अलावा जाटों ने वहां कुछ भी नहीं छोड़ा। दो मई, 1945 को अंग्रेज़ों ने रंगून पर फिर कब्ज़ा कर लिया, जिस पर उत्तर की ओर से हमला किया गया था। जबकि फ़ोर्स वन-थ्री-सिक्स की गुप्त कार्रवाइयां मध्य और दक्षिणी बर्मा में जारी थीं। अतः सिंगापुर जाने का रास्ता बेरोक-टोक खुल गया।

इन विजयों के राजनीतिक नतीजों को अच्छी तरह समझने वाले फोर्स वन-थ्री-सिक्स ने अपने एजेंटों को बंगाल और पंजाब के उन स्थानों में भारी मात्रा में शस्त्र और गोला-बारूद दफना देने का स्पष्ट आदेश दिया, जहां उनके मुस्लिम साथी ही अधिक संख्या में रहते थे। कर्नल किन्स और इंडियन पुलिस के ए. एन. पी. जोन्स को ही यह गुप्त दायित्व सौंपा गया कि वे हथियारों को बंगाल और पंजाब के कब्रिस्तान में गड़वा दें और धरती के गर्भ से उन्हें उस शुभ अवसर पर निकाला जाए जब भारत भूमि पर भीषण अशान्ति मचाने के लिए ही किसी विशेष सम्प्रदाय के हवाले किया जाए जिससे बंगाल तथा पंजाब में मज़हबी दंगे तथा भयानक मार-काट का नग्न नृत्य कराया जाए। इसके लिए कर्नल किन्स ने कोमिल्ला में एक गुप्त संस्था भी खोली, जिसमें केवल मुस्लिम विद्यार्थी ही थे। वे उन्हें आसानी से मिलने वाली चीज़ों से बम बनाना सिखाने लगे।

छह अगस्त, 1945 को अमेरिका ने पहला ऐटम बम गिराया हिरोशिमा पर, और उसके

तीन दिनों बाद 9 अगस्त को दूसरे से नागासाकी को निगल लिया। 15 अगस्त, 1945 को जापान ने घुटने टेक दिए। युद्ध समाप्त हो गया और अब फोर्स वन-थ्री-सिक्स को मेरे हिन्दू, और वह भी ब्राह्मण होने के नाते मेरी सेवाओं की ज़रूरत न रही। मुझे यू. पी. सी. आई. डी. स्पेशल ब्रांच में, जहां मैं यहां आने से पूर्व नियुक्त था, दो माह का अधिक वेतन देकर लखनऊ वापस भेज दिया गया। वहां मैंने एक दिसम्बर, 1945 को अपने आगमन की सूचना दी।

घिसी-पिटी लचर विभागीय नीति और दोषपूर्ण व्यवस्था के कारण मेरी युद्धकालीन सेवाओं को मान्यता ही नहीं दी गई। तीनों वर्षों के सेवाकाल में मेरी चरित्रपंजिका (कैरेक्टर रोल) में सालाना टिप्पणी इस प्रकार दी जाती रहीं जैसे मैं लखनऊ में ही कार्यरत था। वैसे मुझे वेतन दोनों स्थानों से मिलता रहा। किन्तु फ़ोर्स वन-थ्री-सिक्स अधिकारी मूर्ख तो थे नहीं। वे इम्पीरियल बैंक, लखनऊ से आए मेरे बैंक ड्राफ्ट अपने नाम 'इंडोर्स' करा लेते। जब मैंने आपत्ति की और लखनऊ गुप्तचर विभाग से लिखा-पढ़ी की, तो वहां से भी अच्छी-ख़ासी धमकी मिली और तुरन्त रुपये जमा कर देने का आदेश भी। हार झख मारकर मुझे वैसा ही करना पड़ा।

इन्हीं अन्यायपूर्ण विभागीय परिस्थितियों, वातावरण और पद की मनोनुकूलता न होने के कारण मैंने 11 नवम्बर, 1946 को इस्तीफा दे दिया। पदोन्नति के लिए विभागीय परीक्षा की शर्त, जो वर्ष में केवल एक बार होती थी। उसमें मुख्य स्थान उर्दू का। मेरी ब्रिटिश सीक्रेट सर्विस में प्राप्त उच्च कोटि की ट्रेनिंग, उसकी महत्ता, उसके दांव-पेच समझने वाला वहां था ही कौन ? इसी ट्रेनिंग ने ही हमें जापानियों को विदेशों में अन्दर से खोखला कर देने में सक्षम बनाया था। इसी की उपेक्षा की गई। एक विशेष बात यह कि जापान-अधिकृत बर्मा में विशिष्ट अभियानों को कार्यान्वित करने में हर कदम पर मौत के साए में प्राप्त पराक्रमपूर्ण उपलब्धियों की ओर किसी ने नज़र तक नहीं डाली। यही वे कारण थे कि संयुक्त प्रान्तीय गुप्तचर विशिष्ट विभाग की ओर से मेरा मन खट्टा हो गया और त्यागपत्र देते समय नतीजों की मैंने क़तई परवाह नहीं की। सीधा बम्बई पहुंचा और बिजली का सामान बनाने वाली एक कम्पनी में मैनेजर का पद-भार ग्रहण किया।

इधर 16 अगस्त, 1946 को मुस्लिम लीग ने 'डायरेक्ट ऐक्शन डे' की घोषणा कर दी और उधर फ़ोर्स वन-थ्री-सिक्स के एजेंट समस्त बंगाल की धरती रक्तरंजित करने के लिए कलकत्ता, नोआखाली, बारीसाल, चटगांव, ढाका, खुलना, नारायणगंज, टिपरा (कोमिल्ला), राजशाही आदि स्थानों में फैल गए। उन्होंने दूसरे सम्प्रदाय के लोगों को खोज-खोजकर कसाइयों की तरह उनका संहार किया। जो घर, मकान, झोंपड़े, अट्टालिकाएं, सामान आदि सामने पड़ते गए, उन्हें निःसंकोच आग के हवाले करते गए। धन-दौलत की लूट तो चरम सीमा पर पहुंच गई। न जाने कितनों को विवश करके उनका कौमार्य, उनका धर्म, उनकी मर्यादा को बेरहमी से लूटा गया। हज़ारों महिलाओं के साथ अमानवीय व्यवहार के बाद उनका धर्मपरिवर्तन कराया गया। इस असह्य ताण्डव की विभीषिका बयान करने में कोई लेखनी सक्षम नहीं क्योंकि किसी भाषा में वे शब्द नहीं मिल सकते जो इसे अभिव्यक्ति दे सकें। मात्र इतना कहा जा सकता है कि भारत ने अपने इतिहास के क्रूरतम पृष्ठों पर भी ऐसी

निर्मम अमानुषी बर्बरता की रेखाएं नहीं देखी होंगी। नादिरशाह ने भी इंसानियत की ऐसी हत्या नहीं की होगी। क्रूरता के लिए विश्वविख्यात रोम के आक्रान्ता भी इनसे कहीं अधिक सभ्य रहे होंगे।

पचास हज़ार से अधिक लोग मारे गए। सैकड़ों को ज़िन्दा जला दिया गया। उस समय बंगाल के प्रीमियर हसन शहीद सोहरावर्दी थे। उनके आदेशानुसार 'डायरेक्टर ऐक्शन डे' पर बंगाल के सभी सरकारी दफ़्तर बन्द करा दिए गए थे। उनके द्वारा दिए गए क़त्लेआम के गुप्त आदेश का अक्षरशः पालन हो रहा है या नहीं, यह देखने के लिए वह चार दिनों तक लगातार लाल बाज़ार पुलिस हैडक्वार्टर्स, कलकत्ता में ही रहे। इससे एक सप्ताह पहले ही उन्होंने कलकत्ता, हावड़ा, डमडम, बारिकपुर स्थित सभी पुलिस थानों के हिन्दू स्टेशन अफ़सरों के तबादले कर दिए जिनकी संख्या 52 थी। इनके स्थान पर 51 मुस्लिम और 52वां एक ईसाई, तैनात किये गए।

मेरे बम्बई पहुंचने के कुछ दिनों बाद दिसम्बर, 1946 में एक दिन मेरी मुलाक़ात दुबले-पतले हारडा और भारी-भरकम फैनर से वहीं फोर्ट में हॉर्नबी रोड पर अचानक हो गई। वे दोनों ऐंग्लो इण्डियन बाम्बे डिटैचमेंट फ़ोर्स वन-थ्री-सिक्स के एजेंट थे। आरडा रहते थे कोलाबा में आर्थर बन्दर रोड पर 'कमाल मैन्शन्स' में और फैनर मैरीन ड्राइव पर 'शान्ति कुटीर' में। साथी होने के नाते दोनों से मेरी खूब पटती थी। आरडा मुझे पुत्रवत मानते थे जो बड़े सज्जन और दयावान इन्सान थे। चूंकि हम लोग काफी अरसे बाद मिले थे, वे मुझे ग्रीन होटल ले गए। बहुत-सी बातें जो करनी थीं।

वहीं उनसे पहली बार पता चला कि सारे भारत में साम्प्रदायिक अशान्ति फैलाने और 'रेजिस्टेंस मूवमेंट' चलाने के लिए 'एम॰ आई॰ फ़ाइब' (इंटेलिजेंस ऑरगेनाइज़ेशन) के वेश में फ़ोर्स वन-थ्री-सिक्स आज भी जीवित है। भला देश की रियासतों, ज़मींदारों और ताल्लुक़ेदारों को संगठित करने में उन्हें मेरी सेवाओं की क्या ज़रूरत हो सकती थी !

स्टुअर्ट उन दिनों हैदराबाद में थे। निजाम के अंग्रेज़ कानूनी सलाहकार सर वाल्टर मांकटन से सांठ-गांठ करके रजाकारों के नेता क़ासिम रिज़वी के ज़रिए षड्यन्त्रों की व्यूह-रचना कर रहे थे। बाद में तो रेलगाड़ियों में भरकर हथियार, गोला-बारूद खड़की, मनमाड और जबलपुर से हैदराबाद भिजवाए गए, रजाकारों द्वारा 'रेजिस्टेंन्स मूवमेंट' को दृढ़ता से जारी रखने के लिए। 'पोस्ट क्विट प्लान' के बारे में आरडा ने मुझे बहुत-सी बातें बताईं, जो उन दिनों विकराल रूप से कार्यान्वित हो रही थीं। उसकी भयंकरता ने तो मेरे सारे शरीर को रोमांचित कर दिया। सब कुछ दिल दहलाने वाला था।

अफ़सोस यही था कि उस समय भी सारे आला अफ़सरान अंग्रेज़ ही थे। किसी को इन बातों की ख़बर देने में भी मैं असहाय था। मात्र शक पर मुझे ख़त्म कराने में उन्हें एक क्षण भी नहीं लगता। कारण था, उनके संगठन से बाहर होने पर भी उनके अनेक रहस्यों की जानकारी थी मुझे। आरडा ने भी मुझे सचेत किया, "कीप योर टंग टाइट, अदरवाइज़ यू विल फेस द फर्स्ट कैलेमिटी। पीपुल विल नॉट बिलीव यू। दे विल कॉल यू अ मैड मैन" (ज़ुबान बन्द रखना, वर्ना बहुत बड़ी मुसीबत में पड़ जाओगे। लोग तुम्हारा यक़ीन नहीं करेंगे बल्कि तुम्हें पागल समझेंगे।)।

बंगाल में मार-काट मची थी। नोआखाली और टिपरा (कोमिल्ला) को मज़हबी आग की लपटें बेरहमी से निगल रही थीं। फ़ोर्स वन-थ्री-सिक्स ने गढ़मुक्तेश्वर, भरतपुर और बिहार के भी ज़मींदारों को हथियार बांट दिए थे। आरडा के शब्द मेरे कान के परदों पर हथौड़े चला रहे थे—"हम लोग का छोकरा जास्ती तेज़ी पकड़ा। खाली-पीली फोकट में नईं बैठने कूं मांगता। उन लोग को जिस किसम का ट्रेनिंग दिएला, उइसा जरूर करेंगा। उन लोग को कोई डिफीट देना नईं सकता। अक्खा असलाह है उन लोग का पास।"

बहुत सोचा, फिर मैंने एक पत्र संयुक्त प्रान्त के तत्कालीन गृहमंत्री रफ़ी अहमद क़िदवई को लिख ही दिया, इस्तीफा देने से पहले लखनऊ में मैं उनसे मिल चुका था। किन्तु, मेरा पत्र शायद उन तक पहुंचा नहीं। वे गृहमंत्री थे, फिर भी उनकी डाक जी॰ पी॰ ओ॰, लखनऊ में डिस्ट्रिक्ट इंटेलिजेंस स्टाफ द्वारा सेंसर की जाती थी। वह ज़माना था लखनऊ में सी॰ आई॰ डी॰ स्पेशल ब्रांच के अन्तिम अंग्रेज़, सुपरिंटेंडेंट ऑफ़ पुलिस, एफ़॰ आर॰ स्टॉकवैल का।

15 अगस्त, 1945 को आज़ादी ने भारत को गले लगाया। इसके तुरन्त बाद मैंने कई पत्र भारतीय नेताओं और बम्बई प्रान्त के डी॰ आई॰ जी॰, सी॰ आई॰ डी॰ को लिखे। इन हत्याकाण्डों के पीछे जिनका हाथ था उनके बारे में इशारा भी किया। लेकिन, उस समय पूना हैडक्वार्टर्स स्थित डी॰ आई॰ जी॰, सी॰ आई॰ डी॰, बम्बई, के अलावा कहीं से कोई जवाब मुझे नहीं मिला।

जांच के लिए उन्होंने बम्बई गुप्तचर विभाग के पेंडसे और कमसरियट नामक दो इंस्पेक्टर मेरे निवासस्थान, 1/17 कीका स्ट्रीट, बम्बई-4 पर भेजे। मैंने उन्हें पूरी बात समझाने की हरचन्द कोशिश की मगर उनके पल्ले कुछ पड़ा ही नहीं। वे इस क्षेत्र में बिल्कुल कोरे ही नज़र आए। उनके अनुसार 'मिनिस्ट्री ऑफ इकॉनॉमिक वॉरफेयर' अथवा 'जी॰ एस॰ आई॰ (के)' कोई पोलिटिकल पार्टी तो थी ही नहीं ! वे मेरी मदद कैसे करते ?

ठीक ही तो है। जिस विषय में उनके प्रान्त का सबसे बड़ा गुप्तचर अधिकारी ही कोरा हो, तो भला ये इंस्पेक्टर ही उस बारे में क्या जानते। मैंने उनकी बुद्धि पर तरस खाकर अपना माथा ठोंका। उन्हें सधन्यवाद विदा कर देने के अलावा अन्य कोई चारा न था।

कुछ दिनों बाद आरडा मेरे मकान पर हांफते हुए आ धमके और बोले कि जबलपुर में फ़ोर्स वन-थ्री-सिक्स के दो बड़े अफ़सर, टी॰ बी॰ हॉकिंस और जे॰ पी॰ मिल्स को वहां की पुलिस ने गिरफ्तार कर लिया है। उनके पास बहुत से असलाह भी बरामद हुए। यह भी बताया कि फैनर उस समय रावलपिण्डी में मज़हबी दंगे कराने के लिए बड़े पैमाने पर हथियार बांट रहा है। तभी मेरी तीन वर्ष की बच्ची पर आरडा की नज़र पड़ी। एकदम चौंककर बोले, "अरे बाबा ! इस बेबी वास्ते तुमकूं बोलता हूं बम्बई छोड़ने कूं। दो दिन में अपना मुलक भागो। तमेरी खोली के नीचूं तीन दिन में गजब होंइगा। और कोईको ना बोलना, हां !" आरडा एक सांस में सब कुछ बोलकर चले गए।

तीसरे दिन दोपहर बाद मैं बेबी को लिए हुए अपने घर की छोटी बालकनी में खड़ा था। उन दिनों मैं नल बाज़ार ट्राम जंक्शन (तीन बत्ती नाका) पर कीका भाई मैन्शन में रहता था। दूसरे लोगों से बातचीत के दौरान यही पता चला कि बम्बई में हर झगड़ा-फसाद यहीं से शुरू होता है। उससे सटे भिण्डी बाज़ार, गोल-पीठा, बापू खोटे स्ट्रीट आदि मवाली मोहल्ले

जो ठहरे ! आरडा की बात का ज़िक्र मैंने अपनी पत्नी और अपने छोटे भाई (स्व॰ ब्रजेन्द्र गौड़, सिने पटकथा एवं गीत-संवाद लेखक) के अतिरिक्त किसी से नहीं किया, वह भी उन्हें सतर्क करने के लिए। अचानक सामने सड़क पर दोनों ओर से सोडावाटर की बोतलें फेंकी जाने लगीं। मैंने तुरन्त पीछे हटकर दरवाज़े बन्द किए और बेबी को पत्नी के सुपुर्द कर कैमरा निकाला। फिल्म लोड करने में पांच मिनट तो लगे ही होंगे। उकड़ूं होकर दुबारा बालकनी में गया तो देखा कि इतनी ही देर में सड़क पर आर्मूड पुलिस आ गई। मैं बम्बई पुलिस की सतर्कता की सराहना किए बिना न रह सका।

दरवाज़े में ज़रा-सी दराज रखकर कई फ़ोटो लिए। भीड़ को तितर-बितर करने के लिए टियर-गैस-शैल दागे गए। फायरिंग हुई। चारों ओर धुआं ही धुआं। कई घायल हुए। अनेक जाने गईं। अन्त में कर्फ्यू लगा दिया गया। सारी चहल-पहल वीरानी में बदल गई। यह था बम्बई में 'पोस्ट क्विट प्लान' का मेरी आंखों देखा दृश्य।

कुछ दिनों बाद आरडा से फोर्ट में फिर भेंट हुई। उसने बताया कि स्टुअर्ट ने नवाबज़ादा लियाक़त अली खां से, जो उस समय पाकिस्तान के प्रधानमंत्री थे, भारत पर आक्रमण करने के लिए कहा, लेकिन उन्होंने मना कर दिया। फैनर लाहौर और रावलपिंडी के चक्कर लगा रहा था तथा लंदन भाग जाने की तैयारी में था। आरडा खुद भी परेशान दिखे। वह भी लंदन जाने का विचार कर रहे थे। जब मैंने कहा कि आज़ाद भारत में घबराना कैसा, तो उन्होंने अपनी टूटी-फूटी हिन्दी में जो उत्तर दिया, उसका सार था, "ना बाबा, मुझे जल्द से जल्द भारत से जाना है। आज़ाद भारत में कोई भी सुरक्षित नहीं। सब ओर खून-खराबी की जा रही है भारत सरकार को निकम्मा साबित करने के लिए। स्टुअर्ट उन्हें छोड़ने वाला नहीं।"

फ़ोर्स वन-थ्री-सिक्स के सबसे ज़रूरी काग़ज़ात अंग्रेज़ों के साथ लंदन पहुंच गए। शेष भारत में ही आग के हवाले किए गए। प्रयोग में आने योग्य हथियार, युद्ध-सामग्री, वायुयान, मोटरकार, मशीनें तक या तो कण्डम करके कबाड़ियों को बेच दी गईं या फिर भारत में पाकिस्तान की सम्पत्ति के रूप में पाकिस्तान को दे दी गईं।

सबसे अधिक दुःख और आश्चर्य तो मुझे तब हुआ, जब आर्मी हैडक्वार्टर्स, एडजुटेन्ट-जनरल ब्रांच, डी॰ एच॰ क्यू॰, पी॰ ओ॰, नई दिल्ली-11, से दिनांक 31 मार्च, 1951 का पत्र सं॰ 03425/ए॰ जी॰/ ओ॰ आर॰ जी॰ 1 (बी) मुझे मिला, जिस पर लेफ़्टिनेंट कर्नल सी॰ ओ॰ टोबिट ने कृते एडजुटेंट-जनरल दस्तख़त किए थे। इस पत्र द्वारा मुझे सूचित किया गया कि भंग किए गए सारे दफ़्तरों और एच॰ क्यू॰ फ़ोर्स वन-थ्री-सिक्स के सभी काग़ज़ात पाकिस्तान के इंटेलिजेंस ट्रेनिंग स्कूल को दे दिए गए। अतः वे मेरी युद्ध-सम्बन्धी सेवाओं को प्रमाणित करने में असमर्थ हैं। मुझे मिले पदक 'दि बर्मा स्टार' और 'दि 1939, 1945 स्टार' का भी उन्होंने कोई उल्लेख नहीं किया। मेरी वैयक्तिक क्षति छोटी बात है। असली दुर्भाग्य की बात तो यह है कि इतने महत्त्वपूर्ण गुप्तचर विभाग के अमूल्य दस्तावेज़ देश-विभाजन के साथ पाकिस्तान को सौंप दिये गए। भारतीय गुप्तचर विभाग के पल्ले कुछ नहीं पड़ा।

कुछ ही समय बाद मुझे पता चला कि बर्मा-मुक्ति-आन्दोलन के गोरिल्ला नेता जनरल आंगसान को, जिन्होंने फ़ोर्स वन-थ्री-सिक्स के प्रभाव में आकर जापान के ख़िलाफ़ अंग्रेज़ों का साथ देना इसलिए स्वीकार किया था कि युद्ध के बाद बर्मा पूर्ण रूप से स्वतन्त्र होगा,

आज़ाद बर्मा के प्रधानमंत्री बनने के बाद शनिवार, 19 जुलाई, 1947 को उनके मंत्रिमंडल के नौ मंत्रियों के साथ गोलियों से भून डाला गया, जिस समय रंगून के सचिवालय में गवर्नर की एक्ज़ीक्यूटिव काउंसिल की मीटिंग प्रातः साढ़े दस बजे शुरू हुई थी। सचिवालय के बाहर एक जीप आकर रुकी। चार नौजवान उतरे। सभी गहरी हरी वर्दी में, हाथों में लोडेड स्टेनगन, टॉमीगन लिए। फ़ौरन दरवाज़ा धकेलकर अन्दर घुसे और उनके शस्त्र आग उगलने लगे। मरने वालों में थे जनरल आंग सान, थाकिन स्यां, ऊ वा विन, ऊ रजां, मानवाखेन, ऊ ओन मान, साऊ सेम हुन, दी दोक, ऊबा चोब। कई कौंसलर और काउंसिल सचिव गम्भीर रूप से घायल हो गए। पांच मिनट तक अंधाधुंध गोली-वर्षा के बाद चारों व्यक्ति नीचे उतरे। रास्ते में मिले अंगरक्षक को भी ढेर कर दिया। फिर वे जीप में सवार हुए और स्पार्क रोड से भाग निकले।

अंग्रेज़ों ने म्योचित दल के नेता को, जिसका नाम ऊ सा था, सत्ता सौंप देने का लोभ देकर इन सबका खात्मा कराया था। लेकिन, इस भीषण हत्याकाण्ड के बाद फ़ोर्स वन-थ्री-सिक्स ने उसे भी बख़्शा नहीं, बल्कि, ऊ सो विन नामक एक डिप्टी सुपरिंटेंडेंट ऑफ़ पुलिस को भेजकर उसे पकड़वा लिया। फिर 30 मई, 1948 को ऊ सा को मय उसके साथियों के फांसी पर लटका दिया गया। इस प्रसंग में यह ऐतिहासिक घटना भी कम महत्त्वपूर्ण नहीं है।

इसके अलावा, स्टुअर्ट द्वारा भारत पर हमला करने के लिए दिया गया आदेश न मानने पर मंगलवार, दिनांक 16 अक्टूबर, 1951 को पाकिस्तान के प्रधानमंत्री नवाबज़ादा लियाक़त अली खां की सईद अख़्तर नामक एक अफ़गान ने रावलपिंडी में गोली मारकर हत्या कर दी, जिस समय वे मुस्लिम लीग द्वारा आयोजित बीस हज़ार लोगों की सभा में भाषण देने के लिए उठे ही थे। इन दोनों हत्याओं में स्पष्टतः फोर्स वन-थ्री-सिक्स का हाथ था। शायद इससे अधिक जानकारी जनता के सामने कभी आने ही न पाए।

मुझे आज भी पूरा यकीन है कि फ़ोर्स वन-थ्री-सिक्स और फ़ोर्स वन-थ्री-थ्री लंदन में एम॰ आई॰ सिक्स (सीक्रेट इंटेलिजेंस सर्विस—अब एस॰ आई॰ एस॰) के रूप में अभी तक ज़िन्दा हैं। उन्हें जब चाहे विकसित किया जा सकता है। एम॰ आई॰ फ़ाइव उनकी सुरक्षा संस्था है। मेरा यह भी अनुमान है कि कराची, लाहौर, सिंगापुर, हांगकांग और सिकन्दरिया वे स्थान हैं जहां प्रमुख गुप्तचर विचार-विमर्श के लिए मिलते रहते हैं।

❑❑❑